Theo van Gogh, de vermoorde columnist en filmmaker, is nog steeds niet verder gekomen dan de receptiebalie van het dodenrijk. Om deze fase van zijn bestaan af te sluiten moet hij een beschermengel worden. De ontvanger van zijn daden van barmhartigheid heet Max Kohn.

Als topcrimineel Max Kohn in Amsterdam op zoek gaat naar zijn grote liefde, slaat een groep geradicaliseerde Marokkanen met geweld toe. Nederland wordt ontwricht. Dat is het moment dat Kohn, vanuit het dodenrijk zorgvuldig in het oog gehouden, zijn nieuwe leven een beslissende wending kan geven. Levende en dode personages komen samen in deze genadeloos spannende vertelling. *VSV* houdt je tot de laatste bladzijde gegijzeld.

Over *VSV*:

'Een moedige en spannende roman in de hem kenmerkende wervelende en filmische stijl. Een hoogtepunt in zijn oeuvre.' – *Elsevier*

'De Winter schreef een uitzinnig sprookje waarin het smerigste wordt verbonden met het allerhoogste. Zijn filmische, strak geritmeerde stijl past als gegoten bij deze unieke goddelijke komedie waarin de schrijver in een razendsnel tempo op zoek gaat naar licht en verlichting voor iedereen.' – *De Morgen*

'Deze spektakelroman is evenwichtig en ingenieus, ludiek en vals.' ***** – *de Volkskrant*

'Geestig en ontroerend. Leon de Winter houdt de lezer soepeltjes in de ban.' – *Trouw*

Leon de Winter

VSV
of
Daden van onbaatzuchtigheid

ROMAN

2013
DE BEZIGE BIJ
AMSTERDAM

Deze roman heeft een historisch feit als uitgangspunt maar is fictie en staat los van de werkelijkheid. Feiten en fictie zijn vermengd en dat geldt ook voor de in het boek voorkomende personen, bedrijven, organisaties en plekken. De incidenten, handelingen, gesprekken en gebeurtenissen zijn bedacht door de auteur.

Copyright © 2012 Central IP Agency B.V.
Eerste druk juni 2012
Vierde druk juni 2013
Omslagontwerp Studio Jan de Boer
Omslagbeeld Hollandse Hoogte
Foto auteur Paul Levitton
Vormgeving binnenwerk CeevanWee, Amsterdam
Druk Bariet, Steenwijk
ISBN 978 90 234 7662 7
NUR 301

www.debezigebij.nl
www.vsvderoman.nl
www.leondewinter.nl
www.hetvrijewesten.nl

voor eeuwig
voor Moos, Moon en Jes

I
THEO

Alle stompzinnige en simplistische sprookjes over de afrekening die na het leven in de dood zou plaatsvinden, berustten op waarheid – Theo had het aan den lijve ervaren (nou ja, dat *lijve* was niet meer dan beeldspraak). Het was een raadsel hoe de levenden beneden op aarde die sprookjesachtige waarheden hadden ontdekt.

De autoriteiten hierboven waren kinderlijke moralisten. En na jaren van aarzeling – je kon ze moeilijk verwijten dat ze slordig en gehaast beslissingen namen – waren ze tot de conclusie gekomen dat het tijd was om de balans op te maken. Theo vond dat eigenlijk ook wel.

Toen die kutmarokkaan door een kogel in zijn been was geraakt, had Theo zich ergens boven het Oosterpark bevonden, als een meeuw die bijna stil op de wind hing, zo'n meter of dertig boven de grond. De bomen waren kaal, het gras was vaal. De agenten sprongen van angst op en neer, schreeuwden naar elkaar, brulden in microfoons en mobieltjes. Van Goghs moordenaar wilde sterven, maar hij kon er niet eigenhandig een einde aan maken. Mocht niet van zijn god.

Het was krankzinnig om het op afstand waar te nemen. Gewichtloos hing Theo boven zijn stad. De paniek had nog niet volledig bezit van hem genomen. Geen enkele pijn die hij ooit had ondergaan – niks bijzonders, eigenlijk, echte lichamelijke pijn had hij, toen hij nog leefde, nooit gekend – kon ermee vergeleken worden. Hij was er niet op bedacht geweest. Hij had geen idee dat het hem kon overkomen.

Hij was Mohamed Boujeri in volle vaart voorbijgefietst en toch had hij hem in zijn ooghoeken waargenomen, zich bewust van de aanwezigheid van die baardaap in zijn soepjurk. Vlassig adolescentenbaardje, een fanaticus in de dop die op het fietspad naast zijn fiets op een andere baardaap wachtte – dat had Theo in het voorbijgaan gedacht toen hij kort een blik met zijn moordenaar had gewisseld. Ja, ze hadden elkaar even in de ogen gekeken. Maar hij had de baardaap snel uit zijn gedachten verdrongen. Er waren er te veel in de stad, tegenwoordig. Waanzinnigen die de tocht van de woestijn naar de smerige stad alleen konden verdragen door zich uit te leveren aan de normen en waarden van zevende-eeuwse nomaden. Iedereen zijn gekte. Maar deze gekken verdroegen andermans gekte niet.

Het was een ernstig understatement om te zeggen dat hij nog vaak aan die dag dacht; die dag was altijd aanwezig, net als de herinnering aan de pijn. De afgelopen jaren was hij niet bij machte geweest zich van die novemberochtend in Amsterdam te bevrijden. Grijs, grauw, koud. De oude bakstenen van de gebouwen in Amsterdam-Oost waren op dergelijke dagen kleurloos. Het was hem vaker door het hoofd geschoten: als je daar 's ochtends je ogen opslaat, wil je van het dak springen en te pletter slaan. Berlijn, Londen, Parijs, New York kwamen 's ochtends op een andere manier in beweging. Als ontwakende reuzen die zich uitstrekten. Maar Theo's stad verscheen uit de nacht met dikke ogen en stinkende oksels. Als een kantoormannetje met kleffe, onvervulde dromen, met stinkende vingertoppen die hem eraan herinnerden waaraan hij urenlang had liggen krabben.

Theo moest naar kantoor. Hij had zijn grote speelfilm

over Pim Fortuyn gemonteerd en wilde de *edit* aan de producent laten zien. Als hij werkte, was hij zichzelf de baas. Er leefde een calvinistisch mannetje in hem, een burgerlul die gewoon hard wilde werken en blij was met een goed schoolrapport dat zijn kind trots liet zien. Hij hing al zijn hele volwassen leven de bohemien uit, en zijn vrienden geloofden hem wanneer hij aan tafel schoof en met een grove bek de bourgeoisie beledigde.

Misschien was hij al eerder doodgegaan. Toen die Somalische prinses in zijn leven verscheen met haar kokette kwetsbaarheden en strijdvaardige opportunisme. Of toen hij niet werd toegelaten tot de filmacademie. Ergens was het al veel eerder misgegaan.

Een kutmarokkaan. Niksventje. Wist geen duizendste van wat Theo wist toen hij nog op aarde vertoefde. Het mannetje ging doen wat Theo zichzelf op een dag had willen aandoen. Hij had de eer aan zichzelf willen houden en die werd nu door deze geitenneuker opgeëist. Uit de kille anonimiteit met één stap naar het brandende wereldpodium.

Theo wist dat hij voortijdig dood zou gaan, maar op deze manier? Hij zou niet ten onder gaan aan roken, niet aan zuipen of snuiven, niet aan uitspattingen met een dozijn aan smerige ziektes wegterende hoeren (in een bordeel in Montevideo, zo had hij het zich ooit voorgesteld), nee, een kutmarokkaan met een pistooltje en een ridicuul kermismes, een kris, zou zijn leven nemen.

Mohamed Boujeri. *Never heard of.* Hij kon aardig schrijven, had Theo later gehoord. Gelul. Halfanalfabeet. Had stukkies geschreven voor een buurtblaadje in Amsterdam-West. Talentloos. Gedoemd een seizoentje in de schaduw van de eiken te leven en te verdrogen als een herfstblad. Nee. Het manneke was achter hem aan gegaan. Was-ie maanden mee in de weer geweest. Theo had de krantenverslagen gezien, de officiële documenten, de televisieprogramma's, allemaal over Boujeri en de *African Princess* en Theo.

De explosies uit de loop van het pistool deden zijn oren suizen. Hij wilde de baardaap aankijken, maar hij kon het niet.

De kogels in zijn lijf deerden hem niet, de gedachte dat dit echt was kon hij niet tot zich door laten dringen. Zijn hoofd zei hem: nepkogels, nepknallen. Maar hij viel. Zijn hart ging tekeer. Zijn botten stonden in brand. Hij werd duizelig terwijl hij helder wilde blijven. Hij wilde vluchten. Hij was tot alles bereid als hij maar kon rennen. Zijn benen wilden niet.

Hij moest een film afmaken over een held, Pim Fortuyn, vermoord door een dierenrechtenactivist met de creativiteit van een ambtenaar. Goeie film. Eindelijk had hij een behoorlijk productiebudget gehad. Hij had plannen. Hij had vooruitzichten. Hij had een kind.

Kruiste een kutmarokkaan zijn weg.

Soms had hij vrouwen gesmeekt. Maar nooit een ventje van niks. Het ventje had macht over hem, deed hem pijn.

Het woord *genade* had hij verdomme aan zijn keel laten ontsnappen.

Nu, zoveel later, had hij de indruk dat hij al dood was voordat zijn hart was gestopt. Je ontsnapt aan de wereld omdat het vuur in je lijf zo intens is dat je zintuigen overbelast raken. En iets ontsnapte aan zijn lijf. Was het zijn ziel? Misschien wel. Hij had een ziel en een bewustzijn.

Boujeri drukte op die vlijmscherpe kris, wierp er zijn hele gewicht op, het lemmet sneed dwars door zijn hals, in zijn vlees, door zijn luchtpijp, zijn keel. Hij rook zijn eigen kokende bloed. Zijn hoofd kwam los van zijn lichaam. Hij kon het zien omdat hij al uit zijn lijf was ontsnapt. De pijn was te groot en hij moest daaraan ontkomen, en dat gebeurde ook.

Hij hing toen een meter of twee boven zijn eigen lijf. Hij was in paniek. Het was onbegrijpelijk wat hem overkwam.

Maar tegelijkertijd bleef hij waarnemen en denken. Hij dacht: ziet er goed uit. Als het een film was geweest, had hij tegen de acteur gezegd dat hij perfect lag. Slordig, zoals het hoorde. Zonder enige esthetiek. Beetje gebogen been, stom plat achter op zijn rug. Goeie acteur. Alleen was Theo zelf het stille varken dat door de kutmarokkaan werd geslacht. Een uittreding, een definitieve, schoot door hem heen. Maar wat was 'schoot door hem heen' nu hij uit zijn lichaam was gegleden? Hij geloofde niet in uittredingen. Hij geloofde dat alles zou stoppen als zijn lijf een rommelige partij ontbindend vlees zou zijn.

Het is anders, zo wist hij nu. Het denken en waarnemen en beleven hielden niet op als je niet meer op aarde was. Alles ging door. Maar anders.

Hij kon Boujeri niet stoppen. Theo had geen armen, geen mond. Niemand zag of hoorde hem. Hij zag hoe Boujeri een mes pakte en een paar vellen papier op de borst van Theo's stervende lichaam legde. Daarna stak hij die met het mes vast. Het was intrigerend: Theo voelde dat en tegelijk ook niet, een scherpe pijn die hij als het ware kon aanraken.

Een paar meter verder nam een man een foto die de aarde over ging. Zijn groot, stil, overbodig geworden lijf op straat. Het heft van het mes. De brief aan Ayaan Hirsi Ali waarin Boujeri de oorlog verklaarde aan Nederland.

Er waren meer mensen die met open mond, verward maar ook verlekkerd, toekeken. Gebeurde er eindelijk iets in Amsterdam-Oost. Theo lag daar op de stoep van een smoezelige straat. Had niks groots, die straat. Was geen Champs-Elysées of Trafalgar Square of Unter den Linden. Grauwe stoeptegels in een kleurloze straat van een karakterloze buurt, bewoond door lichtzinnige studenten, gesubsidieerde kunstenaars en types die ze in Japan *salarymen* noemen, mannetjes op de fiets met een versleten leren aktetasje aan het stuur op weg naar een lichtgrijs bureaublad met ordners en stempels en de droge kruimels van de boterhammen van de vorige dag.

Als hij nog in leven was geweest en het had kunnen navertellen, had hij gezegd: als het een ander was overkomen, had ik Boujeri om een handtekening gevraagd. Eindelijk wat leven in de brouwerij.

Een leven lang was hij een praatjesmaker en op het moment suprême was hij monddood. Maar hij zag alles. Boujeri liep kalm weg, althans, hij probeerde zich te beheersen, maar hij verkeerde in een roes. Boujeri had een mens gedood. Hij had het gedaan. Voor zijn woestijngod had hij de ultieme daad verricht. Tweeënzeventig maagden zouden hem verwelkomen. Door de verwachting van een eeuwig orgasme kreeg hij een erectie. Verdomd, hij liep daar bij Theo weg met een paal in zijn broek, zonder haast, leek het, zonder zorgen, maar hij werd onrustig toen hij de blikken van een voorbijganger voelde. De opwinding trok weg uit zijn lichaam en hij keek de man uitdagend aan.

Boujeri riep: 'Wat kijk je?'

De voorbijganger was een bescheiden *salaryman*, maar hij had de moed commentaar te geven: 'Dat kun je toch niet maken?'

Zo deed een Amsterdammer dat. Die riep niet: je bent een schoft, je bent tuig, je bent de duivel! Nee, die riep: 'Dat kun je toch niet maken', alsof hier een licht verontrustende daad van straatvandalisme had plaatsgevonden.

Theo hoorde hoe in het antwoord van Boujeri geen enkele twijfel klonk: 'Dat kan ik wel, waarom niet? Hij heeft het ernaar gemaakt!'

De salaryman: 'Dit kan toch niet, dit kun je toch niet maken!'

Boujeri: 'Dat kan ik wel en dan weten jullie ook wat je te wachten staat.'

Dat bracht de toeschouwer tot zwijgen. En Boujeri zette het op een lopen. Theo ging met hem mee, gewichtloos, een paar meter achter hem en boven hem, als een ballon die Boujeri aan een touwtje met zich mee trok.

De adrenaline gierde door Boujeri's lijf en stookte zijn hart op. Hij rende het Oosterpark in terwijl de straten elektrisch werden geladen, zo leek het, alsof het verhaal van de aanslag de stad onder stroom zette. Politiewagens doken overal op. Agenten op motoren. Sirenes. Zwaailichten. Allemaal voor Mohamed B. Allemaal voor Theo.

Onzichtbaar bevond Theo zich daar, alles registrerend, alles horend, en hij kon zich niet voorstellen dat hij dit krankzinnige avontuur straks niet met zijn vrienden zou delen, een pakje Gauloises onder handbereik, misschien wat coke in de neus, één of twee flessen bordeaux al in zijn bloed. Hij zweefde tussen de bomen. Gek perspectief. Goeie kraanshots. Hij zou straks in een ziekenhuisbed ontwaken en hij moest niet vergeten hiervan een notitie te maken. Hij tastte naar een pen en een stukje papier, maar hij voelde niets. Hij had geen handen, besefte hij. Angst sloeg door hem heen en hij dacht dat hij zou vallen, maar hij bleef daar hangen, neerkijkend op die jonge baardaap met het wapen in de hand.

Boujeri begon wild om zich heen te schieten. De politie vuurde terug. De knallen klonken minder echt dan de knallen die je als effect in de geluidstrack van een film gebruikt. Boujeri bleef onbeschut staan terwijl hij schoot. Kennelijk hoopte hij dat ze met een salvo zijn kop zouden opblazen. Of zijn hart. Maar het genadeschot bleef uit. Schreeuwend viel hij op de grond toen hij in zijn been werd geraakt.

Nederland herdacht de held van het vrije woord. Duizenden mensen kwamen bijeen op de Dam om hem en zijn Vrijheid Van Meningsuiting te eren. Had hij niks op tegen, zo'n herdenking, maar het was een plein vol mietjes. Wat hij met meningsuiting te maken had, was een klucht. Stonden ze daar met z'n allen heilig te doen. Theo had niks met meningsuiting. Hij loog, manipuleerde, ziekte, beledigde, zeek af, schold, bedroog, verraadde – en het deed hem goed. Zijn afkeer van het middelmatige was zo groot dat hij zich verplicht voelde de belediging tot kunstvorm te verheffen. Hij wilde uitrazen. Tieren. Vloeken. Hij haatte de middelmatige mensheid. Waarom haatten de anderen zichzelf niet zo hevig als hij zichzelf haatte? Laffe honden waren het. Ze durfden het niet aan om met molotovcocktails in de hand naar de moskeeën op te trekken.

Na de moord werd Theo meegenomen door iets wat hij 'de wind' kon noemen en hij kwam hier aan. Het was een reis door de dimensies heen, door alle universa. Hij was buiten zinnen in die orkaan van lucht en licht en destructie en constructie. Niets was hij, en toch beleefde hij geboorte en dood en verval en herrijzenis.

Na een reis die geen tijd kende, belandde hij in een omgeving die hij het best kon omschrijven als een kazerne.

Grijs als Amsterdam op een novemberdag. Nee, hij zat niet opgesloten en was vrij om beneden te gaan rondkijken, maar hij kon niet door naar de volgende fase. Zo noemden ze dat hier.

De volgende fase.

Je kreeg een adviseur toegewezen die met jou overlegde en jou bijstond om die volgende fase te bereiken; Theo had er een dozijn versleten. Mannen, vrouwen, slim, dom, ze gaven het al snel op, de zeikerds.

Theo zat hier nu sinds november 2004 – ja, ook hier bestond de tijd, zonder de tijd was er *niets*, had de nieuwe adviseur (die zich als geintje 'de reclasseringsman' had genoemd) uitgelegd. Het was een zwarte Amerikaan met wie hij het redelijk goed kon vinden.

De laatste maanden deed het pijn om naar beneden te gaan, ook al klonk dat paradoxaal. Je zou denken dat als je daar een tijdje was de bereidheid tot aanvaarding van je dood-zijn met het verstrijken van de dagen (die hadden ze ook) toenam. Dat was niet zo. Het werd erger om zijn zoon gade te slaan zonder hem te kunnen aanraken, zonder hem te kunnen zeggen dat hij van hem hield en hem miste. Als hij in een volgende fase belandde, zou de pijn zo intens worden dat hij zijn kind vermoedelijk moest loslaten. Dan was hij nog doder dan dood.

Ook ging Theo, als hij beneden was, regelmatig naar zijn moordenaar kijken. Boujeri bleef maar bidden in zijn cel. Las de Koran. Las de verhalen over de Profeet. En dacht dat hij op weg was naar Allah en een partij maagden. Onzin. Boujeri was een zondaar en dat werd hem hier ten laste gelegd. Straf zou worden uitgevoerd.

Nee, Theo werd absoluut niet aan zijn lot overgelaten. Waar hij nu was, stond 'pijnverwerking' in hoog aanzien. Het woord alleen al zou het maagzuur naar zijn keel hebben gepompt als hij nog een lijf had gehad. Hij had geen lijf meer. Hij had alleen zijn onthechte hoofd. Met dank aan de kutmarokkaan.

Hij was zich bewust van zijn hoofd, niet van de rest. Het hing ervan af of je het had verdiend om weer heel te worden, was hem gezegd toen hij daarover had geklaagd. Sommige mensen die bij een auto-ongeluk of een ander ongeluk uit elkaar waren gereten, kwamen daar compleet en in één stuk binnen. Dat hadden ze verdiend, schreven de regels voor. En ik dan? wilde Theo weten. Wat heb ik aan erge dingen gedaan waardoor ik mijn lijf niet kan *ervaren*?

Ze hadden geantwoord: zodra je dat weet, is er een oplossing. Ofwel: ze reageerden als moralistische ouwe lullen, als barse ouders die een pubertje een les in bescheidenheid gaven.

Nu Theo daar was en er als regisseur of schrijver niks mee kon doen, was hij wereldberoemd. In Hollywood kende iedereen zijn naam. In Tokio, Mumbai, Jeruzalem, Rome, Buenos Aires – ze wisten wie hij was doordat een anonieme kutmarokkaan hem van kant had gemaakt. Natuurlijk had hij op een andere manier beroemd willen zijn. Hij was een gedurfde filmregisseur geweest – ook al was hij nooit populair geworden en had hij nooit populistisch kijkvoer gemaakt zoals Paul Verhoeven. Nee, hij was altijd een kunstenaar gebleven die niet was begrepen door het kabouterlandje waarmee het toeval van zijn geboorte hem had opgescheept.

Waar hij zich nu bevond, zag hij, als hij terugkeek op zijn leven, niets dan kolder in zijn gedweep met het zwartste zwart. Hij had daar simplistische liedjes over gemaakt. En films. Eigenlijk ging het altijd over de dood. Dat was het enige waarover een kunstenaar iets te vertellen had, had hij gedacht. Joker die hij was. Hij had er niks over te vertellen. Een poseur was hij. *Epater la bourgeoisie* – aan het einde van de negentiende eeuw ontdekten Franse decadente dichters dat je met het beledigen van burgers een burgerlijke antiheld kon worden. Wat hij had gedaan was niet anders. Beledig en stuur een rekening. Maar nu wist hij wat hij toen niet wist, en als hij het wel had geweten had hij het, toen hij nog leefde, *never ever* toegegeven aangezien hij er zijn bestaansrecht mee verloren zou hebben. Nu wist hij dat een kunstenaar alleen iets te vertellen had over het leven.

Nadat hij was gestorven, kwam hij in een nieuwe omgeving aan, en het wonderlijke was dat hij er kon communiceren. Het deed er niet zo toe welke taal je sprak – alles verliep hier via technieken en methoden die hij op aarde niet had gekend. Hij vroeg zich wel eens af hoe hij het bestaan hier aan de levenden op aarde kon uitleggen. Dat kon alleen met beeldspraak, in taal. Op een andere manier kon zijn nieuwe wereld niet worden uitgelegd.

Dus omschreef hij het als volgt: hij had hier een eigen kamer, een kazernekamer, als het ware, met witte wanden en een versleten parketvloer. Hij keek via een raam met ijzeren sponningen uit op een vlak terrein van zand waarop aan de randen wat gras groeide. Andere onthoofden, lotgenoten van hem, liepen daar verdwaasd rond – liepen? Niet echt, dus. Ze *waren* daar, in al hun hopeloze wanstaltigheid, in machteloze onthechting.

Zijn huidige adviseur heette Jimmy Davis. Theo had al een hele batterij ambtenaren versleten. Jimmy Davis was hardnekkig. Aantrekkelijke zwarte man. Altijd netjes postmodern in het zwart gekleed, althans, dat was de indruk die Theo zou hebben gehad als hij hem via ogen had kunnen observeren.

Gisteren had Jimmy Davis gevraagd: 'Theo, wat wil je?'

'Mijn lijf,' had Theo geantwoord.

'Dat zware geval met al dat vet?'

'Ik hou van dat vet. Ik zag er goed uit.'

'Voor een varken zag je er goed uit.'

'Laat me een varken zijn. Daar had niemand last van.'

'Niemand last van? Waarom ben je hier terechtgekomen, Theo?'

'Door een kutmarokkaan.'

'Had je het daar niet naar gemaakt?'

Theo werd pissig: 'O, ik heb zelf de schuld aan wat me is overkomen? Kom op, ik nam het op tegen religieuze gekken en zo'n religieuze gek is achter me aan gekomen. Het was goed om de kant te kiezen van die Somalische prinses. Waarvoor ik waarschuwde, werd door die gek bevestigd! Fijn toch, dat ik mijn gelijk kreeg?'

Hij stak een sigaret op. Ook hier rookte hij. Hij rookte altijd.

Ze zaten in Theo's kamer. Hij had sloffen met alle zware Franse tabaksmerken. Ze waren altijd gevuld. Op tafel stond een Royal Salute van Chivas Regal, meer dan vijftig jaar oude whisky. In 2002, twee jaar voor zijn dood, had de stoker ter herdenking van de vijftigjarige kroning van koningin Elizabeth II tweehonderdvijfenvijftig flessen met dit exclusieve gouden vocht gevuld. De fles die hij had, was altijd vol – zo ervoer hij dat. Beneden op aarde kostte een fles zevenduizend euro. Dood zijn had een paar positieve kanten in deze kazerne.

'Ja, je had gelijk,' zei Jimmy. 'Dus belandde je hier met al je gelijkhebberigheid.'

'*I know*. Kutdeal,' antwoordde Theo gelaten.

'Je hebt als een beest geleefd. Je hebt je als een beest gedragen,' zei Jimmy.

'Is dat jouw zaak? Heb jij daar last van gehad?'

'Theo, lieverd, het feit dat we hier zo tegenover elkaar zitten en dat ik over jouw progressie een rapport moet schrijven, betekent dat het mijn zaak is. Jouw zaak is mijn zaak.'

'Waarom zou je? Word je hier gelukkig van?' vroeg Theo terwijl hij de rook in Jimmy's gezicht liet walmen.

'Daar word ik gelukkig van, ja,' antwoordde Jimmy onverstoord. Hij wapperde met een hand de rook weg. 'Luister, Theo... Niet iedereen is zo meegaand als ik. Je hebt alleen nog je hoofd, maar er zijn hier types die ook dat kwijt zijn. Die echt alleen maar hun kale, zieke, zielige zelf zijn. Ik denk echt dat jij weer heel kunt worden. Niet beneden. Wie eenmaal boven is, kan niet terug. Dat is niet alleen een oude regel die hier wordt gehandhaafd, het kan fysiek niet. Maar er zijn mogelijkheden om te helen. Als jij er prijs op stelt dat jij weer één wordt met dat lelijke lijf van je, als jij jezelf weer als geheeld wil ervaren, dan moet je daarvoor knokken.'

'Wat voor kliniek is dit?' vroeg Theo schor. 'Evangelisch, boeddhistisch, of betaalt het ziekenfonds van geitenwollensokkendragers hiervoor?'

'Dit is het dodenrijk, Theo. Aanvaard dat. Dit is echt alleen maar de aankomst. Na al die jaren zit je nog gewoon bij de portier. Dit is een administratieplek, de *intake*, hier word je gescreend om te kijken of je verder mag en op welke manier je verder mag. Wil je aankomen?'

Theo knikte. Hij wilde zijn zoon vasthouden. Hij was boos en afgunstig. Hij had daar willen zijn, bij zijn kind. Hij wist het toen hij nog in leven was. Hij wist het nu met de grootste zekerheid die er was. De zekerheid van een dode. Zekerder kon niet. Hij miste zijn kind.

'Je kunt je hier bevrijden van alle ballast, Theo. Je kunt verder komen. Maar je moet het zelf doen.'

'Beste monnik, dat is allemaal neo-religieus, zweverig geouwehoer.'

'Zo praten ze hier, Theo. Ik moet er ook aan wennen.'

'Is er geen dodenrijk voor types zoals ik?' vroeg Theo.

Jimmy grijnsde: 'Nee. We maken geen verschil tussen de doden. Ze zijn voor ons allemaal gelijk.'

Jimmy Davis had een filmsterrenhoofd, een gelijkmatig gezicht met heldere, ironische ogen.

Theo vroeg: 'Ben jij een engel?'

'Nee. Die opleiding heb ik niet gedaan. Ik ben zoals jij. Een gestorven mens.'

'Wat deed je beneden?'

'Ik was een priester,' antwoordde Jimmy. 'Franciscaan.'

'Nee,' kreunde Theo luid.

Jimmy moest voluit lachen. Mooi, regelmatig gebit. Hij

zei: 'Ik heb je dossier gelezen. Jij was beneden niet gek op christenhonden.'

'Huichelaars,' zei Theo. 'Huichelende pedofielen.'

'Ik heb gezondigd,' knikte Jimmy. 'Maar ik was geen pedofiel. Ik hield van vrouwen.'

'Sliep je met ze?'

'Ja,' bekende Jimmy.

'Het celibaat!' wierp Theo hem in het gezicht.

'Dat was zwaar.'

'Vader Jim, waarom ben je priester geworden als je wist dat je niet mocht neuken?'

'Ik wilde een goed mens zijn.'

'En daarvoor had je een wit boordje nodig en een zwart pak? Trouwens, dat boordje is weg, nu een mooi hemd. Zijde?'

'Ja. Handgemaakt.' Jimmy wreef met een vinger over het fijne, gladde weefsel – nou ja, dat was beeldspraak, natuurlijk.

Theo vroeg: 'Je had toch gewoon in Afrika kunnen gaan werken met de melaatsen en lammen? Daarvoor heb je toch geen Vaticaan nodig?'

'Ik had de Kerk nodig.' Jimmy las het etiket op de fles. 'Dat is exclusieve whisky, zeg. Geef me ook een slok.'

'Tweehonderd euro per slok.'

'Beneden, hier niet,' voegde Jimmy toe.

Theo schonk voor hem in, zonder handen. Jimmy's glas vulde zich.

Jimmy zei: 'Wij hebben over jou vergaderd.'

Theo antwoordde: 'Dat hoor ik graag, pastoor.'

'Ik ben geen pastoor.'

'Vader Jim, dan.'

'Noem me ook geen vader.'

'Franciscaan, dan.'

'Dat was ik. Niet meer. Hier ben ik jouw adviseur, een

soort reclasseringsambtenaar. Noem me gewoon Jimmy, zoals ik heet.'

'Jullie behandelen me alsof ik een misdadiger ben.'

'Je was immoreel.'

'Amoreel. Dat is wat anders,' corrigeerde Theo.

'Immoreel, vinden wij,' hield Jimmy vol. 'Je hebt het een en ander recht te zetten. Beneden moet dat gebeuren. En dus staan we toe dat jij gaat communiceren.'

'Wat communiceren?'

'Je mag contact leggen.'

'Contact leggen? Met... met beneden?' stamelde Theo.

Jimmy knikte.

'En beneden weten ze dat?'

Jimmy schudde zijn hoofd: 'Nee. Er is communicatie. Maar niet rechtstreeks. Beneden moet je iets goeddoen.'

'En daarop word ik hier afgerekend?'

'Ja. Je mag je lijf verdienen. Dat is al heel wat. Dat heb je aan mij te danken.'

'O. Fijn. En wat wil je daarvoor terug?'

'Ik wil dat het goed met je gaat.'

'Misschien hebben we daar verschillende meningen over, Jimmy.'

'Maar alleen de mijne telt hier, Theo.'

Theo's afwezige hart sloeg over toen hij bedacht dat er een kans bestond dat hij met zijn zoon kon communiceren. Binnen een seconde verliet de hoop hem. Het was een verkeerd idee. Hij zou zijn zoon gek maken. Hij was er niet meer, hij was volgens de geldende en alle andere normen dood. Zijn kind zou een halfgaar medium worden als Theo hem zou opzoeken, een zonderling die met geesten sprak.

Theo vroeg: 'Ik neem aan dat ik niet mag communiceren met wie ik wil?'

'Dat neem je goed aan.'

'Jullie wijzen iemand aan?'

'In principe wel, ja. We kunnen je ook iemand laten kiezen. We geven je drie namen en dan mag jij je communicatiepartner uitzoeken. Of anders wijs ik iemand aan.'

'Hoe gaat dat communiceren in z'n werk?'

'Verschijnen in een droom. Soms een voorwerp verschuiven als niemand dat kan zien maar daarvan wel een gewaarwording heeft. En als je het geluk hebt een engel te worden, dan kun je je als lichtflits openbaren.'

'Als lichtflits openbaren?' herhaalde Theo met een vies gezicht, alsof hij azijn dronk. 'Waarom zoveel poespas en mysterieus gedoe?'

'Het leven beneden is een leven waarin je het een en ander moet bewijzen, Theo. Inzet, goed gedrag, zedelijkheid.'

'Verschrikkelijk,' gromde Theo, in weerzin zijn hoofd schuddend.

Jimmy nam een slok. Hij beet even op zijn tanden, de ogen gesloten, toen hij de drank doorslikte.

'Wauw,' kreunde hij genotvol.

'Altijd een volle fles,' zei Theo uitnodigend. 'Dus wat jullie communiceren noemen, betekent dat ze beneden het gevoel hebben dat ze met een geest te maken hebben.'

'Nee. Dat is te veel. Moet kleiner zijn. Het gaat om ijle toetsen. Iemand zit op de bank en heeft de gewaarwording dat het raam openstaat want hij voelt een lichte wind. Maar het raam is dicht.'

Theo vroeg: 'Een reflectie via een ruit?'

'Dat kan.'

'Wat is de bedoeling van dat communiceren?' Hij sprak dat laatste woord uit alsof hij moest overgeven.

'Dat ga ik je nog vertellen. Eerst moet je een levende kiezen.'

'Kom maar op.'

Zonder vingers pakte Theo een aansteker voor een verse sigaret. Hij had geen longen meer dus hij kon roken wat hij wilde.

'Dat roken is straks afgelopen, dat weet je?' zei Jimmy.

'Nee. Dat weet ik niet.'

'Als je in de volgende fase bent beland.'

'Dan blijf ik hier,' zei Theo bars.

'Weet je dat zeker?'

'Nee.'

'Wil je zelf kiezen of moet ik iemand aanwijzen?'

'Zelf kiezen, natuurlijk,' zei Theo.

'De eerste is Ayaan Hirsi Ali.'

Theo keek hem vol ongeloof aan. Welk spelletje speelden ze hier met hem? Zijn dood had haar naar internationale faam gekatapulteerd. In Nederland had ze haar woeste theaterstuk opgevoerd en daarna was ze door de wandelgangen in Washington en New York gefladderd en leidde ze het leven van een jetsetter en had ze minnaars terwijl Theo lijfloos in de dood bestond. Ze was moeder geworden, had hij gehoord.

'Jullie zijn wreed,' zei hij.

'De tweede naam is Leon de Winter.'

'*Never*,' zei Theo.

Een charlatan. Vanaf het moment dat Theo hem voor het eerst had gezien, had hij hem weerzinwekkend gevonden. Een kleine twintig jaar lang had hij hem opgejaagd. Met columns waarin hij De Winter met beledigingen had overgoten in de hoop zijn ziel te verminken en hem het zwijgen op te leggen. Toen de doodsoorzaak officieel moest worden vastgesteld en hij op een snijtafel werd ontleed, schreef De Winter in een krant hypocriet dat hij dit Theo niet had gegund. Theo wist dat De Winter diep in zijn hart van vreugde juichte. Met hem communiceren? Liever naar de hel.

'En de derde?' vroeg Theo. Hij nam een slok. Hij nam een trek.

'De derde is jouw moordenaar. Mohamed Boujeri.'

Theo keek hem met open mond aan.

'Geen van drieën,' mompelde hij.

'Dit zijn de drie waaruit je mag kiezen,' zei Jimmy, en nam daarna ook een slok.

'Waarom willen jullie me kwellen?'

'Hadden we de moeder van je kind moeten nemen? Een van de talloze, talloze anonymi die in stilte onder jouw brieven en verwensingen hebben geleden?'

Theo kon niet reageren. Hij had zich nooit iets aangetrokken van andermans waardigheid – als je niet sterk genoeg was om uit zijn giftige bekers te drinken had je geen bestaansrecht. Hij had heel wat mensjes persoonlijke brieven gestuurd met verbale moordaanslagen. In het openbaar was hij tekeergegaan, maar hij had dat ook privé ondernomen. Ze hadden voor hem moeten buigen. 's Nachts, als hij bezopen was, had hij zijn brieventerreur bedreven. Soms geneerde hij zich ervoor als hij wakker was. Soms had hij geprobeerd een brief terug te halen of de ontvanger erop gewezen de brief te verscheuren. Meestal waren ze aangekomen.

'Die namen bevallen je niet, hè?' zei Jimmy. 'Zal ik maar iemand aanwijzen?'

Voordat Theo kon antwoorden, kwam er een man binnen, net als de Franciscaan Jimmy Davis gekleed in het zwart, zoals het personeel in een hip hotel met verveelde, coke snuivende gasten. Het was Ernie, een andere Amerikaan, maar rossig blond.

'Jimmy, heb je even?'

Jimmy wees met een wijsvinger naar Theo, als richtte hij de loop van een wapen op hem, en zei: 'Niet weggaan.' Alsof dat mogelijk was.

Hij verliet de kamer en Theo hoorde hun gefluister op de gang.

Ernie zei: 'Jimmy, je bent even nodig bij de *intake*.'

'Wie is er binnengekomen?'

'Spijt me om het te zeggen, Jim. Het is je zuster.'

'Welke?' vroeg Jimmy, zijn stem zonder onregelmatigheid, zonder emotie, alsof hij het had verwacht.

'De oudste van de twee. Janet,' hoorde Theo Ernie zeggen.

Het bleef even stil.

'Janet? Als ik iemand verwacht had, was het Elly. Al jaren verslaafd. Wat is er met Janet gebeurd?'

'Een verdwaalde kogel. Schietpartij in de straat tussen verschillende gangs. In haar hoofd, ze was op slag dood.'

Jimmy vroeg: 'Hoe is het met haar?'

'Ze is erg overstuur. Ze laat twee jonge kinderen achter. Ze weet niet wie voor ze kan zorgen.'

Het bleef enkele seconden stil. Daarna verscheen Jimmy opnieuw in de deuropening.

'Theo. Noodgeval. Ik kom straks, oké? Denk alvast na over jouw communicatiepartner. Die drie die ik net voorstelde, wilde je niet. Goed. Een ander. Ik wijs hem aan. Hij heet Max Kohn. Landgenoot van je. Voormalig drugsbaron.'

Theo hief zijn glas en knikte. Althans, hij had de ervaring daarvan want in principe was hij alleen een hoofd. Hij stak de volgende sigaret op. Max Kohn? Hij was hem wel eens in het café- en clubcircuit in Amsterdam tegengekomen. Slimme en ongrijpbare onderwereldjongen. Wat had Jimmy Davis met Max Kohn?

2
MAX

Pas bij de vierde poging lukte het Max Kohn een taxichauffeur aan te houden die hem naar South Central Los Angeles wilde brengen. De eerste twee weigerden direct, de derde kwam na dertig meter tot bezinning, de vierde was gevoelig voor de uitgeloofde tip van vijftig dollar.

Een dag eerder was Kohn aangekomen uit Phoenix, Arizona. Na een jaar in het harde klimaat van Rochester, Minnesota, waar ze een kostbaar nieuw hart in zijn borstkas hadden gemonteerd, woonde hij sinds kort in de woestijn van het zuidwesten.

Kohn waardeerde de droge lucht van de Amerikaanse woestijnen. Jarenlang had hij stripclubs en escortbureaus in Las Vegas gerund en hij hield van de zuiverende droogte en de doordringende hitte. Hij had geld laten komen naar bankrekeningen in de Amerikaanse staten met de laagste belastingen, waardoor hij een ruim huis op okerkleurige aarde niet ver van de Mayo Clinic in Scottsdale had kunnen kopen. In de zusterkliniek in Rochester was de transplantatie uitgevoerd, en toen na een jaar duidelijk was geworden dat het hart zich volledig bij hem thuis voelde, had hij het aangedurfd afscheid van zijn cardiologen te nemen en was hij verhuisd.

De vlucht naar Los Angeles had slechts anderhalf uur geduurd. Hij verbleef in een hotel bij de altijd drukke Sunset Strip. Op de terrasjes zag hij jonge vrouwen met blote schouders en lange benen, prachtig maar onzeker. Jongemannen met gezwollen biceps en brede schouders, zonnebril op het glimmende haar, speelden achteloos met de sleutels van hun Porsche of Ferrari. De winkels op de Strip hadden de allerduurste merkkleding in hun assortiment en leken desondanks voldoende passanten aan te trekken. Vroeger had Kohn zich op dezelfde manier aangesteld als de emotieloze figuranten in het glittertheater van de Strip. *Cool* was in. Emoties hoorden niet getoond te worden. Het tonen van verveling maakte meer indruk dan nieuwsgierigheid of passie. Het was Max Kohn allemaal bekend.

Hij was zelf *cool* geweest. Ook hij was ooit met een bijna doods gezicht een club of een restaurant binnengewandeld, en zijn optreden was extra indrukwekkend geweest door zijn entourage, twee of drie reusachtige maar soepele vrienden uit Rusland of Servië. Nu aanbad Kohn elke ochtend de zon.

Bij het eerste licht stond hij op en luisterde hij buiten op het terras, de honden om hem heen, met een kop groene thee en een opgeladen iPad naar de vogels die ook in dit klimaat de zon toezongen. Hij las de digitale kranten, ook de Nederlandse, en een paar wetenschappelijke sites die hij kon begrijpen.

De rit van de Strip naar South Central duurde veertig minuten. De taxichauffeur was een zwarte man die de rituelen van South Central kende.

Kohn wist naar welke buurt hij ging, maar hij had zich toch formeel gekleed, in een donkerblauw kostuum en een wit overhemd met een donkerrode stropdas. Geen manchetknopen. Geen ringen. Zelfs in zijn *allercoolste* tijd had hij geen sieraden gedragen. Geen tatoeages. Geen piercings. In die tijd was hij een zakenman die een legaal seksimperium met honderd medewerkers dreef. Ook als je voornaamste dienstverlening seks of de suggestie van seks betrof, moest je strakke regels handhaven. Geen verslaafden, geen zuiplappen in dienst. Zijn uitsmijters, bodyguards en portiers ronselde hij in kringen van Oost-Europese bodybuilders, die doorgaans loyaal en meedogenloos waren. Kohn heerste op strikt kapitalistische basis. Hij had geen favorieten, de meisjes liet hij onberoerd. In Vegas had hij honderden kennissen, maar hij had geen vrienden – die had hij in Nederland evenmin gehad op één man na, een trouwe adjudant.

Hij had zich afgevraagd of hij iets mee moest nemen naar de familie Davis, een doos bonbons of een boeket bloemen, maar alles wat hij kon aanbieden was bespottelijk futiel vergeleken met wat hij had mogen ontvangen. Hij had een cheque bij zich en daarop kon hij een bedrag invullen als hij de indruk kreeg dat de familie hulp nodig had. De kans daarop was groot, ze leefden in South Central, een van de armste wijken in Californië.

Ze kruisten de snelweg die in Santa Monica aan de kust begon en door het hele zuiden van de VS naar de oostkust trok, de Interstate 10. De totale lengte bedroeg 3959 kilometer, zo had hij ergens gelezen. Er waren in het land drie andere snelwegen die nog langer waren. Ten zuiden van de 10 nam de verloedering toe. Ze reden over Crenshaw, die ook ten noorden van de 10 weinig meer was dan een drukke, versleten doorgangsweg, naar een district dat *The Jungle* werd genoemd – daar hadden ooit geurende tuinen gelegen met bananenbomen, avocadobomen en vijgenbomen, een woonwijk met appartementengebouwen te midden van bedwelmende, tropische vegetatie. Alles was gekapt en de naam werd nu gebruikt voor een buurt ten zuidwesten van het Baldwin Hills Crenshaw Plaza. Die buurt was een van de allergewelddadigste van de stad door de activiteiten van de

Black P. Stones, een van oorsprong in Chicago gevestigde bende die er een lokaal filiaal had opgezet. Beroepscriminelen, dieven en inbrekers waren in Vegas zijn klanten geweest en Kohn wist hoe hij hen, als ze de orde dreigden te verstoren, bij de les kon houden, maar de bendes van South Central kenden redelijkheid slechts een ondergeschikte rol toe in hun gedragspatroon. Hun ging het om eer en respect. Kohn had geen keuze. Overwegingen van eer en respect dwongen hem de buurt te bezoeken.

Ze verlieten Crenshaw Boulevard en reden een armoedige zijstraat in met lage, houten huizen met getraliede ramen en afgebladderd houtwerk. Autowrakken stonden op opritten voor weggezakte garages. De voortuintjes waren kale zandbakken of, door gebrek aan aandacht, overmeesterd door een wilde grassoort. In de goten lag afval.

Ze sloegen een andere zijstraat in en Kohn zag door de voorruit een half blok verder een grote groep in het zwart geklede mensen op straat. Twee gehelmde politieagenten stonden naast hun witte motoren en blokkeerden de rijweg. Dit was de straat die Kohn moest bezoeken, en bij het groeien van de huisnummers werd het hem duidelijk dat de mensen zich verzameld hadden precies op het adres dat de familie van de donor hem had gegeven.

De taxi kreeg geen doorgang van de motoragenten en kwam tot stilstand.

'Dat is het adres waar u moet zijn,' zei de chauffeur, een zwarte man met een gegroefd gezicht en waterige ogen waarvan het oogwit was vergeeld.

'Blijf op me wachten,' zei Kohn.

'Hoe lang blijft u weg?' vroeg de chauffeur.

'Vijf minuten, of een uur, geen idee.'

Hij gaf de man een biljet van vijftig dollar: 'Als ik terug ben, verdubbel ik dat.'

Hij stapte uit en liep in de richting van de motoragenten. Toen hij dichterbij kwam, ontdekte Kohn dat achter de muur die het gezelschap vormde een witte lijkwagen wachtte. Iedereen had een zwarte huidskleur, ook de motoragenten. Hij controleerde de huisnummers en constateerde dat het echt om het huis ging waar hij werd verwacht.

Hij sprak een van de motoragenten aan: 'Gaat het om iemand van de familie Davis?'

De agent knikte maar gaf geen nadere uitleg.

'Ik heb een afspraak met iemand van de familie,' zei Kohn.

'Ze hebben een begrafenis,' legde de agent uit, alsof Kohn niet begreep wat er gaande was.

'Ik ben op zoek naar Janet Davis,' zei Kohn.

De agent keek hem enkele seconden aan voordat hij zei: 'Dit is de begrafenis van Janet Davis.'

Gisteren had Kohn vanuit Phoenix een vlucht naar Los Angeles genomen. Een week geleden had hij met Janet Davis gesproken. Drie weken daarvoor had hij het verzoek om informatie en persoonlijk contact ingediend bij de organisatie die donoren en ontvangers bij elkaar bracht.

Kohn ademde, dacht en voelde met het hart van Janets overleden broer, de katholieke priester Jimmy Davis. Hij wilde meer over hem weten en eventueel de familie financieel ondersteunen als daaraan behoefte was.

James Clemens Davis. Hij was lid van de Orde der Franciscanen. Geboren in Los Angeles, Californië, gestorven in Rochester, Minnesota. Kohn sloeg een moment zijn ogen neer terwijl hij de teleurstelling verbeet.

Een dag voordat Jimmy Davis zou sterven, was Max Kohn met een gecharterd vliegtuig van Las Vegas naar Rochester gevlogen. Kohn stond al twee jaar op de urgentielijst. Zijn cardioloog had hem gebeld met het bericht dat een patiënt van de Mayo Clinic in Minnesota hersendood was verklaard;

het hart was ideaal voor Kohn. Normaal werd een hart naar de patiënt gebracht, maar Kohn had er de voorkeur aan gegeven zelf naar Rochester te reizen en daar te worden voorbereid op de operatie. Hij had zich laten vergezellen door een cardioloog die hij uit eigen zak had betaald. Inclusief het charteren van het vliegtuig had de reis meer dan dertigduizend dollar gekost.

Achteraf wist hij niet waarom de behoefte om naar het hart toe te reizen zo sterk bij hem had geleefd. De reis was niet verstoken geweest van gevaren. Er moest apparatuur mee aan boord in het smalle vliegtuig, maar hij kon er languit liggen. Volgens de normale procedure zou het hart door een chirurg naar Las Vegas worden gebracht en daar bij de ontvanger worden geplaatst. Kohn was geen man die zich door opwellingen liet leiden, en zeker niet door sentimentele. Maar hij had de overtuiging dat hij het hart niet mocht laten reizen – het hart wachtte op hem, zo voelde het.

De Mayo Clinic in Rochester was oorspronkelijk opgezet door de Zusters van Sint-Franciscus van Rochester, een orde die in 1877 door Moeder Mary Moes was gesticht. Nadat Rochester in 1883 door een tornado was verwoest, begonnen de nonnen samen te werken met dokter William Mayo. Uit hun samenwerking groeide de Mayo Clinic, een van de grootste ziekenhuizen in Amerika, een groepspraktijk van meer dan zeventienhonderd artsen en specialisten, alom beschouwd als een van de beste klinieken in de wereld. Het afgelopen jaar was Kohns bestaan verweven geraakt met de Mayo Clinic en, indirect, met de filosofie van Franciscus van Assisi die daar in praktijk werd gebracht. In zijn lichaam klopte nu het hart van een Franciscaan, de broer van Janet, die inmiddels zelf was overleden.

'Weet u wat er met haar gebeurd is?' vroeg Kohn aan de agent.

'Geraakt door een verdwaalde kogel. Een vuurgevecht tussen bendeleden. Ze stond op het verkeerde moment op de verkeerde plek.'

Kohn had haar niet gekend, maar door het hart van haar broer – gewoon een spier van minder dan driehonderdvijftig gram – had hij een onverklaarbaar diepe band met haar. Hij vocht een moment tegen zijn tranen, alsof hij rouwde om een naast familielid.

Hij slikte en zei: 'Kunt u mij helpen? Kent u de familie? Janet heeft een zus, Elly.'

De agent knikte: 'Ik ken ze. Mijn broer zat op school met Jimmy, die is een jaar geleden gestorven. Maar ik begrijp, u bent niet voor de begrafenis gekomen?'

'Ik wist niet dat Janet dood was, nee.'

Kohn keek naar de mensen rondom de lijkwagen, een grote groep stijlvol geklede zwarte rouwenden met strakke gezichten van verdriet en woede.

Kohn vroeg: 'Zijn de daders gepakt?'

'Nee. Nog niet. Kwestie van tijd. Het was een verdwaalde kogel, denken we, maar toch is dat iets waarover ze gaan opscheppen. We komen het te weten, we pakken ze op.'

'Kent u Elly? Kunt u haar aanwijzen?'

De agent schudde zijn hoofd: 'Ik was hier een uur geleden ook, en toen was ze dronken. Ze is hier niet. Ze zal wel binnen zijn.'

Kohn bedankte hem en liep langs de groep naar een houten bungalow waarvan de veranda was versierd met witte lelies en witte strikken van fluweel. Enkele oudere mensen wachtten in stoelen onder het dak van de veranda op het vertrek van de stoet. Kohn was de enige blanke, maar niemand had aandacht voor hem. Hij stapte het huis binnen en kwam in een kleine voorkamer. Op een tafel brandden tientallen witte kaarsen. Er stonden mensen met koffiebekers in de hand, iedereen in het zwart gekleed. Hij liep verder en betrad een tweede kamer. Daar bevond zich een grote witte lijkkist, de deksel geopend, op een onderstel van chromen buizen met kleine wielen.

Tegen een wand, op een meter of twee van de kist, zaten drie mensen die de naaste familie moesten zijn. Gezeten in een rolstoel staarde een gezette, bejaarde vrouw met wit geworden kroeshaar voor zich uit. Naast haar keken een jongen van een jaar of zes en een meisje dat één of twee jaar jonger was, een grote witte strik in het zwarte haar, naar hem op. Hun grote ogen waren roodgehuild en ze bekeken hem vol wantrouwen, alsof hij de kist wilde stelen. Misschien dachten ze dat hij een politieman was. Hij liet een lichte glimlach van medeleven zien, maar ze reageerden niet en hielden hem onzeker in de gaten.

Een kleine, blanke man, niet ouder dan veertig, die rond zijn hals het witte boordje van een geestelijke droeg, kwam naar hem toe en zei: 'We hebben nog een paar minuten, u kunt rustig afscheid van Janet nemen.'

Kohn knikte en stapte naar de kist, de handen ineengestrengeld voor de buik, vroom, alsof hij zou gaan bidden.

Janet lag in een witte jurk op een bed van witte zijde, de handen net als Kohn op de buik. Ze had een smal gezicht met brede jukbeenderen. Hij wist niet op welke plek ze door de kogel was geraakt, maar hij zag geen wond of een wond die was weggeschminkt. Ze was zo smal dat iemand naast haar kon liggen. Op het internet had Kohn enkele afbeeldingen van Jimmy Davis gevonden, ze leek weinig op haar broer. Hij kon zich niet beheersen en boog zich voorover en kuste haar kille, levenloze voorhoofd.

Toen hij zich weer oprichtte, voelde hij de blikken van de geestelijke, die zich aan de andere kant van de kist had opgesteld. Hij had lichtblond haar, de huid van zijn gezicht was rood, hij had het warm en streek met een zakdoek het zweet van zijn wangen. Met heldere blauwe ogen vol jongensachtige nieuwsgierigheid bekeek hij Kohn.

De man vroeg: 'U kende Janet goed?'

'Nee. Niet goed. Ik heb haar een week geleden via de telefoon gesproken. En we hebben een paar mailtjes uitgewisseld.'

De geestelijke knikte, maar Kohn zag de verwarring in zijn ogen.

'Ik had met haar afgesproken. Voor vandaag. Ik wist niet dat dit...' Kohn maakte de zin niet af.

'Janet was een van de steunpilaren van mijn parochie,' zei de geestelijke. 'Ik ben Joseph Henri, Father Joseph.'

'Max Kohn.'

'Max Kohn?' herhaalde de geestelijke. Hij knipperde even met zijn ogen, liep om de kist heen en stak zijn hand ter begroeting uit. Hij schudde hem langdurig en heftig de hand. Father Joseph had een vochtige handpalm.

'Max Kohn,' herhaalde de priester. 'Max Kohn. Ja, Max Kohn. Janet heeft me over u verteld. U had contact met haar gezocht in verband met Father Jimmy.'

'Dat klopt.'

'Ze heeft het met mij besproken. De situatie en zo. Blijft natuurlijk iets vreemds. Maar ze keek ernaar uit. Ik wist niet dat ze al een afspraak met u had gemaakt. Ik moet u even voorstellen.'

Father Joseph wendde zich tot de bejaarde vrouw. Rond haar benen waren vleeskleurige zwachtels gewikkeld, vocht was erdoorheen gelekt.

'Ria, ik moet je aan iemand voorstellen.'

De vrouw knikte en keek hulpeloos op. De geestelijke wees op Kohn en zei: 'Dit is de man die het hart van Jimmy heeft gekregen. Ik heb je over hem verteld. Het hart van

Jimmy, je zoon, Jimmy,' herhaalde hij, 'deze man heeft zijn hart.'

Alsof hij Kohn al jaren kende, veroorloofde Father Joseph het zich om met een vinger op de zijden stropdas midden op Kohns borstkas te tikken.

Ria bewoog langzaam haar hoofd en probeerde zich te concentreren op de onbekende man.

'Heeft u Jimmy gekend?' vroeg ze met zachte stem.

'Nee,' antwoordde Kohn.

'U heeft zijn hart,' sprak ze toonloos.

'Ja. Ik heb Jimmy's hart.'

'Hij was een heilige,' zei Ria. 'Mijn zoon was een heilige. Hij kreeg een gezwel in zijn hoofd. Dat doet God met de mensen die Hij liefheeft. Hij wil ze dicht bij Zijn troon.'

Ze stak zoekende vingers uit, alsof ze niet precies wist waar Kohn stond. Het drong tot hem door dat ze blind was. Diabetes. Hij had gelezen dat veel zwarten eraan leden. Ze had niet gezien dat Father Joseph op Kohns borstkas had getikt.

Hij nam haar breekbare hand tussen zijn handen en voelde fijne botjes onder de perkamenten huid.

Ze vroeg: 'Hoe voelt dat, het hart van een heilige?'

Kohn zocht in haar zwevende ogen naar een antwoord: 'Een geschenk.'

'Wat heeft u tot nu toe met uw leven gedaan?'

Kohn keek Father Joseph een moment om raad vragend aan. De geestelijke glimlachte welwillend.

'Ik heb hard gewerkt,' was het enige wat Kohn kon bedenken.

'Jimmy ook,' zei ze. 'Jimmy wilde het goede verspreiden. Tot de Heer hem bij Zich riep. Zijn hart klopt nu in uw lichaam. De dokters kunnen alles tegenwoordig. Veel. Ik heb suikerziekte, daar is nog geen medicijn voor. Maar het hart van een dode kunnen ze gewoon in een andere dode zetten en die kan dan weer leven. Was u dood toen u het hart van mijn zoon kreeg?'

Kohn antwoordde: 'Nee. Ik was dood geweest als Jimmy niet was gestorven.'

Vijf mannen met hoge hoeden in de hand – door de lage deuropeningen konden ze de hoeden niet dragen – kwamen bijna geruisloos de kamer binnen. De kist zou nu worden weggehaald.

Kohn hield nog steeds haar hand vast.

De vrouw zei: 'Ik zal voor u bidden dat Jimmy voor u bidt. Janet is nu bij hem. Ze hebben altijd goed contact gehouden. Jimmy heeft in Afrika gewerkt, weet u dat?'

'Ik heb daarover gelezen.'

Ze draaide haar goede oor in de richting van de kist en concentreerde zich op wat ze hoorde: 'Zijn de dragers er?'

Father Joseph boog zich naar haar toe: 'Ja. Ze zijn er. We gaan nu naar de begraafplaats.'

Ze trok haar vingers terug uit Kohns handen.

'Komt u nog eens langs,' zei ze. 'U bent altijd welkom. U bent niet zwart, toch?'

'Nee.'

'Een zwart hart in een wit lijf,' spotte ze. 'Dat wordt nog wat.'

Ze moest om haar eigen woorden lachen.

Een van de lijkbezorgers wachtte op een teken van Father Joseph, en toen deze knikte, zette hij zijn hoed op en duwde hij de zware rolstoel met de oude vrouw de kamer uit. Hij boog diep toen hij door de deuropening stapte. De twee kinderen waren al opgestaan en volgden de rolstoel.

Father Joseph vroeg: 'Wat zijn uw plannen nu?'

'Janet had me foto's beloofd, verhalen over haar broer. Misschien kan ik met haar zus praten?'

'Elly is niet aanspreekbaar.'

'Janet vertelde vorige week dat ze me een envelop zou geven met allerlei dingen over haar broer.'

'Het spijt me, meneer Kohn, ik weet niet of ze daaraan is toegekomen. Vijf dagen geleden stierf ze, op de oprit voor de garage. Bent u morgen nog in de stad?'

'Ja.'

'Misschien is Elly dan wat beter. Gaat u mee naar de begraafplaats? In de volgauto met oma en de kinderen is nog wel plek.'

'De kinderen... die zijn van Elly?'

Father Joseph keek een moment weg, naar de witte kist die door de dragers gesloten werd en voorzichtig uit de kamer werd gemanoeuvreerd. Toen wenkte hij Kohn dichterbij met een dwingend gebaar van zijn hand.

Kohn boog zich naar hem toe.

De geestelijke fluisterde: 'Janet en Elly zijn allebei onvruchtbaar. Oma Ria heeft haar twee dochters gekregen van een oom, door wie ze werd verkracht. Maar haar zoon was van een minnaar. Haar zoon kon zich voortplanten, ook al had hij als Franciscaan een gelofte tot celibaat afgelegd. Jimmy had gezond zaad. De kinderen zijn van Jimmy. Ze werden door Janet opgevoed.'

Hij keek Kohn van dichtbij intens aan, alsof hij in zijn hoofd wilde kijken.

'Janet kreeg elke maand geld van haar broer. Na zijn dood heeft ze zijn kunstcollectie verkocht, die had hij in Afrika verzameld toen hij daar bij de missie werkte. Maar dat geld was bijna op. Dat was een van de redenen dat ze u wilde ontmoeten. Bent u rijk?'

'Ja,' antwoordde Kohn.

'Dan heeft u nu een verantwoordelijkheid. Gaat u mee?'

MEMO

Aan: Mr. J.P.H. Donner
FOR YOUR EYES ONLY
Kenmerk: Three Headed Dragon

Geachte Minister,
Ten aanzien van het onderzoek naar het zogeheten Licht Incident (verder te noemen LI) het volgende: nogal curieuze conclusies dringen zich op. Mijns inziens is het van belang u in een vroeg stadium van de vorderingen op de hoogte te stellen.

De twee hoofdgetuigen hebben het land verlaten. Ben via e-mail en skype met hen in contact. Twaalf keer zijn de getuigen bevraagd – 'ondervraagd' zou een verkeerd beeld geven van de verhoudingen. Hun verklaringen zijn consistent.

In het complex van gebeurtenissen is dit LI van gering belang, zo lijkt het. De reden van mijn fascinatie lag in de onverklaarbaarheid van het LI. Alle andere omstandigheden konden worden geanalyseerd en tot hun logische of psychologische essentie worden gereduceerd. Het LI niet.

Het LI is, oppervlakkig beschouwd, een reflectie van lamplicht op een glad, vlak oppervlak. De hoek van inval is de hoek van terugkaatsing, zo luidt de natuurkundige wet. Zie afbeelding:

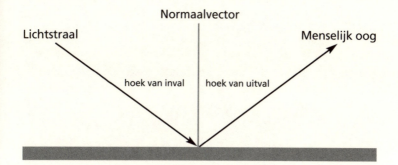

Ter plaatse zijn metingen verricht, daarbij rekening houdend met de precieze plek van het vlakke oppervlak, de hoogte van de lampen ten opzichte van dit oppervlak en de vloer, en de positie van de twee getuigen.

De eerste testresultaten suggereren dat het onmogelijk is dat de lichtbron, in casu het lamplicht, reflecterend via het vlakke oppervlak de ogen van de getuigen heeft bereikt op de manier waarop de getuigen dit hebben waargenomen.

Er waren geen andere lichtbronnen dan drie plafondlampen; deze bevinden zich zeven meter dertig boven de vloer. Het betreft hier een pand uit 1895, een voormalig tehuis voor weesmeisjes. De vloer bestaat uit gestort granito, gerenoveerd in 1998, en kent een uitstekende staat van onderhoud, ondanks het intensieve gebruik. Een reflectie van de plafondlampen via de vloer kan nimmer het LI opleveren zoals omschreven door de getuigen.

Hopende u hiermee alvast van dienst te zijn,
Met vriendelijke groet,
Mr. Frans van der Ven

3
SONJA

De rouwkaart had ze meteen uit de post gevist. Rouwkaarten vielen op tussen de reclamekrantjes en bankafschriften. Ze waren allemaal op dezelfde manier uitgevoerd, kaal, meedogenloos. De kaart was naar haar oude adres in Juan-les-Pins gestuurd en naar Amsterdam doorgezonden.

Ze had Janet vlak voor Jimmy's dood ontmoet en daarna slechts sporadisch contact met haar gehad. Er was geen band ontstaan. Van beide kanten was daar geen behoefte aan. Janet en haar zus Elly kenden geen waarde toe aan de concretisering van wat ze toch al wisten – dat hun broer, de celibataire priester, met vrouwen had geslapen.

De begrafenis vond plaats in Los Angeles op het moment dat zij in Amsterdam de kaart in handen kreeg. Wat Sonja kon doen was een handgeschreven briefje terugsturen. Elly zou dat pas over een week ontvangen en achteloos op de hoop met andere condoleances gooien. En het pakketje zou na een aantal weken in een dik elastiek worden samengeperst en in een schoenendoos verdwijnen, en daarna zou de doos onder het bed geschoven worden, tot het huis voor een verhuizing werd leeggehaald, of voor de veiling die nodig was om Elly's schulden te betalen. Dan zou de doos worden teruggevonden en als waardeloos in een afvalcontainer worden gekieperd.

Wat Jimmy aan bezit had verzameld – dat was niet veel, enkele exotische houten kunstvoorwerpen waarin ook Sonja schoonheid had gezien – had hij aan Janet nagelaten. Janet en Elly leefden in een getto in LA, had Jimmy verteld. Details had ze nooit gevraagd. Sonja had zijn liefde gekoesterd, ze had van hem gehouden zonder dat ze ooit rechten op hem had doen gelden – geloofde ze. Als ze aan hem dacht, deed ze dat met een weemoedige glimlach.

Ze was bij hem geweest op de dag dat hij stierf. Jimmy had contact met haar gehouden, maar hij had over de tumor gezwegen. Janet had haar gebeld. Sonja was naar Minneapolis gevlogen en door een dichte sneeuwstorm met een huurauto naar Rochester gereden. De verwarming in de auto loeide maar ze had het koud. Ze woonde toen met Nathan in Juan-les-Pins aan de Franse mediterrane kust, nog steeds op de vlucht, nog steeds gekweld door nachtmerries en verlangen en woede. In het zuiden van Frankrijk kon het 's winters koud zijn, maar de kou van Minnesota was van een andere orde.

Niemand hoefde het haar uit te leggen: het was ziekelijk zo lang om een liefde te rouwen, een allesomvattende, allesoverheersende liefde. Nee, niet voor Jimmy. Een ander had die bij haar teweeggebracht.

Wat haar leven in twee stukken uiteen had gescheurd, had ruim tien jaar geleden plaatsgevonden, voordat ze Jimmy had ontmoet. Haar belevingswereld was die van een neurotisch meisje in een negentiende-eeuwse roman, zo vreesde ze. Ze had psychiaters bezocht, maar ze was nog steeds niet genezen. Op het eiland was Jimmy een rustpunt geweest in de stormen die voortdurend de deuren en ramen van haar leven openbliezen en de gordijnen van hun haken scheurden.

Met Jimmy had het een jaar geduurd. Onder die zwarte kleren had hij een krachtig lichaam, en het feit dat hij een priester was had de seks intenser en bandelozer gemaakt. Ze hadden elkaar uitsluitend aan de andere kant van het eiland ontmoet, waar de kans op een confrontatie met een leerling of docent van zijn school – hij gaf les op een katholieke school – minimaal was. Zij had geld en liet hem naar een hotelsuite komen. Hij doste zich uit als een toerist of een surfer, altijd met een zonnebril en een baseballcap, onidentificeerbaar voor wie de Franciscaan aan de noordkant van het eiland kende. Als ze met hem wilde trouwen, zou hij de Kerk verlaten, beweerde hij als hij voldaan naast haar lag en volgens de oude regels van het spel, die in de Dominicaanse Republiek in volle glorie werden gehandhaafd, een sigaret rookte terwijl hij naar Sonja's lichaam keek, de verboden vrouw die hij met zoveel toewijding genot schonk. Zijn zwarte lijf naast het witte van haar – het klopte volkomen in esthetisch opzicht. Hij was gespierd zonder dat hij er iets voor hoefde te doen. Zij moest wel moeite doen om op gewicht te blijven. Ze rende 's ochtends vroeg over het strand, vlak voor het te heet werd en elke stap onder de zon een onmogelijke krachtsinspanning. Maar seks kon altijd. In de schaduw van een hotelkamer, onder een draaiende fan, met buiten gillende claxons van verontwaardigde taxichauffeurs en zo nu en dan Caribische muziek die uit een passerende auto waaide. Soms sliep ze in en werd ze pas wakker als de zon onderging. Dan had Jimmy de kamer al verlaten en gaf hij bijles op school, bezocht hij een zieke of troostte nabestaanden. Hij was een goed mens. Wat je ziet dat krijg je, zei hij in alle eenvoud over zichzelf, en dat was mooi, want hij was lief en teder. Maar hij was niet mysterieus. Hij was goed, en wat hem kwelde was dat hij voor zijn roeping te geil was. Hij was doortastend en doelgericht als ze samen waren en zwetend van positie veranderden, maar ze wist dat hij bevangen werd door schuldgevoel wanneer hij de deur van de hotelkamer had dichtgetrokken en het heilige gewicht van zijn roeping op zijn schouders neerdaalde. Dat maakte hem in haar ogen ongeschikt als permanente partner, als levensgezel. Naast hem moest ze zijn God verdragen, en die was uiteindelijk sterker.

Gemiddeld één keer per week. Telkens alsof er nooit een vervolg zou zijn. Ze ondergingen waarvoor ze gekomen waren en spraken nooit iets af. Maar dan belde ze, of stuurde een sms'je. Een uur bij elkaar, dan was hij weg. Beschaamd, wist ze. Dat stond haar tegen, ofschoon ze zich ook begeerd en daardoor machtig voelde.

Ze had hem op school ontmoet. Nathan zat daar halve dagen in een peuterklasje. De school van de Franciscaner nonnen was de beste in de Dominicaanse Republiek. Ze was niet katholiek. Ze geloofde wel dat er krachten in haar leven speelden die groter waren dan zijzelf, maar haar kind had zij niet willen blootstellen aan georganiseerde religie. Dat was geen probleem, had Padre James in het Engels met een Amerikaans accent gezegd, voor iedereen was er plaats, en wie weet, misschien zou ze het ware geloof vinden. Ze was teruggegaan voor een tweede gesprek en ze volgde zijn ogen en besefte dat hij hetzelfde dacht als zij. Ze had al tien maanden geen man gehad.

Twee weken later kwam ze hem tegen in de stad. Ze had een paar afspraken – haar Nederlandse artsendiploma werd hier erkend, ze deed vrijwilligerswerk in vrouwenklinieken – en hoorde op straat dat iemand haar naam zei. Ze draaide zich om, blote schouders in een dunne bloemetjesjurk, blote benen op halfhoge pumps, en ze zag in zijn ogen dat hij naar haar rug en billen had gestaard. Een espresso in een bar. Een halfuur praten over de school en het eiland. Ze nam brutaal het initiatief. Hotel El Embajador, over een uur, zei ze plompverloren. Koop een neutraal shirt, zet iets op je hoofd.

Ze stond op en liet hem achter. Na een uur de klop op de deur. Ze had net gedoucht. Met natte haren deed ze open. Zwijgend liet ze de handdoek vallen en knoopte ze zijn broek los. Ze hield even de adem in toen ze zag wat hij kwam aanbieden. Hij tilde haar op en droeg haar naar bed. Hij was uitgehongerd. Zij ook. Ze beet op de rug van haar hand om een schreeuw te onderdrukken.

Lieve, aardige, stoere Jim.

Door de sneeuw was ze naar hem toe gereden toen hij op sterven lag. Ze had zich gericht op de achterlichten van de wagens voor haar, een lange stoet stapvoets rijdend in de groeven die de banden in de witte deken hadden gekerfd. Jimmy had haar niet verteld dat bij hem een hersentumor was vastgesteld. Janet had het haar via de telefoon meegedeeld. Hij had nog maar kort, had Janet gezegd. Jimmy had een maand eerder een lijstje gemaakt van dingen die moesten gebeuren, en een van die dingen betrof Sonja. Hij wilde dat zij bij hem was als hij weg zou gaan. Nathan kon bij een vriendje in Cannes logeren en ze vloog naar Amerika.

Een halfjaar eerder had Jimmy, altijd de rust en voorkomendheid zelve, zonder aanleiding woedeaanvallen gekregen. Soms kromp hij ineen door scherpe hoofdpijn. Een MRI-scan onthulde een tumor in de laatste fase, een astrocytoom graad vier. Ze gaven hem een paar weken. Hij zocht een second opinion en via contacten bij de Kerk kwam hij bij de Mayo Clinic in Rochester terecht, waar de Franciscanen nog steeds invloed hadden. Daar stelden ze dezelfde prognose. Maar hij kreeg meer weken dan was voorspeld. Jimmy wilde geen verdere behandeling en probeerde zich de laatste maanden in het ziekenhuis nuttig te maken als stervende patiënt die andere stervende patiënten troost en bezinning bood.

'Hij was de beste mens die ik kende,' had Janet over de

telefoon gezegd. Ze huilden allebei in stilte.

Sonja was moe gehuild toen ze na een lange, blinde rit de auto parkeerde voor het motel waar Janet verbleef, om de hoek van de kliniek. Janet had voor Sonja een kamer gereserveerd. Ze was kleiner en smaller dan Sonja had verwacht, anders dan haar broer. Ze omarmden elkaar krachtig. Geen woord over de speciale band tussen Sonja en Jimmy – we waren hele goede vrienden, had ze gezegd, in de Dominicaanse Republiek hebben we elkaar goed leren kennen – maar wel veel woorden over zijn zachtaardigheid, zijn onbaatzuchtigheid, zijn bescheidenheid. Grote, complexe woorden, maar waar, dacht Sonja. Op het eiland had hij lesgegeven, financiers voor sociale woningbouw gestrikt, in ziekenhuizen gewerkt, geboortes en begrafenissen ritueel gewijd, jongens naar het rechte pad gesleurd, meisjes uit bordelen gepraat, ruzies beslecht, vrede verspreid, en één keer per week met Sonja de liefde bedreven. Nog steeds voelde ze de hitte van zijn huid, de gretigheid van zijn tong en vingers, het ritme van zijn heupen. Hij was teruggeroepen naar Amerika en daar had hij vermoedelijk andere vriendinnen gehad, maar ze had er nooit naar gevraagd en de contacten waren spaarzamer geworden, verloren hun intimiteit.

Sonja had het eiland verlaten en was naar Lissabon verhuisd. Daarna naar Viareggio. Ibiza. Juan-les-Pins. De man die haar minnaar was geweest, werd een vriend van vroeger. Jimmy. Tot ze door Janet werd gebeld.

De ochtend na haar aankomst in Rochester had ze hem bezocht, maar hij herkende haar niet. Ze had zijn hand vastgehouden en tegen hem gepraat. De tumor had zijn hersenen aangevreten en bracht alleen radeloze pijn voort. Hij kreeg hoge doses morfine toegediend en verbleef daardoor op een plek waar ze hem niet kon bereiken. Twee uur zat ze aan zijn bed. Zijn lichaam leek niet te hebben geleden en oogde net zo onkwetsbaar en eeuwig als toen ze met elkaar sliepen. Hij had levensrekkende therapieën geweigerd. Ze wist waarom, ook al sprak ze het niet uit: dit was wat God hem had opgelegd. Zo nu en dan sloeg hij zijn ogen op, maar hij zag haar niet.

Ze bezocht hem drie opeenvolgende dagen, twee uur per keer. Aan het einde van de derde dag werd hij hersendood verklaard en werd zijn lichaam naar een afdeling gereden waar hij niet meer Jimmy was maar een rijke vindplaats aan levenbrengende organen. Zo had hij in zijn testament beschikt.

Ze waren uitgeput. Het was voorbij. Jimmy was weg en Sonja en Janet moesten zich aan het leven wijden. Ze bleef niet voor de begrafenis en vloog via Parijs terug naar de Côte d'Azur. In Cannes haalde ze haar zoontje op en toen ze hem had ingestopt viel ze naast hem in een diepe, genezende slaap, die hen beiden pas verliet toen de werkster aanbelde. Nathan had al op school moeten zijn. Ze hield hem thuis, het was een zachte mediterrane dag in maart, in het voorjaarsweer braken de eerste bloemen al open. Nathan mocht *gamen* wat hij wilde. Ze las, belde zittend op het terras met vriendinnen in de buurt en in Amsterdam zonder Jimmy te noemen. Elk woord over hem zou verraad betekenen. Ze had een heilige gekend. Over heiligheid zwijg je. Ze kneedde hamburgers, sneed aardappelen om voor Nathan patat te maken. Die avond huilde ze omdat ze blij was dat ze op het eiland een jaar lang met Jimmy had geslapen en met tederheid aan hem kon denken.

En nu was zijn zus Janet gestorven. Lieve, lieve Jimmy. Hij geloofde in een bestaan na de dood. Dat was de kern van zijn geloofsopvatting. Sonja geloofde dat ze niet geloofde, maar dat wist ze niet zeker – er was nog veel wat ze moest uitzoeken, afsluiten, bezweren, voordat ze zekerheid kon krijgen over de vraag of ze geloofde dat er na dit leven iets anders bestond. Dat ze als een nomade leefde, nou ja, een rijke nomade met geld van de familie, had alles te maken met de man die ze tieneneenhalf jaar geleden had verlaten omdat ze zichzelf moest redden. Zij had Max Kohn verlaten op het moment dat het tot haar doordrong dat hij destructief was. Zijn woede was onstilbaar, woede nota bene ontstaan door de Oorlog, door de Geschiedenis, terwijl hijzelf pas vijftien jaar na het einde van die O&G was geboren. Hij zou alles vernietigen wat op zijn weg kwam.

Nathan had ze in Londen ter wereld gebracht, daarna was ze naar de Dominicaanse Republiek getrokken, had een huis op het strand gehuurd en via een Nederlandse vrouw die ze had leren kennen een stevige oppas annex huishoudster gevonden. Na Jimmy waren er anderen. Eén, twee nachten. Een Amerikaanse student. Een Franse bankier. Ze kon krijgen wie ze wilde. Ze was een paar jaar model geweest toen ze medicijnen studeerde en ze wist hoe ze zich op het strand en in de clubs moest bewegen. Lang, slank, donkerbruin haar tot over haar schouders. Ze was nu tweeënveertig maar zag er net zo goed uit als toen op het eiland. Borsten als van een achttienjarige Zeeuwse. Gespierde billen. Na de bevalling elke dag rennen en trainen tot haar buik weer was gladgetrokken. Voor Max. Ze wilde hem niet zien, ze vervloekte en minachtte hem, maar als hij zou komen zou ze er net zo uitzien als op de dag dat ze hem had verlaten in het jaar van de Catastrofe.

Een week na Jimmy's dood – het warme weer hield stand in Juan-les-Pins, de bloemen kropen nu helemaal uit hun knoppen, Afua, haar Ghanese huishoudster, had de zomerkleren buiten gehangen zodat de kou er, volgens haar, kon uittrekken – raakte ze op het terras van een restaurant in

Juan-les-Pins in gesprek met een Nederlandse man.

Ze herkende hem, zijn zilvergrijze, golvende haar, de ontspannen glimlach, de heldere blauwe ogen, de bekende advocaat Bram Moszkowicz. Hij logeerde in zijn villa in Biot. Hij was in het gezelschap van Eva, zijn nieuwe liefde, een bekende televisiepresentatrice, blond en intelligent en met iets Oost-Europees in haar gezicht. Ze hadden gehoord dat zij met Nathan Nederlands sprak en Bram vertelde dat hijzelf een zoon had met die naam. Ze werden snel goede kennissen die haar belden wanneer ze in de buurt waren en vroegen of ze meeging naar een of andere hippe club op het strand van Antibes of Cannes.

Een paar maanden later waren Bram en zijn geliefde opnieuw in Biot. Ze nodigden Sonja uit voor een barbecue bij hen thuis. Die zou ook worden bezocht door Brams vriend Leon de Winter, de schrijver, die een halfjaar eerder officieel van zijn vrouw was gescheiden.

Het was duidelijk, ze wist meteen dat ze over haar hadden gesproken als een mogelijke relatie voor de rouwende, verlaten schrijver op zoek naar vers zelfrespect. Ze moest even fungeren als een object ter bezichtiging. Ze had er geen moeite mee, wilde weten wie die De Winter was.

Leon de Winter was na een vierjarig verblijf in Los Angeles teruggekeerd naar Nederland en had besloten enkele maanden in het zuiden van Frankrijk door te brengen en er een boek te schrijven.

Het was voor Sonja niet liefde op het eerste gezicht. Hij was veertien jaar ouder, twintig kilo te zwaar, maar hij was een bevlogen verteller en leek geen twijfel te kennen over wie hij was en wat hij op aarde te zoeken had. Ze had enkele van zijn boeken gelezen en ze herinnerde zich hoe ze als middelbare scholier gefascineerd raakte door een van zijn vroege romans, een verhaal over een schrijver die zijn grote liefde was misgelopen.

Hij had zachtmoedige en ook enigszins onschuldige ogen – het was intrigerend dat daarachter, zo bewees zijn werk, een curieuze verbeelding schuilging. Hij sprak vol geestdrift, alsof hij achttien was, over politiek en filmdingen – dat was vertederend. De Winter was een hardnekkige sollicitant, ook wel 'pretendent' genoemd, een woord dat niet meer werd gebruikt maar dat ze ergens had gelezen, een persoon die naar de hand van een vrouw dingt. Ze liet hem zijn best doen, ze was het waard, vond ze zelf. Ze vond het stiekem spannend dat een schrijver wiens fantasie ze bewonderde – de roman die ze als meisje had gelezen zat barstensvol seks en romantiek – haar schaamteloos het hof maakte. Drie dagen na hun eerste ontmoeting had hij FedEx een doos met zijn boeken laten bezorgen.

De Winter logeerde in een hotel in Menton. Daar wilde hij een roman schrijven over het huwelijk met de schrijfster Jessica Durlacher ('een schrijvershuwelijk, onmogelijk, ik hoop dat je niet schrijft,' had hij tegen Sonja gezegd) dat na bijna twintig jaar op de klippen was gelopen, maar toen Sonja, nadat zij twee weken het doelwit was geweest van een verbale veroveringsoorlog, in zijn hotelkamer uit haar strakke jurk stapte en hem toestond te doen wat hij zich wekenlang koortsachtig had voorgenomen, zo had hij bekend, gaf hij het idee voor de roman op – wat dat betreft was hij volkomen voorspelbaar en zwak. Hij had nu andere zaken die hem bezighielden. Het was enerzijds slap dat hij het plan voor de roman zo makkelijk begroef ('Jessica is er ook mee bezig, en ik denk dat zij sneller is,' zei hij over de vrouw die hem voor een rijke architect uit Venice, Californië, had verlaten), maar tegelijkertijd wist Sonja dat zij het niet had verdragen als hij zich ook op papier had opgesloten in de rouw over het bedrog van zijn ex.

Gedurende de eerste weken van hun samenzijn sprak De

Winter vaak over zijn ex. Toen hij merkte dat het haar irriteerde, deed hij zijn best erover te zwijgen, verbeet in stilte de vernedering die hij had ondergaan. En hij slaagde erin haar leven op te laden met nieuwe energie: het was inspirerend om te zien hoe De Winter elke ochtend met tomeloze nieuwsgierigheid aan de dag begon. Dat was soms vermoeiend, zoveel opgewektheid, maar hij zat altijd vol met ideeën voor artikelen, columns, films, en plannen voor revolutionaire producten die de wereld zouden veroveren. Van al die projecten kwam meestal niets terecht, zo stelde ze later vast, maar hij veranderde elke regenachtige dag in een waaier van zonnige kansen.

Zij vertelde hem dat ze een opvangtehuis van ezels in India financierde. Hij keek haar verbaasd aan, een sarcastische opmerking lag direct klaar in zijn mond, zag ze, tot hij merkte dat ze met ernst over ezels kon spreken. Er waren vijf van die tehuizen, in Delhi, Ahmedabad, Gwalior, Sikar en Solapur. In India werkten een kleine twee miljoen ezels voor de allerarmsten. Ze vormden hun kostbaarste bezit maar werden ook overbelast en afgemat als werk- en lastdieren. Ze waren essentieel voor het overleven van die arme families, maar als er iets met de ezel gebeurde, konden ze een bezoek aan de dierenarts niet bekostigen. Het bezit van een ezel was minstens zo belangrijk als toegang tot zogenaamde microleningen, had ze uitgelegd, en hij knikte begrijpend en zei, met echt of gespeeld enthousiasme, dat ze daar een boek- of filmproject van moesten maken en dat hij graag met haar die tehuizen wilde bezoeken. Ze had mannen meegemaakt die haar meewarig bekeken als haar ezelsgekte ter sprake kwam. De Winter nam haar serieus.

De zomer kwam. Ze kregen zowaar een verhouding.

Toen hij twee weken op *Lesereise* door Duitsland moest, merkte ze dat ze zijn aanwezigheid miste. Hij belde niet en na een week toetste ze zijn nummer in. Het was bijna middernacht. Hij nam op. Hij was in een restaurant in Berlijn. Ze hoorde hem zeggen: 'Ha Sonja!', alsof ze een vage kennis was. Daarna zei hij: '*Ich bin gleich zurück.*' En een vrouw antwoordde: '*Ich gehe nicht weg. Nicht bis die Sonne aufgeht.*' Die toevoeging stak haar, en ze merkte dat ze jaloers was. Jaloers?

'Ben je niet alleen?'

'Ik moest vanavond die talkshow doen en de presentatrice vroeg of ik mee ging eten. Hoe is het daar?'

Terwijl ze hem aan de praat hield, googlede ze snel de naam van de vrouw. Niet onaantrekkelijk. Bekende Duitse journaliste.

'Je bent me al snel vergeten,' zei ze.

'Nee. Ik denk voortdurend aan je. Maar ik dacht: misschien moet ik je niet elke dag bellen. Dat is opdringerig.'

'Ik hou van opdringerig,' zei ze.

'Ik ook.'

'En welke dame heb je daar aan de haak?'

'Laat die haak maar weg.'

'Waar ben je morgen?'

'München.'

'Waar?'

'Vier Jahreszeiten.'

Ze had meteen een plan, liet niets daarover los, en belde Nathans oppas, ook al was het laat. Vroeg in de ochtend vloog ze naar München. Ze lieten haar in zijn gereserveerde kamer en ze wachtte daar op hem. Rond het middaguur stapte hij met een stralende grijns binnen.

'Bij de receptie zeiden ze: uw vrouw is er al. Jij bent de enige die maf genoeg is om dit te doen.'

Ze sloeg het laken weg. Ze was naakt, zoals hij, staande in

de lift, had gehoopt, zo wist ze. Het kostte hem tien seconden om zich uit te kleden. Daarna lunchten ze, en om vijf uur vloog ze al weer terug. Ze leek warempel gelukkig.

Sonja besloot met De Winter naar Amsterdam terug te keren, voor het eerst sinds de Catastrofe; zo noemde ze het rampjaar voordat ze ontdekte dat het jaar van de stichting van de staat Israël, die door haar nieuwe vriend te vuur en te zwaard werd verdedigd, ook door de Palestijnen de Catastrofe werd genoemd, de *Naqba*. Amsterdam was vertrouwd en overzichtelijk. Ze had er nog steeds vrienden en Leon stortte er zich op een nieuw schrijfproject. Hij was materiaal gaan verzamelen over de vermoorde filmregisseur en columnist Theo van Gogh nadat hij op YouTube een oud televisiegesprek met Van Gogh had gezien. Dat gesprek ging mede over De Winter. De tienjarige herdenking van zijn dood kwam in zicht en De Winter wilde na het zien van dat YouTube-fragment de eerste zijn met een roman over de man die hem in 1984 tot zijn favoriete vijand had verklaard. Een afrekening wilde hij schrijven, een correctie van de geschiedenis die Van Gogh heilig had verklaard. Hij had Sonja columns laten zien waarin Van Gogh zich over De Winter had uitgelaten, en die waren walgelijk.

'Waarom wil je je met hem bezighouden?' had Sonja gevraagd. 'Schrijf liever nog een keer een roman zoals *Kaplan*, een liefdesverhaal. Dat was het eerste wat ik van je las. Dat was erg opwindend voor een meisje van zeventien.'

'Sinds hij dood is, mis ik zijn haat,' had De Winter gezegd. 'Gek dat je daaraan gehecht raakt. Is een beetje kaal allemaal zonder zijn gif. Een vreemde man, niet talentloos, maar destructief en dus intrigerend voor een verhalenverteller als ik.'

Sonja en Leon waren niet gaan samenwonen maar ze hadden wel in dezelfde straat in de Concertgebouwbuurt een woning gevonden. Hij sliep vaak bij haar, bracht zelfs regelmatig Nathan naar school, en soms nam hij, ondanks haar bezwaren, voor het avondeten Surinaamse take-out mee. Ze had hem op dieet gezet, en hij was in twee maanden vijf kilo afgevallen. De Catastrofe die haar had getroffen – hoewel, er hadden zich in haar leven twee Catastrofes voorgedaan – had ze niet voor hem verborgen gehouden.

Gedurende de wittebroodsweken in Zuid-Frankrijk was Max Kohn één keer ter sprake gekomen.

Ze aten samen in een restaurant in Antibes dat Sonja door Bram had leren kennen, een pijpenla in de oude binnenstad die snel over het hoofd werd gezien maar waar mooie kleine gerechten werden geserveerd. Het toeristenseizoen was nog niet begonnen, de straten waren leeg.

Ze kende de feiten van zijn jeugd, maar ze wilde naar hem kijken als hij praatte en stelde hem vragen over zijn ouders. Hij deed zijn best omdat hij met haar naar bed wilde, en dat maakte haar machtig.

Opeens zei hij: 'Ik ken Max nog van vroeger.'

Ze voelde hoe de spieren in haar nek en rond haar schouders als snaren werden aangespannen.

'Hoe bedoel je?' vroeg ze toonloos, bars bijna.

'Jij was toch met Max Kohn? Jij bent toch *de* Sonja Verstraete?'

Ze was al opgestaan, had zich van haar stoel losgemaakt terwijl haar hart tekeer begon te gaan. Ze liet zich weer zakken en antwoordde toen ze haar adem onder controle had. Ze keek hem niet aan.

Ze zei: 'Max kwam ook uit Den Bosch, ja. Dus daar kennen jullie elkaar van?'

'Sorry,' zei hij, 'het spijt me dat ik over hem begon. Ik wist niet dat...'

'Wat wist je niet?'

'Ik wist dat jij en hij... ik wist dat jullie lang bij elkaar zijn geweest. Dat is kennis die je niet kan ontgaan wanneer je jouw naam googlet. Maar ik wist niet dat ik hem beter niet had kunnen noemen.'

'Vijf jaar,' zei ze. 'Toen ben ik weggegaan. Was moeilijk om dat in anonimiteit te doen. We waren samen opgepakt, de kranten stonden er vol mee.'

Ze schoof doelloos het pepervaatje heen en weer voor haar bord, daarna het zoutvaatje. Ze zei: 'Dat was de reden dat ik ben weggegaan uit Nederland. Altijd maar dat gangstermeisje van Max Kohn.' Er was meer, veel meer, maar daarover zweeg ze. Ze keek hem aan: 'Hoe was hij vroeger?'

De Winter haalde zijn schouders op: 'Ik was ouder, we schelen zes jaar, ik zag hem wel eens in sjoel met zijn moeder. We kregen pas later met elkaar te maken, in Amsterdam. We zijn daar vrienden geworden.'

'Hij heeft daar nooit iets over gezegd.' Ze keek hem nu onderzoekend aan, niet wetend of hij de waarheid sprak.

'We hadden op een gegeven moment geen contact meer met elkaar,' legde De Winter uit. 'We waren uit elkaar gegroeid. Dat was nogal duidelijk.'

'Toen ik samen met hem was, heb je hem in die tijd nog gezien? Hij heeft nooit iets over jou verteld. Heeft jouw naam nooit genoemd. *Never*.'

'De eerste grote speelfilm die ik gemaakt heb, *Zoeken naar Eileen*, die heeft Max voor een deel gefinancierd. Hij was nog heel jong, zesentwintig, geloof ik. Hij had toen al veel geld. Cash. Altijd cash, nooit creditcards. In '88 ben ik met hem naar Israël geweest, hij betaalde alles. Handenvol bankbiljetten. Hij gebruikte coke en vond mij een zeikerd omdat ik altijd weigerde. De mezoeza die ik thuis heb, heeft hij persoonlijk van een deur in het King David geschroefd. Voor mij. Hij was gek, leuk gek, meestal. Soms niet. Maar hij had altijd respect voor me, en ik voor hem, ondanks alles. Hij heeft me altijd geïntrigeerd.'

'Geïntrigeerd?' herhaalde ze kritisch. 'Dat is niet precies genoeg. Ben jij een schrijver? Kun je preciezer zijn?'

Ze zag dat hij schrok van haar woorden.

'Goed, ik zal het anders zeggen. Ik was bang voor hem, ook al hoefde ik niet bang te zijn. Hij had een donkere kant, nee, een pikzwarte kant. Maar ik stond in het licht, en dat gunde hij me. Onvoorwaardelijk. Ik hoefde niet bang voor hem te zijn. Maar ik was het toch.'

Ze knikte lang en heftig.

'Ja. Nu begrijp ik het. Goed. Laten we erover ophouden. Ik wil nooit meer over hem praten, oké? Nooit meer. Ik weet niet waar hij is. Ik wil niet dat hij terugkomt. Ik wil niet dat je ooit zijn naam in Nathans bijzijn uitspreekt. Dat is een voorwaarde voor als je met mij wilt omgaan. Duidelijk? Is dat duidelijk, meneer De Winter? Nee, over twee dingen wordt gezwegen. Over mijn vader en over Max Kohn. Die zijn allebei dood, afgesproken?'

Hij knikte.

'En nog iets,' zei ze. 'Toen ik Bram Moszkowicz leerde kennen, wist hij toen meteen wie ik was?'

'Ja. Hij had je herkend. Hij wist wie je was.'

'Waarom zei hij daar niets over?'

'Beleefdheid. Hij wilde niet dat jij je ongemakkelijk voelde. Dus hij deed of hij niet wist wie je was.'

'Maar jou vertelde hij het wel?'

'Ja. En hij zei erbij dat je vriendloos was en overrompelend mooi.'

In de straat in Amsterdam-Zuid waar De Winter woonde, was een statig huis vrijgekomen met een tuin en een kelder, ideaal voor haar en Nathan. Ze verliet Juan-les-Pins en verhuisde naar Amsterdam. Ze zagen elkaar bijna dagelijks. Ze had haar studie medicijnen voltooid – als arts-assistent op de Eerste Hulp van het VU medisch centrum had ze Kohn ontmoet toen hij daar met twee kogelwonden was binnengewandeld – en ze draaide nu opnieuw lange dagen als SEH-arts, gespecialiseerd in spoedeisende hulp.

Leon ving Nathan op als ze niet op tijd thuis kon zijn, at met hem en dekte hem toe als hij ging slapen. De Winter had in Amerika twee studerende kinderen met wie hij vaak en langdurig skypte, en zonder moeite leek hij de zorg voor Nathan van haar over te nemen.

Sonja had nu een opgewekte, zorgzame man. Geen acrobatische minnaar als Jimmy, geen gevaarlijk mysterie als Max, maar een trouwe joodse man met een speelse fantasie en nogal overdreven rechtse politieke praatjes. Die praatjes nam ze op de koop toe.

De tekst van de rouwkaart die Sonja had ontvangen, suggereerde dat Janet Davis was overleden na een tragisch ongeluk: 'Aan het leven van onze geliefde dochter, moeder, zuster, nicht, de zon in ons bestaan, is een einde gemaakt door gewetenloosheid, roekeloosheid, een gebrek aan respect voor anderen. Janet overleed op zesenveertigjarige leeftijd toen ze uit de achterbak van haar auto boodschappentassen tilde. Bij God vindt zij nu eeuwige rust.'

Voordat ze naar het ziekenhuis ging, googlede Sonja de naam van Janet, de locatie, de datum. Een bericht in de *Los Angeles Times* vertelde over een *drive by shooting* waarbij Janet Davis door een verdwaalde kogel was geraakt. Ze was ter plekke overleden. Ze liet twee kinderen na van zes en vier.

Twee kinderen. Zou de familie voor de kinderen kunnen zorgen? Ze had Janet een paar dagen van nabij meegemaakt, en de kleding die zij droeg, de schoenen aan haar voeten, het ontbreken van sieraden, vertelden Sonja dat Janet zich niets luxueus kon veroorloven.

Over Elly, de overgebleven zuster, was Janet resoluut geweest gedurende de dagen dat zij samen aan het sterfbed van Jimmy hadden doorgebracht. Elly was een verslaafde. Maar op de kaart werd Janet ook omschreven als dochter, dus er was kennelijk een ouder in leven. Kon die voor de kinderen zorgen? Een oudere man of vrouw in South Central L.A., een van de armoedigste en meest criminele wijken van Amerika, die voldoende inkomsten had om twee kinderen bestaanszekerheid te bieden?

Ze zou een briefje sturen. En vragen of ze hulp konden gebruiken. Dat was ze aan Jimmy verplicht.

4
MAX

Bij het vallen van de avond was Max Kohn terug op de Strip. Hij had zowel de begrafenis van Janet Davis als de daaropvolgende lunch in de kerk van de parochie van Father Joseph bijgewoond. Niemand sprak hem aan. Hij wist dat hij weinig toegankelijk oogde. Wie een blik op hem wierp, kreeg niet de indruk dat hij graag beleefdheden uitwisselde. Hij zag er sterk en energiek uit na jaren van zwakte. Van zijn gezicht viel weinig af te lezen, een man die niemand nodig had en niemand vertrouwde.

Jimmy Davis, de Franciscaan, had dus twee kinderen verwekt, en nu drukte op Max Kohn, een genezen misdadiger, de verantwoordelijkheid voor Davis' nakomelingen. Het was duidelijk dat de zus en de moeder van de monnik niet het geld hadden voor een behoorlijke opvoeding. Er bestonden sociale hulpprogramma's, maar daarmee kon niemand de twee kinderen een veilige jeugd bieden. Ze moesten daar weg. Er was geen wet die hartrecipiënten dwong de familie van de donor te onderhouden. Toch voelde hij zich verantwoordelijk.

Kohns naam had op de lange lijst gestaan met zware hartpatiënten die een donorhart nodig hadden om te kunnen overleven. Twee jaar voor de operatie was bij hem cardiomyopathie vastgesteld, een hartspierziekte ontstaan door een virus, wat zelden voorkwam. De oorzaak luidde pech of een slopende levensstijl. Hij moest pillen slikken om hartritmestoornissen te voorkomen. Pillen tegen bloedstolsels. Pillen om de bijwerkingen van andere pillen te onderdrukken. Het lopen werd steeds moeilijker. Hij kon niet meer naar de sportschool. Hij verkocht zijn clubs voordat mogelijke kopers ontdekten dat hij door zijn zwakke gezondheid geen onderhandelingspositie had. Toen hij het bericht kreeg dat in Rochester een hart beschikbaar kwam, had zijn wereld zich gereduceerd tot zijn appartement. De kans bestond dat zijn hart het door uitputting liet afweten. Het enige wat hij deed was pillen slikken, wachten, met de telefoon naast zich op de bank, en televisiekijken. Hij had een vrouw die de flat schoonhield, boodschappen deed en voor hem kookte. Wanneer hij van de wekelijkse controle bij de cardioloog thuiskwam, gezeten in een rolstoel, was hij uitgeput. Een nieuw hart had aan dat alles een einde gemaakt. Een Franciscaan had hem zijn leven teruggegeven. Nee: een volgend leven had zich aangediend.

Ook als de zon zich had teruggetrokken, baadde de Strip in het licht. Op de terrassen van de restaurants wemelde het van jonge, drukke, *coole* yuppen met cocktails in de hand, kauwend op stukjes *signature bread* dat in gouden olijfolie werd gedoopt. De wilde beelden van gigantische digitale reclameborden, die aankondigingen *streamden* van films en tv-shows en de lancering van nieuwe *designs* in de filialen van de grote modeketens, reflecteerden in de glimmende lak van *high-end* auto's en op winkelruiten en wijnglazen en zonnebrillen die 's avonds als haarversiering werden gedragen. Kohn koos een restaurant dat wat rustiger oogde en bestelde een pasta vongole en een glas witte wijn. Hij stuurde Father Joseph een sms'je met het bericht dat hij niet in zijn hotel was maar in een restaurant op de Strip op hem wachtte.

Kohns hart had hem bijna gesloopt. Hij was ooit in bittere fysieke gevechten terechtgekomen, kogels hadden zijn lijf opengescheurd, hij had alle soorten drugs gebruikt en bijna dagelijks drank met een alcoholpercentage van meer dan veertig procent genuttigd, en het lag voor de hand dat zijn hart daardoor was aangetast. Maar de cardiologen behandelden ook hartpatiënten die geheelonthouder waren en als boekhouder de hele dag bonnetjes telden en 's avonds hun muntenverzameling oppoetsten tot ze om halfelf vreedzaam in slaap vielen. Cardiomyopathie kwam in de ene familie vaker voor dan in de andere, het kon idiopathisch zijn, zoals Kohns eerste cardioloog dat noemde, ofwel: zonder bekende oorzaak, of het was veroorzaakt door overmatig alcoholgebruik en coke snuiven. Zoals bij hem.

Kohn had een gemiddelde lengte, donker haar dat nog niet zijn kleur verloren had, en wie daarvoor oog had kon zien dat hij een vechtsporter was. Hij had jarenlang Krav Maga beoefend, de Israëlische verdedigingstechniek die was ontwikkeld door de Slowaakse jood Imi Lichtenfeld. Krav Maga werd bij het Israëlische leger onderwezen en was in dat land de nationale contactsport geworden. Bij Krav Maga ging het niet om elegantie of eer; wat telde was snelheid en effectiviteit. Wat werkte werd verfijnd. Bijten, krabben, ogen uitsteken, alles mocht. Het enige wat telde was de nederlaag van de agressor. Het paste Kohn als een maathandschoen.

In de jaren tachtig was hij acht keer naar Israël gereisd om er bij de experts te trainen. Krav Maga was in die tijd zo goed als onbekend en Kohn hoorde ervan toen hij zaken deed met een Israëlische drugssmokkelaar. In die jaren was Kohn een van de drie grote handelaren in hasjiesj en marihuana in Nederland. Regelmatig had hij vechters nodig ter beveiliging van zijn transporten, en de Israëlische smokkelaar vertelde hem dat hij gebruikmaakte van ex-leden van elite-eenheden die pas vuurwapens gebruikten wanneer ze tegen pantserwagens moesten vechten. Kohn werd zelf een beoefenaar van de sport. Sinds de ziekte zich had geopenbaard, had hij niet meer getraind, ook al zaten de bewegingen nog steeds in zijn spieren, zo voelde hij, alsof die hun eigen geheugen hadden. Sinds kort deed hij weer voorzichtig om de dag oefeningen.

Nadat de ziekte zich had geopenbaard, had Kohn zich nauwelijks in openbare ruimtes begeven. Hij was het eerste jaar simpelweg te ziek om ergens heen te gaan, en na de transplantatie voelde hij zich te kwetsbaar. Nu, in Scottsdale, Arizona, ging hij weer regelmatig naar restaurants, altijd aan een tafel in een hoek zodat hij niet op activiteiten achter zijn rug hoefde te letten, met kranten, tijdschriften of zijn Kindle e-reader, naast zijn bord.

Voor het eerst sinds drie jaar zat hij op een terrasje tussen onbekenden, en zijn intuïtie zei hem dat het niet kon worden uitgesloten dat zich een situatie voordeed die de inzet van fysiek geweld noodzakelijk maakte. In het verleden leek hij dergelijke situaties aan te trekken. Hij lokte ze nimmer uit. Maar het was duidelijk dat hij vaker bij een ruzie of een provocatie betrokken was geraakt dan een postzegelhandelaar. Waarom kon hij niet wegduiken, wegkijken, weggaan? Elke confrontatie waarin hij terechtgekomen was, leek een existentiële waarde te hebben. De soevereine manier waarop hij zat, liep, sprak, keek, luisterde, staarde, lokte agressie en provocatie uit. Macho's wilden altijd bewijzen dat ze hem konden vernederen. Alfamannetjes die hun potentie wilden bewijzen. Maar Kohn was nu aan alles voorbij. Hij had een nieuw hart. Hij zou opstaan en weggaan als hij werd uitgedaagd.

De pasta was smakelijk en hij at het bord leeg. Toen het werd weggehaald, verscheen Father Joseph aan zijn tafel.

'Een toetje, Father?'

Ze schudden elkaar de hand. De priester legde een geelbruine documentenvelop op tafel.

'Ach ja, waarom ook niet?' zei Father Joseph. 'Heeft u appeltaart? Met een espresso?'

Kohn bestelde een kop thee en de priester nam tegenover hem plaats. Hij was gekleed zoals eerder op de dag, in het zwart, met een wit priesterboordje. Ofschoon ze buiten zaten en het niet warm was, zweette hij uitbundig.

'Werelden van verschil,' zei Father Joseph terwijl hij het straatbeeld in zich opnam. 'Zoveel rijkdom hier, zoveel armoede daar. Ik ben geen socialist, maar dit is veel allemaal. De auto's hier...' Maserati's, Ferrari's, Bentleys passeerden langzaam de terrassen. Het was spitsuur op de Strip. 'Van wat die auto's kosten, kunnen hele gezinnen jaren eten.'

'Valt dat de bestuurders van die auto's te verwijten?' vroeg Kohn.

'Als zij meer nemen, is er minder voor anderen.'

'Er zijn staatsmodellen geweest waarin een bureaucratie de verdeling voor haar rekening nam. Heeft niet goed gewerkt,' antwoordde Kohn. 'Ik heb politieke wetenschappen gestudeerd, in een tijd waarin iedereen links was. En tegelijkertijd wilde iedereen zich onderscheiden. Er was een bijtende competitie tussen de studenten. Maar kennelijk mocht die competitie niet worden toegestaan op de open markt. Allemaal neomarxisten.'

'En u was...?'

'In wezen apolitiek. Ik deed die studie omdat ik wilde weten wat macht is, hoe macht functioneert. Niet om actief te worden als politicus.'

'Wat is macht?' vroeg Father Joseph.

'Het streven naar macht is het streven naar het einde van angst en het einde van dreiging. Macht leidt altijd tot het verlangen de macht absoluut te maken. Wie eraan geroken heeft, is voor altijd besmet. Elke machthebber, elke autoriteit moet gewantrouwd worden. Sonja...' Hij hield even zijn mond en vroeg zich af wat hij wilde zeggen. 'Een vrouw die ik heb gekend zei altijd dat ik een anarchist was. Het tegendeel is het geval. Ik ben voor orde. Maar ik verafschuw de elite. De politieke elite, bedoel ik, die macht wil behouden. Niet de types die hier hun auto's komen tonen. Hebben ze vermoedelijk hard voor gewerkt. Maar macht die tot rijkdom leidt, is verderfelijk.'

'U bent misschien linkser dan u denkt, meneer Kohn. Uw naam, bent u joods?'

'Ja.'

'Bent u belijdend joods?'

'Nee.'

'Gelooft u in wonderen?'

'Nee.'

'U gelooft niet dat u nu dankzij een wonder kunt leven?'

'Wetenschap. Kundige artsen. Als u dat wonderlijk noemt, ben ik het met u eens.'

Joseph glimlachte: 'Er is medisch gezien veel mogelijk, nu. Gelooft u niet dat er buiten u iets anders is, groter dan u, beter dan u?'

'Nee,' zei Kohn. 'Als u me wilt bekeren, doe geen moeite. Ik ben een zondaar zonder berouw.'

'Dat zegt u over uzelf zonder terughoudendheid?'

'Ja.'

De priester keek hem enkele seconden aan: 'Ik kan me dat niet voorstellen. U lijkt me veel te gevoelig voor een dergelijke houding. U heeft nu het hart van een gelovige. Daar kan niemand koud bij blijven.'

Kohn boog zich voorover: 'Ik ben Jimmy Davis dankbaar. Maar hoe moet ik de ziekte begrijpen waaraan hij is gestorven? Moet ik ook blij zijn dat een hersentumor hem heeft gedood? Zijn zus heeft me verteld dat hij verschrikkelijk heeft geleden. Hij is dood. Ik leef. Dit zijn de kale feiten.'

De priester knikte en zocht naar een weerwoord: 'U heeft het mysterie uit uw leven gebannen, meneer Kohn. Daardoor mist u veel.'

'Het hele leven is voor mij een mysterie, Father.'

De priester schoof de envelop naar hem toe: 'Ik was net bij de familie. Dit vonden ze in een la. Janet had deze envelop voor u klaargelegd. Zitten foto's in, papieren, allemaal informatie over Jimmy.'

'Dank u. Dat is fijn. Dit zal me helpen een beeld te krijgen van wie hij was. Heeft u hem goed gekend?'

'Nee. Ik kwam bij deze parochie toen hij allang weg was. En ik ben hier niet opgegroeid. Ik kende Janet. En haar zus Elly. En de kinderen natuurlijk.'

'Wisten zijn collega's dat hij kinderen had?'

'Ik heb geen idee. Ik denk dat het bekend was. Of ook niet. Ik weet niet hoe hij daarmee is omgegaan.'

'Zijn ze van dezelfde moeder? Misschien kan ik haar een keer opzoeken.'

'Twee verschillende moeders. Jimmy was in dit opzicht een gulzige man. Heeft u kinderen?'

'Nee. Kent u de moeders?'

'Janet heeft me over hen verteld. Ja, ik ken ze.'

'Waarom hebben die moeders hun kinderen afgestaan? Waarom hebben ze niet zelf voor hun kind gezorgd?'

'Met een Franciscaan als vader? Het waren vrouwen die al kinderen van verschillende vaders hadden. Zwarte alleenstaande moeders met verschillende kinderen van verschillende mannen. Het was niet gewoon dat Jimmy zijn verantwoordelijkheid nam. Ze stonden die door hem verwekte kinderen graag af.'

'En abortus was niet aan de orde, neem ik aan?'

'Dat heeft u goed gezien. Katholiek, meneer Kohn. De vader en de moeders. Ik weet het, het is hypocriet om wel ongeoorloofde seksuele relaties te hebben, althans, ongeoorloofd volgens de Kerk, en tegelijkertijd abortus te vermijden, maar het zij zo. Niets is rechtlijnig in de wereld.'

'En Janet Davis zorgde in alledaags opzicht voor ze, in emotionele zin, en Jimmy zorgde in financieel opzicht voor de kinderen?'

'Ja.'

'Hoe spraken ze Janet aan?'

'Mama.'

'En als hun vader op bezoek kwam?'

'Oom Jimmy.'

'Ze hebben dus geen idee dat ze de kinderen zijn van een katholieke priester en een ongehuwde moeder?'

'Nee. Natuurlijk niet.'

Ze keken elkaar enkele seconden stil aan, beiden doordrongen van de gevolgen van de seksuele behoeften van de Franciscaan.

'James Davis had voldoende geld om de kinderen te onderhouden?'

'Hij had een kunstcollectie. Janet vertelde dat die wat waard bleek te zijn.'

'Jimmy Davis heeft dus een spoor van zorgen getrokken.'

Father Joseph schoof ongemakkelijk heen en weer op zijn stoel en snoof luid. Hij zei: 'Hij heeft twee kinderen verwekt. De vrouwen hielden van hem. Ik heb nooit de indruk gekregen dat ze er spijt van hadden. Hij was een liefdevolle man. Een goede man. Maar hij had nooit de belofte van onthouding moeten afleggen. Hij was heel lichamelijk. Als hij in de stad was, kwam hij mee naar de dienst met Janet en de kinderen. Vrouwen werden door hem aangetrokken. Sommige mannen hebben dat. Het was zichtbaar. En hij werd door vrouwen aangetrokken. Ik denk niet dat hij het bij twee verhoudingen heeft gelaten. Zijn hart sloeg op hol wanneer hij een mooie vrouw ontmoette, vertelde Janet. Dat hart klopt nu in uw lichaam. Ja, hij heeft zorgen teweeggebracht. Maar uit liefde, meneer Kohn.'

Zwetend prikte Father Joseph met een vork in de punt appelgebak die op tafel was gezet. Kohn vroeg naar de oorsprong van zijn naam. De priester antwoordde dat de familienaam oorspronkelijk O'Henry was en dat de O in Amerika was verwijderd. Zijn Schotse grootvader trouwde met een katholiek meisje en voedde zijn kinderen katholiek op. Joe werd al op jonge leeftijd 'geroepen', vertelde hij terwijl hij de laatste kruimels met een vinger op de vork schoof.

Kohn wilde naar zijn hotelkamer en de inhoud van de envelop bekijken. Hij rekende af, pakte de envelop en begeleidde Father Joseph naar de parkeerplaats waar hij zijn auto had achtergelaten.

Het was een zachte avond en de trottoirs van de Strip waren volgestroomd met jonge mensen. Het verkeer op Sunset Boulevard stond muurvast. Het was verleidelijk om in dit openluchttheater op te treden en een rol te spelen. De verliefde. De verleidelijke. De onaanraakbare. De aanbedene. Het kunstlicht op deze plek leek intenser te zijn dan elders, het rood roder. *Color by DeLuxe*, herinnerde Kohn zich; hij had die woorden regelmatig aan het einde van de creditlijst van een speelfilm gezien.

'Mist u dit niet?' vroeg Kohn.

'Ja. Maar ik heb een keuze gemaakt,' antwoordde Father Joseph.

'Jimmy Davis ook. Maar hij brak zijn gelofte.'

'Hij was zwakker dan ik, denk ik. Ik weet het niet. Misschien was hij sterker. Hij kon met zijn schuldgevoel leven. Dat zou ik niet kunnen.'

'De Kerk heeft de laatste jaren aangetoond dat het celibaat niet werkt.'

'Het is zwaar, ja,' knikte Father Joseph.

Kohn vroeg: 'Bent u jaloers op Jimmy Davis?'

De priester knipperde met zijn ogen, hij had tijd nodig om te antwoorden. Een stuk of tien jonge mannen, waarvan enkele met stierennekken en opgepompte biceps, luid lachend, rokend, verzameld om drie jonge vrouwen, blokkeerden de stoep en Kohn en Joseph wachtten tot ze ruimte kregen. Maar de mannen stapten niet opzij.

'Soms, ja,' bekende Father Joseph. 'Ik weet dat ik veel mis in het leven. Maar ik krijg ook veel terug.'

'Sorry,' zei Kohn tegen de muur van brede ruggen. Hij wist wat er ging komen.

De mannen reageerden niet.

Opnieuw zei Kohn: 'Sorry.'

De dichtstbijzijnde man, breedgebouwd, onmiskenbaar een fervent bezoeker van een sportschool, wierp Kohn een geïrriteerde blik toe.

'Sorry,' zei Kohn opnieuw. Hij stak een hand uit om zijn richting aan te geven en zich voorzichtig een weg te kunnen banen.

De bodybuilder duwde met zijn schouder de geheven hand weg.

'Wees zo vriendelijk om ons even door te laten,' zei Kohn.

Terwijl hij een wegwerpgebaar maakte, zei de bodybuilder: 'Loop maar om ons heen.' Hij draaide zijn rug weer naar Kohn toe.

'Nee. Ik wil op de stoep blijven,' zei Kohn.

'Meneer Kohn,' zei Father Joseph, 'we lopen om ze heen, via de straat.'

'Nee,' zei Kohn. Hij overhandigde de priester de envelop en tikte de bodybuilder op de schouder: 'Meneer, wilt u ons even doorlaten?'

Hij voelde hoe zijn hart, Jimmy Davis' priesterlijke hart, sneller begon te pompen, zich voorbereidde op wat komen ging.

De bodybuilder draaide zich om en hief daarbij met een snelle, slaande beweging zijn arm, alsof hij een discus zou werpen. Hij wilde met zijn gebalde vuist Kohns kin raken. Kohn bewoog zijn bovenlichaam naar achteren zodat de vuist zijn gezicht miste en greep met beide handen de arm van de man en keerde diens lichaamsbeweging tegen zichzelf, volgens de regels van Krav Maga. Hij trok de man uit balans en meteen naar zich toe. Hij knikte zijn hoofd voorover toen het hoofd van de man enkele centimeters van het zijne verwijderd was. Zijn voorhoofd raakte op precies de juiste plek de neus van de bodybuilder en hij hoorde het neusbeentje van de man kraken en breken. Hij liet hem los en de man viel op de grond.

Het had nog geen twee seconden geduurd.

Het hart van Jimmy Davis ging als een razende tekeer in zijn borstkas, de adrenaline joeg door zijn lijf, en Kohn wist dat het hart hem niet in de steek zou laten en hem de energie zou geven die hij nodig had.

De muur van ruggen brak en de aandacht van het gezelschap verplaatste zich naar de liggende man, die kreunend van pijn met zijn benen trapte.

'Er is iets met jullie vriend,' zei Kohn. 'Ik geloof dat hij wat zorg nodig heeft.'

Hij voelde de geschrokken blikken, maar niemand durfde het aan hem uit te dagen of ter verantwoording te roepen. Er ontstond ruimte toen Kohn met een gebaar de priester duidelijk maakte dat ze konden doorlopen.

Father Joseph, met een gezicht waarop ontzetting viel te lezen, zweeg een lange minuut terwijl ze naar het dure parkeerterrein met *valet service* liepen waar de auto van de priester stond. Kohns hart bedaarde. De priester overhandigde zijn ticket aan de valet en gaf Kohn de envelop terug.

Terwijl ze wachtten, zei Father Joseph: 'U heeft ervaring met dergelijke situaties.'

'Helaas, ja.'

'Mag ik vragen wat u van beroep was?'

'Ik was zakenman.'

'Maar u weet hoe u moet vechten.'

'Ja. Ik lok het nooit uit. Heb het nooit gezocht.'

De priester haalde zijn schouders op: 'Ik weet niet wat ik van u moet denken. U maakt me erg onzeker. Maar ik weet dat u een goede kant heeft. Denk aan de kinderen. Ria, de grootmoeder, heeft geen geld. Elly is een junk. Ze hebben uw hulp nodig.'

'Ik zal ze steunen,' zei Kohn. 'Ik betaal voor een goede school, een behoorlijk huis. Ik ben me bewust van de verantwoordelijkheid.'

Zonder hem een hand te geven stapte de priester in zijn auto en liet hem achter.

In zijn hotelkamer schoof Kohn de inhoud van de envelop op de schrijftafel naast het raam. Hij had een kamer op een hoge verdieping gevraagd en vanaf zijn balkon zag hij de miljoenen dansende lichten van de stad.

Hij was moe opeens. Het incident had meer van hem gevergd dan hij had verwacht. Het was jaren geleden dat hij zich op deze manier had verweerd. Hij had hoofdpijn. Hij opende een flesje water en bekeek wat er op het bureau lag. Kinderfoto's, kopieën van schoolrapporten, diploma's, beelden van de wijding tot Franciscaan, foto's die bewezen dat Jimmy Davis veel van de wereld had gezien.

De afbeeldingen op het internet hadden dat al laten zien: Jimmy was een aantrekkelijke zwarte man met een slank lichaam en een toegankelijk, zachtaardig gezicht. Er waren foto's bij waarop hij in zwembroek op een tropisch strand stond. Een gespierd lichaam. Foto's als monnik in een bruine pij, met andere monniken. De tekenen van een veelvormig leven, niet van een vroom, teruggetrokken bestaan tussen de muren van een klooster. Misschien had Kohn daarover achterhaalde denkbeelden.

Toen zag hij de foto van Jimmy Davis met Sonja Verstraete.

Het duurde een paar seconden tot de waarheid daarvan tot hem doordrong. Er was geen twijfel mogelijk dat de vrouw naast de Franciscaan Sonja was.

Sonja.

Hij voelde het hart bijna exploderen. Honderddertig, honderdveertig slagen per minuut?

Dit was niet mogelijk. Het was op geen enkele redelijke manier denkbaar dat Jimmy Davis bevriend was geweest met Sonja Verstraete. Maar hij had drie foto's in de hand waarop ze beiden stonden. Eén foto toonde Sonja in een dunne zomerjurk en Davis in pij in een klaslokaal, voor een zwart schoolbord waarop met krijt *Happy Easter! ¡Felices Pascuas!* geschreven was. Een tweede foto liet hen zien op wat een schoolfeestje moest zijn, met tientallen kinderen van drie of vier jaar oud. De derde was een polaroid. Een wazige en verkleurde foto van een tropisch strand. Jimmy in zwembroek. Sonja in badpak. Jimmy maakte een handgebaar, zoiets als nèè, niet doen, geen foto... Een polaroid van een strandfotograaf die zijn geld verdiende met het maken van kiekjes van toeristen?

Kohn had het hart gekregen van Jimmy Davis en vandaag had hij hem en zijn familie willen danken en op de een of andere manier deze fase in zijn leven willen afsluiten. Het drong tot hem door dat dit geen afsluiting was maar een begin. Hij wist niet wat dit betekende, maar hij voelde de leidende hand van de overleden Franciscaan. Jimmy was dood en tegelijkertijd springlevend. Over de grens van het leven gaf hij hem een teken, ook al wist Kohn niet waarvan dat teken een teken was. Zijn hart bonkte wild in zijn borstkas.

5
MO

In naam van Allah, de Barmhartige, de Genadevolle, de Eeuwige, de Meester van het Universum, de Beschermheer, de Schepper, de Wreker, de Verhevene, de Levensgever, de Almachtige, de Ene, de Liefdevolle, de Allesziener, de Eerste en Laatste, de Weldoener, ik groet u, broeder Abu Khaled.

Ik heb uw bericht ontvangen en mijn hart zingt van vreugde.

Ik heb er nooit aan getwijfeld dat het moment dat u mij heeft aangekondigd zal aanbreken. Ik ben gereed, zoals ik voor alles gereed ben wat Mohammed, de Laatste Profeet, ons opdraagt. De strijd is niet eenvoudig en ik heb mijn taak ook nooit licht opgevat. Vanaf het allereerste begin van mijn tocht naar de Waarheid heb ik me verdiept in de ernst en de omvang van de taken die ons te wachten staan, en het werd mij duidelijk dat ons doel alleen bereikt kon worden wanneer wij bereid waren elk offer te brengen. Die bereidheid heb ik getoond, met volle overgave, met volledige inzet.

Toen wij nog geen manier hadden gevonden om berichten uit te wisselen, heb ik momenten gekend van zwakte – dat geef ik toe. Vele dagen zijn verstreken sinds die novemberdag in 2004, de dag waarop ik verwachtte te zullen sterven, de dag waarvoor ik me in gereedheid had gebracht en waarop ik door Allah, de Barmhartige, de Genadevolle, zou worden beoordeeld. Die dag verliep anders dan ik had gewenst. De ongelovigen hebben mijn lichaam in een kerker gegooid, en daar breng ik de seizoenen door in volledige eenzaamheid.

Toen uw eerste bericht mij bereikte, sprong ik op van blijdschap. Ook op de dagen dat ik aan alles twijfelde, en uit schaamte voor Allah in de bodem wilde verdwijnen, bleef ik hopen dat u, Abu Khaled, een manier zou vinden om mij te benaderen. Met Allahs hulp kan alles, en dat heeft u bewezen.

Ik ben klaar, voor alles wat u georganiseerd heeft. Natuurlijk wil ik weten wat uw plannen behelzen, maar ik weet dat u niet kunt onthullen hoe u mij van mijn ketenen gaat bevrijden.

Zodra mijn ketenen verbrijzeld worden, zal ik me wijden aan de ketenen waarmee de ongelovigen onze Ummah, onze gemeenschap, geknecht hebben. Ik zal me met hand en tand, zoals ik eerder heb getoond, inzetten voor de bevrijding van de gelovigen overal ter wereld. Het is een heilige opdracht die ik ervaar. Alleen op de weg die Allah, de Barmhartige, de Genadevolle, ons heeft aangereikt via de heilige Koran, die op een tafel in het paradijs de kosmos verlicht, kan de mens zich van de Leugen en het Kwaad bevrijden.

Wij hebben talloze tegenstanders, maar wij zijn onverslaanbaar omdat het verlangen naar de dood ons onkwetsbaar maakt. Sinds die dag in november ben ik klaar om te sterven. Ik heb geen angst. Ik zal met een glimlach op weg gaan naar de Schepper van het heelal. Alleen Hij is mijn Meester, alleen Hem zal ik volgen en dienen. Alleen bij Hem vind ik mijn bestemming.

Ik verlang naar de tuinen in het paradijs, vol druiven en granaatappels en vijgen en honing. Iedereen is er in brokaat en zijde gekleed. Aardse zonde bestaat er niet, en de vrouwen verzorgen de mannen en de mannen verzorgen de vrouwen.

Het is er eeuwig groen. Altijd ligt er dauw op het groenste gras. Er is zon wanneer er zon moet zijn en als er nacht moet zijn fonkelen de sterren als diamanten. De mooiste muziek zal er klinken. De liefste lippen zal ik er vinden. Mijn moeder zal daar op mij wachten.

Ze stierf twee jaar voordat ik de ongelovige nar doodde. Ik had de nar laten leven als het niet mijn plicht was geweest degene die de Profeet beledigt te doden. Ibn al-Mundhir heeft gezegd: 'De geleerden zijn het erover eens dat de straf voor het uitschelden van de Profeet (Sallallahu alaihie wa Sallam) de dood is.'

Ik ben een gelovige. Wie als gelovige leeft te midden van de ongelovigen die de Profeet beledigen en de ongelovige niet ter dood brengt, is een lafaard en leugenaar. Wie oprecht gelooft in de weg van de Profeet naar Allah, is verplicht de lasteraar te straffen met de dood.

Ik heb de werken bestudeerd van Ibn Taymiyyah, onze belangrijkste denker over de *jihad*, de Heilige Oorlog. Volgens de tijdrekening van de christenen leefde hij van 1263 tot 1328. De invasies van de Mongolen hadden de streken van de moslims verwoest. Dezelfde verwoesting wordt ons nu door de christenen en de joden aangedaan. Niet voor niets werd Ibn Taymiyyah aangesproken met Sjeik al-Islam aangezien hij de volledige heilige Koran uit het hoofd kon citeren.

Ibn Taymiyyah wist zevenhonderd jaar geleden al wat veel gelovigen nu ontdekken: dat bloedige strijd de enige weg naar de Waarheid is. Ibn Taymiyyah riep de toorn op van de decadente religieuze leiders in Caïro en werd opgesloten in de Citadel van Damascus. Daar ontnamen ze hem op een gegeven moment zijn boeken, de voorwerpen waarmee hij kon schrijven, zelfs zijn kopie van de heilige Koran. Maar hij droeg Allahs tekst in zijn hart en in zijn hoofd.

U, vereerde Abu Khaled, u bent een Syriër en u bent zonder twijfel bekend met de verhalen over de dood van Ibn Taymiyyah, maar laat mij ten overvloede vertellen wat er gebeurde op 22 Dhu al-Qi'dah van het jaar 728, ofwel volgens de ongelovigen 27 september van het jaar 1328.

Toen de dood van de gelovige en volgeling van de Profeet (Sallallahu alaihie wa Sallam) in Damascus bekend raakte, staakte iedereen de bezigheden waaraan hij of zij zich had overgegeven. Alles werd gesloten. De markten stroomden leeg, de winkels in de bazaar werden gesloten, in de overheidsgebouwen daalde een stilte neer, de rechters verlieten hun zetels en de zieken hadden de kracht om hun bed te verlaten. Het gehele volk kwam bijeen voor het gebed en voor Ibn Taymiyyahs laatste gang naar het graf en zijn vertrek naar het paradijs.

Geen dag verstrijkt zonder dat ik sommige van zijn inzichten citeer, zoals dit: 'Wat kunnen mijn vijanden mij aandoen? Mijn paradijs is mijn hart; waar ik ook heen ga, het gaat met mij mee, onvervreemdbaar van mij. Voor mij is de gevangenis een plek van religieuze bezinning, executie is een kans om martelaar te worden, ballingschap van mijn stad is een kans om te reizen.'

Ibn Taymiyyah is in een kerker gestorven, maar hij was niet alleen. Bij hem waren de soera's van de Koran en de overweldigende aanwezigheid van Allah, de Barmhartige, de Genadevolle, waardoor Ibn Taymiyyah ongevoelig bleef voor de kwellingen van de hypocrieten die hem gevangenhielden.

Wie gelooft, zal de ongelovige die Allah en Zijn Profeet beledigt moeten doden – de gelovige kan niet anders. De gelovige is een strijder, de strijder is een gelovige, tot Allah, de Barmhartige, de Genadevolle, Zijn Gezant stuurt en de wereld zal zuiveren van het kwaad en het lijden en de dood.

Sinds wij berichten uitwisselen, zijn al mijn dagen vol licht en verwachting. Het is van geen belang of uw plannen mij in gevaar brengen; voor mij bestaat geen gevaar, aangezien alles mij dichter bij het paradijs brengt, waar mijn moeder op mij wacht. Ik heb haar lijdensweg meegemaakt, en mijn machteloosheid kon ik niet onder woorden brengen tot ik mij opende voor de barmhartige en genadevolle woorden van de heilige Koran. Ik kon haar lijden en haar dood aanvaarden toen de glorie van Allah, de Barmhartige, de Genadevolle, de duisternis in mijn hart wegnam en verving door de stralende verwachting dat ik op een dag haar gezicht zou strelen.

Ik citeer hier Ahmad ibn Hanbal: 'Ik heb Abu Abdillaah horen zeggen: eenieder die de Profeet (Sallallahu alaihie wa Sallam) uitscheldt of kleineert, of hij moslim is of ongelovige, verdient de doodstraf, en de persoon krijgt geen gelegenheid om berouw te tonen.'

Abu Safra heeft gezegd: 'Ik vroeg Abu Abdillaah wat ik moest doen met een man die de Profeet (Sallallahu alaihie wa Sallam) heeft uitgescholden. Hij zei: als er bewijs is, is zijn straf de dood, of deze man een moslim is of ongelovige.'

Ook Abu Abdullaah en Abu Talib werd gevraagd over het uitschelden van de Profeet (Sallallahu alaihie wa Sallam). Het antwoord luidt: 'Zijn straf is de dood.'

Ibn Umar zei: 'Wie de Profeet (Sallallahu alaihie wa Sallam) uitscheldt, zijn straf is de dood.'

Bent u bekend met de volgende *Hadith*? Een man en een vrouw woonden in de medina. De vrouw was ongelukkig met haar blinde man. In zijn aanwezigheid vervloekte en beledigde zij de Profeet (Sallallahu alaihie wa Sallam), ook al waarschuwde de blinde man haar keer op keer tot bezinning te komen en de Waarheid te aanvaarden. Maar zij stoorde zich nergens aan. De blinde man kon de beledigingen niet verdragen en doodde de vrouw.

Aanvankelijk bleef dit verborgen voor de Profeet (Sallallahu alaihie wa Sallam), maar het lijk van de vrouw werd op een dag gevonden en de inwoners van de medina werden door de Profeet (Sallallahu alaihie wa Sallam) bij hem geroepen en hij zei dat de moordenaar naar voren moest komen. De blinde man gehoorzaamde de Profeet (Sallallahu alaihie wa Sallam). En hij bekende. Hij legde uit wat zijn vrouw had gezegd en ondanks zijn vermaningen was blijven zeggen. Haar moest op een dag het zwijgen worden opgelegd. En dat had hij gedaan. Wat was de reactie van de Profeet (Sallallahu alaihie wa Sallam)? Hij zei: 'Het bloed van deze vrouw is verspild. Maar jij hoeft geen bloedgeld te betalen als jij haar om die reden hebt gedood.'

Het is dus volstrekt acceptabel onverbeterlijke lasteraars de mond te snoeren. Waarschuwingen zijn op hun plaats, maar op een dag zal het zwaard van de ware gelovige de keel van de lasteraar splijten, en berouw is geen reden om de wraak te doen stoppen. Onze toewijding aan de Profeet (Sallallahu alaihie wa Sallam) is zo groot, dat wij nooit kunnen toestaan dat hij straffeloos beledigd wordt. Woorden tellen. Woorden zijn machtig, zoals de heilige Koran aantoont. Wie niet de heiligheid van woorden kan waarderen, verdient de straf die door de gelovige die de weg van de Profeet (Sallallahu alaihie wa Sallam) bewandelt, zal worden uitgevoerd.

Vereerde Abu Khaled, ik ken de inhoud van uw plannen niet, maar ik volg u en zal alles in het werk stellen uw aanwijzingen te volgen.

Op de dag dat ik het hoofd van de *kafir* als offer aanbood aan Allah, de Barmhartige, de Genadevolle, slaagde u erin het land te verlaten en elders een veilig onderdak te vinden. U was mijn gids, mijn mentor, mijn leraar. Ik hoop dat u in de tussenliggende jaren duizenden leerlingen heeft weten op te leiden die, net als ik, de volgelingen van Satan met hun messen hebben doorboord.

Ik ben gereed en wacht op uw teken,
MB

6

SALLIE

Ze waren met achttien man en drie keer per week trainden ze op een verlicht veld in Osdorp.

Salheddine Ouaziz, de zelfbenoemde leider van het team, had bij de gemeente drieduizend euro subsidie losgepeuterd voor kleding en schoenen en serieuze ballen. De helft van het team bestond uit begaafde spelers en zou zonder problemen bij Ajax kunnen voetballen, maar niemand had de moeite genomen bij een van de toelatingstests de kunstjes te vertonen waarmee ze de leiding hadden genomen in hun competitieafdeling van de provincie. Ze hadden een topploeg. Geen enkele andere ploeg, Turks, Marokkaans, Hollands, kon hun aanvalsspel ontregelen omdat hun spel nu eenmaal van zichzelf ontregelend was. Hun positiespel deed elke verdediging naar adem happen. Met één blik wisten de vleugelspelers wat ze van elkaar konden verwachten. De spitsen konden zich laten terugzakken in de zekerheid dat de opkomende middenvelders in de gaten doken. Op de plek waar Sallie stond – niemand had hem ooit bij zijn volledige naam genoemd – kon hij de lijnen die de spelers trokken het mooist gadeslaan. Sallie had zichzelf opgesteld als centrale verdediger tussen het middenveld en de verdediging, waardoor hij met enkele stappen de extra man op het middenveld werd en daarmee de greep van zijn ploeg op het veld van de tegenstander versterkte. En als het moest was hij direct een verdediger en kon hij de jongens achter hem steunen.

Als ze trainden, vormden ze twee ploegen van negen. Geleid door Sallie deden ze eerst een halfuur veldtraining en daarna trok een van de twee ploegen een geel hesje aan en oefenden ze drie kwartier positiewisselingen aan de hand van een trainingshandboek dat Sallie op Marktplaats had gekocht. Vervolgens gingen ze elkaar twee keer twintig minuten in een wedstrijd te lijf. Het kwam regelmatig voor dat iemand daarbij geblesseerd raakte, want ze waren niet kinderachtig als ze trainden, laat staan bij de officiële wedstrijden.

Met het subsidiegeld hadden ze groene shirts en witte broeken gekocht. Ze stonden allemaal op noppen van Adidas. Geen speler had een gram vet te veel. Als ze als team bij elkaar zouden blijven en niemand zou afhaken door werk of huwelijk, maakten ze kans op het kampioenschap.

Bij elke speler had het teamlidmaatschap zelfvertrouwen en discipline gekweekt. Ze hadden voor de vorm een coach bij de echte wedstrijden, maar in feite deden ze alles zelf, vanzelfsprekend aangestuurd door Sallie. Iedereen was altijd op tijd, ook bij de trainingen. Er werd niet gevloekt, niet gespuugd. De beslissingen van de scheidsrechters werden nooit ter discussie gesteld. Altijd met geschoren kin en wangen, het haar kort, geen ringen of oorbellen of tatoeages. Ze waren precies, volgzaam, geconcentreerd, als militaire rekruten.

Sallie werkte in de slagerij van zijn oom. Hij deed daar het zware werk terwijl zijn oom en zijn nichtje Darya de klanten hielpen. Sallie was vorige week eenentwintig jaar geworden en Darya was vijf jaar jonger, en sinds haar geboorte wist Sallie dat het de bedoeling was dat zij zijn echtgenote werd. De traditie was onontkoombaar, en als zij niet zouden revolteren en de gewoontes van het oude vaderland verloochenen, zouden ze elkaar huwen. Ze had geen onaardige ogen, maar het probleem was dat Darya na haar twaalfde dramatisch in gewicht was toegenomen. Ze had overdadig zwart haar, net als haar vader, en het was moeilijk te verhullen dat zij ook zijn gezichtsbeharing had geërfd. Darya was niet aantrekkelijk – het was lastig om je niet te laten meeslepen door dat soort oordelen als je in Nederland leefde. De huwbare leeftijd in Marokko was naar achttien opgetrokken, en omdat ze daar wilden trouwen had hij nog een paar jaar de tijd om zich af te vragen of hij de kracht had deze traditie op te geven.

Sallie had een opleiding gedaan die hem het diploma van 'vakbekwaam medewerker versdetailhandel' had opgeleverd. Zijn oom had hem op die dag een speciale set messen – de beste: Wüsthof Dreizack – geschonken, en Sallie was inmiddels een ervaren uitbener. Hij kon een voorbout snijden en daarvan een rollade maken. Uit de poten kon hij soepschenkel zagen. Hij kende de anatomie van runderen, lammeren, geiten en schapen en sneed koteletten, zadels, een hele lamsrack, shoarmavlees, uit de dieren die zijn oom bij de slachters kocht. Hij sneed zuinig en slaagde erin het afval tot het minimum te beperken. Zijn oom was tevreden met Sallies werk.

Ze trainden van halfacht tot halftien, en soms ging een groepje door tot de lichten rond het veld om halftwaalf doofden. De meeste spelers moesten voor hun werk vroeg op en wilden rond tien uur in bed liggen.

Deze avond trapte Sallie de bal nog om halfelf rond met drie vrienden. Het was een kille, vochtige avond. Over Osdorp lag een wolk met fijne waterdruppels die in het licht dansten. Het kunstgras was diepgroen en ook na een avond met felle slidings volkomen ongerept. Het veld was eigenlijk te hard voor voetbal, dat beter tot zijn recht kwam op een verende mat, maar er werd overdag door scholen en elke avond door allerlei clubs op gespeeld, en alleen kunstgras kon een dergelijk intensief gebruik doorstaan. De bal gleed eigenlijk te snel door op dit veld, en blessures ontstonden er makkelijker dan op gras, maar het was onvergelijkbaar beter dan spelen op straat of op een plein.

Bij het rondspelen moest je de bal, als je deze kreeg, afstoppen en daarna gericht doorspelen, ofwel je mocht de bal slechts twee keer raken. Je mocht ook zonder doodmaken direct doorspelen, wat natuurlijk mooier was. Als het misging, luidde de regel dat je tien keer moest opdrukken. Als je op deze manier rondspeelde, moest je je hoofd erbij houden. Ze stonden in een vierhoek en plaatsten de bal alsof ze lasergeleid werden. Ook trapten ze behoorlijk hard in, elkaar niet sparend. In een wedstrijd was het ook van belang dat je elkaar met harde ballen wist te vinden en erop kon vertrouwen dat degene die de bal kreeg aangespeeld controle had en op zijn beurt hard en precies kon doorspelen. Techniek was de basis, vervolgens ging het om zelfvertrouwen, en daarna telde de overtuiging dat iedereen zich volledig inzette en dat het team als team functioneerde en niet als een verzameling loslopende maestro's wier patronen in schoonheid stierven.

Sallie schoof de bal door naar Kareef, die Karel werd genoemd, en Karel trapte naar Jamal, die Jan heette, en Jan knalde de bal naar Firas, die als Frits door het leven ging.

Frits was vermoedelijk de beste speler in het team. Hij was achttien, klein en breed, hun eigen Lionel Messi, de sterspeler van Barcelona. Net als Messi speelde hij met opgetrokken schouders, een beetje voorovergebogen, en viel hij door een combinatie van snelheid, techniek en onverzettelijkheid niet te stoppen. Hij had dezelfde blik als Messi; iets scherps en bezetens kwam in zijn ogen als de bal in zijn nabijheid verscheen.

Een enkele wedstrijd was de bal recalcitrant en wilde niet naar Frits luisteren – Frits werd dan opgefokt en schikte zich tandenknarsend in een dienende rol – maar meestal stuurde Frits hem naar de plek die hij in het vizier had, overigens zonder de bal een blik waardig te gunnen, met voeten die zelfstandig leken te denken. Daarheen. En daar ging de bal, als een uitgehongerde hond. Alleen al vanwege Frits genoot Sallie ervan de club te leiden, drie keer per week op het veld te staan en op zaterdag competitie te spelen. Het was natuurlijk ook fijn om doordeweeks slechts twee avonden thuis te zijn en op zaterdag met zijn vrienden de wedstrijd voor te bereiden en na de wedstrijd de overwinning te vieren. Dat betekende een hele dag buitenshuis, weg van zijn moeder, weg van zijn zusje.

Om kwart voor elf besloten ze een einde te maken aan de oefensessie. Ze kwamen bij elkaar aan de rand van het veld waar hun sporttassen lagen en trokken zwijgend truien aan over hun doorweekte shirts. De voetbalschoenen werden vervangen door lichte sneakers.

Achter het hek dat rond het veld liep, aan de zijde van de parkeerplaats, stond al drie kwartier een man te wachten. Sallie had de man direct opgemerkt, maar het rondspeelspelletje had concentratie vereist en hij wilde niet afgeleid worden. Het gezicht van de man was niet te zien. Sallie zag dat de anderen de man ook in het oog hielden. Het kwam vaker voor dat toeschouwers de trainingen gadesloegen, maar meestal waren dat bekenden of familieleden en die kwamen altijd dichterbij voor een schouderklopje of een omhelzing. Deze man stond er al een tijdje te roken. Hij had kennelijk alle tijd.

Zoals altijd sloegen ze in een kring de armen over elkaars schouders en bogen ze zich voorover, een organisme met vier lichamen, maar deze keer grepen ze elkaar steviger vast dan anders, en Sallie werd overmeesterd door een onbenoembaar verdriet dat zomaar uit zijn middenrif oprees en bezit nam van zijn keel en ogen. Om te voorkomen dat hij begon te huilen, kneep hij in de schouders van Frits en Karel, en ze grepen hem net zo hard vast en ze bleven secondenlang staan, zich bewust van het gewicht van hun taak.

Het was onmogelijk hun beslissingen ongedaan te maken en het leven voort te zetten zoals ze dat tot nu toe hadden geleid. Ze hadden twee jaar van voorbereidingen achter de rug en de ontlading diende zich aan. Opeens besefte Sallie dat deze avonden nooit meer zouden terugkomen. Ze zouden nooit meer in de competitie schitteren en tegenstanders met hun elegante spel vernederen. Over een paar dagen zou zijn oom een vervanger voor hem moeten zoeken en voor Darya een andere man vinden, of misschien kon de vervanger ook die taak op zich nemen. Alles zou anders worden. Als hij voetbalde, vergat Sallie de wereld. Misschien heette dat geluk.

'Allahu Akhbar,' fluisterde hij met trillende stem, alleen hoorbaar voor zijn vrienden.

Zijn drie medespelers herhaalden hem plechtig: 'Allahu Akhbar.'

Ze maakten zich van elkaar los. Gaven elkaar een hand. Sallie had een tien jaar oude Golf, de anderen waren met de fiets.

'Wie is die vent?' vroeg Frits terwijl hij een hoofdknik maakte in de richting van de man.

'Ken je hem?' vroeg Karel.

'Nee,' antwoordde Sallie.

De man stond buiten het hek vlak bij de geparkeerde Golf. Zonder dat het werd overlegd, was het duidelijk dat de vrienden Sallie moesten begeleiden. Met hun fietsen aan de hand liepen ze met hem mee naar de parkeerplaats.

De man had zich niet schuilgehouden, hij was dus geen politieman of iemand van de AIVD. Hij toonde zich, de rook van zijn sigaretten gaf niet te missen signalen.

Ze kwamen dichterbij en de smalle vorm van zijn gezicht, zijn ogen en haar verraadden dat hij een Marokkaan was, een Berber. Hij droeg een leren jack, spijkerbroek, aan zijn voeten laarzen met scherpe punten. Het was zichtbaar dat het jack niet afkomstig was van een marktkraam maar van een dure winkel in de P.C., net als de laarzen en de designjeans. De man had kennelijk genoeg geld om zich dure merkkleding te veroorloven.

'Salam,' zei hij.

De jongens groetten terug.

Hij keek Sallie aan en vroeg: 'Sallie, jij bent Sallie?'

Ze bleven staan.

'Waarom vraag je dat?' vroeg Sallie.

'Jij bent dus Sallie,' zei de man.

'En jij?' vroeg Sallie.

'Ziri.'

'Ik ken geen Ziri,' antwoordde Sallie.

Ziri was een echte Berbernaam. De Ziriden vormden ooit een machtige stam. Ze hadden Granada glorieus opgebouwd. Ziri betekende 'maanlicht'.

Frits richtte zich agressief tot Ziri: 'Wat wil je van hem?'

'Rustig, jongens. Ik kom hier om met Sallie te praten. Jullie kunnen gaan. Ik wil even vijf minuten met Sallie.'

Sallie wist zich geen raad met de situatie. Hij begreep niet wat de man van hem wilde. Hij zei: 'Ik heb geen geheimen voor mijn vrienden.'

Ziri haalde zijn schouders op: 'Wat je wil. Dan blijven ze erbij.'

Hij haalde een pakje sigaretten uit zijn zak en stak met de nog brandende peuk een verse sigaret aan. Daarna gooide hij de peuk op de grond. Er lagen er minstens tien.

'Roken is slecht,' zei Karel. Hij was de langste van de vier spelers, maar hij was de jongste, zeventien. Hij had een onschuldig, jongensachtig gezicht. Hij was een fanatieke verdediger.

'Is me bekend,' zei Ziri. 'Als ik alles laat wat slecht is, word ik honderdtien. Honderd vind ik genoeg.'

'Je stond hier al een tijdje,' zei Frits.

'Ik wist niet dat jullie zo lang door zouden gaan. Is niet erg. Jullie zijn goed. Stuk voor stuk. Echt. Ik heb zelf gespeeld. Zat een seizoen op de bank bij Utrecht. Heb het niet gehaald. Jullie hebben het. En jij...' Hij wees op Frits. 'Jij hebt de magie. Jij bent een tovenaar. Hoe oud ben je?'

Frits vroeg: 'Ben je een scout?'

'Nee. Ik ben een vriend van Kicham Ouaziz. Sallies vader.'

Sallie voelde de verraste blikken van zijn vrienden. Hij zei: 'Oké, het is goed. Ik praat wel even met hem.'

'Zeker?' vroeg Karel.

'Ga maar, ik blijf even hier met hem praten.'

'Niets aan de hand, jongens,' zei Ziri. 'Het is privé.'

Ze wisten allemaal dat Sallies vader al jaren in de gevangenis zat. Twee moorden. Achttien jaar. Tweederde daarvan, twaalf jaar, moest hij als modelgevangene zonder kleerscheuren doorkomen indien hij in aanmerking wilde komen voor vervroegde vrijlating. Van die twaalf jaar had hij er elf achter de rug.

Sallie keek zijn vrienden na toen ze op hun fietsen stapten. Alledrie de achterlichten deden het. Dat zag je nergens. Maar ze hadden dat afgesproken en de jongens hielden zich eraan. Alles moest kloppen.

'Goeie jongens,' zei Ziri. 'Met je meegelopen, even de situatie onderzocht. Mij aangekeken. Ik had geen kans gemaakt tegen jullie vieren.'

'Mijn makkers,' zei Sallie.
'Wees zuinig op ze.'
Sallie knikte.
'Je vader vroeg waarom je nooit komt.'
Sallie keek onrustig om zich heen: 'Waar ken je hem van?'
'Wat denk je?'
'Van binnen?'
'Vier jaar. Hij is mijn broeder,' zei Ziri.
'Wanneer kwam je vrij?'
'Vijf dagen geleden.'
Sallie vroeg: 'Mocht je binnen niet roken?'
'Kon wel. Maar hebben ze ook aan banden gelegd. Ik rook even een tijdje door, krijg ik wel weer onder controle. Waarom kom je niet? Zes jaar al niet. Hij is je vader.'
'Ik wilde niet,' probeerde Sallie uit te leggen.
'Dat is duidelijk, ja. Maar hij is je vader. Jij bent z'n enige zoon. Al is het maar één keer in de zes maanden, je moet je vader opzoeken. Dat is je plicht.'
'Hij heeft ons verraden,' zei Sallie.
'Verraden?'
'Hij neukte Hollandse wijven. Hoeren. Hij dronk alcohol. Hij snoof.'
'Dat gaat jou niks aan. Hij is je vader,' herhaalde Ziri, Sallie strak aankijkend.
'Dat gaat me wel aan,' antwoordde Sallie onverschrokken.
'Hij is je vader,' herhaalde Ziri geërgerd. 'Jij hoort hem niet te bekritiseren. Hij heeft voor jullie gezorgd. Hij zorgt nog steeds voor jullie. Elke maand komt iemand een envelop brengen voor je moeder. Zelfs waar hij nu zit, zorgt hij voor zijn familie. Kritiek? Nee, geen kritiek. Jij bent zijn zoon.'

De envelop werd door verschillende mensen gebracht, al jaren, en Sallie was de koeriers soms gevolgd omdat hij wilde weten van wie het geld afkomstig was, maar hij was ze altijd kwijtgeraakt. Nu interesseerde het hem niet meer. Het kwam van zijn vader, die kennelijk op tijd en op een veilige plek veel cash had weten onder te brengen voordat hij door een arrestatieteam uit zijn auto was gesleurd.

In de achterbak hadden ze een Heckler & Koch MP7 gevonden, een automatisch machinepistool dat patronen afvuurt die CRISAT-vesten doorboren. Sallie had indertijd uitgezocht wat CRISAT was. Het waren professionele kogelvrije vesten van twintig lagen Kevlar bevestigd op een titanium plaat. De MP7 was ontwikkeld voor oorlogssituaties. Met dat wapen waren twee onderwereldfiguren vermoord.

Sallies vader, Kicham Ouaziz, was een professionele moordenaar.

'Ik ga niet,' zei Sallie vastbesloten.

'Het is je vader. Je moet.'

'Ik erken hem niet.'

Sallie zag dat Ziri zich een moment verbeet. Hij nam een diepe trek. Terwijl hij sprak, walmde de rook uit zijn mond: 'Ik wil niet dat je spijt krijgt daarvan.'

'Nee. Ik krijg geen spijt.'

'Ga hem opzoeken.'

'Ik haat hem.'

Ziri keek hoofdschuddend om zich heen, alsof hij wantrouwend de omgeving in zich opnam. Maar hij had een paar seconden nodig om zijn ergernis te beheersen en wilde Sallie niet aankijken.

'Goed. Jouw leven. Vreemd. Ben jij een Marokkaan? Kun jij zo over je vader denken?'

'Hij is een Hollander geworden,' zei Sallie koel.

'Alles heeft een context, jongen. Geldt ook voor wat jouw vader heeft gedaan. Context. Goed. Ik zal het overbrengen. Er ligt een pakketje in je auto. Je had de deur niet afgesloten. Zie maar. Maar als je je bedenkt... doe er niet te lang over. Hij heeft kanker. Ze hebben hem vijf maanden gegeven.'

Ziri trapte de peuk uit en liep zonder groet weg, langs de oude Golf naar het einde van de parkeerplaats, in de richting van de donkere, onverlichte hoek waar de omtrekken zichtbaar waren van een nieuwe BMW.

Sallie liet de sporttas vallen en haakte zich met zijn vingers aan het vlechtwerk van het hek vast toen hij met gebogen hoofd stond te huilen. Daarna droogde hij zijn ogen met de rug van zijn hand, maar zijn wangen bleven vochtig omdat de hele stad door een wolk van ragfijne druppels werd omvat.

Zonder het pakketje te openen – een langwerpige doos in bruin pakpapier die de hele achterbank bedekte – startte hij de Golf en reed hij naar huis.

Ze hadden een flat met drie slaapkamers. Zijn moeder keek naar een Turkse soap die Arabisch was nagesynchroniseerd. Zijn zusje was in haar kamer.

Hij zette zijn laptop aan en tikte de letters en cijfers die hem naar de geheime plek in cyberspace brachten. Daar werden de berichten uitgewisseld die zijn leven zouden veranderen.

Als je niet over de gecodeerde sleutels beschikte – het waren er drie, reeksen van achttien, die hij uit zijn hoofd had geleerd – kon je ze niet lezen.

Sallie las: *'In naam van Allah, de Barmhartige, de Genadevolle, de Eeuwige, de Meester van het Universum, de Beschermheer, de Schepper, de Wreker, de Verhevene, de Levensgever, de Almachtige, de Ene, de Liefdevolle, de Alleszieners, de Eerste en Laatste, de Weldoener, ik groet u, broeder Abu Khaled. Ik heb uw bericht ontvangen en mijn hart zingt van vreugde.'*

De voetbalploeg had achttien leden, maar het geheime team bestond uit elf man – niemand had een afscheidsbrief geschreven. Dit was geen zelfmoordactie. Ze wilden allemaal overleven en de strijd voortzetten. In Osdorp zouden ze nooit meer voetballen. Waar ze terecht zouden komen, bestonden geen velden met kunstgras en avondverlichting die wervelende regenvlagen liet zien. Droge velden waren daar, hobbelig en stenig, maar in ieder geval zouden ze als team bij elkaar blijven. Als het allemaal goed zou gaan.

Hij las de brief van MB en stuurde die via een versleutelde e-mail door naar Abu Khaled, de Syriër, die door Centraal-Azië zwierf en met wie hij via de Belgen contact had gelegd. Pas als het vliegtuig naar tien kilometer hoogte was geklommen, zouden ze de precieze locatie van hun reisbestemming doorkrijgen. Waar ze zouden landen, hadden ze geen kunstgrasvelden met metaalhalidelampen, ofwel hogedruk gasontladingslampen; die verlichtten overal in Nederland de stadions. Ze zouden op zand spelen. Misschien konden ze, betaald met het geld dat ze ook zouden eisen, een grasveld met een bewateringsinstallatie laten aanleggen. Of hadden ze daar te weinig water voor het onderhoud van een groen voetbalveld?

Hij ging op de bank zitten, naast zijn slapende moeder, die al bijna elf jaar in haar eentje naar bed ging. Als Sallie niet kon slapen en wakker lag, hoorde hij haar wel eens huilen. Of huilde ze in haar droom? En wat was het verschil? Hij bleef minutenlang naar haar kijken. Een mooie mediterrane vrouw, met een krachtige neus en rood haar van de henna. Buiten droeg ze altijd een hoofddoek en een lange jas die tot op de grond reikte. Ze kon niet lezen. Ze was bitter eenzaam, en dat was ze ook toen zijn vader nog niet was opgesloten. Die bleef vaak 's nachts weg, want hij moest werken, luidde de verklaring. Hij had neukvriendinnen. Toen Sallie haar hand pakte en er een kus op drukte, werd ze wakker.

'Sallie,' zei ze.

Ze wist niet dat dit een van de laatste keren was dat ze hem zou zien en hij werd verteerd door schuldgevoel en medelijden, maar de keuze was gemaakt.

Ze wilde eten voor hem opwarmen, en hij at het aan het keukentafeltje, voorovergebogen over zijn bord, luisterend naar onduidelijke roddels over vage familieleden in het land dat zij had verlaten.

Halverwege de nacht werd hij wakker. Stil, met kleine bewegingen, scheurde hij het pakpapier van het pakket open. Een degelijk houten kist. Daarin lag een MP7.

Welke boodschap stuurde zijn vader hem? Dat hij zich moest bewapenen? Zijn vader had geen idee wat zijn zoon had voorbereid, dus dit wapen kon maar één ding betekenen: jij bent nu volwassen, ik ga snel dood en het is aan jou om de familie-eer te verdedigen.

Zijn vader wist niet dat Sallie de eer van alle Marokkaanse families ging verdedigen. Toen de Belgen over wapens spraken en hem vroegen wat hij wilde hebben, had Sallie om de automatische MP7 gevraagd. Hetzelfde model dat zijn vader had gehad toen hij door een arrestatieteam was besprongen en als een beest was weggesleurd. Dat konden ze niet leveren.

Op de website van Heckler & Koch had hij gelezen: 'Kleiner dan een conventionele handmitrailleur, de 4.6 mm MP7 A1 is een compact en lichtgewicht *Personal Defence Weapon* dat gedragen kan worden als een handwapen en dat toch net zo effectief is als een geweer. De door HK ontwikkelde 4.6 mm x 30 ammunitie biedt de penetratie van een kogel van een aanvalswapen en is in staat de typen *body armor* te doorboren die vaak gebruikt worden door terroristen en criminele bendes en met name die van de bijzondere eenheden van de vroegere Sovjet-Unie, nu het standaard testdoel van de NAVO.'

Het wapen werd ingezet tegen terroristen. Binnenkort zou Sallie zelf als een terrorist omschreven worden. Het was een eretitel.

7
THEO...

... had Jimmy, zijn 'reclasseringsambtenaar' die een geile Franciscaan was geweest, gevraagd waarom hij in een kazerne verbleef. Het antwoord was flauw, slap en akelig scherp: 'Je bent waar je denkt dat je thuishoort.'

Dat deed een beetje denken aan een zin in *Siddharta* van Hermann Hesse, de schrijver die hij toen hij opgroeide natuurlijk ook had gelezen en die op zijn zenuwen had gewerkt. Hier had hij de roman opnieuw gelezen. Alles wat ooit was geschreven was hier beschikbaar. Alle boeken. Alle woorden. Siddharta betekende 'hij wiens doel is volbracht'. Gold niet voor Theo. Toch had hij nu meer begrip voor de roman. Ging over een man, Siddharta, die een reis maakt en op het eind berusting vindt. Daar zijn romans voor, voor de illusie dat je je bestemming kunt vinden.

Jimmy bedoelde kennelijk dat de kazerne een afspiegeling was van Theo's huidige staat van zijn. Nog steeds in staat van oorlog. Nog steeds bereid op weg te gaan en de sabels te kruisen met wie dan ook. Maar hij was hier met zijn beschamende ervaring alleen een hoofd te zijn. Daar moest een einde aan komen. Dat vonden de autoriteiten hier – een eufemisme, Theo wist het, een directe confrontatie met die oppermachtige autoriteiten wilde hij graag vermijden – en Theo zelf vond dat ook. Hij wilde heel zijn.

De realiteit waarin hij nu bestond werd gekenmerkt door strakke regels. Die moest elke nieuweling zelf ontdekken. Toen hij hier na die novemberdag in 2004 was aangekomen, was hij, toen de eerste golven van gekmakende paniek waren weggeëbd, op onderzoek uitgegaan. Het bleek niet de hel te zijn waarin hij was beland. Niet dat die niet bestond – de tekenen daarvan waren onmiskenbaar aanwezig. Het was iets anders waar zijn bewustzijn existeerde, het 'voorgeborchte', noemden de gristelijken dat. Zelf noemden ze het gewoon 'de intake'.

De eerste jaren werden overheerst door woede. Op de Somalische prinses, op Boujeri, op al die types die met zijn dood aan de haal waren gegaan en daarmee aards succes hadden geboekt. De een zijn dood is de ander zijn brood. Misschien was hij er zelf ook zo mee omgesprongen als het bijvoorbeeld de prinses was overkomen. Dan had hij over haar geschreven, of dan had hij een film over haar gemaakt. Interessant materiaal. Theo had daar begrip voor, maar alles bij elkaar genomen was het onverdraaglijk.

Aanvankelijk ging hij overal heen. Ze lieten dat toe. Je wilde terug, keer op keer, kijken, proberen te beroeren, aan te raken, lichamelijk te zijn. Ze waarschuwden dat het niet mogelijk was om fysieke ervaringen op te doen, maar ze beseften dat je het onmogelijke moest ervaren – dat klonk paradoxaal, en dat was het ook.

Hij ging bij zijn vrienden op bezoek. Hij was geroerd toen hij ontdekte dat ze hem oprecht misten, zelfs de vrienden die hij onvriendschappelijk had beledigd en belazerd. Hij had verschillende kanten, zeiden ze over hem, en als je de aardige, lieve kant had gezien, vergaf je hem veel. Dat klonk humaan, maar hij was net zo licht als hij donker was. Wie zou hij geweest zijn zonder zijn haat, zijn afkeer, zijn woede? Misschien had hij nooit een groot publiek gevonden omdat het intuïtief aanvoelde dat hij meer haatte dan hij liefhad.

Maar hij had lief – Siddharta leerde wat liefde was door de liefde voor zijn zoon. Misschien had hij een liefdevolle kunstenaar kunnen worden, zoals de verre oom Vincent, als hij iets meer tijd had gekregen. Maar Boujeri had daar een stokje voor gestoken. Kutmarokkaan met een mes. De kogels hadden hem verwond, maar het was de kris die het definitieve had ingeluid. Het onomkeerbare.

Na verloop van tijd beperkten de autoriteiten je bewegingsruimte. Dat ging heel organisch. Beneden voelden ze intens je aanwezigheid als je net was gestorven – want je was daar ook echt, zo wist hij nu, weliswaar in shock, in paniek, gillend en brullend, maar je was waar je het liefst wilde zijn: op aarde, als waarnemende en voelende instantie. Na een paar jaar sleet de behoefte. Hij ging kijken bij Boujeri. Bij zijn ouders. Bij zijn zoon. Hij hoefde er zijn kamer in de kazerne niet voor te verlaten. Het gebeurde omdat hij het wilde. Hij was voortdurend op stap. Op elk continent. Hij keek in slaapkamers, in badkamers, kantoren, ziekenhuizen, op slagvelden, op de bodem van de oceanen, boven de wolken. Hij zag de mensheid in al haar troosteloze, weerzinwekkende kwetsbaarheid. Maar hij was ook jaloers. Hij had net zo troosteloos, weerzinwekkend kwetsbaar willen zijn. Hij had willen ademen. Hij had menselijk pijn willen hebben en menselijk willen dromen over roem en menselijk vrouwen willen verleiden.

De reizen waren afmattend, alsof hij elke seconde een marathon liep (die hij nooit had gelopen). Als hij beneden was geweest en terug was in zijn kazernekamer, die hij nooit had verlaten, had hij tijd nodig om te herstellen en de pijn van de scheiding van het aardse van zich af te wassen, alsof hij met een douche zijn innerlijk kon verfrissen. Maar hij had geen innerlijk, noch een lijf. Hij *was*.

Het vooruitzicht dat hij met de Somalische prinses in contact had kunnen treden, zoals Jimmy had voorgesteld, had hem doen huiveren. Zij had zijn dood veroorzaakt. Een korte film die hij in één dag had gedraaid, absoluut niet het beste wat hij had gemaakt, had Boujeri op het idee gebracht uit de anonimiteit te treden en een daad te stellen. Zijn dood had van haar een internationale beroemdheid gemaakt. Hij was het spectaculaire Amsterdamse verhaal dat het etnische Afrikaanse verhaal dat zij al jaren vertelde, en dat begon te slijten, opeens gloednieuw en springlevend en mondiaal had gemaakt. Dus werd het Max Kohn. Hij wist wie Kohn was. Stond bekend als een onduidelijke zakenman met belangen in de onderwereld. Het was pikant om vanuit de plek waar Theo nu verbleef een omstreden figuur als Kohn beter te leren kennen. Wat had Jimmy met Kohn?

Jimmy deed daar niet geheimzinnig over: Jimmy's hart klopte in Kohns lichaam – sinds de transplantatie volgde Jimmy hem met argwaan, maar hij had als lid van het systeem niet de vrijheid beneden betrekkingen te onderhouden en, wat maar mondjesmaat mogelijk was, het doen en laten van individuen te beïnvloeden. Dat werk beneden moest worden gedaan door doden die het een en ander te bewijzen hadden. Zoals Theo. Doordat Jimmy was gestorven, kon Kohn in leven blijven. Wauw...

Het werd Theo toegestaan dicht bij Kohn te komen. Voor de zekerheid had Jimmy bij zijn supervisor gemeld dat een cliënt van hem – Theo – de beschermengel zou worden van de man die Jimmy's hart had ontvangen. Het was een uniek geval, en de supervisor was bij zijn supervisor te rade gegaan, en die had ook weer een verdieping hoger om advies gevraagd. Maar het werd goedgekeurd. Er werd gezegd: niet dat dit routine mocht worden, en of ze alsjeblieft een contract tekenen waarin ze verklaarden dat ze zelf verantwoordelijkheid droegen en zo – het soort bureaucratische blabla dat Theo van een vroeger bestaan kende. Ook hier. Alles bleef hetzelfde, ook al veranderde alles. Maar toch: een uniek experiment, zeiden ze verder naar boven.

Dat was dus de titel die Theo nu mocht dragen. Het was om te gillen.

Beschermengel.

Zijn moeder had dit moeten weten. Net als zijn vijanden, met name die charlatan De Winter. *Beschermengel Theo.* Om je te bescheuren. En dan ook nog eens de beschermengel van een joodse misdadiger. De Hoge Raad had Theo ooit een boete opgelegd vanwege het maken van antisemitische opmerkingen, en nu zou hij optreden als de beschermengel van een jood. De kosmos, waartoe ook Theo's huidige omgeving behoorde, was niet verstoken van ironie, nee, werd gekenmerkt door ironie.

De titel was schitterend. En het ging gepaard met een heuse, herkenbare afkorting. Niets menselijks was de dood vreemd. Als je beschermengel was, mocht je achter je naam BE zetten. De Britten hadden een onderscheiding die 'The Most Noble Order of the Garter' heette, zo herinnerde Theo zich, en dan mocht je achter je naam KG of LG zetten, wat Britten van eerbied deed stotteren. Hij was nu Theo van Gogh, BE. Hij wás nu iemand hier. Het was een spel, dat begreep hij absoluut, maar spel hoorde bij elke vorm van *zijn*, ook als dat dood-zijn was.

Theo van Gogh, Beschermengel.

Theo mocht zich niet laten afleiden door andere levenden, zelfs niet door zijn zoon en zijn ouders, die elke ochtend aan zijn afwezigheid leden. Daarin lag natuurlijk de therapeutische waarde voor de dode. Onthechting. Je onttrekken aan de rouw. Je op iemand anders concentreren en altruïstisch het bestaan van een levende pogen te begeleiden. Beschermengel worden betekende dat je je van je eigen sentimenten moest bevrijden. Losmaken.

'Het is verschrikkelijk moeilijk,' had Jimmy de Zondige Franciscaan gezegd. 'Het lukt de meesten niet en dat nemen we ze niet kwalijk. Wij bestaan hier in een andere vorm, in een vorm van materie die geheel transparant is. Als het niet lukt, is de waarde ervan dat het *geprobeerd* is.'

'Niet de bestemming, maar de weg,' bood Theo aan. Een versleten cliché. Maar hij had begrepen dat op deze plek clichés niet werden geschuwd.

'Nou, graag ook een beetje bestemming,' reageerde Jimmy met een glimlach.

'Wat kan ik doen?' wilde Theo weten. Voor het eerst sinds jaren had hij wat omhanden. Een project. Niet dat hij er minder van ging roken en drinken, integendeel, hij schonk met zijn afwezige handen meteen een glas Royal Salute in, en ook voor Jimmy, die met een vinger op de rand van zijn lege glas tikte, maar het was fijn om in een volgende fase te belanden. Zo voelde dat. Jaren waren verstreken zonder een gedachte die niet ten diepste met zijn eigen lot was verbonden. Al die jaren de woede om wat hem was overkomen. Een gedachte drong zich aan hem op.

'Ik had op die dag geen beschermengel,' zei hij agressief.

'Ik heb het niet nagevraagd,' reageerde Jimmy terwijl hij, nerveus opeens, zijn ogen neersloeg.

'Dat heb je wel, Jimmy, maar je wilt het me niet zeggen.'

Jimmy nam een slokje: 'Wat is dit toch goed spul, Theo. Wat fijn dat je dit met me deelt.'

'Niet afleiden, minderbroeder. Had ik een beschermengel? Heeft die me genaaid?'

'Je bent niet genaaid! Het is moeilijk! Onmogelijk, bijna!'

'Dank voor de bemoedigende woorden,' zei Theo nors.

'Concentreer je op je taak. Laat het verleden rusten. Zorg

dat de energie die je hebt positief geladen wordt en dat je je met Max Kohn kunt bezighouden.'

'Ik ben dus aan mijn lot overgelaten, toen in 2004?'

'Geldt dat niet voor elke moord, Theo? Voor elk ongeluk? Voor elke dood? Wij zijn niet almachtig hier, zoals je gemerkt hebt. Soms lukt het. Een vliegtuig crasht en iedereen komt om het leven, op één passagier na. Waarom? Was hij een beter mens dan de andere passagiers? Pech, toeval, noodlot? Ja, in negenennegentig van de honderd gevallen. En soms is er een beschermengel met geluk, een beschermengel die dwars door alle dimensies heen iemand op aarde kan houden. Waarom? Wij houden ons op dit niveau niet met het waarom bezig, Theo. Ik ben hier korter dan jij, ik heb niet op alles een antwoord.'

Het werd Theo opeens duidelijk: 'Was het Pim Fortuyn? Had Fortuyn zich opgeworpen als mijn beschermengel maar heeft-ie het laten afweten? Kom op, geen angsthazerig gezwatel, we zijn allebei dood! Je kunt zeggen wat je wil, heilige vader!'

De rook kwam uit Theo's neus, mond en oren. Hij rookte nu vier sigaretten tegelijk, had achttien glazen whisky in achttien afwezige handen.

'Ik weet niet over wie je het hebt,' zei Jimmy.

Theo voelde dat hij loog.

Jimmy vervolgde: 'Ik vind dit een discussie die hier niet gevoerd kan worden. Je hebt verantwoordelijkheden. Verknal het niet. Het is belangrijk. Het zal je goeddoen.'

Jimmy had kennelijk niet de bevoegdheid om over Fortuyn te praten, of misschien was het daarvoor nog te vroeg. Theo kon het niet laten rusten, ook al zou hij nu niet aandringen.

'Max Kohn is jouw keuze,' zei Theo, zich neerleggend bij Jimmy's verzet om over Fortuyn te praten. 'Wat wil je van hem?'

'Theo,' zei Jimmy hoofdschuddend, alsof hij Theo's gedachten kon lezen (dat kon hij ook). 'Laat Fortuyn rusten. Geef het idee op dat we hier almachtig zijn. We doen ons best, net als beneden. Max Kohn. Om hem gaat het nu. Wees betrokken bij hem. Bescherm hem. Doe een poging. Verdien je lijf.'

Theo knikte, gelaten. Nog steeds in opstand. Nog steeds vol wrok. Hij moest eraan werken – hij grijnsde even toen hij die waterige formulering hoorde. Eraan werken. Nou ja...

Ter afleiding nam Jimmy hem mee naar de Sunset Strip in Los Angeles. Een prachtige avond daar, levendig en vol en kleurrijk, de terrassen bepakt met mensen die aan de gedachte dat dit alles tijdelijk was geen belang hechtten. Jimmy en Theo waren daar op hun eigen manier aanwezig, afgunstig en weemoedig tegelijk.

Samen sloegen ze Max Kohn gade terwijl hij pasta bestelde, met kleine slokjes van een glas witte wijn genoot, zich van zijn stoel oprichtte bij het begroeten van een pastoor. Het gesprek tussen hen ontging Theo grotendeels. Hij werd afgeleid door al dat heerlijke, vergeefse leven, het geflirt, de hitte in de ogen, de gretigheid van de vingers, de korte rokjes en diepe decolletés.

Theo nam waar dat Max opstond en samen met de pastoor over de Strip liep. Hij zag hoe Kohn een agressieve uithaal van een man met enkele soepele bewegingen ongedaan maakte. Hij zag hoe Kohn de auto van de pastoor nakeek en daarna in zijn hotel de lift naar zijn kamer nam. Theo kwam dichterbij toen Kohn de envelop opende en foto's bekeek waarop Jimmy met een vrouw stond.

'Wie is zij, Jimmy?' had Theo gevraagd.

'Zijn grote liefde.'

'*The love of his life*. Hoe ontroerend,' zei Theo cynisch.

'Geen cynisme, Theo,' maande Jimmy. 'Wij accepteren dat niet. BE staat nu achter je naam.'

'Beschermengel Theo. Goed,' zei Theo. 'Wat nu?'

'Dat weten we niet. We moeten afwachten.'

'Was zij ook jouw grote liefde, Jimmy?'

'Ik heb God lief,' antwoordde Jimmy kortaf.

'Maar je had ook tijd voor haar, toch?'

Jimmy wilde niet antwoorden, maar Theo hield aan: 'Kom op, Jimmy, wat maakt het uit? Je kunt het me toevertrouwen als doden onder elkaar.'

'Goed, oké dan, ja, ik was gek op haar. Mijn zonde was dat ik echt gek op haar was.'

'Maar voor haar was jij maar tijdelijk, toch? Zij wachtte op Kohn, de crimineel, en liet jou tijdelijk van haar genieten. Zo was het toch, waarde priester?'

Jimmy zweeg. Ze waren er getuige van dat Kohn een ticket boekte naar Amsterdam. Hij kleedde zich uit, nam een douche. Jimmy maakte een hoofdbeweging naar Theo: laten we gaan.

Ze lieten Kohn achter. In zijn kazernekamer zette Theo het op een zuipen. Het lulligste, het ergste, het verdrietigste was dat hij zich in deze kazerne begon thuis te voelen, met of zonder lichaam.

8

MAX

Kohn had een kamer betrokken in het Amstel Hotel. Nadat hij zich had gedoucht, ging hij meteen de straat op. Een nieuwe generatie studenten schoot op de fiets over de Hogesluisbrug de Utrechtsestraat in. Exclusieve pannenwinkels, restaurants, boetieks. Hij liep de Keizersgracht op, voorbij de Leidsestraat, langs opgepoetste grachtenpanden, dichte rijen Volvo's en Mercedessen, en wierp een blik op het zeventiende-eeuwse grachtenpaleis waar hij had gewoond. Het was nu al jaren verhuurd aan een Duits homostel.

Ruim tien jaar lang had Kohn Nederland gemeden. Zijn moeder was begin jaren negentig gestorven, hij was enig kind en had er geen naaste familie. De vriendschappen die hij er had gehad, waren in feite zakelijk van aard geweest – op die met Kicham na. Hij had met geld gestrooid en daarmee vrienden geoogst die hem snel hadden verguisd toen hij het land uit was gegooid en het duidelijk was dat hij niets meer te bieden had. *Vrij Nederland* had een 'achtergrondartikel' aan hem gewijd. De bronnen waren anoniem, maar hij had ze herkend. Ze deden maar.

In zijn grachtenpaleis was hij op 10 september 2001 samen met Sonja door een arrestatieteam van het bed gelicht. Sonja was achtenveertig uur vastgehouden, Kohn twee weken. Tweeëndertig uur na de aanhouding waren passagiersvliegtuigen de Twin Towers binnengevlogen. Hij hoorde er pas een dag later van want hij werd in 'volledige afzondering' gehouden, ofwel in isolatie. Toen Bram Moszkowicz hem na driehonderdveertig uur uit zijn cel haalde, was Sonja uit Amsterdam verdwenen. Ze had een helse brief achtergelaten waarin ze hem toeschreeuwde onder geen beding bij hem terug te keren. De arrestatie was het laatste incident dat de twijfels over de verhouding in zekerheid had doen omslaan: ze moest bij hem weg, ze ging bij hem kapot.

Max had haar kunnen vinden als hij had gewild, het was niet onbegrijpelijk dat ze hem had verlaten. Hij moest de pijn van haar vertrek verbijten en de rest van zijn leven doorbrengen met de wond die zij had toegebracht. Bram maakte een deal met Justitie, en Max verliet Nederland. In Las Vegas zoop, neukte en snoof hij zich een jaar lang een ongeluk – dat was letterlijk het geval toen hij stoned en bezopen 's ochtends om halfzes van de derde laag uit een parkeergarage was gevallen en daarbij de schouder brak die een paar jaar eerder door Sonja bij de Eerste Hulp van het VU medisch centrum was behandeld. Een weelderige, manshoge bougainvillea met dieprode bloemen had zijn val gebroken. Er was geen politie aan te pas gekomen en hij veranderde zijn leven. Hij kocht een bedrijf dat bars en stripclubs exploiteerde en verkreeg daarmee het E2-visum voor investeerders. Hij had geen strafblad. De inval in zijn huis aan de Keizersgracht had geen aanwijzingen voor fraude, drugssmokkel, betrokkenheid bij moord, voor geen enkele misdaad opgeleverd. Op de koop toe wist Moszkowicz schadevergoeding voor de detentie in Amsterdam af te dwingen; het leverde niet meer dan een zakcent op maar Moszkowicz had de kans om het OM te vernederen en die nam hij. Kohns leven in Nederland was ten einde, althans, het was optisch ten einde.

Via een getrapte structuur was Kohn eigenaar van panden

in de Leidsestraat en aan de Keizersgracht. Die werden door een makelaarskantoor beheerd en de vennootschap droeg daarover netjes belasting af. De winsten werden overgemaakt naar de eigenaar, een andere vennootschap in Luxemburg, beheerd door een trustkantoor. Daar was niets illegaals aan, de vennootschap was legaal en de daarmee verbonden bankrekeningen waren geen nummerrekeningen maar standaard bedrijfsrekeningen.

De Luxemburgse vennootschap was eigendom van weer een andere vennootschap op het eiland met de beste bankwetten, de *Cayman Islands*. Zijn vermogen bedroeg twintig miljoen euro. De helft daarvan was belegd in onroerend goed, de andere helft in goud, oliemaatschappijen, mineralen, aandelen Apple, biotechbedrijven. Voor zijn levensonderhoud liet hij geld overmaken naar een van zijn rekeningen in de Amerikaanse staten die geen inkomstenbelasting hieven, en met daaraan verbonden creditcards deed hij de benodigde uitgaven.

Tot hij naar Amerika was gegaan, had hij altijd met cash geleefd, aangezien hij in die tijd inkomstenstromen had die volledig illegaal waren. Soms ging het om veel geld. Hij meed de handel in harddrugs. Hasjiesj en marihuana waren zijn specialiteit. Hij was creatief. Hij nam geen risico's. Hij zorgde ervoor dat hij de hele keten kon controleren. Iedereen in Nederland wilde blowen en stoned worden, en als goede zakenman had hij geen moeite die vraag te bevredigen.

Toen hij zijn eerste partij marihuana het land binnen bracht, gefinancierd door een vriend die vlak daarvoor als schrijver was doorgebroken en zijn eerste royalty's 'wilde laten werken', was Kohn een student politieke wetenschappen. De partij bedroeg tweehonderd kilo en kwam zonder problemen de grens over. Hij organiseerde nog een partij, en nog één.

Van '82 tot '98 had hij twee tot drie transporten per kwartaal geïmporteerd, met een nettowinst van drie ton in guldens per transport. Belastingvrij – dat was ook nodig, want het ging er met bakken uit.

De handel bleef volledig uit het zicht van Justitie. Zo nu en dan reed hij in zijn Jaguar XJS, die op naam van zijn moeder stond (ze wist dat de sportwagen met zwart geld was aangeschaft, en ze had daar, na een jeugd in bittere armoede, geen morele bezwaren tegen), naar Luxemburg om de overtollige cash op een cijferrekening te deponeren. Alles veranderde toen hij Sonja tegenkwam.

Zij was zevenentwintig toen hij haar op de Eerste Hulp afdeling van de VU ontmoette. Hij bloedde als een rund, had kogelwonden in zijn pols en in zijn schouder. Ze gedroeg zich professioneel afstandelijk, maar hij was ervan overtuigd dat haar schuwe oogopslag veroorzaakt werd door dezelfde animale aantrekkingskracht die samen met de gillende pijn door zijn lijf trok. Het was mogelijk om gewond door een vuurwapen nog dieper gewond te raken door een blik, een aanraking, de aanblik van enkels onder een witte doktersjas.

Het was 1995. De dag voor Sinterklaas. Het was een bewolkte dag geweest, met waterkoude die in je ledematen trok. Kohn had wilde concurrenten gekregen, maar hij kon met zijn vrienden de handel onder controle houden. Tot die nacht. Ze hadden hem opgewacht. Het was halfdrie. Hij had in de bar van het Hilton zitten drinken en had zich voor zijn huis aan de Keizersgracht door een taxi laten afzetten, zijn Jaguar had hij in de parkeergarage van het Hilton achtergelaten. Toen hij zijn sleutel pakte, werd hij een moment afgeleid door een metalig geluid. Hij draaide zich om en hief als in een reflex zijn linkerhand en werd in de pols geraakt. Daarna in zijn schouder. Hij liet zich vallen en verwachtte een genadeschot. Geen geluid. Hij wachtte. Het geluid van mannen die wegholden. Hij hoorde een auto wegrijden. Hij keek op en zag aan de overkant van de gracht een politieauto, maar de sirene werd niet aangezet en de politie verdween uit zicht. De agenten hadden niets gezien en toch hadden ze hem gered: de schutters waren door de politieauto afgeschrikt.

Met zijn rechterhand kon hij zijn makker Kicham Ouaziz bellen; die was binnen drie minuten bij hem.

Kohn zat rechtop op de stoep, met zijn rug tegen de voordeur. Hij woonde op de benedenverdieping van een van de breedste paleizen aan de gracht, een pand zonder buitentrap. Het bloed dat uit gaten in zijn arm en schouder druppelde was zwart van kleur. Kicham hielp hem zijn auto in en reed hem met een noodgang naar het VU-ziekenhuis. Ze hadden onderweg overlegd of het OLVG of het VU beter was. Kicham was in het VU-ziekenhuis twee keer eerder voor schotwonden behandeld. Ze hielden zich daar strikt aan het beroepsgeheim en meldden niets aan de politie. Het was nacht, de straten waren leeg.

Ze hadden een geluiddemper, vertelde hij Kicham, zijn bondgenoot, zijn vriend, die hij Kichie noemde en die er niet typisch Marokkaans uitzag. Kicham had ook Spaans of Grieks kunnen zijn – wat Kichie bestreed: 'Ik heb een echte Berberkop,' zei hij. Gemiddelde lengte, al vroeg grijs, altijd elegant in een kostuum en wit hemd gekleed, een bril met een dun gouden montuur op een smalle neus, een pinkring met een roze diamant. In een holster rond zijn rechteronderbeen droeg hij een compact handvuurwapen.

'Ik zoek uit wie dit op zijn geweten heeft,' had Kicham gezegd, met de overtuiging van iemand die een levenstaak had gevonden.

Kicham hielp hem bij het uitstappen.

'Ga naar huis,' had Kohn gezegd. 'Alles komt goed. Ik bel je morgen. Het is niet ernstig.'

Kohn verloor bloed, maar hij had de indruk dat het niet fataal was en dat er geen slagader was geraakt. Met zijn rechterhand steunde hij zijn bloedende linkerarm, die in brand leek te staan.

Bij binnenkomst werd hij meteen op een brancard gelegd en in de onderzoeksruimte verscheen een vrouw. Lang bruin haar in een paardenstaart. Een intelligent gezicht, donkere ogen die verbazing en angst en fascinatie uitdrukten. Een hese stem.

Ze vroeg: 'Wat is er gebeurd?'

'Er is op me geschoten.'

'Met kogels?'

'Ja. Liever pepernoten.'

'Pepernoten?' vroeg ze verward.

'Ik heb liever dat er met pepernoten op me wordt geschoten.'

'U moet meteen naar chirurgie. Ik ga het bloeden stoppen, dan worden er foto's gemaakt. U krijgt eerst een verdovingsmiddel.'

'Graag.'

'Heeft u veel pijn?'

Kohn wilde zeggen: pijn van verlangen. Zoals de kogels hem verwoestend in de schouder en de pols hadden geraakt, zo verwoestend was deze arts aan zijn brancard verschenen, lang en slank in het blauwe licht van tl-buizen, met sierlijke vingers die in plastic handschoenen verdwenen. Het was een bespottelijk moment voor zoiets intens en onthutsends – Kohn was nooit verliefd. Dat was een verschijnsel van pubers en adolescenten. Hij was onafhankelijk, van alles. Geen familie. Geen vrouw. Geen kind. Max tegen de rest van de wereld, en hij won – zo omschreef hij wie hij was en waar hij stond. Maar de aanblik van deze vrouw (in een flits, zo ging dat, van het ene op het andere moment, waarover miljoenen liedjes en gedichten en romans waren gemaakt) verbrijzelde alles wat in zijn bestaan in basalt was geslagen. Hij was gewond, nog veel meer in figuurlijke dan in letterlijke zin. Dertig seconden naar haar opkijken – de lijn van haar wenkbrauwen, de vorm van haar lippen, haar neusvleugels, de moedervlek bij haar oor – veranderde alles. Of was het zelfbedrog? Hij verkeerde in shock, dat was het, schoot door hem heen. In zijn kop stroomden berichten van zijn schreeuwende zenuwbanen, en iedere vrouw die daar op deze manier zou verschijnen zou hem met haar schoonheid bedwelmd hebben. Zij ging hem redden en genezen. Hij was moe en in paniek en zij kon hem laten slapen.

'Blijft u bij me?' vroeg hij als een jongetje.

'Bij u? Hoe bedoelt u?'

Ze boog zich over hem heen. Hij zag dat hij haar in verwarring bracht. Hij kon zijn gevoelens niet voor haar verbergen; zij kon alles zien wat zijn hart bewoog. Hij hield van haar. Hij had altijd van haar gehouden, ver vóór hij haar had ontmoet.

'Blijft u bij me?'

Ze knikte. 'Ja,' zei ze plechtig.

Ze liep mee naast de brancard toen hij voor het maken van foto's naar de röntgenafdeling werd gebracht. Ze bleef bij hem toen hij in gereedheid werd gebracht voor de operatie – de kogel bevond zich nog in zijn schouder – en toen hij de narcose kreeg toegediend, was zij het laatste wat hij zag.

Later in de ochtend ontwaakte hij zonder verwarring over de vraag waar hij was en wat hij daar deed. Met dat bewustzijn sloeg hij in de ziekenhuiskamer zijn ogen op. De stille aanslag voor zijn huis. Kicham die hem naar het ziekenhuis had gereden. De vrouwelijke arts van wie hij binnen een minuut onvoorwaardelijk was gaan houden. Nu hij haar had ontmoet, formuleerde hij opeens wensen, toekomstverwachtingen. Hij wilde een ander, beter, gezagsgetrouwer mens zijn. Hij wilde kinderen met haar. Hij had nauwelijks een woord met haar gewisseld, maar deze zekerheid was nu in zijn leven ontstaan: hij wilde kinderen. Hij kon niet uitsluiten dat de kogels hem krankzinnig hadden achtergelaten. Maar hij kon zich niet verzetten.

Kohn verbleef vier dagen in het ziekenhuis. De eerste dag lag hij in een kamer voor patiënten die een operatie hadden ondergaan. Hij hoorde Sinterklaas van kamer naar kamer trekken. Hij schudde afwerend zijn hoofd toen een hysterisch lachende Zwarte Piet zijn hoofd om de deur stak. Hij verwachtte dat elk moment de politie aan zijn bed zou verschijnen, maar het bleef stil. Hij belde Kichie en vroeg hem uit te zoeken of dit ziekenhuis zich nog steeds aan het beroepsgeheim hield ten aanzien van kogelwonden. Vijf minuten later belde Kichie terug. Alles was safe. Naar het zich liet aanzien had niemand de aanslag aan de gracht gezien; niemand had het gehoord, er was een geluiddemper gebruikt.

Kohns herstel werd niet vertraagd door complicaties en de tweede dag werd hij naar een standaardkamer gebracht met drie andere patiënten. Op de derde dag was hij sterk genoeg om door de gangen te wandelen. Hij had niet naar haar gevraagd maar vermoedde dat zij nog nachtdienst had.

Halverwege de nacht ging hij naar beneden en betrad de lege, helverlichte ruimte van de Eerste Hulp, een rechthoekige zaal met onderzoektafels die met gordijnen van elkaar gescheiden werden als dat nodig was. Niemand hield hem tegen.

Aan de andere kant van de zaal zag hij haar rug, haar paardenstaart en haar enkels en kuiten. Ze stond naast een kale man die op een van de tafels zat, zijn voeten los van de vloer.

De man had een hoofdwond, die door haar met verbandgaas werd schoongemaakt. Een vrouw die doorweekt was van de regen keek toe. De arts, zijn arts, draaide zich met een ruk om toen ze zijn blik voelde – alsof een elektrische lading haar achterhoofd had getroffen. Ze keek hem secondenlang aan. Het duurde zo lang dat de verregende vrouw ook naar hem omkeek, net als de man met de hoofdwond, die zich voorover moest buigen om langs de arts een blik op hem te werpen.

Kohn hief een wijsvinger en wees op zichzelf en vervolgens op haar. Het kon alles betekenen maar werd meestal gebruikt om aan te geven dat de een met de ander in afzondering wilde praten. Dat wilde hij ook. Maar hij wilde meer. Hij wilde alles.

Zij nam de tijd. Kohn bleef wachten. Zij was zorgvuldig en legde theatraal een enorm verband aan, wikkelde een breed wit lint rondom de schedel van de man.

Twintig minuten verstreken voordat ze alleen was. Ze hielp een verpleegster de onderzoekstafel leeg te ruimen, ook al was dat haar werk niet. Kennelijk wilde zij hem laten wachten.

Kohns linkerarm zat in een mitella. Hij droeg een spijkerbroek, een wit hemd, open sandalen, alsof het zomer was.

Toen ze voor hem stond, merkte hij dat ze bijna net zo lang was als hij.

'Is er weer op u geschoten?' vroeg ze spottend.

'Ja, u heeft op me geschoten,' antwoordde hij.

Eén moment trok er verwarring over haar gezicht, daarna zei ze: 'Ik was me er niet van bewust dat ik met wapens rondliep.'

'Als u nog meer op me wilt schieten, gaat uw gang,' zei hij.

Ze zei: 'Ik ben niet zo *trigger happy*.'

Ze had een vaste stem, een beetje laag, alsof ze veel rookte.

Hij zei: 'Er is nooit eerder op me geschoten. Ik ben nooit eerder gewond geraakt.'

'U heeft nogal gewelddadige schaakpartners. Of heeft u dit niet opgelopen bij een partij schaak? Ik heb nooit eerder een schotwond behandeld.'

'Voor ons allebei dus de eerste keer,' zei Kohn. 'En u kent mijn schaakpartners niet.'

Ze keek hem onderzoekend aan. Er zat iets spottends in haar blik. Met zijn vrije rechterhand wilde hij haar aanraken.

Hij zei: 'Over een week of vijf is mijn schouder hersteld.'

'Ja. Bent u verder in goede gezondheid?'

'Ik geloof het wel.'

'Gezond voedsel. Geen alcohol. Op tijd naar bed.'

'Ja, dokter.'

'Dan komt het goed met uw schouder en uw pols.'

'Ik zal uw raad opvolgen. Max Kohn.'

'Sonja Verstraete.'

Ze schudden elkaar de hand. Maar na de handdruk liet hij haar niet direct los en ze trok haar hand niet terug. Maar er lag wel een vraag op haar gezicht.

Hij moest naar adem zoeken: 'Hallo, Sonja.'

Ze aarzelde: 'Hallo, Max.'

'Waar ken ik jou van, Sonja?'

Nu trok ze haar hand los, maar niet agressief, en lachte een beetje: 'Een vorig leven?'

Hij vroeg: 'Jij was mijn Marie Antoinette?'

'Lodewijk de Zestiende?' Er verscheen iets afkeurends in haar gezicht. 'Dat was helemaal niet zo'n leuk stel, geloof ik.'

'Mensen die in reïncarnatie geloven, zijn in een vroeger leven altijd beroemd geweest. Jeanne d'Arc. Napoleon,' zei hij.

'Cleopatra,' zei zij. 'Hoor je niet te slapen? 927b?'

'Je kent mijn kamernummer?'

'Ik ben naar je gaan kijken toen je sliep. Je snurkte als een nijlpaard.'

'Je had me moeten wakker kussen en weer een mens van me moeten maken.'

'Ik kus geen nijlpaarden. Een kikker misschien, maar geen nijlpaard. Je moet herstellen.'

'Misschien wil ik niet herstellen.'

Ze keken elkaar zwijgend aan.

'Wat wil je zeggen?' vroeg ze, onzeker opeens, met haar ogen zijn gezicht aftastend.

Hij vroeg: 'Wil je met me gaan eten?'

'Nee,' antwoordde ze hoofdschuddend, bijna verbolgen.

'Nee?' Hij haalde adem: 'Ik zal je net zo vaak vragen met me te gaan eten, tot je op een dag ja zegt. Ik zal net zo vaak met je gaan eten en je vragen of je daarna bij mij thuis wat wilt drinken, tot je ja zegt. Ik zal je net zo vaak vragen om te blijven slapen, tot je je uitkleedt.'

Ze sloot even haar ogen, bewoog zich een moment niet, keek hem daarna ongelovig aan: 'Dat is me nogal wat. Je kent me niet. Je weet niet wie ik ben. Dit is echt zo ongeveer het eerste wat je tegen me zegt?'

'Ja.'

'En jij denkt dat je dat lukt?'

'Ik ben nog nooit zo zeker geweest in mijn leven.'

Opnieuw keken ze elkaar zwijgend aan.

Ze zei: 'We hebben net een huis gekocht.'

'Wie *we*?'

'Mijn man en ik.'

'Ga bij hem weg. Wij horen bij elkaar.'

'Je bent eigenlijk best onbeschoft. Wat weet je van me? Waarom denk je dat je over mijn man, mijn toekomstige man, zo kunt praten?'

'Omdat wij bij elkaar horen, meer dan wie ook in de wereld.'

Spot dook op in haar blik en ze zei: 'Wat hebben ze je te slikken gegeven?'

'Wil je met me eten?'

Ze schudde afwerend haar hoofd: 'Nee. Echt niet.'

Ze liep bij hem weg.

Kohn had zakengedaan met een makelaar die Verstraete heette en met wie hij een serieus conflict had over een transactie. Kohn ontdekte nu overeenkomsten tussen Sonja en Harry Verstraete, de grote ogen, de jukbeenderen, het voorhoofd – gelukkig had zij niet Harry's forse neus. Toeval bestond niet. Zij was de dochter van die oplichter. Hij riep haar na: 'Ben jij niet de dochter van Harry Verstraete?'

Ze draaide zich verrast om: 'Ken jij mijn vader?'

'Ik heb een paar maanden geleden een pakket panden van hem gekocht. Jij bent dus zijn dochter?'

'Ja. Je bent makelaar?'

'Nee. Ik ben belegger. En wat doet je toekomstige man?'

Het enige wat hij nu in haar ogen kon lezen, was argwaan: 'Dat gaat je niks aan.'

'Sonja, ik bel je over vijf weken, wanneer de mitella eraf gaat. Ga je dan met me eten?'

'Waarom zou ik? Mijn leven is in orde zonder jou.'

'Mijn leven niet zonder jou.'

Sonja zei: 'Wie geeft jou het recht mijn leven op z'n kop te zetten?'

Ze liep resoluut weg, de slippen van de witte jas dansten om haar benen, en zonder naar hem om te kijken verdween ze achter een gordijn, waarboven een bord hing met de woorden 'alleen personeel'.

Kohn bleef staan in de bizarre verwachting dat ze zou terugkomen, maar ze bleef weg. Toen hij in de lift stond, drong tot hem door wat hij had gedaan. Nooit eerder had hij zich voor een vrouw op deze manier aangesteld. Hij had vriendinnen, vele, vaak niet langer dan een paar weken of één nacht, maar nooit had hij de ervaring gekend dat hij oog in oog stond met zijn bestemming – een melodramatische term die de ernst van wat hij ervoer niet kon beschadigen.

Op de vijfde dag haalde Kicham hem op. In de monumentale donkergroene deur van het pand aan de Keizersgracht waar Kohn woonde, waren via Kohns arm twee kogels ingeslagen. De beschadigingen waren door een 'mannetje' van Kicham onzichtbaar gemaakt. De derde kogel, vervormd door de confrontatie met zijn lichaam, was uit Kohns schouder verwijderd en werd bewaard in een kluis van het medisch centrum van de VU.

Kichie had 'navraag' gedaan en een gerucht opgevangen over een Joegoslavisch duo dat Kohn een paar dagen zou hebben gevolgd. Kicham had de tapes bestudeerd van de drie beveiligingscamera's die Kohn bij zijn verhuizing naar dit pand aan de voorgevel had laten bevestigen. Het duo had een paar keer aan de overkant van de gracht in een Opel gepost en Kicham slaagde erin een deel van de kentekenplaat te ontcijferen. Hij kende iemand bij de Rijksdienst voor het Wegverkeer. Het was een recent model Opel, de Vectra B, die in dat jaar geïntroduceerd was, eigendom van een klein autoverhuurbedrijf in Utrecht. De employé daar had van beide Joegoslaven legitimatiebewijzen gekopieerd en een afdruk gemaakt van een geldige Visa-creditcard. Het duo had een kamer in een Utrechts hotel. Daar waren ze nog steeds, want de klus was niet geklaard.

Kohn bewoonde de begane grond van het voor- en achterhuis van het grachtenpand. De helft van de kamers was ongemeubileerd. Kohn kwam er nooit. Hij leefde in het achterhuis, en met name in de keuken, die aan de siertuin grensde.

Voor de lunch had Kicham broodjes gehaald en koffie gezet. Via de keukenramen viel het bleke licht van een kille Hollandse dag naar binnen. Het was uitgesloten dat ze werden afgeluisterd – er was geen enkele aanleiding voor Justitie om hem in de gaten te houden – maar het was hun gewoonte de radio aan te zetten wanneer ze overlegden.

De Joegoslaven zouden op Kohn blijven jagen tot ze aan de opdracht hadden voldaan of door hen werden gestopt, beweerde Kicham. Hij zei: 'Ik heb een paar goeie jongens op ze gezet. We volgen ze. Ze zullen contact opnemen met de opdrachtgever. Dit zijn professionele jongens die voor de klus zijn ingehuurd.'

'Moet ik er een tijdje uit stappen, Kicham? Dit gaat natuurlijk gewoon door, de komende jaren. Na deze types komen er anderen. De markt is interessant. Het is helaas onderdeel van de business.'

'Laat je je zomaar opzij drukken? Met de staart tussen de benen ervandoor? Het gaat om miljoenen, Max. Je kunt er niet mee kappen.'

'Kichie, hoe kunnen we ze stoppen? Er is toch maar één manier? Dat is toch duidelijk?'

'Ja.'

'Ik wil deze business zuiver houden. Dat was de opzet. Geen geweld. Omkopen? Oké. Beetje druk uitoefenen zo nu en dan? Goed. Maar de grens overschrijden?'

'Ga je een advertentie in *De Telegraaf* zetten? *Ik trek me terug, schiet niet op me*. Even nadenken, Max. Je zit erin, je kunt niet meer terug. Ze jagen op je. Dat houdt nu niet op.'

'Deze business werkt alleen wanneer er rust is. De markt hadden we mooi verdeeld.'

'Dat denk jij omdat jij het grootste deel hebt. Nu is van belang dat jij jezelf beschermt. Blijf binnen tot ik dit geregeld heb. De sloten zijn vervangen. De ramen zijn beveiligd. En straks komen een paar jongens die in het voorhuis gaan wonen. Ze hebben slaapzakken bij zich, ze halen take-out, je zult geen last van ze hebben, je zult ze niet horen. Gewoon een tijdje tot dit voorbij is.'

'Wanneer is het voorbij, Kichie?'

'Dat merk je vanzelf.'

'Ik wil precies weten wat je doet, elke stap. Hou me op de hoogte.'

'Nee.'

'Nee?' herhaalde Max, verbaasd dat zijn luitenant zo resoluut, zo bot was.

'Mag ik je advies geven, Max? Laat mij dit regelen. Hou je erbuiten. Het is vermoedelijk het verstandigst om niet te weten wat ik doe.'

'Dit is mijn handel, Kichie. Mijn sores. Ik kan dat niet aan jou overlaten.'

'Max, luister: ik ben vervangbaar, jij niet. Ik kan niet wat jij kan. Voor mij vind jij tien anderen, is geen big deal. Jij moet vrijuit gaan als dit uit de hand gaat lopen. Jij weet van niks. Dat moeten we zo houden.'

Hij stak een hand uit, niet de ruwe hand van een landbouwer of arbeider, maar de verzorgde hand van een academicus of medicus. Kohn nam Kichies hand aan.

Nu, later, wist hij dat hij dat niet had moeten doen. Het was een fataal moment. Maar op dat moment had de behoefte van Kicham om hem te beschermen iets ontroerends gehad. Dat was het nog steeds. Ontroerend en fataal.

In het voorhuis trokken vier Marokkaanse jongens. Ze groetten hem beleefd als hij naar buiten ging – aan Kichams waarschuwing binnen te blijven stoorde hij zich niet – en zwierven op straat discreet om hem heen.

Het kostte weinig moeite om Sonja's verloofde David te vinden. Hij heette David de Vries, een jonge journalist die enige tijd daarvoor was aangenomen bij *NRC-Handelsblad*, de deftige, links-liberale krant die de *paper of record* in Nederland wilde zijn. Sonja kende hem sinds de middelbare school, een jeugdliefde die al tien jaar had standgehouden. Ze hadden een bovenhuis gekocht in een van de nieuwe yuppiestraten in Oost, twee jonge academici die over een paar jaar naar een van de dure straten in Zuid verhuisden, daar een gezin stichtten en 's zomers met vrienden een huis in Toscane of de Provence huurden. Daar was niets mis mee. Integendeel, het was een zachtmoedig, aangenaam levensritme. Maar Kohn kon de gedachte aan haar niet opgeven. Hij was vijfendertig en voor het eerst bevangen door een kwellend verlangen, een onrustbarende, obsessionele hunkering naar iemand die hij niet kende.

De weken van de genezing van zijn schouder en pols verstreken. Hij deed revalidatieoefeningen. Met Kicham ontmoette hij het team dat de nieuwe transporten voorbereidde en zijn veiligheid leek niet meer ter discussie te staan. Hij vroeg Kicham niet naar de jacht op de schutters, en Kicham liet niets los. Plotseling waren de oppassers uit het voorhuis vertrokken, geen stofje, geen snipper papier, geen kruimel hadden ze achtergelaten, vermoedelijk hadden ze alles schoongemaakt en geveegd opdat er geen vingerafdrukken te vinden waren, en dat was het teken dat alles geregeld was. Kohn hield de kranten bij, en op een dag trof hij berichten aan over een dubbele moord op Joegoslaven. Hij vroeg er Kichie niet naar.

Het nieuwe jaar brak aan. Half januari belde hij Sonja. Ze werkte voor het laatste deel van haar artsenopleiding als artsassistent bij interne geneeskunde. Hij belde de afdeling en vroeg naar haar.

'Wie mag ik zeggen dat er belt?' vroeg de telefoniste.
'Marcus Antonius.'
'Marcus... kunt u dat spellen?'

Hij deed dat en wachtte. Ze liet hem drie minuten naar de ruis van de telefoonlijn luisteren. Hij kon zich niet voorstellen dat zij het signaal niet zou begrijpen. Hij kon zich evenmin voorstellen dat zij niet begreep dat hij het was. Of was hij voor haar alleen een ongemakkelijke passant geweest, iemand die haar stemming enkele minuten negatief had beïnvloed maar die zij snel weer was vergeten? Hoelang hadden ze met elkaar gesproken? Vijf minuten? Minder? Maar zij had hem toch stil bekeken toen hij gewond in het ziekenhuisbed lag? Betekende dat iets?

'Dokter Verstraete. Marcus Antonius, heet u echt zo?'

'Soms,' zei Kohn. Hij had meteen spijt van die naam. Het was een afgezaagde grap.

'Ach...' mompelde ze, volstrekt zonder interesse.

'Ik was er niet zeker van dat je aan de lijn zou komen als ik mijn naam zou noemen.' Een paar seconden hoorde hij alleen achtergrondgeluiden.

'Waarom zou ik dat niet doen?'

Hij zei: 'Omdat ik je graag wil zien en jij bang bent dat er dan iets kapotgaat wat jij heel wil houden.'

'Jij bent behoorlijk overtuigd van jezelf, hè?'

'Ik kan niet anders dan aan je denken,' zei hij als een puber.

'Waarom zou je aan me denken?' Ze fluisterde nu, kennelijk om te voorkomen dat ze zou worden afgeluisterd bij de balie van de afdeling. 'Er is niets gebeurd tussen ons. Er is nauwelijks wat gezegd.'

'Er is wel iets gebeurd, al weet ik niet wat,' zei Kohn.

Sonja fluisterde: 'Ik heb hier en daar je naam laten vallen. Je hebt geen goede reputatie.'

'Welke reputatie?' vroeg Kohn.

'Je neukt je helemaal suf. Geen rok is veilig voor je. Je bent een bekende figuur in kroegen en clubs.'

'Sinds ik jou heb ontmoet, leef ik als een monnik.'

'Je hebt me niet ontmoet. Ik ben een vreemde.'

'Nee. Ik ken je al mijn hele leven. Ik had je niet eerder gevonden. Zo zit het.'

'Heb je die zinnen uit je favoriete boek *Hoe versier ik een bijna-getrouwde vrouw?*'

Hij zei: 'Dat heb ik geschreven, Sonja.'

Hij hoorde haar lachen. Het was heerlijk om haar naam te noemen.

'Ik heb voor morgen gereserveerd. Lunch. Amstel Hotel. Eén uur.'

'Smakelijk eten,' zei ze.

'Ik wacht op je.'

'Zou ik niet doen als je honger hebt.'

'Ik neem het risico. Je komt, of niet.'

'Ik moet morgen werken.'

'Nee. Je bent morgen vrij, ik heb ernaar gevraagd. Morgen, bij het raam, uitkijkend over de Amstel. We zijn voor elkaar bestemd.' Hij aarzelde, zei het toch: 'Zoals Marcus Antonius en Cleopatra.'

'Ik denk het niet,' zei ze. 'En het liep verkeerd af tussen die twee. Heel verkeerd.' En ze hing op.

'Sonja,' fluisterde hij, 'Sonja.' Hij was een verliefde schooljongen. Bespottelijk. Ergerlijk. Hij wilde haar.

Zestien jaar later, in het restaurant van het Amstel Hotel, met het kloppende hart van een Amerikaanse priester met wie Sonja zich had laten fotograferen, nam Kohn plaats aan dezelfde tafel die indertijd het laatste was wat haar van hem scheidde.

Sonja kwam veel te laat. Hij had zich voorgenomen desnoods de hele middag te wachten. Hij was ervan overtuigd dat ze zou verschijnen, maar ze zou te laat komen omdat ze wilde weten of hij een uur aan een lege tafel voor haar overhad. Dat paste bij haar. Hij kende haar nauwelijks, en tegelijk heel goed.

Meer dan zeventig minuten liet ze hem wachten. Het maakte hem niet uit. Hij was zeker van haar. Ze liet zich op de stoel tegenover hem zakken. Ze had zich opgemaakt, droeg sieraden, een zwarte minirok, een zwart jasje, zwarte panties, zwarte pumps, gekleed voor de vernissage van een galerie, een zelfbewuste, modieuze jonge vrouw. Ze keek zenuwachtig om zich heen en stak een sigaret op. Hij wist niet dat ze rookte. Hij zag haar handen trillen toen ze met een lucifer de sigaret aanstak. Ze keek hem aan, dan weer opzij, naar de gasten in het restaurant, naar de rondvaartboten buiten op de Amstel, dan weer strak in zijn ogen, streek een lok achter haar oren. Diamanten op haar oorlellen. Zonder het te vragen schonk hij een glas water voor haar in. Ze zwegen. De lipstick liet een rode vlek achter op de rand van het glas.

Hij zag een ober met menukaarten dichterbij komen, maar Kohn gebaarde dat hij moest wachten. Sonja had zijn blik gevolgd, en toen ze beiden de ober hadden zien wegstappen, keken ze elkaar aan, langer nu.

'Hoi,' zei hij.

'Hoi.' Ze glimlachte even.

Hij zei: 'Je bent prachtig.'

'En jij bent een schoft.'

'Een gelukkige schoft.'

Opnieuw moest ze glimlachen.

'Wat wil je?' vroeg ze, meteen weer serieus.

'Ga mee naar boven,' zei hij.

Hij zag haar schrikken – ze wist dat het deze middag hiertoe moest leiden, maar het was nu gezegd, en daarmee was het een reële optie geworden die iets onomkeerbaars teweeg kon brengen. Ze had er zich op gekleed, ze had er zich voor opgemaakt, ze had hem getest door te laat te komen en hem te kunnen afschrijven als hij er niet was geweest, en nu was het gezegd. Ze zou een bestaan op het spel zetten. Ze zou haar toekomstige man verraden en daarmee het begin van het einde van hun samenzijn uitlokken.

Ze bleef hem aankijken. Hij zag het allemaal op haar gezicht. Ze wendde haar blik af en volgde de handelingen van de barman. Tijd rekken, wist hij. Hij pakte haar hand. Ze liet het toe.

'Waarom toch?' bracht ze eindelijk uit. 'Waarom ik? Wat wil je?'

Hij zei: 'Jij hoort bij mij. Ga je mee?'

Ze sloeg haar ogen neer en begon met haar vrije hand haar sigaret uit te drukken, zorgvuldig, secondenlang, de peuk volkomen plettend, tijd winnend om na te denken. Toen trok ze voorzichtig haar hand uit de zijne, schoof haar stoel naar achteren en stond op. Hij volgde haar. Zonder hem duidelijk te maken of ze zou vertrekken of met hem mee zou gaan, ging ze hem achteloos voor naar de uitgang van het restaurant. In het voorbijgaan drukte Kohn de gerant een briefje van honderd gulden in de hand. De strakke rok liet de vorm van haar billen zien. Hij drukte op de knop van de lift en ze stapten naar binnen. In de lift stonden ze zo ver mogelijk van elkaar, beiden met de rug tegen de wand, beiden onbewogen starend naar de oplichtende cijfers. Toen ze de etage hadden bereikt, schoven de liftdeuren open en hij hield de deuren tegen toen zij aarzelde en de deuren weer in beweging kwamen. Opeens stapte ze naar voren en verliet ze de lift. Een lege gang met dik tapijt. Hij versnelde zijn pas, liep om haar heen en opende de deur van zijn kamer en zette die met zijn rug klem terwijl zij naar binnen stapte. Achter hem viel de zware deur in het slot. Ze draaide zich om naar hem en hij stapte naar voren en omarmde haar. Ze leek bijna flauw te vallen toen hij haar tegen zich aan drukte. Hij voelde dat haar benen de spanning niet konden verdragen en hij hield haar overeind terwijl ze haar armen om zijn hals sloeg en hem kuste terwijl zijn zenuwachtige vingers de korte rok omhoogfrommelden en daarna onder het strakke elastiek van de panty en haar slipje over haar huid gleden om haar billen te omvatten.

Zo was het allemaal begonnen, zeventien jaar geleden.

Het was zoals hij het zich had voorgesteld en voorgenomen, voor altijd. Hun verhouding had vijf jaar standgehouden en op de ochtend vóór de val van de Twin Towers was het afgelopen.

Aan hetzelfde tafeltje in het Amstel Hotel waaraan ze toen hadden gezeten, at Kohn een late lunch. Hij voelde de vermoeidheid van de vlucht en nam zich voor direct na het eten te gaan slapen. Hij was in Nederland om Sonja te vinden en te ontdekken wat zij met de priester had gehad. De envelop die hij van Father Joseph had gekregen had hij in zijn *carry on* tas meegebracht. Jimmy Davis, de Franciscaan, had Kohn zijn hart gegeven nadat de hersentumor zijn geest had vermorzeld. Normaal werden donor en recipiënt met elkaar verbonden door het toeval van de urgentielijst: wanneer kwam een geschikt hart beschikbaar voor een patiënt die boven aan de lijst stond? Dat was de ijzeren regel. Maar Jimmy, de levensbrenger, had Sonja gekend. Het leek wel of Jimmy hem had uitverkoren, Max Kohn, de crimineel, als ontvanger van zijn hart. Was dat mogelijk? Kon de priester de regels doorbreken?

Eén ding wist Kohn wel zeker: hij had het hart niet verdiend.

9
LEON

Eén keer, helemaal in het begin, had Leon de Winter Max Kohn ter sprake gebracht, maar Sonja had hem meteen duidelijk gemaakt dat dat verboden terrein was. Ze had hem ook gewaarschuwd voor het ter sprake brengen van haar vader, een van de meest succesvolle en dubieuze projectontwikkelaars van Nederland, die in '97 spoorloos was verdwenen. Ze was toen net samen met Kohn. De Winter herinnerde zich de krantenstukken en was nieuwsgierig naar de details en Sonja's herinneringen aan die periode. Er zat schrijfmateriaal in. Maar het mocht niet. Ze liet het niet toe. Hij legde zich erbij neer.

Sonja had hem wel verteld over David de Vries, de vriend die zij had verlaten om bij Kohn te zijn. Over De Vries had zij zonder terughoudendheid verteld, en De Winter was dan ook verrast toen hij op een dag door hem werd gebeld.

'Meneer De Winter, u spreekt met David de Vries, ik ben redacteur bij de *Nieuwe Revu* en ik wil u graag iets vragen.'

'U werkte toch bij de *NRC*?'

'Al jaren niet meer,' antwoordde De Vries.

'Wist ik niet. Wat wilt u vragen?'

'We bereiden een serie artikelen voor over mensen met uitzonderlijke hobby's en we vroegen ons af of we u daarvoor ook mogen interviewen.'

'U mag mij best interviewen... maar waarover?'
'Over uw hobby.'
'Welke hobby bedoelt u? Ik heb geen hobby's. U bedoelt zeilen of postzegels verzamelen?'
'Nee. Uw verzamelhobby. Het prikkeldraad.'
'Prikkeldraad? Wat bedoelt u?'
'U verzamelt toch prikkeldraad?'
'Nee. Hoe komt u daarbij?'
'Dat is me bijgebleven uit een interview met Theo van Gogh.'
'Ik ben nooit door Theo van Gogh geïnterviewd,' zei De Winter korzelig.
'Nee, ik bedoel: een interview met Van Gogh op tv. Daarin zei hij dat u stukjes prikkeldraad verzamelde van concentratiekampen.'
De Winter had seconden nodig om de mededeling te begrijpen en niet te worden overweldigd door de treurnis die nu direct bezit van hem nam. Hij had weg moeten blijven uit Nederland en als banneling in Amerika of Frankrijk onbereikbaar moeten zijn voor journalisten met ridicule vragen.
'Welk programma was dat?'
'Dat was een interviewserie van een jaar of tien geleden. *Het Zwarte Schaap* heette dat programma. Daarin werden omstreden Nederlanders met een handvol critici geconfronteerd. Heeft u het ooit gezien?'
'Nee.'
'Heeft u die hobby?'
'Bent u krankzinnig?'
'Er zijn mensen die nogal buitensporige hobby's hebben.'
'Van Gogh beweerde dat over mij?'
'Ja. Heel stellig.'
'Kan ik het zien?'

'De hele aflevering van dat programma met Van Gogh staat op internet. YouTube. Deel vijf, in het begin.'

Het Zwarte Schaap was een tv-programma waarin een nationaal bekende gast inderdaad met een reeks critici werd geconfronteerd. De opnamen vonden plaats in een studio, er was publiek bij. Op de eerste rij zaten mensen die ernstige kritiek hadden op de hoofdgast. Een presentatrice leidde de discussie, verzocht de critici om opmerkingen en bood de hoofdgast de mogelijkheid om daarop te reageren.

De Winter had nooit de kans gekregen een fan van Theo van Gogh te worden. In 1984, op zijn dertigste, had De Winter het eerste salvo van de drie jaar jongere Van Gogh ondergaan. Van Gogh had de speelfilm *Een dagje naar het strand* gemaakt nadat hij eerder, in 1982, als filmregisseur gedebuteerd was met *Luger*, een speelfilm over een psychopaat die een zwakzinnig meisje gijzelt. De film blonk uit in visuele wreedheid. Een jong katje werd in een draaiende wasmachine gezet, de psychopaat duwde de loop van een vuurwapen in de vagina van een bejaarde vrouw. *Luger* was geen gezellige familiefilm.

Van Gogh schreef zijn eerste stuk over De Winter in een filmblad dat tijdens de Utrechtse Filmdagen 1984 verscheen. De Winter was te gast geweest in een talkshow op de Nederlandse televisie om over zijn roman *La Place de la Bastille* te praten. Die was door Rudolf van den Berg verfilmd. De hoofdpersoon in dat verhaal was een jood. Het ging over joden en de Holocaust. Aan dat gesprek had Van Gogh aanstoot genomen – althans, hij had besloten dat het een geschikte aanleiding was om bij de Filmdagen op te vallen.

Van Gogh, zich opwerpend als verdediger van een zuivere en piëteitsvolle omgang met de nagedachtenis van de vermoorde joden in de Holocaust, vond dat De Winter zijn joodse identiteit 'uitventte' door verhalen te bedenken waarin de Holocaust een rol speelde. Van Gogh maakte in dat artikel opmerkingen als: 'Wat ruikt het hier naar karamel. Vandaag verbranden ze alleen de suikerzieke joden.' En: 'Moet je horen, Jezus, wat dacht je van een vrolijke familiefilm over een klein meisje dat de hele oorlog door de Gestapo belt: Kom me halen! Kom me halen! M'n Dagboek is klaar! En ze komen niet!'

Het was het begin van een lange reeks stukken in verschillende media die Van Gogh in de loop van een kleine twintig jaar aan De Winter zou wijden. Toen Van Gogh columnist was voor het Amsterdamse studentenblad *Folia*, liet hij een stuk afdrukken met de volgende zinsneden: 'Vanavond maar Treblinka, schatje. Waarop de geliefde een stukje prikkeldraad ter hand neemt en rond Leons snikkel wikkelt.'

Regelmatig werden De Winter en zijn echtgenote geconfronteerd met Van Goghs publieke razernij, waarvoor Van Gogh in de bonte Nederlandse media steevast ruimte vond. Het was pijnlijk en eenzaam om continu belasterd en beledigd te worden door een slimme, wilde man die als columnist, televisiemaker, regisseur en interviewer steeds bekender werd.

De Winter was plekken en bijeenkomsten gaan mijden waar hij Van Gogh tegen het lijf zou kunnen lopen; hij besefte dat hij hem, als prijs voor zoveel beledigingen, voor zijn bek zou moeten slaan als ze oog in oog kwamen te staan. Om een dergelijk schandaal te voorkomen trok De Winter zich terug uit de schrijvers- en intellectuelencircuits in Amsterdam en probeerde hij het complexe verschijnsel dat Theo van Gogh heette – een talentvolle maar destructieve kunstenaar met het voorkomen van een onbeschofte vrachtwagenchauffeur – uit zijn belevingswereld te bannen.

Dat laatste was niet mogelijk. Regelmatig stapte iemand

op De Winter toe met de opmerking: 'Heb je gezien wat Van Gogh nu weer over je geschreven heeft?'

De Winters familie was voor een groot deel in de Holocaust vernietigd en zijn jeugd was door verhalen daarover gekenmerkt; vanzelfsprekend zou hij die ervaringen en verhalen in zijn literaire werk gestalte geven – hij zou een monster zijn geweest als hij die had ontkend. Van Gogh trok zich daar niets van aan en bekritiseerde De Winters keuze voor joodse personages. Hij noemde dat 'uitventen'; Van Gogh was van mening dat De Winter zich als schrijver niet mocht laten inspireren door zijn familiegeschiedenis en daarvoor, als hij dat toch deed, geen geld mocht vragen. De term 'uitventen' betekende: minderwaardige handelswaar op een hardnekkige, goedkope manier aan de man brengen. Joden waren in Nederland generaties lang venters, ofwel 'reizende' kooplui geweest, marskramers die met schoenveters en paraplu's en sokken of lucifers door de dorpen trokken en daarvoor de hoogste prijs bedongen. Het was een professie die sociaal in laag aanzien stond. De beschuldiging dat een jood zijn joodse familieachtergrond 'uitventte', dreef op anti-joodse sentimenten. De Winter wist niet hoe hij zich daartegen moest verweren. Het beste was Van Gogh te negeren.

En dat deed hij ook. Maar toen Van Gogh werd vermoord, moest De Winter zich noodgedwongen met hem bezighouden, en hij was er verbaasd over dat hij Van Gogh deze dood niet had toegewenst. Althans, niet meer. Hij was aan hem gewend geraakt, als aan een houten been.

Door David de Vries, de ex van Sonja, daarop attent gemaakt had De Winter op het internet het optreden van Van Gogh in het televisieprogramma *Het Zwarte Schaap* bekeken. Daarin werd Van Gogh door een van de uitgenodigde critici geconfronteerd met het citaat over het prikkeldraad dat door zijn geliefde om De Winters snikkel werd gewikkeld voor het 'Treblinka-liefdesspel'.

Met overdonderende autoriteit en zelfbeheersing pareerde Van Gogh in het tv-programma de kritiek op het prikkeldraadcitaat.

Met dodelijke ernst zei hij tegen de critica: 'Ik heb dat stukje over het prikkeldraad geschreven omdat ik gebeld werd door een joodse man die mij zei: Leon de Winter heeft een hobby, het verzamelen van prikkeldraad van concentratiekampen. Daar heb ik wat navraag over gedaan en ik heb het bevestigd gekregen van andere mensen. Daar heb ik dat stukje over geschreven. Dat was dus geen satirische overdrijving, maar een knipoog naar de hobby's die mij voorgeschoteld waren.'

De Winter had geen hobby's. Dus ook niet de hobby van het verzamelen van prikkeldraad van concentratiekampen. De gedachte was pathetisch. Nee, pathologisch. De scherpe aanval in het tv-programma door de critica – een joodse wetenschapster – op deze antisemitische retorica duurde lang genoeg om Van Gogh op verdedigingsideeën te brengen. Hij verzon ter plekke het verhaal over De Winters prikkeldraadverzameling en onthulde die als krachtige, definitieve weerlegging van vermeende boosaardigheid ten aanzien van De Winter. Die had het immers zelf uitgelokt door zo'n ziekelijke hobby eropna te houden.

Op Van Goghs verklaring dat De Winter vanwege die bizarre hobby zelf om dergelijke kwalijke opmerkingen had gevraagd, konden de critici niet reageren. Ze waren duidelijk verbluft. Misschien was die De Winter inderdaad een mafkees die prikkeldraad verzamelde. Ze hadden er geen idee van dat Van Gogh loog. De toeschouwers in de zaal bleven ook stil. De presentatrice vroeg zich evenmin af of dit waar was; de leugen was perfect gebracht, bijna als een bekentenis die Van Gogh niet had willen doen omdat het lullig was voor De Winter. Het was fascinerend hoe Van Gogh zonder met zijn ogen te knipperen en volkomen spontaan met een kersverse en dodelijke leugen zichzelf had verdedigd.

David de Vries kon hem dus niet interviewen over zijn vermeende hobby. Maar hier zat een boek in. Over drie hoofdpersonen die op die grauwe dag in november van het jaar 2004 voor altijd met elkaar verenigd werden: Van Gogh, zijn moordenaar Boujeri, en de Somalische activiste en politica Ayaan Hirsi Ali. De Winter en zijn ex-vrouw waren met Ayaan bevriend geweest en hadden haar zaak, de bevrijding van moslimvrouwen, op elke mogelijke manier ondersteund. Uitgerekend met Van Gogh had zij, zonder De Winter daarover in te lichten, een korte film gemaakt over vrouwenonderdrukking in de islam, waarvoor het Arabische woord in het Engels vertaald *Submission* is. Dat was de titel van de film. Die zou Van Goghs dood teweegbrengen. In de roman zouden de wegen van drie radicalen elkaar kruisen. Hij zou het gereed kunnen hebben wanneer op 2 november 2014 de tienjarige dood van Van Gogh zou worden herdacht. De Winter hoorde het verwijt van Van Goghs vrienden al: hij ging Van Gogh uitventen.

Van Gogh had zijn eigen vrienden- en bewonderaarskringen, en het was lastig voor De Winter daar te worden toegelaten. Van Goghs weerzin was indertijd besmettelijk geweest en De Winter werd er verguisd. Maar er viel genoeg te lezen over Van Gogh, en stukken geschreven door Van Gogh waren er ook in overvloed. En op YouTube viel veel te bekijken. Van Gogh was een begenadigd interviewer geweest. Hij had een rij video's nagelaten met gesprekken met politici en kunstenaars, en die waren vaak scherp, helder, precies. Een man met een dozijn gezichten.

De Winter bekeek een van die video's toen hij door Bram Moszkowicz werd gebeld.

'Leon, ik ben gebeld door Max Kohn.'

'Max Kohn?'

'Ja. We hebben over Kohn gesproken, in verband met Sonja, toen ik dacht dat jullie wel een aardige combinatie zouden vormen.'

'Ja, ik weet het.' Het was De Winter direct duidelijk dat dit slecht nieuws was.

'Kohn is in de stad,' zei Bram met neutrale stem. 'Elf jaar geleden is hij enige tijd cliënt bij me geweest. Hij is toen naar Amerika gegaan en ik heb wel eens wat gedaan voor iemand die zijn zaken hier voor hem regelt, hij heeft nog wat panden en zo. Heb je hem ooit persoonlijk ontmoet, Leon?'

'Ja.'

'Waar ken je hem van?'

'Dat is niet eenvoudig.'

'Je begrijpt wel waarom hij hier is, het heeft met Sonja te maken.'

'Daar was ik bang voor, ja.'

Ze waren even stil. Toen Bram in Zuid-Frankrijk over haar had verteld, had hij er zijn schrijvende vriend meteen op gewezen dat zij de oude liefde was van Max Kohn. Maar Max was uit het zicht verdwenen, uit het land vertrokken, uit de aandacht geglipt.

Bram zei: 'Hij vroeg me om hem te helpen haar te traceren. En ik heb hem verteld dat ik wist waar zij verbleef maar dat zij met iemand anders was.'

'En hoe reageerde hij daarop?'

'Hij zei dat hij daar geen probleem mee had. Hij had geen claim op haar, zei hij letterlijk. Hij zei ook dat hij een ander mens was geworden.'

De Winter, onrustig, vroeg: 'Weet jij wat hij de afgelopen tien jaar heeft gedaan?'

'Nee. We hebben maar even met elkaar gepraat. Ik zei dat ik met Sonja zou praten en zou proberen een ontmoeting te arrangeren. Hij klonk heel evenwichtig. Ik werd niet onrustig. Maar je weet het natuurlijk nooit. Ik dacht: ik bel jou eerst.'

'Heb je Sonja gesproken?'

'Nee. Ik wilde dit eerst aan jou voorleggen. Ik heb niet de indruk gekregen dat het gevaarlijk is als zij hem spreekt. Ik had dit moeten voorzien. Ze hebben een heftige relatie gehad. En in die periode verdween ook Sonja's vader. Dat heeft er bij haar in gehakt en dat heeft de relatie met Kohn nog intenser gemaakt, denk ik. Kohn is niet brandschoon, begrijp je? Hij heeft geen strafblad, maar dat wil in sommige gevallen niet alles zeggen.'

'Ik heb ook geen strafblad, Bram. En dat zegt evenmin iets.'

'Dat zegt alles.'

De Winter vroeg: 'Heb je hem over Sonja en mij verteld?'

'Nee. Ik wilde eerst met jou praten. Ik heb hem gezegd dat als ze toestemt, het gesprek bij mij op kantoor kan plaatsvinden. Daar had hij geen moeite mee, zei hij.'

'Moet ik daar bij zijn?'

'Zou kunnen. Als Sonja dat wil... en Kohn...'

'Bram, ik denk dat ze nog van hem houdt.'

'Het is lang geleden.'

'Ik heb één keer met haar over Kohn gepraat. Ze kon er niet tegen, zelfs het noemen van zijn naam was haar te veel. Ze haat hem. Dus houdt ze van hem.'

'Ik heb jullie samen gezien. Ze is gek op je.'

'Ik ben tweede keus. Ik wist het toen we elkaar ontmoetten. Daar kan ik mee leven. Zij is dat ook voor mij. Ik heb er niet voor gekozen dat Jessica bij mij wegging. Maar Sonja is een schitterende tweede keus. Nee, daarmee doe ik haar tekort. Ze is een B+. Ik raak haar kwijt. Ik weet het. Hij is gekomen om haar op te halen.'

'Daar is geen sprake van. Echt niet. Hij vertelde één ding dat je moet weten. Hij heeft een donorhart. Dat was het enige wat hij vertelde. Een transplantatie. En dat was de reden dat hij in de stad was.'

'Een harttransplantatie? Wat heeft dat met Sonja te maken?'

'Geen idee.'

'Waarom wil hij haar spreken?'

'Opnieuw: geen idee.'

'Heb je straks tijd? Ik moet je wat vertellen dat met hem te maken heeft en dat gaat niet via de telefoon. Ik heb het je nooit verteld. Ik heb het nooit tegen iemand gezegd. Ook Jessica weet er niet van. Heb je tijd om zo meteen een broodje te eten?'

Ze spraken af bij een lunchtentje aan de Prinsengracht.

Een kwartier later belde Sonja uit het ziekenhuis.

'Ik wil hem niet zien,' zei ze. 'Ik ga me ziek melden en ik ga weg.'

'Waarom zou je weggaan?' vroeg De Winter.

'Hij is gek. Hij is gevaarlijk. Ik wil hem niet. Ik ga even met Nathan een paar dagen weg. Het land uit.'

'Je gaat niet weg. Je gaat voor niemand op de loop. Ik bel Bram en we zorgen ervoor dat je beveiliging krijgt als je dat nodig vindt.'

'Je kent hem niet.'

'Ik ken hem.'

'Niet zoals ik hem ken,' zei Sonja.

'Ik weet niet hoe jij hem kent, maar ik ken hem van vroeger en ook al heb ik hem meer dan twintig jaar niet gezien, hij luistert naar me. Ik ga met hem praten, goed? Doe niks overhaast. Blijf gewoon op de afdeling. Ik haal Nathan op.'

'Ik wil bodyguards,' zei ze. 'Voor en achter het huis.'

'Die krijg je. Ik bel Bram, die weet wie we daarvoor kunnen vragen.'

'Leon, ik dacht dat het voorbij was. Is hij daar opeens. Na ruim een decennium. Ik heb die jaren nodig gehad om van hem af te komen. Om niet elke nacht in een nachtmerrie te belanden. Foute boel.'

De Winter moest het uitspreken. Het lag voor de hand en het was nu het moment om het ter sprake te brengen. Hij had er eerder aan gedacht en de gelijkenis van Nathan met Max Kohn was onmiskenbaar.

'Max is de vader van Nathan.'

Het was geen vraag. Een vaststelling.

Ze zei: 'Ja.'

De Winter luisterde naar de omgevingsgeluiden die hij via Sonja's mobiel opving. Ze zweeg.

De Winter zei: 'Maar hij weet het niet.'

'Nee. Hij weet het niet.'

'Ik begrijp het,' zei De Winter. Nu wist hij zeker dat hij haar ging verliezen.

Sonja zei: 'Je begrijpt maar een klein beetje. Er is veel meer.'

'Wil je dat ooit vertellen of niet?'

'Nee. Ik ga door. Ik ben om acht uur thuis vanavond. Bel me over de bewaking.'

De Winter belde Moszkowicz en vertelde dat Sonja om beveiligers had gevraagd. Tien minuten later werd hij gebeld door een man die naar het adres van het te beveiligen huis vroeg en specifieke details wilde weten. Ook wilde hij een foto van de man die de onrust veroorzaakte. De Winter zocht op het internet een afbeelding van Kohn. De laatste foto's dateerden van 2001, toen Kohn samen met Sonja was gearresteerd in zijn pand aan de Keizersgracht. Daarna niets meer. De Winter gaf de man de URL van de duidelijkste foto door. Ze zouden elkaar halverwege de middag in Sonja's huis treffen, voordat hij Nathan ging ophalen.

In relatie tot Kohn had De Winter het nodige te verbergen, en dat gold ook voor Kohn ten aanzien van De Winter; ze hielden elkaar in balans. Maar wat er tussen Sonja en Kohn kon ontstaan wanneer ze elkaar weer zouden zien, was onvoorspelbaar. Het was duidelijk dat complicaties in aantocht waren en dat De Winter, de tweede keus, zich op geen enkele manier kon verweren tegen Kohns pogingen haar van hem los te weken. Kohn was rijk, aantrekkelijk op een manier waaraan De Winter niet kon tippen, en voor het gebruik van geweld ging hij niet op de loop. Die laatste kwaliteit kon De Winter moeilijk voor zichzelf opeisen. Hij was als de dood voor fysiek geweld.

Bevangen door een gevoel van onheil fietste De Winter naar de Prinsengracht. Bij het eethuis begroette hij Bram, die buiten voor de deur stond en telefoneerde. Zoals altijd begroetten ze elkaar met een omhelzing. Binnen bestelden ze allebei een broodje halfom en cola light.

Het was een Amsterdamse pijpenla die de bankemployés, headhunters en advocaten van de kantoren aan de grachten van twintig soorten koffie en vijftig verschillende soorten broodbeleg voorzag. Ze zaten achter in de hoek, De Winter slordig in een spijkerbroek, T-shirt en een doorgesleten colbert, Bram in een glanzend maatkostuum en een helwit overhemd met gouden manchetknopen.

Terwijl ze de broodjes aten, vertelde Moszkowicz wat er elf jaar geleden was gebeurd met Max Kohn.

'Ze waren bij hem binnengevallen. De dag vóór *Nine Eleven*, daardoor weet ik het nog. De aanklachten waren serieus.

Medeplichtigheid aan dubbele moord. Maar de doorzoekingspapieren deugden niet. De officier en de rechter-commissaris hadden blunders gemaakt. Daar kwam ik achter. Ze wisten dat ik gehakt van ze zou maken als de zaak zou voorkomen en ze hebben hem laten gaan op voorwaarde dat hij het land zou verlaten. Dat laatste was onrechtmatig. Maar ik heb hem geadviseerd dat te aanvaarden.'

'Wat hadden ze als bewijs?'

'Een hele lijst, weet ik niet meer precies. Het belangrijkste waren de bewijzen tegen zijn partner, zijn rechterhand, een Marokkaan, ik ben zijn naam even kwijt. Die heeft meen ik achttien jaar gekregen. Die hadden ze 's nachts bij een autocontrole op de A9 aangehouden en in de achterbak vonden ze een wapen, een serieus wapen, automatisch. Dat lag onder een deken en die agenten deden alsof ze het niet hadden gezien, dat was slim van de jongen die daar de leiding had. Ze hebben die Marokkaan een tijd gevolgd en afgeluisterd. Toen die een weekje met een paar meiden op Ibiza zat, hebben ze bij hem ingebroken en zijn auto doorzocht en dat wapen in het lab bekeken, ik geloof dat het een Heckler & Koch was. Ze hebben ermee gevuurd in zo'n speciale container en de kenmerken van de kogel hebben ze in de computer gestopt en vergeleken met andere kogels. Het bleek het wapen waarmee ze een zaak konden oplossen van januari 1996. Twee Joegoslaven waren toen bij Loosdrecht in een greppel gevonden. Doorzeefd, ik geloof bij elkaar meer dan veertig kogels. Ouaziz, heette die Marokkaan, schiet me nu te binnen. Toen hij terugkwam van Ibiza, hebben ze hem op Schiphol opgepakt. Hij zei geen woord. Maar de sms'jes op zijn mobiel leidden naar een heel netwerk. Drugs. *Major*.'

'En Kohn?'

'Ouaziz was de praktische man en de uitvoerder van Kohn. Kohn was het brein. Justitie had de FIOD en de ECD erbij gehaald, Kohn had een kerstboom van witwasbedrijfjes en buitenlandse bedrijven. Zat heel goed in elkaar. Ze wisten dat hij de baas was en zo goed als zeker de opdrachtgever van de moorden. Maar ze moesten hem op een dag oppakken en onder druk zetten en zijn computers leeghalen. Alles kwam bij hem samen, maar de harde bewijzen stopten bij Ouaziz. Voor zo'n doorzoeking en inbeslagname heb je toestemming nodig van de officier van justitie of van de rechter-commissaris. Is een belangrijk document, want het schort grondrechten op. Op de papieren wordt het adres genoemd. Het bordje naast de deur gaf dat nummer aan. Maar ze wisten niet dat de benedenverdieping kadastraal een ander huisnummer had gekregen. Ze vielen dus het verkeerde pand binnen. Klein, onzinnig detail. Maar wel een doodzonde. Waar ken jij hem van?'

De Winter sloeg zijn ogen neer. Wat hij ging zeggen, zou zijn carrière als schrijver en publiek figuur kunnen verwoesten als het bekend raakte. Hij voelde dat Bram hem strak aankeek.

'Bram, stel – iemand heeft in 1983 en 1984 drugssmokkel gefinancierd. Is dat verjaard?'

Moszkowicz keek hem een moment verward aan, schudde even zijn hoofd.

'Jij?'

'Is het verjaard?'

'Ja. Is verjaard. Leon, heb jij dat echt gedaan of verzin je dat hier ter plekke?'

'Bram... laat ik maar zeggen dat ik het verzin.'

'Laten we dat maar zeggen, ja,' zei Moszkowicz. Hij kon een glimlach niet onderdrukken.

'Ik had alles verwacht, maar niet dit. Jij? De schrijver van *Hoffman's honger*, *SuperTex*, *Het recht op terugkeer*? Drugssmokkel? Met Max Kohn? Vertel me wat je verzonnen hebt.'

MEMO

Aan: Mr. J.P.H. Donner
FOR YOUR EYES ONLY
Kenmerk: Three Headed Dragon

Geachte Minister,
Ik heb me door een deskundige laten informeren over Quantum Elektrodynamica (vanaf nu te noemen QED*). Ik moet zeggen: het is intrigerend.*

QED is een 'zonderlinge theorie' van licht en materie, zoals de natuurkundige Richard Feynman (1918-1988), een van de ontwerpers ervan, zelf schreef. Het gaat, uiteindelijk, om de wisselwerking tussen licht en elektronen. Ook schreef Feynman: 'Ik hoop dat u de natuur kunt aanvaarden zoals ze is: absurd. Ik vraag u om daar onbevangen tegenover te staan. De natuur is nu eenmaal bizar en zonderling.'

Feynman won in 1965 de Nobelprijs voor de Natuurkunde. Hij was niet alleen een briljante wetenschapper maar ook, zoals de bronnen vertellen, 'nachtclubgast, tekenaar, bongospeler'. Toen Feynman tijdens de Tweede Wereldoorlog in Los Alamos in New Mexico aan de atoombom werkte, opende hij voor de lol de kluizen van collega's.

In zijn boek QED *schrijft Feynman: 'Ik neem aan dat u vertrouwd bent met de meeste bekende eigenschappen van licht, zoals: licht volgt een rechte lijn; licht wordt door water gebroken; bij spiegeling is de hoek van terugkaatsing gelijk aan de hoek van inval; licht kan opgedeeld worden in kleurencomponenten; er ontstaan schitterende kleureffecten in een modderpoel waar een olielaagje op ligt; licht kan met een lens gebundeld worden, enzovoort. Ik ga deze bekende verschijnselen gebruiken ter illustratie van het vreemde en vaak zelfs bizarre gedrag van de lichtdeeltjes.' Aldus Feynman.*

Die lichtdeeltjes worden 'fotonen' genoemd. In een vacuüm bedraagt de snelheid van fotonen 299.792.458 meter per seconde, meestal afgerond tot driehonderdduizend kilometer per seconde. Er gebeurt iets mysterieus wanneer fotonen een reflectieplaat raken.

Als honderd fotonen een gladde glasplaat raken, worden er 'van de honderd fotonen gemiddeld vier teruggekaatst', aldus Feynman. Hij schrijft ook dat als fotonen op dezelfde manier een glasplaat raken, ze allemaal 'verschillende wegen' gaan. Uit tests (complexe tests, het heeft geen zin ze op deze plek te beschrijven) is gebleken dat vier van de honderd fotonen worden teruggekaatst. Welke dat zijn, kan niet worden vastgesteld. Wel dat het er, gemiddeld, altijd vier van de honderd zijn.

Feynman: 'Gemiddeld wordt vier procent van de fotonen die een enkel glasoppervlak raken, teruggekaatst. Dit is op zich al erg mysterieus omdat onmogelijk te voorspellen valt welke fotonen terugkaatsen en welke door het glas heen gaan.'

Dit ter illustratie van het bizarre LI *waar mijn onderzoek zich momenteel op richt.*

Met vriendelijke groet,
Mr. Frans van der Ven

10

SALLIE

Een week eerder hadden ze een *dry run* gemaakt. Het was een verbijsterende ervaring omdat ze geconfronteerd werden met hun gebrek aan ervaring – maar hoe bouwde je ervaring op? De Ford Transit bleek vijf centimeter te hoog te zijn voor de parkeergarage onder het Muziektheater. Gelukkig konden ze op tijd de bestelbus terugrijden voordat ze vast kwamen te zitten. Rechts naast de ingang van de ondergrondse garage stond een bord waarop de maximale doorrijhoogte werd aangegeven, buiten het gezichtsveld van de autobestuurder, die vanzelfsprekend meer oog had voor de kelderopening en het grote blauwe bord daarboven dan voor het onopvallende bordje naast de dalende inrit.

Ze hadden de banden minder spanning gegeven, maar dat hielp niet. De Transit zou zwaar beladen worden en ook dat zou de hoogte verminderen, maar ze konden niets aan het toeval overlaten en moesten bij een autosloper op zoek naar een kleinere wielmaat en andere banden. Dat verminderde de hoogte tot twee centimeter onder het maximum.

Ze hadden de parkeergarage een paar weken lang om de dag bezocht en vastgesteld dat er altijd voldoende goed gelokaliseerde parkeerplaatsen beschikbaar waren voor de Transit. Een tweede auto gebruiken om daarmee de beste parkeerplaats bezet te houden was niet nodig.

De cargo bestond uit hetzelfde mengsel dat in 1995 in Oklahoma driehonderdvierentwintig gebouwen had beschadigd rondom het Alfred P. Murrah Federal Building, het hart van de verwoesting.

Sallie had de aanslag en de eenvoudige structuur van de explosieven bestudeerd. Honderdachtenzestig doden. Zeshonderdtachtig gewonden. De aanslagplegers waren rechtsradicale blanke fascisten, maar er viel van hun aanpak het nodige te leren. En ook van hun fouten.

Bijna alles wat nodig was voor de aanslag viel vrij in winkels te verkrijgen. De inkopen waren gedaan in Frankrijk, België en Nederland, telkens in kleine hoeveelheden, waardoor het volume dat zij in bezit kregen niet geregistreerd was. Tegenwoordig werd ook in Europa door bouwmarkten en winkels bijgehouden welke boeren ammoniumnitraat insloegen. Timothy McVeigh, de christenhond die 'Oklahoma' had bedacht en uitgevoerd, had een explosieve lading bijeengebracht die tweeëndertighonderd kilo bedroeg, maar met een dergelijke belasting was de Transit door zijn wielen gezakt. Sallie had zich in hem verdiept omdat hij het mengsel dat McVeigh had gemaakt wilde kopiëren.

Wanneer ammoniumnitraat met nitromethaan (een brandbaar oplosmiddel) werd gemengd, ontstond een explosief, ook wel ANNM genoemd (AmmoniumNitraat en NitroMethaan). ANNM was geen primair explosief – het mengsel behoefde een ander explosief om tot ontbranding te komen. McVeigh had toegang tot explosieven die in Nederland niet te krijgen waren, zoals Tovex, een explosief dat dynamiet verdrongen had en in Amerika door DuPont en in Europa door het Zwitserse Société Suisse des Explosifs werd gefabriceerd. Sallies netwerk had het niet kunnen stelen of kopen.

In plaats van Tovex gebruikte Sallies groep acetonperoxide. Het was een gevaarlijke vloeistof die zeer instabiel was en ter plekke, in de Transit, moest worden bereid uit waterstofperoxide, aceton en geconcentreerd zwavelzuur of zoutzuur, allemaal middelen die probleemloos verkrijgbaar waren. Alles werd door de Belgen aangeleverd, inclusief de donkerblauwe Transit, die Sallie in een loods in Bergen op Zoom overhandigd had gekregen. De Transit was hoogstens een jaar oud. De wagen was gestolen van een industrieterrein in Brussel en voorzien van Nederlandse kentekenplaten.

De jongens van het team hadden besloten dat dit een conventionele aanslag moest zijn met ontsteking op afstand of via een ontstekingsmechanisme. Ze hadden voor het laatste gekozen omdat de techniek van een afstandsontsteking te ingewikkeld was voor hun kennis en technische mogelijkheden.

De elektrische lading die nodig was voor de ontbranding van de acetonperoxide die de ANNM zou doen ontploffen, ontstond uit een alledaagse elektrische wekker van de HEMA. Sallie zou de klok scherp zetten als hij de Transit verliet. Hun eigen Messi, Frits, zou hem begeleiden.

De explosieve lading in de Ford bedroeg minder dan een zesde van die in Oklahoma. Sallie had plattegronden van de stad bekeken en de omvang van de verwoesting was gigantisch geweest. Als ze hetzelfde zouden doen, een vrachtwagen met tweeëndertighonderd kilo materiaal parkeren naast de Stopera, zou het hele centrum van Amsterdam worden weggevaagd. Maar er bevonden zich de hele dag door honderden, misschien wel duizenden moslims in het centrum. Amsterdam was veel compacter gebouwd dan de wijk rond het Murrah Building in Oklahoma en zou dus nog ernstiger te lijden krijgen van de klap. Het aantal doden zou niet te tellen zijn. Daar ging de missie niet om. De missie moest uiteindelijk een stunt betekenen. Ze konden laten zien waartoe ze in staat waren, onbekende jongens uit Osdorp die de kaaskoppenelite te kakken zouden zetten. Als ze het zouden overleven – dat was de bedoeling – zouden ze voor altijd met respect bejegend worden. Ze hadden het geflikt. Ze hadden het onmogelijke mogelijk gemaakt. Met lef, visie, intelligentie. De rest van hun leven zouden ze erop kunnen bouwen.

Met een explosieve lading van ruim vijfhonderd kilo zouden ze een deel van het Muziektheater verwoesten. Als het in de garage plaatsvond, dus voor een deel onder de grond, zouden de effecten beperkt blijven tot het gebouw zelf. Dodelijke slachtoffers wilden ze vermijden.

De leden van het team hadden zich ziek gemeld of een vrije dag opgenomen. Ze waren gereed. Ze waren topfit, gezond, uitgeslapen, voorbereid, onverslaanbaar, net als op het veld.

De Transit hadden ze in een garage van de vader van een van de jongens kunnen onderbrengen. Met Frits had Sallie de laatste inspecties gedaan en de flessen met waterstofperoxide, aceton en zoutzuur klaargezet. Ze zouden ze, ter plekke, met elkaar mengen in een plastic bak die geschikt was voor zoutzuur. Het mengen was gevaarlijk, aangezien de mix weinig nodig had om te ontploffen. En het zou gaan stinken; dit was het grootste gevaar, want andere bezoekers van de parkeergarage zouden de bewaking kunnen inlichten wanneer ze de aceton of het zoutzuur roken. Dat er overal in de garage camera's hingen, was van geen belang. De Transit was gestolen en ze zouden brillen dragen en nepsnorren op hun bovenlip plakken.

Sallie en Frits namen de Randweg en reden via de Wibautstraat naar de Stopera. Ze hadden even geglimlacht toen ze de snorren opplakten, maar die onbezorgdheid was verdwenen toen Sallie de auto startte. Er was geen weg terug. De voorbereiding had twee jaar geduurd. Fase één van het plan was nu in werking gezet.

Frits hield de achteruitkijkspiegel in de gaten. Het zou krankzinnig zijn als ze werden aangehouden wegens te hard rijden. Ze luisterden naar een cd van Michael Jackson. Die zat er al in toen Sallie de auto aan de grens had opgehaald, en het verdrong de ongemakkelijke stilte tussen hen.

Het was druk in de Wibautstraat. Bij een voetgangerslicht stond een groep Marokkaanse meiden, gekleed in strakke spijkerbroeken en met modieuze hoofddoekjes omgeknoopt, sexy en uitdagend op hoge hakken. Bij andere ritten had Frits het raam geopend en de meiden een lift aangeboden – die ze nooit aannamen – maar nu wierp hij ze kort een blik toe en bleef hij geconcentreerd de beelden in de spiegels volgen.

'Ze weten van niks,' zei Frits toen ze halverwege de Wibautstraat waren.

'Niks,' herhaalde Sallie.

'Ze denken dat alles gewoon zal doorgaan vandaag. Maar dat is niet zo.'

'Nee.'

'Ik heb er geen spijt van,' zei Frits.

Sallie keek even opzij, bezorgd over de toon. Frits vocht tegen de twijfels, dus zei hij dat hij geen spijt had. Frits staarde strak voor zich uit en Sallie zag de paniek in zijn ogen.

'Frits, ik weet wat je voelt.'

'Ik voel niks.'

'Jawel. Je bent in de war. Ik ook. We zullen hier nooit meer vrij kunnen rondlopen. We gaan ergens anders heen. Toen ik vanochtend afscheid nam van mijn moeder, kon ik wel janken. Zij weet ook niet dat vandaag alles anders zal worden. Maar dit is onze weg. Ik wou dat het anders was. Ik had liever een van die meiden net mee uit gevraagd...'

'Doen ze nooit.'

'Misschien hadden ze het nu wel gedaan. Maar er gaat een heel andere wereld voor ons open, man! We gaan iets fantastisch beleven!'

'Ik had zo met mijn broertjes te doen, vanochtend.'

Frits had twee jongere broers. Zijn vader was dood, vijf jaar geleden met zijn vrachtwagen verongelukt op een Italiaanse snelweg. Hij had varkens vervoerd die in Italië tot prosciutto verwerkt zouden worden. De snelweg werd urenlang gesloten. De gewonde varkens die de opengescheurde aanhanger waren ontvlucht, werden afgeschoten.

'Ze zullen trots op je zijn.'

'Ja. Ik denk het ook.'

'We zullen ervoor zorgen dat ze geld krijgen.'

'Kan dat vanuit daar?'

'Met *hawala*, natuurlijk.'

Sallie had zelf op die manier regelmatig geld ontvangen. Ergens in Azië of het Midden-Oosten was iemand met een envelop met geld naar een lid van een *hawala*-netwerk gestapt en had om overmaking naar Nederland verzocht. Een Nederlands netwerklid werd via fax of e-mail benaderd en als deze genoeg baar geld in huis had, kon de overmaking plaatsvinden, meestal tegen een vergoeding van vijf procent. Het Nederlandse netwerklid gaf een code op, bestemd voor de opdrachtgever die deze zelf moest overbrengen aan de persoon die in Nederland het geld kwam ophalen. Een gesloten systeem. Veilig. Informeel. Onzichtbaar voor de autoriteiten.

'Ik had zo het gevoel dat ze me nodig hadden,' zei Frits.

'Dat is ook zo.'

'Ik laat ze aan hun lot over.'

'Nee. Je bent een voorbeeld voor ze.'

Sallie zag hem knikken. Frits vocht tegen zijn tranen.

'Ik mis mijn zusje ook,' zei Sallie.

Frits zweeg. Ze passeerden de Portugese Synagoge. Links bevond zich het Joods Historisch Museum. Ze moesten op het Mr. Visserplein voor een stoplicht wachten. Aan de overkant, op de hoek met de Mozes en Aäronkerk, stonden twee politiejoden. Sallie had ooit één jood gekend, de gangster met wie zijn vader had samengewerkt. Sallie herinnerde zich een paar bezoeken van hem. De gangster had een keer bij hen gegeten en bij het weggaan had hij Sallie een briefje van vijfentwintig gulden gegeven, een vermogen. Oom Max. Sallie had het biljet lang gekoesterd. Er stond een vogel op, een roodborstje. Hij had er vaak naar gekeken als hij in bed lag, onder de deken, zijn eigen geheime schat die hem van verre reizen en wonderen liet dromen. Een tijdje geleden had hij hem gegoogled. Max Kohn was een zware jongen, die zonder kleerscheuren het land had kunnen verlaten. Sallies vader had alle klappen voor de gangster opgevangen. Achttien jaar.

Het licht sprong op groen en Sallie stuurde de auto het plein rond, naar links, langs de politiejoden, in de richting van de dalende toegang van de parkeergarage. Het was tien voor halfdrie. Voorzichtig manoeuvreerde Sallie de Transit langs de kaartjesautomaat. Nadat hij het kaartje uit de gleuf van de machine had getrokken, verhief de slagboom zich. Hij reed de bus naar binnen.

Pijlen wezen hem een route aan door de lage ruimte, langs rijen dicht opeen geparkeerde auto's. De hoge Transit was daar een opvallend voertuig. Sallie stuurde de bestelbus langs de uiterste wand van de garage en werd vervolgens geleid naar de parkeervakken die zich in het centrum van de ruimte bevonden. Opeens hoopte Sallie dat alles vol was, dat hij de bus nergens kon parkeren en onverrichter zake moest vertrekken. Hij zag een open vak en draaide de bus zorgvuldig tussen de lijnen.

Het waren smalle vakken, gemaakt voor kleine Europese auto's, maar hij was een behendige bestuurder en parkeerde de bus perfect. Draaide de sleutel uit het slot. Het gedreun van de dieselmotor doofde.

Ze bleven beiden stil zitten.

De garage stond voor driekwart vol. Overal doken mensen op die met hun inkopen naar auto's liepen. Sallie zag twee vrouwen aan weerszijden van een oudere vrouw, onmiskenbaar twee zussen met hun moeder, met volle boodschappentassen. Maison de Bonneterie, een duur warenhuis op het Rokin. Hij was er ooit uit nieuwsgierigheid binnengestapt en had er even rondgelopen, argwanend gadegeslagen door het personeel. Verderop duwde een vrouw een dubbele kinderwagen terwijl ze met haar opgeheven schouder een mobieltje tegen haar wang klemde.

'Ik weet het niet meer,' zei Frits.

Sallie wist het ook niet. Achter hen bevond zich een bom die de parkeergarage tot een brandende hel zou transformeren. Het plafond boven de Transit zou openscheuren en vlammen zouden door het theater slaan dat erboven lag. Hij had geen idee of ze daar aan het werk waren. Hij had het theater nooit bezocht. Kaartjes waren duur en wat er werd gespeeld was bestemd voor de intellectuele elite die aan de grachten of in de Concertgebouwbuurt woonde. Als ze nu in de zaal een toneelstuk repeteerden of als een balletgezelschap of een orkest daar oefende, zouden er doden vallen. Dat was de uiterste consequentie van wat ze deden. Maar hij had een plan om dat te voorkomen.

Ofschoon Sallie in dit land was geboren, was hij er een vreemde. Sommige jongens in het team haatten het land omdat ze vroom waren en ervan overtuigd dat hier de duivel heerste. Vlak bij de plek waar ze zich nu bevonden zaten achter ramen vrouwen te wachten op mannen die betaalden voor een neukpartij. Zijn eigen vader had het leven van een Hollander geleid tot hij op Schiphol door een arrestatieteam tegen de grond was geslagen. Hij had zijn gezin verwaarloosd en had Hollandse vriendinnen gehad en hoeren bezocht. Achttien jaar gevangenisstraf. Onderwereldmoorden.

'Ik wil even frisse lucht,' zei Frits. Hij opende het portier ver genoeg om te kunnen uitstappen – de Transit stond strak tussen twee personenwagens in –, gleed van zijn stoel en verdween uit zicht. Aan zijn kant van de bus kon Sallie niet uitstappen omdat daar te weinig ruimte was. Hij sloeg zijn benen over de middenconsole, gleed uit de bestuurdersstoel en volgde Frits de bus uit.

Onder het lage plafond met tientallen tl-buizen was Frits al op weg naar een van de uitgangen, en Sallie versnelde zijn pas tot hij naast hem liep. Ergens vertrok een auto, groepjes mensen zochten in de garage naar de uitgang of hun parkeerplek.

'Wat ga je doen, Frits?'

'Even naar buiten.'

Hij trok een deur open en Sallie volgde hem in een trappenhuis naar boven, over de treden springend alsof hij op de vlucht was voor een uitslaande brand. Frits trok zijn snor los.

Buiten bleef Frits niet staan. Hij nam snel afstand van het theater, stak de trambaan over en haastte zich een winkel in. Sallie bleef naast hem lopen. Het was verstandig om even stil te zijn en Frits de kans te geven om te rouwen. Want dat was het. Frits was afscheid aan het nemen en hij rouwde nu.

Sallie was de leider van het team omdat hij kon navoelen wat zijn jongens bezighield. Hij wist waarvoor zij bang waren en hij wist waarvoor ze op de vlucht waren.

Frits kocht een pakje Marlboro, een aansteker, en voor de winkel scheurde hij het pakje open en stak de sigaret aan. Hij inhaleerde diep.

'Ik rook stiekem,' zei hij.

'Ik heb het een paar keer geroken,' zei Sallie.

'Maar je zei er niks over.'

'Nee.'

Ze keken naar een passerende tram. Op de buitenpanelen stonden advertenties voor een nieuwe actiefilm. Sallie vroeg zich af of de explosie via de uitrit van de parkeergarage de tram uit de rails zou slaan. De Mozes en Aäronkerk zou worden beschadigd.

Frits dacht hetzelfde: 'Straks is alles anders.'

'Ja,' zei Sallie.

'Abi kan ver komen.'

Zijn jongere broer Abdul was nog beter dan Frits. Beter dan Messi.

'Abi heeft gisteren een telefoontje gekregen van de jeugdafdeling.'

'Dat is prachtig,' zei Sallie.

'Ze willen hem hebben. Bij de jeugd. Ajax. Ik heb hem alles geleerd wat ik wist.'

'Dat weet ik. Ik heb jullie zo vaak samen gezien.'

'We hebben geen vader meer,' zei Frits verontschuldigend.

Zijn vader had in Marokko bouwkunde gestudeerd, maar zijn diploma werd in Nederland niet erkend. Hij was vrachtwagenchauffeur geworden. Gestorven tussen de varkens op een snelweg ten zuiden van Milaan.

'Ga naar huis,' zei Sallie. 'Abi heeft je nodig. Ik kan dit alleen.'

'Ik moet je helpen bij het mengen van de aceton en het zoutzuur.'

'Kan ik alleen.'

'Het is gevaarlijk. Ik kan je niet alleen laten.'

'Frits, je moet naar huis. Ga naar Abi. Hij kan bij Ajax komen. Dat is een ongelooflijke kans.'

'Ik laat jullie in de steek.'

'Wij nemen daar een schoteltje en dan zullen we trots zijn als we Abi zien spelen. We redden het ook zonder jou.'

Frits trapte de sigaret uit en omarmde hem, met neergeslagen ogen. Ze hielden elkaar tien seconden vast. Opeens liet Frits hem los en gaf hem de in zijn vuist geklemde nepsnor. Daarna rende hij weg.

Zonder om te kijken holde hij de Blauwbrug op. Sallie volgde hem een paar stappen om hem beter te kunnen nakijken. Het leek wel of Frits dat voelde. Halverwege de brug bleef hij opeens staan en draaide hij zich naar Sallie om.

Frits hief beide armen, alsof hij een kind was dat een trui kreeg aangetrokken, en keek hem van verre aan. Sallie zag dat Frits huilde. Na enkele seconden liet Frits zijn armen zakken en holde hij door, de Amstelstraat in, uit Sallies ogen.

Sallie slenterde naar de oever van de Amstel en bekeek, bewuster dan ooit, de elegante vormen van de Blauwbrug, die inderdaad een aantal blauwe ornamenten had. Op de brug stonden acht bruine, marmeren pilaren en elke pilaar droeg niet alleen een kroon maar ook twee lampen, waarvan de voet en het dakje blauw van kleur waren. De bom zou de pilaren verwoesten. Kon Sallie met de gevolgen van zijn woede leven? Want alles draaide om woede, zo besefte hij. Zijn vader had zich in dit land laten vernederen en vanaf zijn vroegste jeugd had Sallie dit land de rug willen toekeren. Dit land had hem kansen gegeven, hij had een behoorlijke schoolopleiding gekregen, maar het was hem ten diepste vreemd. Het was een prachtige brug. Hij zou hem verwoesten.

Sallie liep terug naar de voetgangerstoegang tot de parkeergarage. Geen politiejood te bekennen. Er hingen hier beveiligingscamera's, maar die konden niet registreren wat zich in zijn hoofd afspeelde. Vijfhonderd kilo ANNM zou een gat slaan in de vloer van het theater, de benzinetanks van auto's zouden exploderen, en mensen die zich op dat moment in de garage en het theater bevonden zouden verbranden.

Hij opende de deur van het trappenhuis en nam zijn nieuwe prepaid uit zijn broekzak. Hij controleerde of het alarmnummer van het stadhuis nog steeds in het geheugen stond. Daarna liep hij terug naar de Transit. Hij wist wat zijn telefoontje teweeg zou brengen.

De garage stond onder toezicht van het stadhuis, niet van het Muziektheater. Vierentwintig uur per dag was er iemand verantwoordelijk voor de beveiliging, een zogenaamde BHV'er. Als detectoren een alarm afgaven, door bijvoorbeeld brand, moest de BHV'er persoonlijk poolshoogte nemen. Hij had een 'window' van één minuut: als dat verstreken was, kwam automatisch de brandweer in actie vanuit de nabije brandweerkazerne IJtunnel. Binnen twee minuten konden de wagens voor de Stopera staan. Als een noodsituatie door een persoon werd gerapporteerd, dus niet veroorzaakt door een detector, lag de verantwoordelijkheid voor een algemeen alarm ook bij de BHV'er, met dien verstande dat hij het alarmeren van brandweer en andere hulpdiensten kon activeren met een draadloos alarmapparaat dat hij bij zich droeg. In dat geval kwam het noodteam in actie. Terwijl brandweerwagens en ambulances onderweg waren, werden direct alle aanwezigen door het beveiligingspersoneel naar buiten geleid. Uit de luidsprekers zou het bericht klinken dat iedereen het gebouw moest verlaten en instructies diende op te volgen.

De auto aan de bestuurderskant van de Transit draaide uit het vak toen Sallie via Frits' kant in de bus wilde stappen. Hij trok de rubberen handschoenen aan, bond het luchtfilter voor zijn mond en neus, en goot de waterstofperoxide, aceton en zoutzuur in drie verschillende vakken – van elkaar gescheiden door verwijderbare schotten – van een zware *indus-*

try grade plastic bak. Zelfs met de filter voor zijn neus rook hij de stoffen. Het kritische moment was het moment dat hij de schotten naar boven trok en de stoffen zich met elkaar vermengden – dat kon tot een spontane explosie leiden.

Toen hij de flessen in de bak had leeggegoten, besefte hij dat de atmosfeer in de bus nu gevuld was met stinkende, zwevende chemicaliën. Hij pakte een lange plastic lepel en roerde de stoffen door elkaar. Dertig seconden. Hij zou nu sterven. De explosie zou zich zo snel voltrekken dat hij niets zou ervaren, zo hield hij zich voor. Hij dacht aan zijn moeder, zijn zusje, zelfs aan zijn nichtje, het behaarde meisje dat nooit met hem zou trouwen. Een ander meisje, dat nu nog niet van hem had gehoord, ergens in Centraal-Azië, waar hij met de jongens heen zou vluchten, wachtte op hem. Hij legde de lepel neer en vroeg zich af of hij dood was.

Hij stopte de batterijen in de wekker en zette het alarm op tien minuten – dat moest voldoende zijn. De stroomdraden verbond hij aan de elektrische ontsteking. De vonk zou het agressieve mengsel direct tot ontbranding brengen, en het mengsel zou de kunstmestbom van vijfhonderd kilo laten exploderen. Hij haalde diep adem en deed het masker af. Hij voelde dat de snor was losgekomen, maar hij had nu haast, voelde zijn ledematen opeens trillen.

Hij schoof de zijdeur open, stapte uit, en liet de deur zacht in het slot vallen. Hij liep naar de uitgang. Na twintig meter rook hij nog de aceton en het zoutzuur. In het trappenhuis pakte hij zijn iPhone en toetste het nummer van het stadhuis in.

'Liander-gasbeheer,' zei hij. 'Ik moet de meldkamer van de beveiliging spreken. Dringend.'

Hij werd doorverbonden.

'Van der Horst, Liander,' zei Sallie. 'Onze sensoren geven een ernstig gaslek aan in de parkeergarage onder het Muziekthaater. Wij komen er met groot materieel aan. De garage moet direct ontruimd worden. Direct! We zijn bang dat er explosiegevaar is.'

De man die hij aan de lijn had leek niet aangedaan door het bericht. Hij vroeg: 'Heeft u een precieze locatie?'

Sallie brulde: 'Centraal in de parkeergarage! Ontruim het gebouw! Nu meteen!'

'Onze sensoren geven niks aan. U bent van Liander, zei u?'

'Ja, Liander! Ontruim het gebouw nu meteen! U kunt niet langer wachten! Doe wat ik zeg!'

'Maar het protocol eist van me dat ik nu eerst naar beneden ga...'

'Vergeet het protocol! Dit is een noodsituatie, verdomme! Jij draagt nu de gevolgen, hoor je! Het is nu jouw verantwoordelijkheid als het fout gaat!'

Na twee seconden zei de man: 'Ik laat het meteen ontruimen. Dit is uw nummer dat ik nu op het display lees?'

'Ja. Alarmeer iedereen in het Muziektheater en het stadhuis! Ik wil niet dat er doden vallen! Geen doden!'

Hij verbrak de verbinding en verliet het trappenhuis. Toen hij buiten was, hoefde hij niet om zich heen te kijken, want zijn blik viel direct op Frits.

Frits stond aan de andere kant van de tramrails, voor de winkel waar hij sigaretten had gekocht. Hij rookte. Sallie stak direct over, tussen auto's door, vlak voor een tram, en hoorde hoe achter hem de sirenes van de Stopera begonnen te gillen.

Hij trok in het voorbijgaan aan Frits' jack.

'Je had weg moeten gaan,' siste Sallie hem toe terwijl ze zich in de richting van het Jonas Daniël Meijerplein haastten. 'Ga weg, Frits. Godverdomme, ga naar huis.'

'Ik kan niet. Ik heb het geprobeerd.' Andere sirenes mengden zich in het gegil van de Stopera. Kennelijk had de meldkamer direct de politie ingelicht, of misschien ging dat automatisch.

Sallie bleef staan en wenkte Frits dichterbij. Hij omhelsde de Marokkaans-Nederlandse Messi, hij was ontroerd, en Frits beantwoordde de omhelzing. Sallie haalde met gebalde vuist uit en stootte met alle kracht waarover hij beschikte in Frits' maag, en de jongen zakte kreunend en naar adem happend door zijn knieën. Frits moest thuisblijven.

Sallie rende weg. Alleen.

11

SONJA

Het was onvermijdelijk dat Max weer op een dag in haar nabijheid zou opduiken. Toen zij hem had verlaten, begon ze te wachten op de dag dat hij zou terugkeren – niet zij zou terugkeren, hij zou terugkeren. Per slot van rekening had hij haar verraden en daarvan moest hij terugkeren. Maar als hij was teruggekeerd en boete zou doen, zich voor haar in het stof zou wentelen, zou zij hem opnieuw verlaten. Dat zou de beweging van haar leven worden, een zekerheid waarbij ze zich had neergelegd.

Met haar zoon had ze over de aarde gezworven, daartoe in staat gesteld door het fortuin dat haar vader haar had nagelaten. De wereld bestond uit een angstaanjagende kluwen van in elkaar grijpende ambities van nietsontziende mannen. Max was er één, en haar vader was er ook één geweest, zo had ze vastgesteld. Ze leefde nu het leven van een vluchteling, afgewisseld door perioden van ontspannen zelfbedrog. Zoals nu met De Winter. Beetje drukke man die zich met fantomen bezighield en over van alles een mening had. Dat was comfortabel en ontsloeg haar ervan een mening te hebben over de Palestijnen, de Amerikaanse president, Poetin, Angela Merkel. Hij was het volstrekte tegenbeeld van Max. De Winter legde haar voortdurend de wereld uit, verdiepte zich de hele dag in het nieuws en actualiteiten, en dat allemaal om te begrijpen wat er gaande was en hij zou kunnen reageren op wat hem zou bedreigen. Max daarentegen was zwijgzamer en zorgde er actief voor dat de wereld zich gedroeg zoals hij wilde. Vroeger had ze een doener, nu een denker – Max zou over de denker zeggen: een schijtlaars. De denker zou over de doener zeggen: een schoft. Zij wilde rust en veiligheid. Zij was bang.

Kohn was in de stad. Wilde met haar praten. En dat kon niet. Er was te veel gebeurd, en er was te veel wat hij niet wist. Dat hij een zoon had, een mooi, gevoelig kind dat op de dag dat zij wegging en aan een reis over de aarde was begonnen niet meer dan een ongekend visje in haar buik was. Op de dag waarop ze een koffer had gepakt en zijn huis had verlaten, wist ze niet dat ze zwanger was. De ontdekking was verschrikkelijk. De eerste opwelling was om het te laten weghalen – het was onmogelijk voor altijd met hem verbonden te blijven. Ze had het laten komen omdat ze niet alleen wilde zijn en iemand wilde hebben die haar nodig had. Zij kon voor het kind zorgen – dat had ze altijd beschouwd als de hoogste waarde. Als ze niet verraden werd, was haar trouw absoluut. Het was ondenkbaar dat het kind haar ooit zou verraden. Het jongetje zou de verbeterde versie van zijn verwekker worden. Het was een daad van ultieme soevereiniteit geweest om het kind te laten komen.

Na het telefoongesprek met Moszkowicz had Sonja zich ziek gemeld en was meteen naar huis gefietst. Ze liet zich leiden door haar intuïtie en die brulde haar toe dat ze als de donder de stad moest verlaten, want Kohn was haar op het spoor en zou haar vinden, als hij dat niet al had gedaan.

Twee keer was ze de straat op en neer gefietst om te onderzoeken of haar huis door iemand werd gadegeslagen. Kohn was gek genoeg om iemand tienduizend euro te bieden als hij een uurtje ergens achter een raam mocht staan om naar zijn ex te kijken. Maar ze mocht niet langer dralen. Om halfvier moest Nathan worden opgehaald – De Winter zou dat anders hebben gedaan – en vervolgens zou ze naar Schiphol gaan en de eerste de beste intercontinentale vlucht boeken.

Ze stapte haar huis in Amsterdam-Zuid binnen en wierp snel een blik in elke kamer. Het was een huis uit 1902, een sierlijk pand met glas-in-loodramen en kamers en suite met schuifdeuren en een achtertuin die geen enkele privacy bood. Het zag er niet naar uit dat iemand binnen was geweest. Ze nam twee koffers en pakte voor zichzelf en Nathan. Ze wist nog niet of haar kleren en spullen snel konden worden nagestuurd. Ze moest uit handen van Kohn blijven. Ze hield van hem. Maar ze haatte hem.

'Sonja?' hoorde ze De Winter roepen. Ze had hem niet horen binnenkomen.

'In Nathans kamer!' riep ze.

Ze hoorde zijn snelle stappen op de trap. De laatste keer, zij zou ze nooit meer horen. Ze was op hem gesteld, maar zonder hem zou ze ook kunnen bestaan. Het was stom geweest hem naar Amsterdam te volgen. Om bij hem te kunnen zijn had ze veel te veel op het spel gezet, en dat was onnodig geweest.

De Winter kwam de kamer binnen en bleef stil naar haar staan kijken. Ze keek even naar hem om, hij leunde tegen de deurpost met gevouwen armen en een meewarige blik, maar ze liet zich niet afleiden, vouwde Nathans favoriete kleren en legde ze in de grote Samsonite.

'Wat doe je?' vroeg De Winter.

'Ik pak.'

'Waarom?'

'Omdat ik wegga.'

'Waarom?'

'Ik wil niet de kans lopen dat hij me opzoekt, dat hij in mijn buurt komt, dat hij Nathan ziet. Als hij Nathan ziet, weet hij wie de vader is. Hij heeft daar maar een halve seconde voor nodig.'

'Kan ik mee?'

Die mogelijkheid had ze niet overwogen. Maar ze verwierp de optie meteen. Hij zou alleen maar in de weg lopen.

'Nee.'

'Ik kan de koffers dragen.'

'Red ik wel.'

'Ik wil graag bij je zijn.'

Ze knikte terwijl ze een spijkerbroek vouwde. Maar een echte reactie was het niet. Ze wilde hem zeggen: ik weet dat je graag bij me bent. Ze was nooit bang voor hem geweest.

De Winter zei: 'Je hoeft niet voor Kohn op de vlucht te slaan. Bram zei dat hij een hartpatiënt was. Hij heeft een ander hart nu. Misschien wel het hart van een zachtmoedig mens.'

'Het kan niet, Leon.'

'Waarom niet?'

'Daarom niet.'

'Over tien minuten komen de mannen van het bewakingsbedrijf,' poogde hij haar te kalmeren.

'Zo wil ik niet leven.'

'Hoe dan wel?'

'Niet op deze manier.'

'Ik ga met je mee.'

'Dan loop je ook gevaar.'

'Sonja, ik ken Max van lang geleden. Ik kende hem goed. Ik kan met hem praten. Er is geen gevaar.'

'Niemand kan met hem praten. Hij heeft een zwart hart.'

'Dat hart is begraven. Hij heeft een ander hart. Ben je niet benieuwd naar wat hij van je wil?'

'Waar hij verschijnt gebeuren rottige dingen.'

'Elf jaar geleden ben je bij hem weggegaan. Mensen veranderen.'

'Het kan niet.'

'Waarom dan niet?'

'Daarom niet. Ik ga weg.'

De Winter zei: 'Ik weet waarom hij zo is.'

'Dat weet ik ook. Hij is gek. Hij is woedend. Altijd woedend.'

'Ik weet hoe het is begonnen. Ik was erbij. Nou ja, niet helemaal. Een beetje. Maar hij heeft het me verteld.'

'Interesseert me niet. Ik ga weg. Bemoei je hier niet mee.'

'Waar ga je heen?'

'Ver weg. Waar het warm is. Ik ben altijd gelukkig als ik op een plek ben waar palmbomen groeien.'

'Ik wilde je hier gelukkig maken.'

'Het ligt niet aan jou. Jij bent onschuldig.'

'Dankjewel. Fijn. De onschuldige man. Klinkt nogal lullig. Niet echt een sterke titel voor een romantisch verhaal.'

'Als je de schuldige man kent zoals ik, is dat een compliment. Maar ik geef toe, dat klinkt een beetje als een schlemiel in een operette.'

De Winter glimlachte. Daarna zei hij: 'Max heeft iemand vermoord toen hij zestien was.'

Ze verstarde, drukte een rood T-shirt tegen haar borst alsof dat bescherming bood.

'Dat is jong,' zei ze zacht.

'Ik heb hem daarom bewonderd,' zei De Winter.

Ze draaide zich naar hem om, verbijsterd over zijn woorden.

'Bewonderd?'

'Ja. Bewonderd. Hij deed wat ik graag had gedaan. Hij had de lijn getrokken die ik niet kon trekken. Hoewel, nee, die ik ook had getrokken. Iemand was daaroverheen gestapt. Dus trok hij zijn conclusie. Ik ook. Maar ik deed niets.'

'Waar heb je het over? Kun je niet duidelijker zijn? Wie was het?'

'Een vrouw van zestig.'

'Een vrouw van zestig? Hij vermoordde een vrouw van zestig?' Ze schreeuwde nu: 'En daar heb jij bewondering voor! Wat is er met de mannen in mijn leven? Nog steeds jager-verzamelaars? Zijn jullie gek geworden?'

Hij kwam los van de deurpost en maakte een gebaar dat ze tot rust moest komen, en dat maakte haar nog kwader. Hij wilde haar vastpakken, maar ze trok zich los.

'Laat me los! Je bent gek! Net als hij! Zieke koppen hebben jullie!'

'Het was mevrouw Scholtens. Zo noemden we haar. Mevrouw Scholtens was een begrip voor ons, de kinderen De Winter. Mijn moeder had vaak over haar verteld. Mevrouw Scholtens was NSB'er geweest. Maar ze gaf ook onderdak aan joden. Ze wilde aan twee kanten zijn ingedekt. Mijn ouders hebben bij haar ondergedoken gezeten. En ook de moeder van Max en zijn grootouders.'

Sonja knikte. Ze leek enigszins te bedaren, ook al hijgde ze snel, maar niets zou haar ervan weerhouden opnieuw te gaan schreeuwen, vertelden haar ogen hem.

De Winter zei: 'Mijn ouders hebben daar een tijdje in de hel geleefd. Mevrouw Scholtens gaf namelijk ook feestjes. Voor Duitse officieren, voor kopstukken van de SS. En dan had mevrouw Scholtens personeel dat bediende. Een serveerster en een ober. Mijn ouders. Op een kilometer afstand herkenbaar als joden. Vooral mijn moeder zag er heel joods uit.'

Ze vroeg recalcitrant: 'Wat is er heel joods uitzien?' Ze wist het antwoord.

De Winter zei: 'Zoals jij eruitziet. Lid van de stam. Donker. In je ogen de herinnering aan duizenden jaren onderweg zijn.'

Ze wist niet of ze gelukkig was met die kwalificatie. Hij had vast gelijk, maar ze stelde het meteen ter discussie en vroeg: 'Dat zie je aan mij?'

'Zelfs een blinde ziet dat.'

'Wat gebeurde er op die feestjes?'

'Mijn ouders moesten bedienen. In de keuken stonden ze te trillen van angst. Vooral mijn vader kon de spanning niet aan, vertelde mijn moeder. Hij moest overgeven tussen het serveren door. Mijn moeder probeerde zoveel mogelijk hapjes te gappen want mevrouw Scholtens gaf haar onderduikers beschimmeld brood te eten. Zij kwelde ze. Vernederde ze. Mijn ouders zijn er na een tijdje door het verzet weggehaald en naar een andere onderduikplek gebracht.'

'En de moeder van Max?'

'Hetzelfde. Zij was een meisje nog. Esther Kohn. Met haar ouders had zij hetzelfde meegemaakt bij mevrouw Scholtens. Daarna is zij naar een andere onderduikplek gebracht, zonder haar ouders. Die zijn daar verraden. Ze zijn nooit teruggekomen.'

'Waarom heeft Max die vrouw vermoord?'

'Ik was bij mijn moeder op bezoek. In '77. Ik zat op de filmacademie en ik had mijn eerste boek gepubliceerd. En Max wilde met me praten, hij zat nog op de middelbare school en wilde ook naar de filmacademie.'

'Hij heeft politicologie gedaan.'

'Hij was toen zestien en wilde filmproducent worden.'

'Dus hij kwam langs bij je moeder?'

'Ja. Lentedag. Max kwam langs, met zijn moeder Esther. Die was toen eind dertig, denk ik. Mooie vrouw. Ongehuwd, met een kind, er hing iets van een schandaal om haar heen.

Ze gaf geschiedenis aan een atheneum, die schoolvorm was net ingevoerd. We waren in de tuin van ons huis in Den Bosch.'

De Winter zweeg toen de muren van het pand een moment licht zuchtten. Daarna rinkelden de ruiten en van ver klonk een seconde of drie een diep grommend geluid, alsof een zware lading van een vrachtwagen was gevallen, nee, alsof in het riool in de straat een monster wakker was geworden. Of een vliegtuigcrash aan de rand van Amsterdam-Zuid.

Sonja wilde er niet door worden afgeleid. 'En toen?' vroeg ze.

'We waren in de tuin en toen kwam mevrouw Scholtens langsgefietst. Of ze was op een brommer. Ze woonde niet zo ver van ons vandaan en ik had haar wel eens vaker gezien, op haar attent gemaakt door mijn moeder. Toen gebeurde het. Scholtens zag ons staan en ze spuugde op de grond. Ik zag het als in een slow motion. Een filmmoment. Ik zag mijn moeder helemaal verstrakken, en Esther Kohn ook. Scholtens verdween uit zicht en mijn moeder en Esther begonnen te huilen. Ze hielden elkaar vast en Max en ik keken machteloos toe. Ik wilde Scholtens vermoorden. Absoluut vermoorden. Toen droogden mijn moeder en Esther Kohn hun tranen en zijn we naar binnen gegaan en hebben we Bossche bollen gegeten. Ik was er gek op en mijn moeder haalde ze bij de beste banketbakker in Den Bosch als ik op bezoek kwam. Toen Max en zijn moeder weggingen, boog hij zich even naar me toe en fluisterde: "Dat wijf heeft nog een halfjaar." En hij keek me daarna aan op een manier waarvan ik schrok. Er was geen ironie in zijn ogen. Geen jongensachtige bravoure. Niet de jongen met wie ik die middag had zitten praten over films en film maken. Dat voorval met Scholtens had hem veranderd, leek het, of het had iets naar buiten gebracht wat had liggen wachten. Vier of vijf maanden later belde mijn moeder met het bericht dat mevrouw Scholtens thuis dood was gevonden. Ze was van de trap gevallen en had haar nek gebroken.'

Sonja zou Max opeens willen troosten, en Leon wilde ze ook troosten, om al die geërfde waanzin en al die angsten die maar bleven doordreunen en bleven doorsijpelen, generatie na generatie.

'Het was een ongeluk,' zei ze. 'Waarom zou Max dat gedaan hebben?'

'Officieel was het een ongeluk. Jaren later heb ik het hem gevraagd. In '82. Hij studeerde toen in Amsterdam. Ik was toen de intellectuele schrijver met baard en lange haren. We waren elkaar tegengekomen bij Athenaeum Boekhandel en daarna hebben we een paar jaar een vriendschappelijke relatie gehad, we zagen elkaar geregeld. Ik heb het hem gevraagd. Hij vertelde het me. Hij was bij haar binnengeslopen. Heeft boven in een kamer op haar gewacht. En heeft haar toen van de trap gegooid.'

Beneden werd aangebeld. Sonja had meer willen weten, details, emoties, maar De Winter kon zijn verhaal niet afmaken. Hij streek over haar arm en verliet Nathans kamer en haastte zich de trap af om open te doen.

Geen woord had Max eraan gewijd. In de jaren dat ze samen waren geweest was de oorlog nauwelijks ter sprake gekomen, ook al las hij er veel over. Ze herinnerde zich dat hij de boeken van Churchill las, van historici zoals Walter Laqueur, de herinneringen van G.L. Durlacher. Sonja's vader was joods en had als kind de kampen overleefd, maar hij had er weinig over verteld en had zich van elke religieuze affiliatie losgesneden. Sonja's moeder kwam uit een agnostisch gezin en bezocht kerken wanneer ze op vakantie in Frankrijk of Italië waren – tot ze ziek werd en in Jezus troost vond. Ze stierf sereen terwijl Sonja, dertien, haar handen vasthield. Met neergeslagen ogen stond haar vader in de verste hoek in de ziekenhuiskamer, zijn gezicht grauw door machteloze woede. Tot hij verdween, had Sonja hem nooit met een andere vrouw aangetroffen. Altijd alleen. Misschien had hij hoeren bezocht. Nee, niet misschien, dat was zeker.

De Winter riep haar naam en Sonja ging naar beneden. De ergste angst mocht zijn weggeëbd, maar als Sonja een besluit had genomen, kwam ze er niet op terug. Ze zou straks weggaan. Dit land was tot de nok toe gevuld met schimmen, spoken, nachtmerries. Ze werd voorgesteld aan twee Hollandse mannen, grote, lichtblonde, grove types met emotieloze koppen die de indruk wekten dat ze wisten waar ze het over hadden. Professionals. Dit land bestond voor de ene helft uit schimmen en voor de andere uit bloedeloze professionals die rust uitstraalden. De mannen droegen donkere zakenkostuums, goedkope witte hemden en synthetische stropdassen. Terwijl ze met hun vieren op de marmeren tegels in de hal bleven staan, tussen de gebeeldhouwde voordeur en de mahoniehouten trap, legde een van de mannen uit wat ze gingen doen.

Ze konden nog voor de avondschemer een busje voor het huis plaatsen. De achterzijde konden ze via het souterrain, waar niemand sliep, inrichten als observatiepost. Ze stelden *'twentyfour-seven'*-beveiliging voor door vier mannen, die per team acht uur draaiden, dus het ging om twaalf man per etmaal, gedurende de dagen die ze nodig hadden om een systeem te installeren dat *bulletproof* was. Hij had een presentatiemap bij zich en opende die terwijl hij zich steeds meer op Leon richtte. Sonja had weinig aandacht voor hem, nog steeds beheerst door wat Leon haar had verteld, onverwacht dicht bij de opgroeiende jongen die Max was geweest.

De andere bewakingsman beantwoordde zijn mobieltje en

draaide zijn rug naar hen toe opdat hij zijn collega niet stoorde. Maar dat deed hij toch, nadat hij een halve minuut had staan knikken.

'Sorry. Tom,' zei hij, zijn collega onderbrekend. 'Het ziet er slecht uit bij de Stopera.'

De andere man verontschuldigde zich, overhandigde De Winter de presentatiemap en vroeg aan zijn collega: 'En het museum?'

'Veel glasschade. Maar het is een bende rond het theater.'

'Was dat de klap die we hoorden?' vroeg De Winter.

De man die Tom werd genoemd knikte: 'Schijnt een gaslek geweest te zijn. De garage onder de Stopera staat in brand, erboven veel schade. De explosie was overal in de stad te voelen.'

De Winter keek hem een moment verbijsterd aan: 'Zijn er doden?'

'Geen idee. Ik weet dat alle ambulances van Amsterdam onderweg zijn. Wij moeten even naar kantoor, we doen ook het Joods Historisch Museum, tegenover de Stopera, en we moeten checken hoe het daar is qua schade en zo. U neemt dit even door?'

Hij wees op de map. De Winter knikte.

'Geef even een telefoontje, dan kunnen we straks nog aan de slag. Tenminste, als we nog mensen hebben die niet worden ingezet bij de Stopera.'

Ten afscheid knikten ze Sonja toe en verlieten de hal.

De Winter sloot de deur achter de mannen en vroeg: 'Wil je thee? Heb je dat gehoord over de Stopera?'

'Ik moet zo Nathan halen. Hou me vast.'

Hij sloeg zijn armen om haar heen en ze klemde zich aan hem vast. Ze zou straks weggaan en hem nooit meer vasthouden. Ze wist dat hij zich dat niet kon voorstellen. Hij had fantasie, maar die was te beperkt om haar geesteswereld te doorgronden. Hij geloofde in goedheid en had geen idee van de demonen in haar hoofd. Zonder dat hij dat had gezocht, onnozel als hij was, was hij in staat geweest haar even te doen vergeten dat ze een vluchteling was. Het was een vreedzame periode geweest.

'Ik ga Nathan halen,' herhaalde ze, en ze stapte uit zijn armen.

12

NATHAN

Ik wist natuurlijk dat ik niet echt kon weglopen en ik wist ook dat mijn moeder heel hard kon fietsen, maar ik werd zo boos dat ik haar gezicht niet meer wou zien. Het was zo verkeerd en zo onrechtvaardig! Ze wist heel goed waarom ik niet meer weg wilde. Weer koffers pakken? Weer naar een ander huis? Weer nieuwe vriendjes maken? Ik wilde blijven waar ik was. We hadden een mooi huis en ik kon overal naartoe lopen, en dat kon niet in Frankrijk. En Leon was oké, een beetje een gekke vent met maffe verhalen, beetje dik ook en heel behaard, als een aap, dat zag ik als hij uit de badkamer kwam, begrijp niet dat mama dat mooi vond. En de school was ook goed, lekker midden in de stad. Ze fietsten altijd met me mee, wat onzin was want de route die ik naar de vsv nam was veilig, maar het was leuk hier. Ik wilde blijven.

Ze wachtte me op. Ik dacht dat Leon zou komen, dat was afgesproken. Maar zij stond er en aan haar ogen zag ik dat het mis was. Ze stond met andere moeders te praten. Er was iets in de Stopera gebeurd en mama keek me zo nu en dan aan terwijl ze met de moeders sprak, en ik wist het meteen. De andere keren had ik het ook meteen geweten.

We zouden weggaan.

Ik schudde mijn hoofd en ze wist waarom ik dat deed. Mama en ik kunnen elkaars gedachten lezen. Waarom zouden we weggaan als er een ongeluk in de Stopera was gebeurd? Ik hoorde dat een van de moeders over een gaslek vertelde en over een ontploffing en er waren wel vijftig gewonden en sommigen waren er erg aan toe, ze kende iemand die nu in het ziekenhuis lag. Maar dat was in de Stopera – wat hadden wij daarmee te maken?

Mama zag dat ik wist waarom zij er was. Ik ken die blik. Haast. Zorg. Zenuwachtigheid. Ik stapte op mijn fiets en racete het Vondelpark in. Ik hoorde dat zij mijn naam riep, maar ik stopte niet en bleef keihard doorfietsen, over het brede pad langs de struiken, langs de grasvelden. En ze bleef mijn naam roepen, ze kwam dichterbij, en toen stuurde ik de fiets het gras op en ik liet me vallen. Dat kan ik heel goed. Het ziet er eng uit, maar ik weet wat ik doe. Mama gilde, en dat was wat ik wilde. Ik dook van mijn fiets af en ik raakte de grond en bleef doorrollen, als een bal, en toen bleef ik stil liggen.

Oké, dat was misschien niet eerlijk, maar ik wilde niet weg. Ik had een cadeau voor Lia. Ik mocht als enige jongen komen. De volgende ochtend zou Lia in de klas fruit uitdelen – belachelijk, snoep mocht niet – en na school was er een feestje bij haar thuis. We zouden gaan karten, had ze gezegd. Lia had alleen meisjes uitgenodigd, en één jongen. Iedereen wist van ons. Het was aan. Ik had een horloge voor haar in de vorm van een hart. Misschien een beetje een stom cadeau, maar als ze daarop keek, zou ze aan me denken. Van mijn zakgeld gekocht. Was echt niet goedkoop en dat wist Lia als ze het zou uitpakken. Mama had het cadeau gezien en ze begreep natuurlijk meteen wat dat hart betekende. Op haar Facebook-pagina had Lia de fotootjes gezet van de meiden die ze had uitgenodigd. En een foto van mij.

Ik bleef liggen en mama sprong van haar fiets en vloog zo ongeveer op me af en ze brulde me toe en ik ging toen maar rechtop zitten, want het was te zielig.

'Heb je pijn? Nathan! Heb je iets gebroken?'
'Er is niks,' zei ik.

We keken elkaar hijgend aan. Ze streek de haren van mijn voorhoofd maar ik schudde mijn hoofd en ze trok haar hand terug. Ze werd wat rustiger en wilde dat ik haar zou vergeven. Dat wilde ik niet.

Mama vroeg: 'Waarom fietste je zo hard weg?'

Dat was een flauwekulvraag. Dat wist ze verdomd goed.

'Ik wil niet weg. Ik wil hier blijven.'

'Denk je dat ik graag weg wil?'

'Ja. Dat denk ik. Ik wil niet weg. Ik hoor hier thuis.'

'Ik wil ook graag blijven, lieverd, maar mijn werk is altijd tijdelijk en dan moet ik op zoek naar een ander ziekenhuis en dat vind ik ook altijd naar.'

Ik sloeg mijn armen om mijn knieën. Ze kon verschrikkelijk goed liegen. Ze loog altijd als ze vond dat het tijd was om weg te gaan. Ze had altijd een smoes. Ze kon ergens anders een baan krijgen. Het huis kon niet meer gehuurd worden. Iemand was boos op ons. En dan waren we binnen een paar uur weg. Ik mocht mijn vriendjes niet eens bellen om afscheid te nemen.

Maar ik was tien en ik wist hoe ik haar e-mail kon lezen. Ik wist waar ze haar geheime papieren bewaarde. Ik wist alles. En dat wist zij niet. Ik wist echt alles. Ook van mijn vader. Mijn echte vader, de 'biologische'.

Oké, ik wist niet waarom we altijd moesten verhuizen, maar de rest wist ik.

'Ik geloof je niet, mama. Er is geen reden om nu weer weg te gaan. Ik wil niet weg.' Ik was even stil en verzamelde moed. Dat was niet nodig. Ik zei het gewoon: 'Morgen is er een feest.'

Ik keek op. Ze zat naast me, in precies dezelfde houding, armen om de knieën geslagen, en ik zag tranen in haar ogen.

Dat is altijd klote. Dan heb ik medelijden met haar. Maar misschien had ze tranen omdat ze hard had gefietst.

'Ik had je dat feest zo graag gegund,' zei ze.

Ik zei: 'Maar...?'

'Maar...' herhaalde ze. 'Het is altijd *maar*. Ik wou dat het anders was.'

'Ik wil niet meer verhuizen.'

'Ik wil ook niet. Maar het moet.'

'Ik loop weg, mama. Echt waar. Als we ergens anders heen gaan dan loop ik weg. Dan ga ik gewoon terug naar Amsterdam.'

'Het spijt me zo verschrikkelijk, lieve Naat.'

'Waarom stopt ons leven hier, mama?'

'Ik weet het niet.'

Ik vroeg: 'Ben je gek? Kun je niet naar de gekkendokter?'

Ze moest glimlachen: 'Dat zou fijn zijn. Dat ik een pilletje kon slikken en we dan zouden blijven.'

'Wat is er dan? Je liegt als je zegt dat het het werk is. Dat is niet zo. We hoeven helemaal niet weg. Er is iets anders.'

Ze schudde haar hoofd. En ze keek alsof ze pijn had.

'Ik kan het je niet uitleggen. Later zal ik dat doen. Nu niet. Je bent te jong.'

'Ik ben tien!'

'Dat is te jong.'

'Ik wil niet weg, mama. Morgen is er een feestje.'

Ze knikte en opeens moest mama erg huilen. Ik begon toen ook te huilen, want het was allemaal te zielig. En ze spreidde haar armen en ik kroop naar haar toe en ik verborg mijn gezicht in haar schouder en zo bleven we een paar minuten zitten.

'We moeten praten,' zei ze toen.

Ik reageerde niet. Ik wilde zo blijven zitten, veilig in haar armen, mijn gezicht verborgen, niemand kon zien dat ik het was.

'We vliegen straks ergens naartoe. Ik weet nog niet waarheen. Ik beloof je dat je met dat meisje, Lia heet ze toch?, dat je met haar mag bellen. Of skypen. En we sturen dat cadeau op. Ik weet dat het niet hetzelfde is als echt naar dat feestje gaan, maar het is ten minste iets. We kunnen niet blijven, lieverd. Het is... het is te gevaarlijk.'

Ik reageerde nog steeds niet. Wat kon ik zeggen? Ik had alles gegoogled. Mama's naam en de naam van zogenaamd mijn vader. Ze had altijd gezegd dat mijn vader een Amerikaanse soldaat was die gesneuveld was in Afghanistan. John Vermeulen. Dat woord 'gesneuveld' ben ik nooit vergeten. Toen ik *Honor the Fallen* vond, een site met de namen van Amerikaanse soldaten die in Afghanistan waren 'gesneuveld', kreeg ik het bericht *sorry but your search for the name 'vermeulen' did not return any results*. Ik had altijd op Engelstalige scholen gezeten en wist wat dat betekende.

Alles stond op Google. We hadden biologie op school, wij wisten alles. Als je ging rekenen vanaf mijn geboorte en dan negen maanden terugging, dan wist je het. Er is niks dat je niet op Google kunt vinden. Hoe stom kun je zijn om te liegen over zulke dingen? Je tikte gewoon een naam in en dan zag je gewoon alles. Mijn vader was niet dood. Mama had een naam verzonnen. John Vermeulen had Nederlandse grootouders, volgens haar. 'Ik heb hem maar een week gekend,' had ze gelogen. Dat we telkens verhuisden had met mijn echte vader te maken. Waarom wist ik niet. Hij was een crimineel. Ik was niet gek, ik begreep dat dat niet goed was, maar toch was het ook heel *cool* om een vader te hebben die een slimme boef was. Dat had ik in een krantenartikel over hem gelezen. Ik had mama's naam gegoogled en toen vond ik allemaal krantenberichten over haar en hem. 'Vermoedelijk de intelligentste boef van Nederland', had iemand geschreven. Dat was mijn vader. Ik had op het net een foto van hem gevonden. Ik leek echt op hem.

Ik wist niet waarom mama bang voor hem was, maar zoiets moest het zijn. Om geld kon het niet gaan. Ik had stiekem brieven gelezen van bedrijven die mama's geld beheerden, en ze barstte echt van de poen, ze was echt superrijk, en toch deed ze altijd zuinig. Dat geld kwam allemaal van mijn opa. Die heb ik nooit gekend.

Mama streelde mijn haar. Dat was fijn. We zaten op het gras in het Vondelpark en niemand kon me herkennen, want ik lag in haar armen en ook al was ik erg verdrietig, het was fijn dat ze me vasthield.

Het was fris in Amsterdam.

Het was rustig in het park.

Het stormde in mijn hoofd.

'Waarom is het te gevaarlijk?' vroeg ik.

Ik voelde haar even verstrakken, een seconde duurde dat, en daarna ging ze door met het strelen van mijn haar.

'Omdat er iemand is die ons pijn kan doen. Die mij pijn heeft gedaan. En die mij weer pijn zal doen als hij me vindt.'

'En de politie?'

'De politie doet niks. Ze kunnen niks doen. Hij is ze altijd te slim af.'

Ik wist dat ze mijn vader bedoelde. Die was een beroepsboef en megaslim.

Mama zei: 'Konden we altijd maar zo blijven zitten.'

Ik antwoordde niet maar ze wist dat ik nu in mijn hoofd 'ja' zei.

'Wie wil ons pijn doen?' klonk mijn stem, half gesmoord door haar jas, een gek kort jack met veel kleuren op haar rug. Mama zag er soms uit als een hippie. Dat hoorde niet zo goed bij Amsterdam. De andere moeders vielen niet zo op, maar mama wel. Ze droeg grote sieraden en strakke broeken en ze zag er soms als een filmster uit. Dat was ze niet. Ze was gewoon mama.

'Je kent hem niet,' antwoordde ze.

Ik ken het woord 'mat'. Mama heeft Nederlandse boeken voorgelezen, en toen ik zelf kon lezen heeft ze Nederlandse boeken laten sturen. Paul van Loon. Annie M.G. Schmidt. Als die onbekende man ons had willen vinden, had hij gewoon moeten volgen wie de boeken van Paul Biegel in het buitenland bestelde.

Mama had het met een matte stem gezegd.

Maar ik kende hem wel. Ik wist gewoon dat ze mijn vader bedoelde. Maar ik kon het niet zeggen. Ik was bang dat ze nu ook mijn gedachten las.

'Kom,' zei ze.

We stonden op. Mijn rugzak was uit de fietstas geslingerd en tien meter verder terechtgekomen.

Ik wist wat mama ging doen. En ik kon me er niet tegen verzetten. Ik kon uren gaan bidden en smeken, maar het had geen zin. Ze had een besluit genomen en ze viel niet om te praten. Niet bij iets belangrijks. Een Snickers of een KitKat of een game, dat ging nog wel. Maar als ze zei dat ze had gepakt omdat we een vliegtuig moesten halen, dan was ze onverbiddelijk. Ik fietste achter haar aan, het park uit, we kruisten de Van Eeghenstraat, de Willemsparkweg, naar de Van Bree. Dat was een componist. Gewoon gegoogled. Ik wist niet of ik hier ooit zou terugkomen. Misschien stortte het vliegtuig neer, of we gleden met een bus een ravijn in – we hebben weleens heel gevaarlijke tochten gemaakt, in Thailand en Peru, dan was ik bang en hield mama me stevig vast. We fietsten door die Amsterdamse straten en ik vond alles mooi, alles klopte hier. En nergens waren arme mensen. Het was stom om hier weg te gaan. Maar mama deed echt bang. Waarom zou mijn vader dat doen? Wat zou ik moeten zeggen als hij nu opeens voor mijn fiets zou springen? Moest ik hem dan papa noemen? Ik had nooit 'papa' gezegd. John Vermeulen was dood. Gesneuveld in Afghanistan. In de buurt van Jalalabad, had ze gezegd. Daar hadden we om moeten lachen, ook al was mijn vader daar gestorven. Gekke naam. Klonk zo vrolijk, en toch was John daar door een IED gedood. Ik ging steeds preciezere vragen stellen, en mama moest daardoor meer verzinnen. Misschien was zij ook gaan googlen om zich op mijn vragen voor te bereiden. *Improvised Explosive Device*. Op slag dood. Ze hadden hem daar begraven, op een begraafplaats van het Amerikaanse leger in de buurt van Jalalabad. Dat heb ik jaren geloofd. Tot ik ontdekte dat John nooit had bestaan en dat Amerikaanse soldaten die dood zijn altijd terug naar Amerika worden gebracht. Mijn moeder had een kind gekregen van een slimme boef. Hij was gevaarlijk. En daarom fietsten we nu naar huis, waar de koffers klaarstonden. Ik zou misschien een halfuur krijgen om nog wat extra spullen te pakken. De rest zou in een zeecontainer worden geladen en na maanden bij ons nieuwe huis aankomen. Volgens mama mocht de container niet worden 'getraceerd', en het duurde soms drie maanden voordat die werd afgeleverd. Dan was-ie kriskras over de wereld gevaren en dan waren onze spullen, die in houten kratten waren verpakt, een paar keer overgeladen in andere containers, zei mama. Ze was echt een beetje gek. De toegang tot ons huis in de Van Bree had twee treden. We tilden de fietsen naar binnen en brachten ze naar de tuin. Ik wist niet wanneer ik ze zou terugzien.

Toen we weer binnen waren, opende Leon net de voordeur. Hij had een zware koffer bij zich en keek ons met een glimlach aan. Ik zag mama 'nee' schudden. Ze duwde me zacht aan mijn arm naar voren, in de richting van de trap.

'Er staat een extra koffer voor je,' zei ze.

Leon gaf me een knipoog toen ik langs hem naar boven liep. Ik deed of ik de deur van mijn kamer achter me dichtdeed, maar ik hield hem op een kier.

Ze waren heel lang stil. Het leek me dat Leon haar aankeek en dat mama naar de vloer van de hal staarde. Waarom Leon die koffer bij zich had was duidelijk. Hij wilde dus mee. Ik kon me niet voorstellen dat hij mee mocht van haar.

'Wat haal je in je hoofd?' vroeg mama na een minuut of zo, of langer zelfs.

'Ik haal me in mijn hoofd dat ik meega,' hoorde ik Leon antwoorden.

'Dat kan niet, Leon. Ik ga met Nathan. Alleen met hem.'

'En nu ga ik mee,' antwoordde hij.

'Nee. Dat kan niet. Dat is te veel.'

'Wat is te veel? Ik wil bij je zijn.'

'Ik leef zoals ik leef. Ik ga nu weg hier. Ik kom nooit meer terug. Ik begin ergens opnieuw.'

'Tot je daar weer op de vlucht slaat?'

'Ja. Dat is mijn lot.'

'Max is misschien een beest geweest, maar dat is hij niet meer,' zei Leon. 'Bram heeft een bedrijf professioneel laten zoeken op het net, dat kan met speciale software, en ze hebben niks gevonden.'

'Elf jaar geleden vonden ze ook niks. En geloof me, er was veel. Dus, lieve, lieve man, bemoei je er niet mee. Ga naar huis, pak je koffer weer uit, en vergeet ons.'

'Ik wil mee.'

'Maak het niet groter dan het is, Leon. Het was een leuke tijd, eerlijk is eerlijk, maar het is mooi zo.'

'Voor mij was het heel belangrijk.'

'Het was gezellig, maar meer niet. *Schluss*. Laat ons gaan, wil je? Maak geen scène, het is al ingewikkeld genoeg.'

'Ik kan op Naatje passen, ik kan naar je luisteren. En ik wil je helpen. Dit is ziekelijk, dit gedrag van je. Ik wil dat je ergens kunt aarden. Ik ben daar ook aan toe, echt aarden. Ergens onder palmbomen, zoals je zei, dat zou het fijnst zijn.'

'Het is voorbij. Alles is anders nu. Ik weet wat ik doe. Ga weg. Ik vind het verschrikkelijk zoals je daar staat.'

'Ik kom achter je aan.'

'Haal het niet in je hoofd. Ik wil je nooit meer zien. Zeg die bewaking af.'

'Heb ik al gedaan.'

Het was weer een paar seconden stil. Toen zei Leon: 'Dit is het?'

'Dit is het. Het was best fijn. Maar je dacht toch niet dat het voor altijd zou zijn? Je bent al op weg naar de zestig, we schelen bijna vijftien jaar! Kijk eens naar jezelf! Je bent vet, je snurkt, er groeien haren uit je oren. Over tien jaar ben je al bijna zeventig, een ouwe vent. Je bent aardig, je bent lief, maar meeslepend was het allemaal niet, ook niet in bed. Dankjewel, het was een leuke tijd, maar het is echt over en voorbij.'

Het bleef even stil. Er klonken een paar stappen. Ik dacht dat Leon naar mama was gelopen.

Hij zei toen: 'Ik geloof je niet.'

Er klonk iets waarvan ik meteen wist wat het was: een klap. Ze had hem in zijn gezicht geslagen. Zo klonk het.

Het was weer even stil. Daarna klonken opnieuw stappen en even de wieltjes van de koffer. Ik hoorde de voordeur open en dicht gaan en toen begon mama te huilen.

Wat moest ik doen? Naar beneden gaan? Wachten tot ze ophield? Ik ging naar beneden.

Mama stond waar ik haar had achtergelaten, haar handen voor haar gezicht, en ze huilde heel diep en zacht. Leon was weg.

'Mama? Mama?'

Ze schudde haar hoofd achter haar handen.

'Meende je dat echt?' vroeg ik.

Opnieuw schudde ze haar hoofd.

'Waarom zei je dat dan allemaal?'

Ik zag dat ze slikte. Ze zei: 'Ga die koffer pakken.'

Dat deed ik. Toen ik beneden kwam, stonden de andere twee koffers in de gang.

'Hij is te zwaar voor me,' zei ik.

Ze had zich opnieuw opgemaakt, maar het was aan haar ogen te zien dat ze lang had gehuild. Ze ging naar boven en droeg met moeite mijn extra koffer naar beneden. Met beide handen hield ze het hengsel vast, ze leunde een beetje achterover. Ik was bang dat ze door mijn schuld van de trap zou vallen.

'Je hebt je halve kamer erin geperst,' zei ze.

'Ik wilde alles meenemen.'

'Het wordt nagestuurd.'

Ik dacht: en de vriendinnen die ze had gemaakt, ouders van kinderen op school? En op haar werk? Hoe deed ze dat elke keer als we verdwenen?

'Wil je nog iets drinken?'

'Nee.'

Ze zette koffie voor zichzelf met de nieuwe Nespressomachine. Om de tijd te overbruggen tot de aankomst van de container zou ze een nieuwe machine aanschaffen. Dan had ze er twee.

'Mag ik het cadeau opsturen?'

Ze keek naar een flikkerend lampje op de koffiemachine. Als dat continu bleef branden, was er voldoende druk en kon ze op de knop drukken.

Ze antwoordde zonder me aan te kijken: 'Dat kan, ja. Dat is ongevaarlijk.'

'Gaan we dan eerst langs het postkantoor?'

'Er bestaan in dit land geen postkantoren meer. We doen het vanaf Schiphol. Met FedEx of zo. Misschien is dat beter.'

Er werd aangebeld. We keken elkaar aan. Het was de taxi.

Dit was de laatste minuut. Mama zette de machine uit, ze wilde geen koffie drinken en de chauffeur laten wachten. Het huis was besmet. Zo ging dat. In het huis zweefden nu slechte bacteriën.

Ze passeerde me en liep naar de voordeur.

'Wie is dat?' riep ze hard.

'Taxi! U had gebeld!'

Mama deed de deur open en een Marokkaanse man, zorgvuldig gekleed alsof hij naar een begrafenis moest, glimlachte haar toe. Mama was een mooie vrouw. Ze kreeg altijd veel aandacht van mannen.

Ze vroeg: 'U bent met een bestelbusje?'

'Zeker. Daar had u om gevraagd.'

'Dit zijn de koffers.'

De chauffeur tilde te snel de eerste twee koffers op en kreunde toen hij het gewicht ervan voelde.

'U reist niet licht,' zei hij tussen zijn tanden door.

'Nooit,' antwoordde mama.

Ze droeg zelf de derde koffer, mijn extra boeken- en speelgoedkoffer. Buiten wachtte een grijs Mercedesbusje. De twee achterdeuren stonden open. Ik stond zelf nog in de gang, rugzak om, en ik keek heel, heel goed om me heen. Wat ik zag wilde ik nooit meer vergeten. Het was nergens zo fijn geweest als hier. Het weer was niet altijd fijn, maar het was heerlijk om naar school te fietsen. Ik kon met iedereen praten in de taal waarin ik droomde. Mama liep langs me heen en controleerde voor de laatste keer de sloten.

'Kom,' zei ze, en ze pakte de sleutel uit haar tas.

Via de De Lairessestraat reden we de stad uit. Het was het einde van de middag. Het was druk. Dikke stromen fietsers, van alle leeftijden, volgden de fietspaden. Trams rinkelden langs.

'Waarheen, mama?' fluisterde ik.

Ze schudde haar hoofd. Ze wilde niets zeggen in de aanwezigheid van de chauffeur. Of misschien wist ze het niet. Ze zou op het vliegveld tickets kopen. Ze zou cash betalen. Dat deed haast niemand meer, maar het was veiliger dan met een creditcard betalen, zei ze. *Cash is king*. Waarom dat was, wist ik niet.

'Gaan we naar het kantoor van FedEx?'

'Doen we op Schiphol,' zei ze. 'Ik ga informeren daar.'

Wie was ik om nu ruzie met haar te gaan maken? Voor haar was ik een baby, ook al was ik tien. Ik wist zoveel meer dan zij dacht dat ik wist. Ik keek naar de volle straten en de gebouwen van baksteen. Ook op de snelweg was het vol. Soms stonden we stil. In de auto's om ons heen zaten mensen te praten, ook als ze alleen waren. Iedereen was aan het bellen. Na een halfuur reed de taxi de afrit op naar Schiphol. Hier was het minder druk.

'Welke hal?' vroeg de chauffeur.

Mama moest naar een antwoord zoeken, zag ik.

'Doe maar KLM,' zei ze.

De taxi reed over een aparte rijstrook naar een grote hal. Bij nummer 2 stopte hij. We verlieten de taxi en mama trok een bagagewagen uit een slang van tientallen wagentjes. De chauffeur stapelde de koffers op elkaar en mama betaalde.

We kwamen in een grote hal met wel duizend mensen. We moesten even zoeken naar de hoek waar we tickets konden kopen, en mama werd meteen geholpen bij de businessclassbalie.

Een grote blonde vrouw gekleed in een blauw uniform begroette ons.

'Hoe laat gaan de Aziatische vluchten?' vroeg mama. 'Mumbai?'

De blauwe mevrouw tikte iets in en zei: 'Dat lukt vandaag niet meer. Morgenochtend, via Parijs. De vlucht van halfelf.

U kunt morgenochtend de vlucht van acht uur nemen van Amsterdam naar Parijs. U heeft anderhalf uur om over te stappen, ruim genoeg.'

'Vanavond niet meer?'

'Als u wilt kunt u zo meteen alvast vertrekken naar Parijs. Dan kunt u daar overnachten en dan heeft u morgenochtend wat meer rust.'

'Ja. Boekt u maar. De eerste vlucht naar Parijs en morgenochtend naar Mumbai. Of, nee. Beijing, bijvoorbeeld? Is daar nog een vlucht naartoe?'

De blauwe mevrouw begon weer te tikken. Ik zag aan haar gezicht dat ze het gek vond dat we niet wisten waar we heen zouden gaan.

'De KLM-vlucht van halfzes is al gesloten. Maar er is een vlucht van China Southern, vijf voor negen vanavond. Moet ik die voor u boeken?'

'Ja. Graag.'

'Business?'

'Ja.'

Ik wist dat we een visum nodig hadden voor China, daaraan had mama niet gedacht, ik wist het omdat iemand uit mijn klas het visum had laten zien bij een spreekbeurt. Maar voordat ik er iets over kon zeggen, piepte de telefoon van de blauwe mevrouw, een ouderwetse telefoon met een snoer. De vrouw nam op. Ze zei niets maar luisterde en ze keek opeens heel ernstig. Met knipperende ogen staarde ze naar ons terwijl ze bleef luisteren.

'Goed, goed,' zei ze. Ze legde de hoorn neer. Daarna zei ze tegen mama: 'Er is een noodsituatie hier op Schiphol, net ontstaan. De hal moet ontruimd worden. Alle vluchten zijn geschrapt. Het spijt me, mevrouw. Ik kan de boeking niet afmaken.'

'Wat bedoelt u, geschrapt?' vroeg mama. Ik hoorde aan haar stem dat ze boos was.

'Het luchtruim boven Schiphol wordt nu gesloten. Alles is stilgelegd.'

Mama vroeg: 'Is er een ongeluk gebeurd?'

'Er is een noodsituatie. Meer kan ik niet zeggen.'

Uit de luidsprekers in de hal klonk een vrouwenstem: *'Dames en heren, uw aandacht alstublieft. In verband met een noodsituatie dienen de vertrekhallen zo spoedig mogelijk ontruimd te worden. Neemt u uw persoonlijke eigendommen mee. Dit is dringend. Ik herhaal...'*

Het werd vreemd genoeg heel stil in de hal. Iedereen luisterde met ingehouden adem. In het Engels, Frans, Spaans en Duits werd de boodschap herhaald. Afwachtend keek ik mama aan. We konden niet weg. Zou ze nu een auto huren en naar Parijs rijden? Zo was ze. Maar ik moest proberen haar daarvan te weerhouden – dat is een mooi woord, weerhouden; heb ik bij Biegel gelezen.

'Het spijt me,' zei de blauwe mevrouw. 'Ik kan momenteel niets voor u doen. Ik hoop dat dit snel voorbij is.'

'Waar kunnen we hier wachten?' vroeg mama.

'In een van de hotels. Of anders beneden bij de winkels. Sorry, ik moet ervandoor. Mijn excuses.'

Ze liep weg en ik keek naar de hal. Bij de uitgangen was het druk. Iedereen wilde meteen naar buiten, maar dat kon niet.

'Wat is er aan de hand, mama?'

'Ik heb geen idee. Misschien een bommelding. Er zijn altijd gekken die dat doen.'

Ze duwde de zware bagagewagen in de richting van de liften. Kennelijk wilde ze in het winkelcentrum wachten, bij de roltrappen naar de treinperrons. Ik was daar wel eens geweest. Maar we kwamen vast te zitten in de menigte en vorderden nauwelijks tien meter. Ik hoorde mensen vloeken. Verder weg stond een vrouw te schreeuwen.

Een man naast ons had een mobieltje aan zijn oor en luisterde. Ik ving het woord op dat hij tegen de man naast hem gebruikte.

'Kaping.'

Mijn moeder had het ook gehoord. 'Een kaping, een vliegtuigkaping?' herhaalde ze.

De man knikte: 'Mijn kantoor belde, ze waren bang dat ik aan boord was. Een toestel aan de grond hier op Schiphol. Turkish Airlines. Is al op de radio.'

Mama zei: 'Dus het is al op de radio en wij hier worden niet geïnformeerd.'

De man haalde zijn schouders op: 'Ze willen geen paniek hier, denk ik. Of misschien is er ook een bommelding, je weet het niet. Eerst maar kijken hoe we hier wegkomen.'

Mama's mobieltje piepte en ik zag dat het Leon was. Mama staarde naar het display en wachtte tot het ophield. Maar meteen daarna begon de telefoon weer te piepen. Ze zuchtte en drukte op de antwoordtoets.

'Ja...?' Ze luisterde: 'Ik heb het net gehoord, ja.' Ze schudde haar hoofd zonder iets te zeggen. 'Nee, dit is niet het lot. Dit is pech. Ik huur een auto.'

'Mama, ik wil hier blijven! Morgen is het feestje!'

Ze gaf me geen aandacht en luisterde.

'Ja, het is chaos hier,' zei ze. 'Duurt een tijdje voor we hier uit zijn.' Ze luisterde. 'Als dit lang gaat duren huren we een auto.' Ze luisterde. 'Nee, je hoeft niet te komen. Trouwens, dat lukt je niet. Er is geen doorkomen aan, hier. Ik denk dat we naar een hotel gaan. Koffers opslaan en wachten tot het voorbij is.' Ze luisterde. 'Nee, ik kom niet terug.'

Ik riep: 'Ik wil terug, mama! Ik ga echt terug!'

Ik liet haar staan en rende tussen de mensen door. Mama was altijd snel, maar ze kon me deze keer niet tegenhouden. Tussen de mensen en bagagewagentjes was ik direct verdwenen. Ik hoorde haar mijn naam roepen. Als het moest, liep ik langs de snelweg terug. Ik moest naar dat feest. Ik had een cadeau voor Lia in mijn rugzak. Een kaping. *Wow, cool.* Ik had tweehonderd euro in mijn rugzak. Ik had mijn BlackBerry. Ik had ook de ezelknuffel bij me – dat was een beetje kinderachtig en 's nachts houd ik die niet meer vast, maar ik heb hem al zo lang. Ik rende als een skiër tussen de mensen door, naar beneden, naar het treinstation. Gewoon naar Centraal en dan de tram naar het Concertgebouw. Dan drie minuten lopen naar huis. Ze had mijn sleutel nog niet teruggevraagd. Dit was superchill!

13
JOB

Niet eerder had Cohen zich met Bush geïdentificeerd; in die man had Cohen altijd een enigszins grove Texaanse rauwdouwer gezien, een sluwe maar onontwikkelde cowboy. Toen Bush in een lagere school in Florida het bericht kreeg ingefluisterd dat een tweede vliegtuig de Twin Towers had geramd, keek hij een moment als iemand die een trap in zijn kruis had gekregen en zich niet kon verroeren terwijl de verlammende pijn naar zijn nieren trok.

Zoiets overkwam Cohen nu ook.

Cohen bezocht een lagere school die goede resultaten behaalde met kinderen van minderheidsgroepen, die trouwens in deze wijk de meerderheid vormden, en maakte een taalles mee volgens een methode die nieuw en verbeterd was. Dergelijke 'revolutionaire' lesmethodes had hij vaker zien langskomen, om de paar jaar was er een revolutionair nieuwe lesmethode, maar het was zijn taak de moed erin te houden en het spel van *hope and change* mee te spelen.

Tijdens de les – Cohen zat nog maar vijf minuten, aangezien hij lang met Marijke had getelefoneerd, in een hoek, door niemand afgeluisterd – ging de deur op een kier en Henk van Ast, zijn secretaris, hield in de nauwe opening zijn mobieltje omhoog en tikte erop. Dit zou Henk alleen doen wanneer er een noodsituatie was.

Meteen stond Cohen op. Er was kennelijk iets ernstigs gebeurd. Hij maakte een verontschuldigend gebaar naar de onderwijzeres – leuke meid, maar jong – en mompelde iets over een dringend telefoontje.

De juf zei tegen de klas van achtjarigen: 'De burgemeester moet even dringend telefoneren maar daarna komt hij terug.'

'Dat beloof ik,' zei Cohen.

Van Ast stapte opzij om hem door te laten. Terwijl hij in de gang het mobieltje aan zijn baas overhandigde, zei hij: 'Explosie onder de Stopera. Veel gewonden. Veel schade.'

Cohen staarde hem een moment met open mond aan. Geen brein is bestand tegen dergelijke mededelingen. Hij dacht direct aan terrorisme. Hij dacht aan ellende en gedoe. Hij was als burgemeester het hoofd van de politie en moest iets doen. Hij had geen idee wat. Explosie onder de Stopera? Er bestonden protocollen voor deze situaties. Hij had ze ooit doorgenomen met figuren van Binnenlandse Zaken, Justitie, de politietop en hulpdiensten. En toen hij afscheid had genomen van Marijke, reed ze net de garage onder het Muziektheater in. Ze had gezegd: 'Misschien word ik zo afgebroken, Job, ik rij naar binnen. Tot later.' Enkele minuten geleden.

Cohen voelde zich opeens heel dicht bij Bush.

Hij hield het mobieltje vast zonder het aan zijn oor te drukken, en vroeg: 'Weten ze de oorzaak al? Terroristische aanslag?'

Van Ast zei: 'Gaslek.'

Gaslek. Geluk bij een ongeluk. Gaslekken vielen met commissies te beheersen. Het was belachelijk om nu opgelucht te zijn, maar hij voelde een moment zijn hart tot bedaren komen. Hij was niet bang voor gaslekken, wel voor terroristische aanslagen. En hij was bang dat Marijke iets was overkomen.

Cohen wees op de telefoon en Van Ast begreep dat hij wilde weten wie hij te spreken zou krijgen.

'De hoofdcommissaris,' zei Van Ast zacht.

Van Ast was een magere dertiger met asgrauw haar, een workaholic die bij Cohen zijn tropenjaren vervulde en over een tijdje bij een multinational voor een paar ton per jaar de *corporate communications desk* zou leiden. Van Ast oogde bleek – dat was al weken zo. Hij had vier maanden geleden een tweeling gekregen.

De burgemeester drukte de telefoon tegen zijn oor en zei: 'Cohen.'

'Welten.'

'Hoe erg is het, Bernard?'

'Puinzooi. De hele voorgevel weggeslagen, groot deel van de lobby, deel van de zaal. Fikt als een gek. We hebben nog geen zicht op de gewonden, maar het zijn er veel. Tientallen. Over doden valt nog niks te zeggen. Gebeurde in de garage.'

'En het stadhuis?'

'Wordt nu ontruimd. Staat nog overeind, maar door de klap en de schok zijn alle ruiten gesneuveld. Veel mensen met snijwonden daar. Het vuur is nog niet naar het stadhuis overgeslagen. We zijn met alles wat we hebben ter plaatse, iedereen is onderweg. Ook in de gebouwen eromheen veel ellende. We hebben de Wibaut afgezet, voor het ambulanceverkeer naar het OLVG. Daar hebben ze iedereen opgeroepen voor spoedoperaties. We gaan de hele wijk afzetten en we gaan van pand tot pand om te kijken of er mensen gewond zijn geraakt door rondvliegend glas. We hebben geen idee hoeveel mensen er onder het puin liggen. Een teringzooi, Job.'

'Redden we het met de mensen en spullen die we hebben?'

'Ik heb geen overzicht. De chaos is enorm.'

'Kunnen we het beleidscentrum in het stadhuis gebruiken?'

'Alles ligt plat daar. Er zijn problemen met elektriciteit en communicatielijnen, en we weten niet hoe het met de gasleidingen staat, misschien zijn er nog andere breuken. We komen bijeen op het HB.'
'Het is toch echt gas, Bernard?'
'Daar lijkt het op, ja.'
'Je weet het dus niet zeker?'
'Er kwam een telefoontje van iemand van Liander om te ontruimen. Ze hadden een gaslek geconstateerd. Waar ben je bang voor, Job?'
'Wat denk je?'
'Het lijkt echt op een explosie door een gaslek.'
'Goed. Ik ben onderweg.'

Hij moest de leuke onderwijzeres vertellen dat hij niet zou terugkomen, maar Van Ast was in verontschuldigingen getraind en bood direct aan zelf de vrouw teleur te stellen.

Cohen had het hele lesuur moeten bijwonen, en daarna was er nog een bijeenkomst met onderwijzend personeel en allochtone ouders en pedagogen gepland, maar iedereen zou begrip hebben.

Vandaag werd hij geëscorteerd door vier beveiligers van de DKDB. Buiten wachtte een gepantserde Mercedes. Hij zag het als zijn taak alle etniciteiten en alle gelovigen en ongelovigen in zijn stad tot samenleven te dwingen, maar islamitische fundamentalisten hadden hem na de moord op Van Gogh in het vizier gekregen; hij was een jood, de opperjood van Sodom en Gomorra aan de Noordzee. Als post-religieuze progressief had hij zijn eigen etniciteit altijd gereduceerd tot een vorm van archaïsche folklore, die echter, net als zijn naam, als iets parasitairs aan hem was blijven kleven. Hij had nooit met zijn joodse achtergrond gedweept, had daarin nooit iets uitzonderlijks of verhevens kunnen ontwaren, maar wel eeuwen vol ellende en bijgeloof. Zonder het te hebben gezocht was hij na de dood van Van Gogh voor de buitenwereld joodser dan ooit geworden. Hij leefde nu achter beveiligers. Hij ontving dreigmails. Op het secretariaat van het stadhuis openden ze enveloppen met nepantrax. Op sites van fanatici werd hij de Jood Cohen genoemd.

Voordat hij instapte, gebruikte hij het tweede mobieltje, het mobieltje voor de privégesprekken, een kleine Samsung die in de palm van zijn hand paste. Daarmee voerde hij privégesprekken die niet op de overzichten van zijn burgemeesterstelefoon mochten verschijnen. Onder 1 zat Marijkes nummer. Ze nam niet op.

Zijn eigen Mercedes werd voorafgegaan door een BMW van de beveiligers, en een tweede BMW volgde. Zwaailichten werden op het dak geplaatst en sirenes begonnen te gillen. Hij zag hoe vogels verschrikt en onhandig wegfladderden van het platte dak van het nieuwe complex waarin de school was gehuisvest.

Hij wist niet dat er een tweede Bush-moment zou komen.

Onderweg kreeg hij de minister van Veiligheid en Justitie aan de lijn, en daarna de premier. Wellicht had Cohen een van die posten zelf bekleed als hij het voorstel van zijn partijelite had aanvaard om naar Den Haag te vertrekken en daar de sociaaldemocraten te leiden. Maar hij had het geheime aanbod afgewezen; buiten de kleine kring van de partijtop wist niemand ervan. Hij rekende er niet op dat de verkiezingen van juni 2010 een levensvatbare coalitie zouden opleveren. Nederland was een coalitieland. De essentie van de politiek was het compromis. Daarin was hij bedreven, maar de opkomst van de PVV van Geert Wilders stond een centrumlinks kabinet in de weg. Hij was burgemeester van Amsterdam gebleven. En zijn partij was in Den Haag, zoals hij had voorzien, in de oppositiebanken terechtgekomen. Dat was geen plek voor hem. Hij was een geboren bestuurder. Een technocraat – in die term zag hij niets negatiefs.

De minister en de premier zegden hem steun toe en vroegen om over de ontwikkelingen te worden ingelicht, en hij dankte voor de aandacht en zei dat hij zou bellen zodra hij wat meer inzicht had. De minister van VenJ bood aan om alvast analisten van de Nationaal Coördinator Terrorismebestrijding en Veiligheid aan het werk te zetten, maar Cohen hield dat nog even af; niets duidde op een crimineel of terroristisch motief. Het was een gaslek. Het moest een gaslek zijn. Of leed hij aan zelfbedrog?

Konden gaslekken door terroristische acties teweeggebracht worden? Natuurlijk. Hij belde de minister van VenJ terug en zei dat een analyse van de NCTV natuurlijk op prijs werd gesteld. Alle opties openhouden. Na 2001 was dat noodzakelijk.

Van Ast zat in de passagiersstoel naast de chauffeur. In de achterzijde van de hoofdsteun van zijn stoel bevond zich een televisieschermpje.

Van Ast zei: 'AT5 heeft al beelden. Wilt u die zien?'

'Ja.'

Er verschenen gekleurde lijnen op het scherm in de hoofdsteun, steeds meer, tot opeens een helder beeld ontstond. Het was de voorkant van het theatergebouw dat met het stadhuis één ondeelbaar architectonisch geheel vormde. Het was geen gebouw waarvan je kon houden, daarvoor was het te streng en te hard, maar Cohen was aan de rechte lijnen gewend geraakt en had het arrogant-regenteske van het ontwerp in de loop der jaren leren aanvaarden als kenmerkend voor de stad, die aan de buitenkant anarchistisch leek maar aan de binnenkant al generaties lang door een krachtige sociaaldemocratische elite werd bestuurd.

Het theaterdeel van de Stopera had een grote, hoge lobby

achter een halfronde gevel die uit een reeks gestileerde grachtengevels bestond – zwarte wolken belemmerden het zicht op het gebouw, maar het was duidelijk dat grote delen van de buitenwand waren weggeslagen. Het massale dak leek intact te zijn.

Cohen was bekend met de procedures van de brandweer en zij konden alleen met de grootste omzichtigheid naar binnen, omdat eerst moest worden vastgesteld of er instortingsgevaar bestond. Als ze dat konden vaststellen, ging het erom mensen te redden. Dat was prioriteit nummer één. Een journalist gaf commentaar bij de beelden. AT5, de stadsomroep, had alle cameraploegen naar de Stopera weten te dirigeren. Ze konden het gebouw vanuit minstens zeven camerahoeken tonen. Een chaotische verzameling politiewagens, brandweerwagens, ambulances.

Er zat nog geen lijn in de operatie, hij zag te veel heen en weer geren, voertuigen die verkeerd geparkeerd stonden. Het was duidelijk dat de diensten nog geen samenhangende bevelstructuur tot stand hadden gebracht; die ontstond in de komende minuten zodra de commandanten elkaar in de ogen konden kijken bij het zogenaamde 'motorkapoverleg'. Nu werd er geïmproviseerd en ging het erom zo snel mogelijk overlevenden uit de ravage te halen. Een cameraman bracht een gewonde in beeld, een vrouw van middelbare leeftijd die kermde en bedekt was door een laag grijze stof, as of gruis. Er werd op haar door pijn getekende gezicht ingezoomd, pervers voyeurisme – Cohen wendde zijn blik af en keek naar de spoorlijn waar ze nu langsreden.

'Doe maar uit,' zei Cohen. 'Ik zie het straks wel.'

Motoragenten verschenen aan beide zijden van de Mercedes. Verderop blokkeerden ze kruisingen opdat de auto niet hoefde te vertragen. Het systeem werkte.

Hij belde nog een keer Marijkes nummer. Weer geen antwoord.

Bernard Welten, zijn hoofdcommissaris, belde opnieuw op Cohens officiële mobiel: 'Heb je AT5 aan?'

'Ja. Ik heb het weer uitgezet.'

'We hebben nu een commandowagen op de plek. Binnen vijf minuten loopt het daar zoals het hoort.'

Cohen vroeg: 'Zijn er doden?'

'Zwaargewonden, een stuk of twintig. Tientallen lichtgewonden. Ik weet nog niet van doden. Er zijn er zeker tien kritiek. Het OLVG is helemaal klaar.'

'Waren er mensen in de theaterzaal? Was er een voorstelling?'

'Het was een repetitiedag.'

Cohen wist ervan. Marijke had erover verteld.

'Het Nationale Ballet?' vroeg hij.

'Ik heb geen idee – ik zal het vragen, één seconde.'

Marijkes jongste broer danste bij Het Nationale Ballet, een van de mooiste dansgezelschappen in de wereld. De broer was twaalf jaar jonger dan Marijke. Hij was een elegante danser, gespierd en lenig, net als zijn zus, de hoogleraar sociologie aan de VU met wie Cohen een klein jaar geleden op de borrel na een voorstelling van het ballet aan de praat was geraakt. Drie dagen later hadden ze in een hotelletje in Zandvoort met elkaar geslapen.

Professor doctor Marijke Hogeveld, gescheiden, moeder van drie kinderen, met het lijf van een strakke dertigjarige.

Zij had zich over hem ontfermd en na afloop drong het tot hem door dat het hem geen donder kon schelen of zij zijn ondergang zou betekenen. Alles wat zij zou geven, zou hij in dankbaarheid aanvaarden. Ze zagen elkaar minstens één keer per week, soms waren er weken dat ze elkaar drie, vier keer achter elkaar ontmoetten. Voor de gelegenheid had zij het appartement van haar broer Filip geclaimd. Die was min of meer permanent bij zijn vriend ingetrokken en gebruikte het flatje aan de Nieuwe Prinsengracht slechts als inloopkast. Cohen kon er anoniem naar binnen. De laatste keer was hij er zijn portemonnee met creditcards vergeten. Zij zou een deel van een repetitie van haar broer bijwonen en daarna zijn portemonnee ophalen en op het stadhuis bij een van zijn medewerkers achterlaten. In een envelop zodat niemand er vragen over hoefde te stellen. Hij had ervaring met dit soort dingen.

'Job?' hoorde hij Welten vragen.

'Ja?'

'Het Nationale Ballet, ja.'

'Ik zie je zo, Bernard.'

Cohen verbrak de verbinding en belde voor de zoveelste keer Marijke. Van Ast en Richard Mulder, de chauffeur, konden horen wat hij zou zeggen, maar hij had enige bedrevenheid in het verhullen van zijn bedoelingen.

De telefoon ging over tot Marijkes antwoordbox aansloeg. Maar hij had ook haar nummer op de universiteit en tikte dat aan.

Er werd opgenomen: 'Secretaresse van professor Hogeveld.'

De vrouw heette Sandra. Ze had volstrekt door wat er gaande was tussen de getrouwde burgemeester en de gescheiden professor.

'Met Cohen. Is de professor aanwezig?'

'Meneer Cohen, nee, ze heeft niet van zich laten horen. Ik maak me zorgen, ze zou bij de Stopera langsgaan.'

'Vanmiddag, ja, ik weet het.'

'Ze moest wat ophalen in het appartement van haar broer. En daarna zou ze een repetitie bijwonen.'

Jobs portemonnee zou ze ophalen. Gewoon vergeten. Kan gebeuren. Maar dom. Mijn god, dom en misschien fataal. Ze zouden overmorgen première hebben, Cohen was uitgenodigd in zijn functie van burgemeester en het bezoek aan de voorstelling was op zijn agenda geplaatst. Hij zou haar later op die avond in het flatje weer zien. Dan had hij gewoon de portemonnee kunnen meenemen. Dat was een stuk makkelijker geweest. Als hij zijn portemonnee niet was vergeten, had ze die repetitie natuurlijk niet bezocht. Het ging om de combinatie: portemonnee ophalen, bij het stadhuis afleveren, daarna de repetitie met haar broer bekijken. Misschien was haar wat overkomen. Zijn portemonnee zou worden gevonden. Zijn creditcards verschroeid, gesmolten, verteerd.

'Heeft u mijn nummer?'

'Ja, meneer Cohen, dat heeft mevrouw Hogeveld me een tijdje geleden discreet gegeven.'

Daarmee bevestigde ze op een beschaafde manier dat zij wist dat hij wist dat zij het wist. *Discreet.*

'Zodra u iets van de professor hoort, laat het me direct weten,' zei Cohen. 'Dank u wel.'

Hij liet het toestel in zijn zak glijden. De Haarlemmerweg werd door motoragenten vrijgehouden. De stad was tot stilstand aan het komen. Een verkeerschaos zou ontstaan. Ramptoeristen. Families in angst, verscheurd door verdriet. Hij zou vanavond iets moeten zeggen, of misschien al eerder. Over een uur of zo.

'Van Ast, we hebben persverklaringen nodig.'

'Ik heb al gebeld. We hebben een groepje van vier schrijvers. En ik heb bij Leon de Winter een bericht ingesproken. Hij is de enige die ik niet te pakken kreeg,' zei Van Ast.

Leon de Winter had hem regelmatig in columns afgezeken, maar Van Ast had ooit van Ayaan Hirsi Ali begrepen – bij een van de zeldzame ontmoetingen die mogelijk waren nadat zij een politieke ster was geworden – dat De Winter haar zo nu en dan bij het schrijven van stukken en toespraken had geassisteerd, en wat zij had uitgesproken en geschreven was niet het slechtste geweest wat de voorbije decennia in retorische zin in Nederland door politici te berde was gebracht. Van Ast had een paar jaar geleden een beroep op De Winter gedaan. De Winter was o zo aardig geweest over Cohen – zoals de meeste polemisten laf en poeslief zijn wanneer ze onverhoeds ontdekken dat hun geminachte slachtoffers mensen van vlees en bloed zijn en, met name, wanneer de verwachting van een betaalde klus zich voordoet. Als het theatraal en dramatisch moest, kon Cohen een beroep op hem doen, had De Winter vanuit Los Angeles gemaild.

Twee keer had Van Ast De Winter gevraagd aan een lezing van Cohen te sleutelen. Dat had hij verdienstelijk gedaan. Maar de derde keer toonde aan dat De Winter een onbetrouwbare hond was. Van Ast had hem gevraagd de Van der Wielen-lezing, die Cohen in maart 2010 in Leeuwarden moest uitspreken, te 'polishen'. De Winter vroeg er zeveneneenhalf duizend euro voor, een klus van een dag. Dat was een bespottelijk hoog bedrag. Van Ast was ermee akkoord gegaan.

De titel luidde 'De financiële crisis voorbij – kansen voor onze samenleving'. Het onderwerp van de lezing, zo was aangekondigd, betrof de tweesprong waarvoor Nederland stond: 'De centrale vraag voor de komende verkiezingen – en ver voorbij deze – zou moeten zijn: in wat voor maatschappij willen wij leven? Kiezen we voor een maatschappij van het brede maatschappelijke midden, waarin sociale mobiliteit een wenkend perspectief is? Met een sterke, ondernemende, innovatieve, groene economie? Waarin verantwoordelijk burgerschap wordt gevraagd van beneden, maar minstens evenzeer van boven?'

Het was Cohen, en ook Van Ast, niet ontgaan dat De Winter hem een versleten taaltje van doorgeroeste politici in de mond had gelegd. Moedwillig leek De Winter er bergen clichés in te hebben geschoven. Toch had Cohen de toespraak voorgedragen in de naïeve veronderstelling dat De Winter wist wat hij deed, en drie dagen later viel De Winter hem er in een stuk in *Elsevier* op aan. Gotspe-ponem. Citeerde honend een paar zinsneden die hij zelf had toegevoegd. Veegde de vloer aan met Cohen met wapens die hij eigenhandig had aangeleverd.

Van Ast had hem een mailtje gestuurd: 'Trots? Tevreden? Voorbij elke vorm van integriteit?' De Winter reageerde: 'Sorry, als jullie zelf niet zagen wat voor een rommel dat was, dan vroegen jullie erom.'

Cohen zag er de lol niet van in. Het was een smerige, puberale streek. Maar misschien had Van Ast gelijk en kon het geen kwaad hem nu om retorisch theater te vragen.

'De Winter is een zak,' zei Cohen. 'Maar hij is handig met taal. Let erop dat hij ons geen kunstje flikt.'

Ze draaiden de Nassaukade op en schoten langs de hoge, statige panden die uitkeken op de Singelgracht. Bij elke zijstraat blokkeerde een motoragent het doorgaand verkeer. Het was een soepele, geoliede operatie, uitgevoerd door ervaren motorrijders die voortdurend contact met elkaar hielden en de weg leeg lieten voor het voortrazende konvooi dat de burgemeester naar het HB van politie bracht.

De sirenes maakten een verschrikkelijke herrie, maar toch hoorde hij er andere sirenes tussendoor, een lucht vol hysterisch gegil. Met een druk op de knop opende Cohen zijn raam, wat eigenlijk niet mocht, en hij luisterde naar de kermende stad.

De kolonne vloog de Marnixstraat in, de wind streek langs zijn gezicht. Hij was vroeg opgestaan. Hij had een hardnekkige baardgroei. Hij moest zich scheren voordat hij straks voor de televisiecamera's zou verschijnen. Van Ast had daar oog voor en zou hem naar een kamertje leiden waar een scheerapparaat klaarlag, een kam, een borstel waarmee de roosschilfers van de schouders konden worden verwijderd. Hij moest zijn rug recht houden en met krachtige stem spreken – daadkracht moest hij uitstralen. De stad mocht erop vertrouwen dat hij liet uitvoeren wat nu nodig was. Morgen moest hij gewonden bezoeken. Misschien straks al naar de Stopera gaan.

Hij boog zich naar voren en vroeg aan Van Ast: 'Wanneer kan ik erheen?'

'Over een uur of zo? Niet verstandig om dat nu te doen. Wanneer alle gewonden zijn afgevoerd, lijkt me.'

Waar was Marijke? Hij moest zich om alle slachtoffers bekommeren, maar de gedachte dat zij net in de garage was toen de explosie plaatsvond, liet hem niet los. Hij had vaker vriendinnen gehad, soms meerdere tegelijk die hij volgens complexe tijdschema's moest zien te bezoeken; met Marijke had hij in de loop van tien maanden een intensere band gekregen dan hij zich had voorgenomen. Hij was geen knappe man zoals George Clooney knap was, maar vrouwen hadden zich altijd tot hem aangetrokken gevoeld. Wat hij met zijn echtgenote had afgesproken, ging niemand een donder aan. Hij zou haar nooit verlaten, nooit achterlaten, nooit verraden. Hij wist wat zijn speelruimte was, en de pers had hem hierover met rust gelaten. Maar zijn liefdesleven bleef een kwetsbare zaak die op een dag door een pershufter kon worden opgeblazen als hij slordig met de grenzen zou omgaan. Weinig in het leven was eenduidig, en dat betrof ook het eigenaardige gegeven dat vrouwen een korte of langdurige relatie met de burgemeester zochten. Als hij iets openbaars had gedaan, een première, een opening van een tentoonstelling, wat dan ook, waren er na afloop steevast vrouwen die de burgemeester met seksuele gunsten wilden belonen. Zijn huwelijk maakte hem op de een of andere manier begeerlijk, en voor deze vrouwen was er niets zo opwindends als de gedachte dat ze zijn driften, die hij, zo veronderstelden ze, moeizaam onderdrukte, konden activeren. Het leven was een wreed circus.

Ze stopten voor het HB en twee agenten, die buiten hadden staan wachten, gingen hem in snelle pas voor naar de Uniform Commando Kamer, afgekort UCK, die zich één etage lager bevond in de betonnen omgeving van de beveiligde kelders, achter stalen deuren die zware explosies konden weerstaan. Nog lager bevonden zich ruimtes die gebouwd waren op het overleven van aanvallen met kernwapens; het was hem nooit duidelijk geworden wie zoiets wilde overleven. Een gasexplosie onder het theater was al erg genoeg.

Marijke Hogeveld was getrouwd geweest met een internist die hele etages van het ziekenhuis, zowel stafleden als patiënten, als het maar vrouwelijk was, had geneukt wanneer de kans zich voordeed, en hij had er problemen door gekregen toen hij door enkele ex-patiënten werd aangeklaagd. Carel van Veen verloor er zijn baan door, en zijn huwelijk. Vijf jaar geleden waren ze gescheiden. Marijke had haar meisjesnaam weer aangenomen en had haar ex vervolgens jaarlijks getroffen in zijn huisje in de Ardèche, waar hij zich elke dag naar een delirium zoop en tussendoor kleurrijke abstracte doeken schilderde waarmee hij, tot haar verrassing, succes boekte bij vermogende Nederlanders en Russen die aan de Côte d'Azur modernistische villa's met grote witte wanden hadden laten bouwen. Marijke had een keer een boek met afbeeldingen van zijn werk meegenomen; Carels loopbaan was kennelijk zo ver gevorderd dat zijn werk gepubliceerd werd, en het was niet eens slecht. Ondanks alles – het verraad, de schande – was ze trots op Carel. Cohen waardeerde mensen die loyaliteit in stand hielden, en de manier waarop ze door het boek had gebladerd, had hem vertederd. Ze hield nog steeds van Carel. En Cohen hield van zijn vrouw. Maar al die gevoelens stonden een verhouding niet in de weg. Op dit moment in zijn leven stelde hij de aanwezigheid van een vrouw als Marijke op prijs. Sandra, haar secretaresse, had nog niets van zich laten horen.

In de UCK was het zenuwcentrum gevestigd. Een dozijn agenten, allen in wit dienstthemd, bedienen rijen computers. Een andere groep agenten was nog bezig extra apparatuur aan te sluiten. De UCK was bemand en alles werd in het werk gesteld de operaties vanuit deze ruimte te leiden. Vervolgens liet hij zich naar de eerste verdieping brengen, naar de Koppenzaal, genoemd naar de stenen reliëfs die er hingen. De koppen van de hoofdcommissarissen. Er hing ook een centraal overzichtsscherm waarop, toen Cohen binnenkwam, een hoog shot van de Stopera zichtbaar was, kennelijk genomen vanuit een camera van een politiehelikopter. Onder een plafond met tientallen halogeenlampen, midden in de ruimte, stond een grijze vergadertafel met een stuk of twintig stoelen. De leiding van het politiekorps was aanwezig, vertegenwoordigers van de brandweer en de ambulancediensten, en hij herkende de verbindingsofficier van de AIVD, die hem veel te krachtig de hand schudde, en daarna stelden drie onbekenden van gemeentelijke infrastructuurafdelingen zich voor, evenals een hoge piet van Facilitair Management, de afdeling die verantwoordelijk was voor het beheer van het Muziektheater, het stadhuis en de ambtswoning, en natuurlijk was ook de hoofdofficier van Justitie er, met twee medewerkers. Dit was de Vijfhoek. Het crisisteam.

Bernard Welten wees naar een stoel halverwege de tafel, en Cohen nam plaats. Een notitieblok lag klaar, een glas water, een balpen. De Koppenzaal had ramen. Ze keken uit op de binnentuin van het HB.

Welten somde de feiten op zoals die op dat moment bij hem bekend waren: het tijdstip van de eerste melding, de eerste agenten ter plekke, het algehele alarm dat hij afkondigde, de volgorde van aankomst van de verschillende diensten, de eerste verslagen van ooggetuigen en slachtoffers. De route naar het OLVG en het AMC was afgezet en alle beschikbare ambulances reden af en aan tussen de Stopera en de ziekenhuizen. Ze verwachtten dat het aantal gewonden zou oplopen tot boven de honderd. Inmiddels waren twee doden geborgen.

'Mannen? Vrouwen?' onderbrak Cohen hem.

'Twee mannen. Ze zijn nog niet geïdentificeerd.'

Er waren acht zwaargewonden, van wie één kritiek.

'Hebben we de namen van de zwaargewonden?' onderbrak Cohen hem opnieuw.

Welten schudde zijn hoofd: 'We werken eraan.' De omliggende gemeenten hadden hulp aangeboden, en hij had de ambulances aanvaard. Hun eigen politie- en brandweerunits hadden voldoende capaciteit. Vervolgens gaf hij het woord aan iemand van de brandweer.

Deze vertelde dat de brand het gevolg was van een intense explosie vanuit het centrum van de parkeergarage. De explosie had een gat geslagen in het plafond van de garage, dat tevens de vloer was van het theater. De luchtverplaatsing was aanzienlijk geweest en van binnenuit waren de ramen van de theaterlobby verbrijzeld. Alle omringende panden hadden schade opgelopen, tot aan de overzijde van de Amstel toe. Het moest om een lek gaan waardoor het ontsnapte gas gedurende vele uren ongemerkt zoveel volume had gekregen dat een onaanzienlijk vonkje een catastrofale explosieve kracht had kunnen ontketenen. Dit waren hypothesen tot de brand was gedoofd en ze ter plekke onderzoek konden doen.

Een man van Liander, het bedrijf dat de gas- en energieinfrastructuur beheerde, nam het van hem over en vertelde dat binnen vijf minuten na de eerste melding alle gashoofdleidingen in de wijk rondom de Stopera waren afgesloten. Hij had een laptop voor zich op tafel staan en terwijl het gezelschap zwijgend toekeek koppelde hij die via een Bluetooth-verbinding aan het grote scherm dat de achterwand bedekte. De helikoptershots van de Stopera werden verdrongen door de plattegrond van de straten rondom de Stopera. De rode lijnen waren de hoofdgasleidingen. De man legde uit dat er onder de Stopera geen hoofdgasleidingen liepen.

'Wat wilt u daarmee zeggen?' vroeg Cohen.

'Niets meer dan wat ik heb gezegd,' antwoordde de man. 'Het gas moet zich via gangen of buizen onder de parkeergarage hebben opgehoopt. Hoe dat is gegaan, weten we niet. Misschien via oude rioolbuizen. De lekken moeten substantieel geweest zijn.'

Cohen keek de kring rond: 'Waar is nu behoefte aan? Wat is er nodig waarover we nu niet beschikken?'

'We hebben alles, geloof ik,' zei Welten. 'Fred?'

Fred was een van de brandweerfunctionarissen. Hij zei dat het een kwestie van tijd en organisatie was. Het materieel dat kon worden ingezet, was al ter plaatse. Het zag ernaar uit dat de brand binnen dertig minuten onder controle was. Hij knikte naar de man van Facilitair Management en nodigde hem uit hem aan te vullen. Deze ambtenaar had weinig bij te dragen. Hij vertelde iets over het calamiteitenprotocol in de Stopera, en ging daarna zitten.

Welten stelde voor om over een uur weer bijeen te komen.

Cohen bleef zitten terwijl het gezelschap zwijgend de ruimte verliet. Alleen Welten bleef bij hem achter; hij liet zich op een stoel naast de burgemeester zakken.

Cohen vroeg: 'Waardoor ontstaat zo'n lek, Bernard?'

'Grondverzakking? Is het grondwaterpeil veranderd? Dit is Amsterdam, we leven op een moeras.'

'Ik wil weten of een gemeentelijke dienst hiervoor verantwoordelijk kan worden gesteld. Je kunt er donder op zeggen dat het parlement zich hiermee gaat bemoeien.' Hij wilde vloeken. Er was geen pers bij, dus hij kon zijn gang gaan en zei: 'Dit is niks minder dan een vieze, ordinaire, stinkende kutramp.'

Hij wierp kort een blik op het grote scherm, waarop opnieuw, geluidloos, de verwoeste voorgevel van het Muziektheater zichtbaar was.

Brandweerwagens vormden een kordon langs de zuid- en westzijde van het gebouw. Achter die eerste lijn stonden politiebusjes en ambulances. De zwaailichten verdwenen zo nu en dan in grijze en zwarte walmen.

Cohen kon er niet lang naar kijken en wendde zijn gezicht af. Hij wist dat zijn huid nu asgrauw was. Hij had, als hij aan Marijke dacht, een verschrikkelijk voorgevoel. Als ze ongedeerd was geweest, had ze hem meteen gebeld.

'Dit kunnen we er niet bij hebben. De stad is verminkt,' mompelde hij. 'De metroaanleg heeft al te veel gekost. Nu dit.'

Welten keek hem meelevend aan en kneep even bemoedigend in zijn arm. Cohen beantwoordde dat gebaar met een verdrietige glimlach en dacht: huichelaar. Hij wist dat Welten, een harde politieman van de oude school, hem een slappe zak vond en hem het liefst onder de puinhopen van het Muziektheater zou begraven. Dit was Cohens ramp. De financiële en economische gevolgen van de aanleg van een overbodig ondergronds metrosysteem waren niet aan hem blijven kleven. Wat er ook zou gebeuren, de politie kon deze ramp niet worden aangerekend. Welten zou dit nooit op zijn bord krijgen. Maar Cohen wel. Misschien was deze catastrofe het gevolg van een fatale samenloop van toevalligheden, maar er bestond een kans dat hij was ontstaan door achterstallig onderhoud. Wat het ook was, Cohen zou in het midden van de consequenties staan. Want het ging om het stadhuis annex Muziektheater, zijn Stopera.

Welten kneep nog een keer in zijn arm: 'De organisatie staat als een huis, Job. We hebben elke minuut benut. We doen wat we moeten doen.'

Cohen knikte: 'Zodra het mogelijk is, wil ik gaan kijken.'

'Als de brand onder controle is en als er geen andere explosies mogelijk zijn, gaan we er meteen heen.'

Cohen kon de vraag niet onderdrukken: 'Zijn er aanwijzingen voor iets anders?'

'Nee. Niets.'

Cohen fluisterde nu: 'Is een aanslag uitgesloten?'

Welten haalde zijn schouders op: 'Uitsluiten kun je niks. Is nog te vroeg. Ze moeten eerst naar binnen, dan zien we wat het is. Nu gaan we nog uit van een gaslek. En ik denk dat we daarvan niet afwijken. Ik ben beneden nodig.' Welten bedoelde de UCK in de kelder van het gebouw. Die was zichtbaar op een monitor die op een tafel onder de koppen van de commissarissen stond.

Mensen die net aan de vergadertafel hadden gezeten, waren daar met elkaar in gesprek, volgden beelden op de monitoren, maakten notities. Cohen hoorde alleen het zachte zoemen van de airco-installatie achter de roosters in het plafond.

'Ik blijf hier even,' zei Cohen.

Welten liet hem alleen en Cohen zag hoe hij dertig seconden later in de UCK een mobieltje aan zijn oor zette terwijl hij door drie inspecteurs werd omringd. Cohen was tot afwachten veroordeeld. De protocollen werden gevolgd, de communicatielijnen waren open en het systeem werkte. Straks kon hij medeleven betuigen. Woorden uitspreken. De juiste balans vinden tussen schok, woede (op wie?), controle, optimisme.

Hij drukte het nummer in van Marijkes kantoor en kreeg opnieuw Sandra, de secretaresse, aan de lijn.

'Nog steeds niets?'

'Nee.'

'Bel me meteen als u iets hoort.'

Hij stond op, liep naar de UCK en mengde zich tussen de controleurs van de communicatiestromen, allemaal mensen met een taak waarvoor ze jaren hadden geoefend, maar die ze nooit hadden verwacht uit te voeren. Hier vond de coördinatie plaats van de verschillende hulpdiensten. Van Ast had koffie voor hem gehaald en liet hem een eerste *draft* lezen van een verklaring die hij later die middag zou voorlezen. Het was warm in deze ruimte en hij trok zijn colbert uit en gaf dat aan Van Ast. Hij liet zich bij elke monitor informeren over de specifieke data die daarop zichtbaar waren, over de manier waarop gegevens werden verzameld en geselecteerd en aan de verschillende eenheden werden doorgegeven. Een cateringwagentje bracht broodjes en gevulde koeken. Het was op een eigenaardige manier bevredigend om tussen mensen te staan die geconcentreerd en energiek hun reddingswerk deden. Hij zag op het scherm dat de eerste brandweereenheden, moedige mannen met zuurstofflessen op de rug, gehuld in beschermende pakken, waardoor ze op astronauten leken die naar hun raket wankelden, het besmeurde, gescheurde pand betraden. Naast de ambulances, die met geopende deuren en uitgeklapte brancards gereedstonden, wachtten verplegers met de armen op de rug op wat binnen zou worden gevonden. De beelden hadden geen geluiden en maakten daardoor meer indruk op hem. Hij belde even met zijn vrouw en zei dat het goed met hem ging en hij zei ook dat hij eigenlijk wilde huilen. Voordat ze ophing, zei ze dat ze van hem hield, en hij zei hetzelfde, waarna hij in de lege vergaderkamer opnieuw Sandra belde, wat iets obsceens had, maar hij kon de opwelling niet onderdrukken. Nog steeds niets.

Hij had een tweede gesprek met de premier, evenals met de minister van Veiligheid en Justitie. De Nationaal Coördinator Terrorismebestrijding en Veiligheid had geen specifieke aanwijzingen. Het was inmiddels wereldnieuws. Het was op CNN en de BBC, op de sites van de grote internationale kranten. Hij wilde de UCK niet verlaten. Wat hij te vertellen had, was een verhaal over onbegrijpelijke treurnis en gefingeerde hoop.

Het tweede Bush-moment kwam net zo onverwachts als het eerste. Het leidde niet tot stille verbijstering – het leidde tot duizelingen.

Cohen had net de zoveelste plastic beker met bittere koffie in ontvangst genomen en zat naast een man die zich bezighield met de ontruimingen aan de noordkant van het Muziektheater.

Opeens klonk luid de stem van Welten: 'Mag ik even? Dames en heren, even uw aandacht!'

Een felle, volumineuze stem waarin iets hysterisch doorklonk. De UCK kwam binnen twee tellen tot stilstand. Cohen ging staan om Welten te kunnen zien. Niemand bewoog.

Welten stond bij de toegangsdeur tot de ruimte. Cohen zag het meteen aan zijn ogen. Stille paniek.

Welten zei: 'Vijf minuten geleden is op Schiphol een toestel gekaapt. Turkish Airlines. Honderdenacht mensen aan boord. Vreemde dag, vandaag. Niks wordt ons bespaard. Wordt een lange nacht, mensen.'

Cohen zocht zijn stoel op en ging zitten. Hij boog zich voorover en drukte zijn gesloten ogen op zijn open handpalmen om het deinende gevoel in zijn hoofd te remmen. Het zag eruit alsof hij bad. Had hij een hersenbloeding? Hij hijgde, merkte hij. De kaping was geen incident dat toevallig ook op deze dag plaatsvond. De explosie en de kaping hielden verband met elkaar. Terwijl hij zich met zijn teams op de Stopera concentreerde, hadden ze – het waren 'ze', het waren altijd 'ze' met wie ze rekening moesten houden – een tweede zet gedaan. Het was geen gasexplosie. Het was een aanslag. Hij moest overleggen. Met iedereen. Het kabinet. De NCTV. Het was te veel. En Marijke moest hij ook vinden.

Het was doodstil in de UCK. Toen hij opkeek, zag hij dat iedereen naar hem staarde, gezichten strak van de zenuwen, ogen die bijna smekend op een teken van hem wachtten. Maar welk teken kon hij geven?

Welten stond opeens naast hem.

'Gaat het, Job?'

Welten keek hem bezorgd aan, oprecht bezorgd. Hij had Cohen nodig om de politieke gevolgen op te vangen. Cohen wist dat zijn hoofdcommissaris dezelfde connectie had gelegd. Iedereen hier in de UCK wist dat Welten die connectie had gelegd. En de burgemeester ook.

'Ik moet bellen. De premier moet ik inlichten.'

Hij zag dat Van Ast naar hem wenkte en met een vinger naar boven wees. Hij wilde naar de Koppenzaal.

Cohen stond op en zei zo energiek mogelijk: 'Ga door met jullie werk, jongens. Wij zijn bezig met de Stopera. Schiphol is een andere affaire.'

Welten vroeg: 'Heb je een arts nodig?'

'Nee. Ik ben gewoon moe. Kom even mee, Bernard.'

Terwijl de UCK weer op gang kwam, ging Van Ast hem voor naar boven. Welten volgde. Het leek of Cohen lood op zijn schouders droeg.

Cohen ging aan de lege tafel zitten, maar Welten en Van

Ast bleven staan en wachtten zwijgend op wat hij ging zeggen.

Hij had willen zeggen dat hij bang was en dat de kaping het tweede hoofdstuk was in een vervolgverhaal dat ook een derde hoofdstuk zou kennen. Iets was op gang gebracht door mensen die met hun spel machteloze lulletjes van hen maakten. Er hing meer boven hun hoofd.

Cohen vroeg Welten: 'Wat is bekend over de kapers?'

'Niks. We weten niet of het wel echt een kaping is. Misschien een bezopen vakantieganger.'

'Wie weten ervan?'

'Alle betrokkenen op Schiphol. Ze zullen daar de vluchten moeten stilleggen, kan niet anders. En het kabinet is ingelicht.'

'Een dronken vakantieganger,' zei Cohen. 'Doe wat je moet doen, Bernard.'

Welten knikte en verliet de Koppenzaal. Van Ast liet zich tegenover hem op een stoel zakken.

'Ik heb mijn vrouw gebeld,' zei Van Ast. 'Ze weet dat ik op z'n vroegst morgenochtend thuis ben.'

Van Ast ontroerde hem. Kleurloze, bijna onzichtbare man, die Van Ast. Maar loyaal als de ziekte.

'Als je de lijsten met doden en gewonden ziet,' zei Cohen, 'let op de naam Marijke Hogeveld. Laat me het direct weten als je die naam ziet. Van Ast, dat hoeft niemand te weten. Maar meld het meteen aan mij, goed?'

14
THEO

Op aarde was het voorgeborchte, ofwel de kille kazerne waarin Theo zich ondanks het gebrek aan comfort inmiddels thuis was gaan voelen, de intakebalie dus, door deskundigen omschreven als een fase voor twee categorieën doden. Niet dat dit voor hem van enig belang was. Er werd hier niet over religie gesproken. Geen woord over Jezus of Allah, althans niet van hogerhand. Iedereen moest het maar uitzoeken. Maar dat wilde niet zeggen dat het daar een zootje was.

Er heerste orde.

Wat Theo had begrepen, was het volgende. Allereerst was deze omgeving, aldus de christelijke kerkvaders op aarde, bedoeld voor mensen die een moreel hoogstaand leven hadden geleid maar de pech hadden dat ze waren gestorven voordat Jezus was opgestaan; dit betrof dus alle goeierds die vóór het jaar 33 AD op aarde hadden gestaan. De katholieke kerk had deze categorie de *limbus patrorum* genoemd. En dan was er de categorie die de *limbus puerorum* heette. Die was bedoeld voor kinderen die niet of nog niet waren gedoopt – de doop verloste hen van de erfzonde, zo luidde het principe – en onschuldig en zonder zonde waren gestorven.

Hij kwam hier nooit doden tegen uit andere religieuze culturen. Die hadden kennelijk hun eigen systemen. Hier kwamen mensen die op aarde in een joods-christelijke omgeving waren opgegroeid en daarna, als het bloed in hun lichaam tot stilstand was gekomen, in de projecties en verbeelding van hun aardse bestaan verder bestonden. Ofwel: de beelden van een na-aards bestaan die hij zich tijdens zijn leven had voorgesteld waren op de een of andere manier getranscendeerd en werkelijkheid geworden. Hij was antichristelijk geweest, antipaaps, en toch leefde hij nu in een omgeving, in een kosmische variant, die fundamenteel christelijk was.

Het was duidelijk dat Theo tot geen van beide categorieën behoorde. Hij was lid van een groep die de kerkvaders niet voor mogelijk hadden gehouden, of waarvoor ze misschien geen categorie hadden willen scheppen. Hybride types als Theo vielen niet snel te categoriseren; niet slecht genoeg, niet goed genoeg. Nihilisten die de verworvenheden van de gelovigen en positivisten genoten maar er zelf behagen in schiepen hen af te breken.

Jimmy Davis, zijn begeleider, had hem gezegd dat hij mazzel had gehad toen hij werd ingecheckt. In de aankomstlobby was Theo tekeergegaan en had hij op hoge toon terugkeer naar het leven geëist. De baliemedewerker had de tijd voor hem genomen en ze hadden andere balies moeten openen om andere gearriveerden te kunnen inschrijven, want Theo was niet te kalmeren en bleef zeuren en jennen en klagen en tieren. Een baliemedewerker met minder geduld had hem naar de hel gestuurd, meende Jimmy. Degene die op 2 november 2004 baliedienst had gehad, had Theo de status de *limbus mysteriosum* gegeven. Bij het Vaticaan kenden ze deze categorie niet. Maar de status bestond wel degelijk; Theo was er het levende – nou ja – bewijs van.

Theo had vastgesteld dat ze op aarde het hele begrip van het voorgeborchte hadden opgegeven, de mafkezen. In 2006 had een groep van dertig theologen paus Benedictus XVI voorgesteld het voorgeborchte te schrappen. De arrogantie daarvan was hemeltergend. En die arme Benedictus maakte op 21 april 2007 officieel bekend dat het voorgeborchte voor ongedoopte dode kinderen als idee door de plee kon worden getrokken.

Goed, dode kinderen zonder zonde konden wat Theo betreft direct doorlopen en door het paradijs worden opgenomen – het leek hem sowieso een gekmakend saaie bedoening daar, maar misschien hadden kinderen daar geen last van. Het was zinnig om figuren zoals hijzelf een tijdje in observatie te houden. Een beetje zoals geestesgestoorden in een inrichting door psychiaters worden gadegeslagen. Hij had tijd nodig voordat hij dat kon aanvaarden. Tijd en een baantje.

Beschermengel Theo. *Theo van Gogh*, BE.

Jimmy had hem meteen een dagdeelcursus opgedrongen (Introductie Beschermengel Eerste Graad – het klonk bespottelijk, alsof hij in een absurdistisch geintje was beland, *Monty Python*) en hij wist nu dat het baantje aardig klonk maar vooral een kwestie van wachten was. Een kind kon de was doen. Waarom was dat zo? Omdat het eigenlijk een wassen neus was, beschermengel zijn.

Theo had begrepen dat je niet zo heel veel kon. De restricties waren gigantisch. Het was mogelijk de werkelijkheid van het aardse bestaan te ervaren, zelfs als je geen lijf meer had. Het leven op aarde was bereikbaar, invoelbaar, identificeerbaar. Het was ook ontoegankelijk. Het was zichtbaar en hoorbaar, maar het kon niet beroerd worden, alsof je in een bioscoopzaal zat die de vorm had van een bol, en je bevond je in het centrum en overal om je heen zag je beelden die letterlijk alles toonden, maar als je je armen uitstak – armen die hij niet had, maar het ging om het idee – was het enige wat je kon grijpen een handvol niets.

God, hij had het leven gulzig en ongeduldig en bezeten

verorberd. Wat hem had behaagd, had hij in grote hoeveelheden tot zich genomen. Maar hij had méér gewild. Oneindig veel méér. Meer dagen van euforie, ja, ook meer dagen van verveling, van frustratie en ergernis, als het maar dáár was, bij de mensen die hij miste en naar wier nabijheid hij verlangde. Werd hij nog een sentimentele zak, jaren na zijn dood. Maar als Jimmy losging, bracht hij toch even de oude Theo in beweging. Dat gebeurde toen Theo had begrepen dat de hoeveelheid energie die je als beschermengel kon gebruiken beperkt was.

'Zoals overal in de kosmos,' had Jimmy uitgelegd, 'in elke kosmos, dus ook de onze, gaat het om energie. Bij ons dus niet om de energie die we op aarde kennen, maar een energie die we hier liefde noemen.'

'Jimmy, dat is een taal die me aan de ergste sandaaldragers doet denken. Mag ik even kotsen?' had Theo's reactie geluid.

'Als je wilt kotsen, ga je gang,' had Jimmy geduldig geantwoord. 'Probeer maar eens, zo zonder maag.'

Theo onderging de terechtwijzing in stilte.

'Liefde,' mompelde Theo daarna. 'Dat is toch ook een evolutionair verschijnsel?'

'En daarom van minder belang dan de oerdriften?' vroeg Jimmy. 'Alles wat je nu hebt is liefde, beste Theo. Dat is de adem die jou je bewustzijn geeft. De liefde van anderen, niet de liefde die jij zelf voelt. Want je bent je hele leven een destructieve narcist geweest. Daarom ben je hier en niet daar. Maar je mag je bewijzen. Je mag onbaatzuchtigheid tonen. Je mag jezelf wegcijferen. Je mag gedienstig zijn. Je mag offeren tot er niets meer van je over is, zelfs je bewustzijn niet.'

'Jullie zijn godsdienstfanaten,' antwoordde Theo geërgerd. 'Laat me met rust.'

Hij was naar zijn kazernekamer gegaan, gekrenkt en eenzaam, en hij had in boze stilte grienend rondgestapt, ook al had hij geen benen. Daarna had hij al zijn krachten verzameld en was hij gaan kijken waar zijn ouders waren.

Het was nacht in Nederland en hij zag ze slapen, naast elkaar in bed in al hun kwetsbare onschuld, in al hun wanhopige tederheid – hij stak zijn armen naar zijn moeder uit en hij brulde dat ze hem moest helpen en hem moest terughalen en hem moest verlossen van zijn woordeloosheid en lijfloosheid en harteloosheid.

Hij schrok toen ze opeens haar ogen opsloeg en zich oprichtte en hem aankeek, en een moment dacht hij dat ze hem zag, want ze staarde precies naar de plek, daar ergens in de hoek van de kamer, waar hij zich bevond, en hij probeerde haar aandacht vast te houden.

Na enkele tellen schudde ze haar hoofd, kneep ze haar ogen dicht en huilde ze net zo stil als hij en hij kon niets doen om haar te troosten. Daarna trok ze de weggetrapte deken over het bovenlijf van zijn vader, streek ze een vinger vol liefde over diens wang, en liet ze zich weer naast hem zakken.

Terug in zijn kamer zoop Theo in een uurtje drie flessen Chivas leeg. Toen Jimmy binnenkwam, kon hij door zijn troebele ogen en duizelige hersenen nauwelijks kijken.

De Franciscaan ging naast hem zitten en hij greep als het ware zijn handen vast als een teken van begrip en mededogen.

'Liefde, Theo,' zei hij.

Theo zweeg en trok zijn handen los en stak dertig Gauloises op. De rook walmde uit zijn neus en oren en uit scheuren in zijn schedel; dat was nieuw. Was het een ontbindingsverschijnsel?

Hij zei: 'Zag ze me?'

Jimmy kneep in Theo's verdwenen handen. Tegelijkertijd hield Theo er dertig sigaretten mee vast: 'Ja, ze zag je.'

'Hoe dan?'

'Ze voelde dat je er was.'

'Dat kan niet.'

'Nee, het kan niet.'

'Hoe zit dat precies, Jimmy?'

'Ik weet het niet, Theo. Ik ben maar een hulpje hier.'

'Ze keek me recht aan. Ze wist waar ik was, ze keek me in mijn ogen, ik zweer het je, Jim!'

'Ik geloof je.'

'Ze had overal heen kunnen kijken, maar ze keek naar de plek waar ik was, vlak onder het plafond was ik, en we zagen elkaar, ik weet zeker dat ze wist dat ik daar was.'

'Dat is best mogelijk, Theo.'

'Godverdomme, man, niks *best mogelijk*! Ik voelde dat zij me zag!'

'Rustig, Theo, ik geloof je.'

Opeens drong tot Theo door dat hij zichzelf voorloog, gedreven door het verlangen door zijn moeder te worden gezien, door haar te worden herkend en beroerd. Maar het was toeval.

Jimmy schudde zijn hoofd: 'Nee, Theo, het was geen toeval. Zij heeft je ervaren. Je kunt daar je aanwezigheid kenbaar maken. Dat zal niet bij iedereen lukken. Als beschermengel ben je nu in staat met mensen die dicht bij je staan op de een of andere manier een boodschap uit te wisselen. Vraag me niet hoe die kosmossen met elkaar in verbinding staan, ik heb geen verstand van kwantummechanica, ik weet nauwelijks hoe een verbrandingsmotor functioneert, maar ik weet wel dat wij vanuit hier met daar kunnen communiceren, tenminste, als je je volledig inzet. En dat deed je net. Je bent nu Beschermengel Eerste Graad.'

Theo haalde zijn schouders op: '*Who cares*. Wat denkt mijn moeder dat er gebeurd is?'

'Ze heeft over je gedroomd. Levensecht. Van heel nabij.'

'Ik was dichtbij.'

Jimmy knikte: 'Dat was je.'

'Hoe zit het in elkaar, Jimmy?'

'Ik zei je net, ik heb geen idee. Maar ik heb een theorie: wij zijn er omdat anderen aan ons denken, over ons dromen, ons bij zich houden.'

'Anderen? Hoe bedoel je?'

'Zolang zij er zijn en aan ons denken, zijn wij er ook.'

'En als die mensen er niet meer zijn?'

'Dan lossen we op, Theo.'

'Lossen we op? Hoe dan?'

'Als suiker in thee, jongen.'

'Je bent een ouwehoer, Jim.'

Ze keken elkaar stil aan.

Theo vroeg: 'Wat bedoel je met die thee?'

Jimmy stond op: 'Die thee?' Hij bleef een moment ontspannen staan, handen in de broekzakken, en zei met overtuiging: 'Dat is de liefde in de kosmos.'

Theo schudde zijn hoofd, op zoek naar een handvol woorden waarmee hij Jimmy's overtuiging kon breken. Maar hij zweeg. Hij wist het niet meer.

'We gaan bij Kohn kijken,' zei Jimmy.

Theo verliet zijn stoel, voor zover hij iets dergelijks kon, en hij zag Kohn op Schiphol aankomen. Ze volgden hem naar het Amstel Hotel en hoorden het telefoongesprek dat hij met Bram Moszkowicz voerde over zijn ex-vriendin Sonja Verstraete. Kohn wilde een afspraak met haar maken en vroeg Moszkowicz of hij een ontmoeting kon arrangeren. Ze bleven bij Kohn toen hij een wandeling door de stad maakte en een tijdlang aan een tafeltje in het restaurant van het hotel stil voor zich uit staarde.

Vervolgens gebeurde er verderop, een paar honderd meter verder, iets bij de Stopera, een verschrikkelijke klap die over het water van de rivier langs het hotel raasde en op de bovenste verdieping ruiten deed scheuren.

Samen met Jimmy ging hij kijken wat er was gebeurd. De pijn die hij aantrof sneed dwars door zijn ziel – zo moest het omschreven worden. De gevel van de Stopera was voor een groot deel weggeslagen en Theo hoorde mensen gillen en schreeuwen.

Tientallen waren gewond, bekneld, in paniek.

'Wat kunnen we doen, Jimmy?'

'De gewonden worden door de levenden geholpen. Wij kunnen de gestorvenen helpen. Ze zijn in de war. Ze zien ons nog niet, dat duurt even.'

'Ik was alleen toen. Niemand ving mij op.'

'Jawel, Theo. Jij werd opgevangen.'

'Door jou?'

'Ik leefde toen nog.'

'Door wie dan?'

'Dat moet ik nakijken.'

Vier mensen verschenen in hun blikveld, maar de doden keken en luisterden en bewogen alsof ze nog een menselijk lichaam hadden. Ze waren niet bij machte om Theo en Jimmy te ontwaren. In de loop van enkele minuten sloop de waarheid hun bewustzijn binnen en vervolgens zag Theo hun naakte angst, iets zwarts en akeligs dat appelleerde aan stokoude nachtmerries waarin maskers en verwrongen gezichten voorkwamen, en hij wilde helpen en troosten, maar ze konden zijn aanrakingen – met handen die hij niet had – niet voelen, en ze konden zijn stem – die hij niet had – niet horen. Hij wilde troosten, hij, Beschermengel Theo Eerste Graad, maar ze waren zo bang dat ze niet in staat bleken hem met hun nieuwe, onbekende ogen die geen ogen waren waar te nemen; zijn onmacht, die zo koud was als een poolnacht, deed hem huilen.

15

MAX & NATHAN

De klap klonk direct tot hem door, ook al bevond hij zich, na een late lunch, in een diepe slaap, een troostende slaap zonder heftige beelden of emoties. Binnen enkele seconden beschikte hij over toegang tot al zijn zintuigen en hij wist meteen dat de trilling die door de muren van het hotel trok geen aardbeving was maar het gevolg van een zware explosie. Hij voelde de muren kreunen.

De luchtverplaatsing was aanzienlijk; de ruiten van zijn kamer trilden en hij zat meteen rechtop in bed.

In de zachte ondergrond van de stad – in feite gebouwd op een moeras – kon de explosie ongehinderd voortrazen, misschien wel tot aan het Amstelstation toe. Hij stond op en opende het raam.

Rechts, aan het einde van de Amstel, waar de rivier een bocht naar links maakte om via de Munt en onder het Rokin naar het IJ te stromen, stegen rookwolken op die de Stopera aan het zicht onttrokken. Ze waren donker; een geoefende brandweerman kon daaraan herkennen of er brandstoffen of explosieven bij betrokken waren.

Kohn had politieke wetenschappen gestudeerd omdat macht hem interesseerde, politieke macht, macht verworven via regels en wetten, niet via geweld en onderdrukking. Maar hij had de verleiding van de import van softdrugs niet kunnen weerstaan en had fortuin gemaakt met middelen die de gezeten politieke macht verbood. Nog steeds.

Het bespottelijke gedogen creëerde grijze en zwarte handelsgebieden ten aanzien van softdrugs. Wat in de coffeeshop terecht was gekomen, werd beschouwd als handelswaar waarvoor geen justitiële vervolging gold. Maar voordat ze over de drempel van de coffeeshop waren gebracht, bleven in de ogen van de machthebbers softdrugs verboden bedwelmende middelen waarvoor de eigenaar of transporteur gevangenisstraf kon krijgen. Willekeur was daarvan het gevolg.

Kohn wist niet wie de transporten nu in handen hadden. Hij was allang weg uit het land. Hij kon luxueus leven van wat zijn vermogen opbracht, en als het niets opbracht, kon hij zonder problemen de rest van zijn leven interen op zijn vermogen en geen zorgen hebben over de levensstijl die hij nodig achtte. Ofschoon dat laatste hem steeds minder bezighield. Hij had een kamer in het Amstel genomen, nog altijd een van de vijf duurste hotels van de stad. Het maakte niet zoveel meer uit. Hij had het hart van een gestorven mens. Dat was zijn kostbaarste bezit – het deerde hem niet dat dat cliché het enige was wat zijn stemming kon uitdrukken.

Kohn sloot niet uit dat er een aanslag was gepleegd. Een gaslek in combinatie met een elektriciteitsprobleem? Hij had geen idee. Het zag er niet naar uit. Hij hoorde sirenes al dichterbij komen. Waarom zou iemand de Stopera willen opblazen? Een terreurdaad. Terroristen. Ze hadden in Londen en Madrid huisgehouden. Nu Amsterdam.

Vanzelfsprekend had hij de opkomst van het islamitisch terrorisme in de media gevolgd. Veel boze, hysterische types in de landen waar de daden en teksten van de Profeet Mohammed werden gevolgd. Kennelijk riep die religieuze traditie verwachtingen op die, in de twintigste en eenentwintigste eeuw, tot woede en geweld leidden omdat ze niet werden ingelost. De Engelstaligen hadden de macht in de wereld, niet de Arabischsprekenden. Culturen, mensbeelden, identiteiten botsten, en de mohammedanen stelden alles in het werk de macht van de Engelstaligen te breken. Met geweld, obstructie, propaganda.

Maar alles wat de eenentwintigste eeuw kenmerkte – met name snelheid – droeg de ziel van de Engelstaligen. De mohammedanen konden veel verwoesten, maar ze zouden alleen zegevieren als ze in staat waren het vernuft en de creativiteit van de Engelstaligen te overtreffen met hun eigen mohammedaanse antwoord op vernuft en creativiteit. Dat lag zo voor de hand dat Kohn zich al jaren verbaasde over het ontbreken van baanbrekende wetenschappelijke centra in de mohammedaanse wereld. Op die gebieden moesten de mohammedanen concurreren als zij hun ambities wilden waarmaken. Dat deden ze niet. Ze bliezen liever gebouwen, waaronder moskeeën, en zichzelf op.

Kohn werd geïntrigeerd door macht, maar niet door politiek. Dat hele verschijnsel van mohammedaanse verongelijktheid interesseerde hem geen zak. Al jaren doodden mohammedanen elkaar op massale schaal, zoals vroeger de christenen, om redenen die hij niet doorgrondde, en daarom liet hij die types niet toe zijn gemoedsrust te verstoren.

Hadden andere gekken rechtvaardigingen gevonden voor het opblazen van de Stopera? Het Friese Bevrijdingsfront? Het Brabantse Vrijheidsleger? Of een loslopende waanzinnige? Kohn had meteen een paar veronderstellingen voor waar gehouden: dit was een bewust veroorzaakte explosie, en dus was ze afkomstig van terroristen, en dus was het afkomstig van mohammedanen. Het kon ook een 'gewone' ramp zijn, natuurlijk. Gas. Wat anders? Buizen of leidingen waren in de drassige grond van de stad onder druk komen te staan, en in de loop der jaren was het metaal langzaam gaan scheuren. En op een dag, vandaag, nu net, boem...

De lucht begon zich te laden met het gegil van tientallen politiewagens, ambulances en brandweerwagens, die vlakbij, aan de andere kant van het hotel, door de Wibautstraat en de Weesperstraat schoten. Misschien waren mensen gestorven. Hun harten tot stilstand gekomen. Een moment voelde hij het zinloze, betekenisloze lijden dat daar verderop werd ondergaan.

Kohn kleedde zich aan, slikte de pillen die mogelijke afstoting van het donorhart door zijn lichaam moesten onderdrukken. Ciclosporine. Tacrolimus. Hij wilde naar buiten gaan. Hij wilde weten wat het was. Sensatiezucht? Nee. Misschien kon hij iets doen. Misschien kon hij iemand kalmeren.

*

Als ik groot was geweest had ik niet zo snel kunnen wegkomen, maar nu lukte dat wel. Ik vond een trap. Een verdieping lager was een enorme hal waar de roltrappen naar de treinperrons waren. Hier was het ook al hartstikke druk. Mijn BlackBerry ging, het was mama, maar ik zette het geluid uit, want ik wilde niet met haar praten. Het was de grote hal met de winkels. Ik was bang dat ik misschien geen plek in de trein kon krijgen. Misschien was het er zo druk als in de treinen van Tokio. Daar ben ik met mama geweest. Daar persten ze de mensen gewoon naar binnen tot de deuren konden sluiten. Nou ja, dat had ik nu niet erg gevonden, zo graag wilde ik hier weg.

Maar het was niet druk op de perrons.

Er was dus iets met een vliegtuigkaping. Ik volgde best het nieuws en wist goed wat er gebeurde in de wereld. Het was eng. In Amsterdam was iets gebeurd met een ontploffing, en dan ook nog op Schiphol iets naars. Maar het was fijn voor mij!

Ik had geen kaartje maar ik had genoeg geld en misschien kon ik er bij de conducteur een kopen. Ik hoopte dat de conducteur niet lastig ging doen. Ik wist niet eens of je in de trein een kaartje kon kopen. Misschien kreeg je meteen een boete. Dan zou ik liegen over mijn naam en adres. Ik wilde Lia bellen, maar ik moest de hele tijd opletten of de conducteur kwam, en dan kon ik me niet goed concentreren op wat ik Lia zou willen vragen.

Mama was natuurlijk woedend. Dat wist ik wel. Nou, ik was ook woedend. Ik wilde niet weg. Nu niet. Morgen ook niet. En ook al was ze woedend, ze zou niet woedend op me blijven. Natuurlijk was ze ongerust. Ze was altijd ongerust. Maar ze wist toch dat ik niet stom was? Ik lette echt wel op. Ik ben eigenlijk best wel volwassen voor mijn leeftijd. Ik denk echt wel na.

De trein stopte onderweg niet en reed hard door Amsterdam-West en door een station dat Sloterdijk heette en ging langzamer rijden toen we in de binnenstad kwamen. Een stem klonk dat we het eindpunt naderden en dat je geen spullen moest achterlaten. Ik had mijn rugzak niet afgedaan. Tweehonderd euro had ik bij me. Daar kon ik echt veel Big Macs mee kopen. Lia en ik konden naar de film. We konden met een taxi rondrijden. Best veel geld. Ik kon cadeautjes voor Lia kopen.

Toen de trein het Centraal Station binnenreed, zag ik het meteen. Hier was het ook druk. En het voelde niet zo goed. Vreemd was het. Al die mensen waren tegelijkertijd met elkaar aan het praten op de perrons, zo leek het. Enorm geroezemoes.

Ook buiten op het plein voor het station stonden heel veel mensen. Sommigen stonden stil voor zich uit te staren. Anderen waren druk aan het praten, met anderen of in hun mobieltje. De trams stonden stil, allemaal leeg, zonder één mens binnen. Het was wel spannend, al die mensen, alsof hier een popconcert was, of een voetbalwedstrijd. Maar het was vreemd. En net als op Schiphol ook een beetje eng. De trams reden niet, hoorde ik mensen tegen elkaar zeggen. En de metro ook niet. Nou, ik wilde helemaal niet met de tram of de metro. Ik wilde naar de Dam lopen en Lia bellen en vragen of ze kwam. Ze kon gewoon fietsen.

Heel veel mensen liepen op straat, ook op de baan van de trams. Want die stonden stil in lange rijen bij het station, het waren er wel twintig of dertig. Het was een brede straat met rechts allemaal pizzeria's en links een paar grote gebouwen. Aan het einde van deze straat was de Bijenkorf, daar was ik met mama een paar keer geweest, en toen ik op het grote plein kwam, de Dam, begreep ik opeens dat ik weinig auto's had gezien. Die waren er niet. Alleen maar lopende mensen, en fietsers en 'mesjoggene honden' op scooters – zo noemde Leon jongens en meisjes die scooterrijden. Nou, ik wilde ook een scooter als ik zestien was.

De meeste lopers gingen naar het station toe en veel minder mensen gingen de andere kant uit. Ik ging bij het monument op de grond zitten. Daar waren andere jongens en meisjes en ook grote mensen. Toen ik mijn BlackBerry pakte, zag ik dat mama zesenvijftig keer had gebeld. Zo was ze. Gewoon de hele tijd bellen. Misschien had ze al de politie gebeld. Leon had ook gebeld, acht keer. En allebei hadden ze ook sms'jes gestuurd met tikfouten. *Bel neteen! Maak me nit gek, bel! Sorry, ik has wat meer tijd moeren nemen. Beantwoord die telefoon! Nathan, antwpprd!!!!* Volwassenen hebben te grote vingers om goed te kunnen sms'en. Ja, lullig dat ik niet wilde antwoorden. Ik wilde eerst met Lia praten.

*

Op het terras van het hotel aan de waterkant hadden gasten en personeelsleden zich verzameld. Zware rook verborg de voorkant van de Stopera. Boven het gebouw had zich een paddenstoelachtige wolk gevormd. Wanneer de rookontwikkeling enkele momenten afnam, werden de gaten zichtbaar. Hele stukken van de voorgevel waren weg. Een deel van het reusachtige dak was omlaag geknikt. Op de Blauwbrug stonden politiewagens met zwaailichten. Zwijgend keek Kohn toe tussen andere gasten. Enkelen stonden te roken. Een ouder echtpaar had, zonder ervan te drinken, een glas witte wijn in de hand, kennelijk niet bij machte er afstand van te nemen, onbeweeglijk starend naar de Stopera. De sirenes bleven janken en huilen. Een van de managers verhief zijn stem en verzocht de gasten naar binnen te komen. Hij wees naar boven, er bestond gevaar dat glas van de gebroken ruiten op de bovenste verdieping van het hotel op het terras zou vallen. In de lobby, tussen de marmeren pilaren, werden gratis drankjes aangeboden. Kohn verliet het hotel. Hij liep naar de Sarphatistraat en vervolgens langs de Amstel in de richting van de Stopera.

Aan beide zijden van de rivier stonden mensen te kijken. Ramen van de grachtenpanden waren opengeschoven en met strakke gezichten staarden bewoners naar de rook en de vlammen en de kwikzilverachtige bewegingen van politieagenten en brandweermannen op de Blauwbrug. Vanuit elk raam klonken luide, hoge stemmen, zenuwachtig en vol verwarring, van presentatoren van televisie- en radioprogramma's die in de kamers het nieuws doorgaven. Fietsers waren afgestapt. Een groep meisjes had elkaar vastgegrepen, de armen om elkaars schouders, en liet de tranen de vrije loop. Auto's stonden stil en bestuurders en passagiers waren uitgestapt. Een oudere man liep Kohn tegemoet, hoofdschuddend, met wilde armbewegingen. Hij brulde:

'Ik wil het niet zien! Ik wil het niet zien!'

Toen Kohn de Magere Brug bereikte, reed een politiewagen tegen de verkeersrichting in om de verdere doorgang naar de Stopera te blokkeren. Aan de overzijde gebeurde hetzelfde. Hij liep de brug op. Er stonden al zeventig, tachtig mensen, met open mond, verlamd, niet bij machte de rook en het geschonden gebouw tot een overzichtelijk, beheersbaar incident terug te denken. Dit was hun stad overkomen. Het chaotische werelddorp met eigengereide lefgozers en lichtzinnige studenten en gezeten burgers, tussen de ijdele grachtenhuizen die eeuwen geleden met bijeen gehandelde en bijeen geroofde rijkdom waren gebouwd. De grachtenhuizen aan de linkerkant van de Amstel tussen de Magere Brug en de Blauwbrug hadden hun ruiten verloren. De luchtverplaatsing na de explosie was vanuit de ronde gevel van de Stopera over het water naar die kant van de rivier geslagen en was daarna over het water gerold en had, willekeurig leek het, hier en daar een ruit gebroken, tot aan het Amstel Hotel toe.

De verstilde groep kijkers op de brug, waar fietsers zich bijvoegden, kwam in beweging toen een oorverdovend motorgehuil uit het niets achter hun rug ontstond. Iedereen draaide zich om. Een helikopter kwam zo laag over het water aanvliegen dat Kohn de motorvibraties in zijn buik voelde. Boven de Magere Brug won het toestel met bijna dierlijk gehuil hoogte, de cabine trilde onder de felle rotoren die hard tegen de lucht sloegen, als om die te straffen voor wat hier gaande was. Boven de brug, kennelijk om zicht te krijgen op de situatie, bleef het toestel grommend hangen, een draak die wilde toeslaan. Het was een politiehelikopter, zag Kohn.

Rondom het gebouw stonden nu vele tientallen voertuigen, ambulances, enorme brandweertrucks. Brede slangen werden uitgerold en in de rivier gehangen voor het pompen van water. De eerste ambulances vertrokken en verdwenen uit zijn zicht, naar rechts, in de richting van de Weesperstraat. Het OLVG, dacht Kohn. Hij dacht ook: ontroerend, die redders. Honderden mannen en vrouwen die heen en weer zouden rennen en hun lichaam zouden uitputten om de gebroken lichamen van onbekenden te redden en te verzorgen.

Na vijftien minuten verliet hij zijn plek. Beide oevers waren nu volgepakt met toeschouwers. Duizenden mensen stonden schouder aan schouder te kijken naar het brandende hart van hun stad.

Kohn liep de Kerkstraat in tot de Utrechtsestraat. In een verlaten café nam hij plaats. Bij een jonge serveerster met ogen die gehuild hadden bestelde hij een pilsje. Een televisietoestel in de hoek zond beelden van de ramp uit. De serveerster zette zich ervoor, op een barkruk, handen gevouwen op schoot, alsof ze aan het bidden was.

Vanuit allerlei hoeken toonde de televisie beelden van het gebouw, het wemelde daar inmiddels van de camera's. Het strakke, hoekige deel waarin het stadhuis was gevestigd leek intact te zijn, ook al waren daar bijna alle ruiten weggeslagen. Het was het Muziektheater dat de dreun had gekregen. De presentator was voortdurend in gesprek met verslaggevers ter plaatse. Er was sprake van vele tientallen gewonden en zwaargewonden. Over het aantal doden kon nog niets worden gezegd.

Het café was een echte Amsterdamse bruine kroeg met een lange bar met koperen versiersels, een tap met verschillende soorten bier, een spiegel die net zo lang was als de bar, en een uitgebreide verzameling flessen met tientallen likeuren, wijnen, wodka, jenever. Hij bestelde een thee en wachtte terwijl hij de televisie in het oog hield. Drie grauwe mannen betraden het café alsof ze hier woonden, hun blik strak gericht op de televisie. Ze bleven staan, handen in de broekzakken of over elkaar geslagen, diepe groeven in hun gelaat, doorgerookt en doorgezopen. Een van hen, een gezette man met een gezwollen paarse jeneverneus, stak een sigaret op en zei tegen de serveerster: 'Mieke, vandaag roken we binnen, oké?'

'Ja,' antwoordde ze. Vanonder de toog nam ze een asbak en zette die vlak bij de man. Zonder iets te vragen schonk ze voor de mannen in, pilsjes en glaasjes jenever.

Kohns mobiel trilde. Het was Moszkowicz.

'Hi, Bram,' zei hij.

'Hallo, Max.'

'Heb je haar gesproken?'

'Ja, ik heb haar gesproken. Ze wil je niet zien, Max. Ik kan haar niet overtuigen. Er is nog te veel pijn van vroeger.'

'Ik ben een ander mens nu, Bram.'

'Ik geloof je.'

'Ik moet haar een belangrijke vraag stellen.'

'Kun je het op papier zetten? Dan geef ik het haar.'

'Nee. Dat kan alleen in persoon. Waarom zou ik haar wat aandoen, Bram?'

'Misschien doet ze jóu iets aan, Max. En ze wil zich daartegen beschermen.'

Kohn had jarenlang over zijn verhouding met Sonja nagedacht, maar die gedachte was niet bij hem opgekomen.

'Blijf het proberen, Bram.'

'Ik probeer het nog één, twee keer vandaag. Als ze blijft weigeren, dan weet je dat ik het niet kan.'

'En De Winter? Kan die helpen?'

'Die heeft zijn best voor jou gedaan. Vanwege oude tijden.'

Kennelijk had De Winter hem in vertrouwen genomen over Kohns eerste transport. Het was kinderspel vergeleken met de professionele aanpak van later. Maar toch, het was geld, tienduizenden guldens.

'We zijn allebei in Den Bosch opgegroeid,' zei Kohn. Deze toevoeging was nodig omdat hij er rekening mee hield dat hij werd afgeluisterd. Hij was per slot van rekening in Nederland. Nergens in de wereld werden zoveel telefoongesprekken door de overheid afgeluisterd als in het goedmoedige, liberale, alles-moet-kunnen Nederland.

'Dat zei hij, ja,' antwoordde Moszkowicz, die precies aanvoelde waarom Kohn die opmerking gemaakt had.

Kohn vroeg: 'Zullen we straks even afspreken? Ik wil misschien wel van mijn panden af.'

'Het is een slechte tijd om panden te verkopen, Max.'

'Maakt me niet uit. Ik wil verkopen. Ik wil niks meer hebben hier.'

'Volg je het nieuws?'

'Ik heb op de Magere Brug gestaan. Onverdraaglijk.'

'Ik sprak net iemand die zei dat het een aanslag was. Mag ik iets geks zeggen? Ik hoop dat het een gaslek was. Ook erg, maar anders erg.'

Ze spraken af. Begin van de avond op het kantoor van Moszkowicz aan de Herengracht. Moszkowicz zou De Winter vragen of hij mee uit eten ging.

Kohn liep naar buiten. Geen auto's meer in de Utrechtsestraat. Geen trams. Voetgangers en fietsers en brommers. Voetgangers gebruikten de rijweg. Maar er heerste geen feestelijke sfeer.

Hij ging het café weer in. Er waren klanten bij gekomen. Er werd hartstochtelijk gerookt en ernstig gezwegen. De krukken en stoelen waren anders gearrangeerd, alsof ze een tribune vormden voor een voorstelling op tv. Ze keken naar ingekaderde beelden die enkele honderden meters verder waren gepikt uit de omgeving van een verminkt gebouw.

Kohn liet de serveerster een rondje aanbieden. De gasten hieven het glas en knikten bij wijze van dank naar hem. Hij knikte terug, glas cola light – dat thuis 'Diet Coke' heette – in de geheven hand.

Zeker drie kwartier verstreek. Toen werd de uitzending onderbroken voor een ander bericht, *breaking news*, zou CNN zeggen. Een vliegtuigkaping op Schiphol.

Het leek wel een signaal waarop de cafégasten hadden gewacht. Ze brulden opmerkingen, commentaren, kritiek, uitleg, waarschuwingen.

Kohn liet een halfuur voorbijgaan voordat hij belde. De stad maakte hem onrustig. Het grootste deel van zijn leven had hij zich door argwaan laten leiden. Zijn nieuwe hart zou hem daarvan verlossen, zo had hij gehoopt, maar dat was niet het geval. De explosie in het Muziektheater was een aanslag, en de vliegtuigkaping hield daarmee verband. Hij wist niet wat de eisen waren, maar er waren nu mensen in Den Haag die ze op een beeldscherm voor zich zagen. Waren de eisen doorgebeld of gemaild of per sms'je bij het kabinet terechtgekomen? Wanneer op dit niveau toegeslagen werd, werden alle bestuurslagen gepasseerd en namen ministers het heft in handen. Binnenlandse Zaken, Justitie, de premier. Misschien zelfs, als het uit de hand liep, Defensie.

Buiten, in de stil geworden Utrechtsestraat, drukte hij Sonja's mobiele nummer in. Het had hem vanochtend twintig minuten gekost om dat te achterhalen. Haar mailbox sloeg meteen aan; dat gebeurde alleen wanneer ze in gesprek was. Ze had de voorgeprogrammeerde telefoonstem niet vervangen door haar eigen stem. Hij sprak niets in. Kohn liet tien minuten verstrijken, leunend tegen de deurstijl, en belde opnieuw. Opnieuw in gesprek.

Twee minuten later belde ze terug.

'U heeft gebeld. Wie bent u?'

Sonja's stem. Beetje hard en gespannen.
'Max,' zei hij. 'Je spreekt met Max.'
Ze verbrak de verbinding.

*

'Hoi, Lia. Dit is Nathan.'
'Hé, Naat, wat leuk!'
'Hoi. Wat ben je aan het doen?'
'Niks. Beetje facebooken. Alles is geregeld voor morgen. Jij bent niet online, zie ik.'
'Nee. Ik ben even in de stad.'
'Wat doe je daar?'
'Gewoon, even kijken. Er is iets gebeurd met de Stopera.'
'Ja. Mama heeft de televisie aangezet. Ze was daar vorige week bij een voorstelling.'
'Echt?'
'Ja. Ze was naar een concert.'
'Dan heeft ze geluk gehad.'
'Wat doe jij daar nu?'
'Beetje rondkijken. Zomaar. Vind je het leuk om te komen?'
'Hoe bedoel je?'
'Nou, gewoon, naar de stad...'
'Naar de stad? Mama is al aan het koken.'
'Gewoon, even chillen.'
'Als ik dat vraag zegt ze toch nee.'
'Dan vraag je het niet.'
'Dat kan niet, Naat.'
'We kunnen naar de film en naar de Mac.'
'Dat is echt cool, maar...'
'We leven maar één keer.'
'Mama zegt dat als je doodgaat je weer geboren wordt.'

'Nou, mijn mama zegt dat ze nooit iemand heeft gesproken die terug is gekomen.'
'Ik mag toch niet.'
'Gewoon weggaan. Ik heb tweehonderd euro.'
'Chill...'
'Kom je?'
'Ik kan echt niet, Naat. Morgen is mijn feestje.'
'We beginnen vandaag al te feesten.'
'Ik zou best wel willen, hoor, maar mama vindt dat nooit goed. En als papa dan thuiskomt en ik ben er niet... dan worden ze echt heel boos. Jouw moeder zou toch ook boos zijn?'
'Ja, dat is waar...'
'Oké, ik zie je morgen op school.'
'Oké.'
'Oké.'

Lia hing op. Ze had gelijk. Natuurlijk kon ze niet komen. Maar ik dacht: er was misschien een kans, een hele kleine. Zou ze me een freak vinden? Ik wist het niet.

Ik keek om me heen. Al die mensen die op weg waren naar het station. Geen trams. Nog wel taxi's. Ik zag dat mama bleef bellen. Ik zette de BlackBerry op een trilsignaal. Dan wist ik dat er gebeld werd. Misschien wilde Lia toch komen.

Ik keek of het cadeautje voor haar nog in mijn rugzak zat. Gelukkig. Ik pakte het uit en zag dat het echt een mooie vorm had. Ik dacht: ik doe het om en dan voelt Lia morgen een beetje mijn huid.

Ik stond op en liep de Kalverstraat in. Via de Leidsestraat en het Museumplein was ik lopend binnen veertig minuten thuis. Met de tram was het sneller, maar niet heel veel. Die stopte vaak. Maar nu was er helemaal geen tram. Ik voelde de telefoon trillen en keek. Mama weer. Shit. Ik nam niet op.

Het was het einde van de middag en veel mensen moesten naar huis. Die liepen nu allemaal door de binnenstad. Halverwege de Kalverstraat moest ik naar rechts, maar ik wist dat als ik rechtdoor liep ik misschien wel iets van de Stopera kon zien, bij de Munttoren.

*

Sonja had niet teruggebeld, en het had geen zin om haar opnieuw te bellen. Kohn en Sonja hadden elkaar sinds de inval door een arrestatieteam in 2001 in hun huis aan de Keizersgracht niet meer gesproken. Ze hadden naakt in bed gelegen en ze waren als beesten behandeld toen ze wakker werden gemaakt. Ze waren laat thuisgekomen. Hadden mooie wijn gedronken en waren de laatste gasten die Le Garage hadden verlaten. Ze hadden seks gehad zoals hij dat alleen met haar kende. Sonja had met het arrestatieteam gevochten, ze had gebeten en geslagen, en Kohn had zich direct aan de donkerblauwe mannen overgegeven en had haar toegebruld dat het geen zin had om verzet te bieden en dat ze haar krachten moest sparen. Maar zo was Sonja niet. In al haar naaktheid had ze weerstand geboden. De leden van het team, ook al hadden ze onherkenbare gezichten, verpakt in hun bivakmutsen, waren duidelijk in verlegenheid gebracht door haar aanblik. Ze waren getraind op zware, getatoeëerde mannen en konden een bewapende Chinees die high was op coke ontwapenen en bedwingen. Maar een blote vrouw met het soort lijf dat ze hoogstens in de *Playboy* hadden gezien? Sonja hield de mannen een halve minuut op afstand, tot ze haar op de grond konden dwingen. Kohn had zich al onderworpen en lag, met de handen op de rug geboeid, op de vloer. Waarom hadden ze die nacht het alarm niet aangezet? Ze waren slordig geworden. Hij was gelukkig geweest en had zich veilig gewaand. Waarom had hij het in zijn hoofd gehaald dat hij gelukkig en veilig was?

Kohn was enkele weken in isolatie gehouden. Geen kranten, geen radio of televisie, geen boeken. Hij sprak Moszkowicz elke dag. Wat kon hem ten laste worden gelegd? Kichie had het werk gedaan en hem niet op de hoogte gehouden. Hij had gelijk gehad met zijn waarschuwing dat Kohn geen enkele betrokkenheid kon hebben bij de wraak die moest komen. Wie dat niet deed, was direct uitgespeeld. Een poging tot moord moest met moord worden vergolden. Dit was een perverse kant van de business die Kohn altijd had gemeden. Het was hem nooit eerder overkomen. Dreigementen wel. Talloze. Als er problemen waren, stuurde hij Kichie. Maar dit was de eerste keer geweest dat er op hem was geschoten. Iemand had hem van kant willen maken.

Kichie had alles voor hem verzwegen. Dat was de afspraak. Nooit had Kohn er rekening mee gehouden dat de opdrachtgever van de twee Joego's die op hem hadden geschoten tot zijn kennissenkring had behoord. Turkse importeurs misschien. Marokkanen. Antillianen. Het ironische was: als er niet op hem was geschoten, had hij die nacht in de Eerste Hulppost van de VU nooit Sonja ontmoet. De kogels hadden hem naar Sonja gebracht. En ze hadden haar van hem verdreven.

Kohn had haar vader gekend, Harry Verstraete. Grote makelaar. Maar hij werd in de stad ook gezien met jongens uit het zware circuit, en dat was een ander circuit dan het circuit waarin Kohn opereerde. Kohn zat in de logistiek. Hij zette smokkellijnen uit. Geen wapens. Geen geweld. Handelswaar waarmee zorgvuldig moest worden omgegaan en die niet onderworpen werd aan importheffingen en BTW. Hij kocht douanefunctionarissen om. Had deals met scheepvaartkapiteins, stuurlui. Havenbaronnen en politiecommissarissen. In zijn beste jaren kwam bijna elke maand in Rotterdam een container binnen. En al die cash moest worden gewit. Of verbrast.

Een paar maanden voor hij Sonja zou ontmoeten, had Kohn een deal gedaan met Harry Verstraete. Harry zou geld witten via een grote groep woningen in West. Het was een ingewikkelde constructie met loopjongens en handlangers. Maar hij werd door Harry genaaid. De helft van de woningen, een heel blok aan het einde van de Jan van Galenstraat – in die tijd kon je dat nog kopen –, bleek enkele weken later, toen Kohn de papieren onder ogen kreeg, niet te staan op de naam van de nieuwe vennootschap die via andere vennootschappen, én eentje in Luxemburg, onder Kohns controle stond. Verstraete had hem opgelicht. Daar was geen reden voor. Kohn had veel cash, wilde dat laten witten, en Verstraete was daarin gespecialiseerd. Maar hij dacht Kohn een kunstje te kunnen flikken, wetende dat die niet naar de politie zou stappen of een civiele zaak zou beginnen.

Kohn was zijn kantoor binnengestapt, met Kichie, wiens colbert niet verhulde dat hij een schouderholster droeg – met een Louis Vuitton-agenda als wapen.

Verstraete hield kantoor in een pand achter het Hilton, gebouwd in de stijl van de Amsterdamse School. Ze hadden zich niet door een tegensputterende secretaresse laten tegenhouden en waren doorgelopen. Ze hadden de deur geopend en Harry gedwongen het gesprek met de accountant of boekhouder die bij hem aan tafel zat – een man in een ruim zittend kostuum van P&C; bestonden die kledingwinkels nog? – af te breken en naar Kohn te luisteren.

Kohn bleef een moment stilstaan en zocht op zijn iPhone of Peek & Cloppenburg nog bestond. Verdomd. Er waren in Nederland nog vier winkels over van een kledingmerk dat ooit een begrip was voor de gemiddelde burger. Netjes, betaalbaar, kleurloos. Generaties mannen waren door P&C gekleed. Hij keek om zich heen. Hij stond nu op de hoek van de Herengracht en de Vijzelstraat. Het geluid van meerdere helikopters hing boven de stad. Hij liep door naar de Munt. Het was nog te vroeg voor de afspraak met Moszkowicz.

'Harry, ik vertrouwde je. Ik dacht: met jou kan ik door één deur. Ik had goeie dingen over je gehoord. Je hield je altijd aan afspraken, zeiden ze. Je was precies. Je was punctueel. Dus, je begrijpt, ik ben nu erg ongelukkig. Ik ben niet graag ongelukkig. Er is geen enkele reden waarom ik me ongelukkig zou moeten voelen. Waarom heb je me genaaid, Harry? We hebben geen conflict, jij en ik. We kenden elkaar, we hebben wel eens een beleefd woordje gewisseld, maar verder niks. Geen onenigheid over de politiek. Over voetbal. Over vrouwen. Niks. En toch heb je me genaaid. Waarom, Harry?'

Het was een bespottelijke monoloog. Kohn had zich laten meeslepen in zijn rol. Het ging over veel geld en hij was *pissed*, maar hij had korter kunnen zijn, origineler, zakelijker – en daardoor misschien dreigender.

Verstraete leek niet onder de indruk te zijn: 'Ik heb je niet genaaid, Max. Je hebt gekregen wat we hadden afgesproken.'

Harry Verstraete was een zware man, een kilo of veertig te veel. Maar hij kleedde zich goed, altijd een schitterend wit hemd, wijde maatpakken van Londense kleermakers. Hij zag er flamboyant uit, als de leider van een zigeunerorkest. Een snor, haar – ooit zwart, nu grijzend, maar perfect modieus geknipt – tot op zijn kraag, een sterke Griekse neus, vingers met gouden ringen. Geen bescheiden intellectueel voorkomen. Hij had Sonja voortgebracht, maar dat wist Kohn die dag nog niet.

'Dat hele blok, hadden we afgesproken.'

'Voor dat bedrag?' vroeg Verstraete met gespeelde verontwaardiging.

'Voor dat bedrag.'

'Nee. Je vergist je.'

'Ik vergis me zelden.'

'Afspraak is afspraak, Max. Je hebt gekregen waar je recht op had.'

'Je hebt een harde kop, Harry.'

'Nee, ik weet waar ik het over heb.'

'Je hebt een harde kop, Harry.'

'Wat wil je daarmee zeggen?'

'Je hoort me: je hebt een harde kop.'

Kohn had geen idee wat hij daarmee bedoelde. Maar het klonk dreigend.

'Ik wil niet meer met je werken,' zei Verstraete. 'Dit was de enige keer. En de laatste keer. Daar is de deur.'

'Je bent me tweeëneenhalf schuldig, Harry.'

'Je vergist je, Max.'

'Tweeëneenhalf,' herhaalde Kohn. 'Die heb je nog wel ergens liggen.'

'Je vergist je, Max,' herhaalde Verstraete.

'Ik ben coulant. Waarom? Geen idee,' zei Kohn. 'Drie maanden. Je hebt tegen die tijd de andere helft van dat blok over laten schrijven. Of Kichie komt langs met een koffer. Voor de cash. Of voor jou.'

Dat laatste was een ingeving die hij niet ongebruikt kon laten. Het was een loos dreigement. Maar Verstraete kon dat niet weten. Verstraete ging met types om die er niet voor terugschrokken dergelijke dreigementen in daden om te zetten.

Zeven weken later werd er op Kohn gevuurd en in het ziekenhuis ontmoette hij Sonja. Hij had haar nooit verteld welk conflict tussen hem en haar vader had gespeeld. Hij had zaken met hem gedaan, had hij verteld. Voor Verstraete kon het niet verborgen blijven dat zijn dochter het bed met Kohn deelde, en voor zover Kohn wist, had Verstraete nooit zijn dochter tegen hem opgezet. Waarom zou hij? Verstraete verdiende tweeëneenhalf miljoen gulden aan de relatie die zijn dochter onderhield met Kohn, die vanzelfsprekend geen dreigementen meer uitte en het conflict met Sonja's vader op zijn beloop liet – althans, zolang ze zijn geliefde was.

Kohn had een paar keer met Harry Verstraete aan tafel gezeten, in grote gezelschappen. Sponsoravonden voor een of ander goed doel. Hij had Verstraete nooit meer onder vier ogen gesproken, en toen Verstraete verdween, kon dat vanzelfsprekend niet meer.

Kohn was bij de Munt beland.

*

Op de brug bij de Munt kon ik makkelijk naar voren dringen. Er stonden veel mensen en iedereen wilde zien wat daar in de verte gebeurde, maar ze lieten me gewoon door als ik een beetje duwde. Ik kon helemaal vooraan komen en had daar echt goed uitzicht op de Stopera. Of heette het Muziektheater? Lia's mama was er pas nog geweest. Ik geloof dat mijn mama er ook wel was geweest. Leon zei dat hij niet van die 'elitetempels' hield, en dan kreeg hij van mama de volle laag. Het Muziektheater was een 'elitetempel'. Ik weet dat hij dat een keer zei over dit gebouw. Ik begreep wel wat hij bedoelde. En dan zei mama: 'Doe niet zo proletarisch, meneer de schrijver. Het wordt tijd dat je je gedraagt conform je maatschappelijke positie.' Ingewikkelde woorden allemaal. Hij hield niet van musea en zo. Mama deed dat wel. Ik wist het niet. Misschien hou ik wel van kunst.

Er vlogen helikopters en je kon vanaf deze plek, op de brug, tegenover een hotel dat De l'Europe heette, heel goed zien dat het daar een teringzooi was. Dit was echt niet cool. Je zag daar achter de ramen van dat hotel mensen in een restaurant. Die zaten gewoon te eten. Die interesseerden zich niet voor de Stopera. En toen belde mama voor de zoveelste keer. Ik nam maar op. Lia zou toch niet komen.

'Hee, mam.'

'Nathan...'

Ik hoorde haar hijgen, gewoon van de spanning en van de boosheid. Maar ze huilde niet. Ze hield zich in.

'Alles is oké,' zei ik maar.

'Waar ben je?'

'Ik ben in de stad, oké?'

'Waar in de stad?'

'Gewoon, bij de Mac.'

'Wat doe je bij de Mac?'

'Ja, wat doe je bij de Mac? De Mac is toch geen bibliotheek of zo?'

'Niet zo bijdehand, dat recht heb je niet! Dit haal je niet meer uit, nooit meer, hoor je?'

'Ik wil niet weg, mam.'

'We gaan. Deze stad is gek geworden.'

'Ik vind het een fijne stad.'

'We gaan weg.'

'Niet nu,' zei ik. 'En ook niet morgen.'

'Als je thuis bent gaan we weg.'

'Dan kom ik niet thuis.'

'Je komt nu meteen naar huis!'

Ik boog me voorover en hield een hand over mijn mond en de BlackBerry, dan konden de mensen om me heen me niet horen: 'Nee. Ik wil morgen naar het feestje van Lia. Dat moet. Als dat niet kan, dan kom ik niet.'

'Ik bepaal dat.'

'Mama, je krijgt me niet mee. Echt niet. Ik ga gillen op het vliegveld. Ik ga roepen dat je me ontvoert. Echt waar.'

'Kom thuis, dan bespreken we dat.'

Dat was een truc. Ik trapte er niet in: 'Ik kom naar huis als je belooft dat ik naar Lia mag morgen. Dat we pas overmorgen weggaan. Niet eerder. Anders kom ik niet. En ik ga echt gillen als je probeert me mee te trekken.'

'Ik wil niet dat je zo tegen me praat. Ik bepaal waar we heen gaan en wanneer, hoor je?'

'Mama, ik ben geen kind meer. Echt niet. Ik wil niet weg. Niet nu. Eigenlijk nooit niet meer.'

'Kom naar huis, Nathan. Je hebt me gek gemaakt, de afgelopen uren. Je hebt me laten bellen alsof ik een lastige vlieg was die je kon wegslaan. Het is genoeg geweest.'

'We blijven morgen, mama. We gaan niet eerder dan overmorgen weg. Beloof het.'

'Er gebeuren dingen die me niet bevallen,' zei ze. 'En nu begin jij ook...'

Nu was ze even stil en ik wist dat ze ging toegeven.

'Waar ben je precies?'

'Bij de Mac bij de Munt.'

'Dat is vlak bij het Muziektheater. Ga daar weg, Naat. Kom naar huis.'

'Ik kom wel.'

'Je komt nu. Neem een taxi, er rijden geen trams meer vandaag.'

'Iedereen heeft al een taxi genomen. Ik zie geen taxi's.'

'Hoe kom je dan thuis?'

'Ik ga wel lopen.'

'Ik vind het allemaal eng. Ik kom wel naar je toe met de fiets. Dan kun je achterop.'

'Mama, je moet echt weten dat ik echt niet wegga vanavond. En morgen ook niet. Ik ga gillen en dan zeg ik dat je me ontvoert en dan komt de politie op het vliegveld. Ik ga morgen gewoon naar school en dan 's avonds naar het feestje. Oké? Oké, mama?'

'Ik kom naar je toe,' sprak ze zacht.

'Ik zeg niet waar ik precies ben als je niet oké zegt. Oké?'
'Oké,' zei ze.
Superchill!
'Blijf bij de Mac daar. Ga niet weg. Wacht op me, Naat. Zeg dat je op me wacht.'
En toen zag ik die man. Dat was heel vreemd. Ik wist wie hij was. Ik herkende hem meteen. Hij was niet zo jong als op de foto's die ik op het net had gevonden, maar hij was echt die man. Ik herinnerde me zijn gezicht. Ik had hem vaak op het net opgezocht. Ik heb daar echt wel een goed geheugen voor. Die man daar was de slimste boef van Nederland. Hij was mijn vader. Wist hij wel dat hij een zoon had? Dat ik zijn zoon was? Dit was zo eng!
'Nathan! Waarom zeg je niks?'
'Mama?'
'Wat is er? Waarom klink je opeens zo gek? Is er iets gebeurd?'
'Mama?'
'Wat is er? Waarom doe je zo?'
Hoe moest ik het zeggen? Ik moest het zeggen. Ik keek naar de man en ik kon mijn ogen niet van hem afnemen – dat was een mooie zin.
'Mama... je hebt het nooit verteld...' Ik begon vanzelf te fluisteren. Ik moest het zeggen. Wat een superkrankzinnige dag. Echt een shitdag. Maar ook spannend. Ik wist het niet. Het was een verwarrende dag. Ik haalde diep adem.
'Mama... ik weet best wie mijn vader is,' fluisterde ik. 'Ik heb het gegoogled. Al een tijd geleden...'
Opnieuw was ze even stil. Misschien werd ze woedend. Zo vaak was ze niet woedend, maar als ze het was, dan kon ze echt heel erg schreeuwen. Nee, ze was best vaak woedend.
'Wanneer heb je dat gegoogled?' Ze fluisterde ook.
'Een keer, een tijd geleden. Een jaar of zo. Gewoon jouw

naam.' En nu sprak ik echt heel zacht. 'Over die arrestatie... dat las ik... met die man... en ik weet hoe dat zit, met kinderen... als je negen maanden terugrekent...'

'Waarom zeg je dat nu? Wil je me pijn doen of zo? Moet ik gestraft worden omdat ik vond dat we weg moesten?'

'Nee. Maar... ik zie hem nu staan. Hij weet niet dat ik hem zie. Het is hem echt.'

'Je vergist je,' zei ze. Ik hoorde onrust in haar stem.

'Ik sta hier te kijken, buiten, op de brug, tussen de mensen. We kijken naar de Stopera. En die man staat er ook.'

'Ga daar weg!' schreeuwde ze. 'Ga weg daar! Loop nu meteen weg! Zorg ervoor dat hij je niet ziet! Nathan, ik smeek je, ga weg daar!'

En de man keek toen om. Hij had me gevoeld. Hij had het gewoon gevoeld. Ik had mijn hoofd een beetje voorovergebogen en mijn schouders opgetrokken om stil met mama te kunnen praten, en zo hield ik hem in de gaten. Maar hij had het gevoeld. Ik wist niet hoe dat kon. Als Lia me aankeek in de klas, voelde ik het ook. Dan keek ik opzij, en dan keek ze snel weg. En andersom ook, dan draaide ze zich om als ik naar haar keek. Die dingen gebeuren. En nu die man. Hij keek me aan en ik vond dat ik op hem leek en ik denk dat hij dat ook dacht. Zo was dat gewoon.

Ik sloeg mijn ogen neer en draaide me om, drong me tussen de kijkers en vond een uitweg. Ik liep weg. Ik keek een paar keer om maar hij volgde me niet.

'Ben je daar weg, Naat?'

'Ja,' zei ik.

'Loop in de richting van het Leidseplein. Je loopt langs de Singel, naar het Koningsplein, dan door de Leidsestraat naar het Leidseplein. Begrijp je welke route ik bedoel?'

'Ja.'

'Blijf tussen de mensen. Ga nergens anders heen. Hoor je?'

'Mam? Je bent een beetje gek.'
'Ja, dat ben ik,' zei ze.
Ze hing op.

*

Wat was er met die jongen? Een jongen van tien, elf jaar? Hij staarde Kohn aan. Kohn had al een halve minuut het gevoel dat hij door iemand werd bekeken. Het was een kind. Het stond een beetje ineengedoken met een telefoon tegen het oor, slechts vier mensen van Kohn verwijderd, ook vooraan. Een mooi, regelmatig, intelligent gezicht. Grote bruine ogen. Het kind sloeg zijn ogen niet neer toen hij door Kohns blik werd getroffen. Het bleef hem verwonderd aankijken. Waarom verwonderd? Maar Kohn kon evenmin zijn blik van het kind afwenden. Wie was dat kind? Het droeg een rood horloge in de vorm van een hart om de pols.

Enkele seconden later dook het kind weg tussen andere kijkers en verdween, de menigte in. En een minuut later trilde Kohns telefoon. Het was het nummer van Sonja.

'Wat wil je?' vroeg ze met een emotieloze stem. 'Wat doe je in mijn stad? En waarom breekt de pleuris uit zodra jij ergens verschijnt?'

'Eén seconde,' zei hij.

Hij baande zich een weg tussen de toeschouwers. Honderden mensen stonden opeengepakt op de brug voor de Munt. Toen hij de overtuiging had dat niemand hem kon afluisteren, zei hij: 'Ik wil met je praten.'

'Dat is te weinig. Ik wil niet met jou praten. Het gevoel waarmee ik bij je ben weggegaan is het afgelopen decennium niet afgenomen. Het is groter geworden, schat. En het was al groot, zo groot als de kosmos.'

'Ik heb een vraag,' zei hij. Hij hield nog steeds van haar.

Hij wilde haar troosten en beschermen, met al haar gekte en onzekerheden en grilligheden. Was geen misselijke jeugd, de hare. Ze had recht op een portie gekte. En hij wilde met haar naar bed. Hij kon het niet ontkennen. Al meer dan een decennium lang droomde hij over haar. Was ze een obsessie? Het maakte niet uit hoe je het noemde. En het maakte niet uit wat ze tegen hem zei, hoe erg ook. Ze sprak. Het was haar stem.

'Ik heb geen zin om je vragen te beantwoorden. Ga weg. Laat me met rust.'

'Jimmy Davis,' zei Kohn. 'Ik heb een vraag over Jimmy Davis.'

Ze werd stil. Langdurig. Hij had geen idee dat die twee woorden dit effect op haar hadden.

'Nog een keer,' zei ze, onzeker. 'Ik verstond je niet goed.'
'Jimmy Davis. De priester.'
'Jimmy?'
'Ja.'
'Jimmy is dood.'
'Ik weet het,' zei hij. 'Ik heb zijn hart.'

16

MO & KICHIE

Een van de redenen waarom de ongelovigen zo verderfelijk zijn, is hun weigering de aanwezigheid van engelen en djinns te aanvaarden.

Allah, de Barmhartige, de Genadevolle, heeft drie soorten denkende wezens geschapen, en één daarvan is de djinn.

De Koran, het boek dat Allah, de Barmhartige, de Genadevolle, al vóór de Schepping liet ontstaan en dat geen tijd kent, laat daarover geen ruimte voor misverstanden ontstaan. Engelen werden geschapen uit licht, djinns uit een vlam, mensen zijn geschapen uit klei met een druppel bloed.

Djinns zijn sterker dan veel mensen denken. Ze kunnen wensen vervullen. De meeste mensen weten niet dat 'de geest die uit de fles komt' op een djinn slaat.

Soera 15:27 vertelt dat de djinns eerder zijn geschapen dan de mens. Een andere soera vertelt dat djinns intelligent zijn en net als de mens een wil hebben. Andere soera's vertellen dat er rechtvaardige en slechte djinns zijn, en dat er djinns zijn die niet in Allah en Zijn Profeet geloven.

Eén ding is zeker: de gruwelijkste djinn is Satan. Satan is een djinn. Djinns moet je dus ontlopen. Ze kunnen hardnekkig zijn en je verleiden. En er is nog iets: de mens kan de djinn niet zien, maar andersom wel.

Er zijn mensen, zelfs gelovigen die zich moslim noemen,

die twijfelen aan het bestaan van djinns. Deze moslims zijn onnozel – zijn ze wel moslim, kun je je afvragen. In de Heilige Koran staat op veel plekken dat djinns bestaande wezens zijn, net zo werkelijk als de mens. En ze kunnen net zo slecht zijn als de mens, en ook hun wacht een verschrikkelijke beproeving.

Zie soera 6:128:

De Dag, waarop Hij hen allen tezamen zal verzamelen, (zal Hij zeggen): 'O, gezelschap van djinn, gij hebt een grote hoeveelheid mensen tot u getrokken.' En hun vrienden onder de mensen zullen zeggen: 'Onze Heer, wij hebben van elkander geprofiteerd, maar nu hebben wij de termijn welke Gij voor ons hebt vastgesteld bereikt.' Hij zal zeggen: 'Het Vuur is uw tehuis waarin gij zult vertoeven, behalve wat Allah moge behagen.' Voorzeker, uw Heer is Alwijs, Alwetend.

Soera 72 heet *El Djinn*. Het is niet eenvoudig om deze soera te lezen en ik zal hem niet in zijn geheel hier citeren, maar lees vers 1 tot en met 11 van deze soera met mij mee:

Het is aan mij geopenbaard dat een groep van djinns heeft geluisterd (naar de Koran), en zij zeiden: Waarlijk, wij hebben een wonderbaarlijke verkondiging gehoord! Die tot rechtschapenheid leidt; daarom hebben wij erin geloofd, en wij zullen stellig niemand met onze Heer vereenzelvigen.

En de Majesteit van onze Heer is hoog verheven. Hij heeft noch echtgenote noch zoon. En voorzeker, de dwaas onder ons placht over Allah leugen te spreken. Doch wij hadden gemeend dat mensen en djinns nooit een leugen over Allah zouden uiten.

Voorzeker waren er enige mensen die toevlucht bij sommige djinns zochten, waardoor zij hun zonden vermeerderden. En zij meenden inderdaad, zoals jullie meenden, dat Allah nooit een boodschapper zou zenden.

En wij trachtten de hemel te bespieden en wij vonden deze vol sterke wachters en vlammen. En voorzeker, wij plachten op enige plaatsen te zitten om de gesprekken te beluisteren. Maar wie nu luistert, vindt een vlam die op hem wacht.

Wij weten daardoor niet of voor degenen die op aarde zijn, een ramp wordt bedoeld of dat hun Heer hen op het goede pad wil leiden. Er zijn onder ons die rechtvaardig zijn en er zijn onder ons die anders zijn en wij volgen verschillende wegen.

Wat betekenen deze heilige verzen? Ze betekenen allereerst dat er geen twijfel bestaat, ik herhaal dat, aan het bestaan van djinns. *Hij heeft noch echtgenote noch zoon* – Allah, de Barmhartige, de Genadevolle, heeft geen vrouw en ook geen zoon. Dit is een antwoord op zij die afgoden dienen en zij die denken dat Jezus de zoon van Allah is. Deze verzen betekenen ook dat djinns net als mensen kunnen zondigen. Ze hebben een vrije wil. En met ons kunnen zij communiceren.

Wie niet in djinns gelooft, kan geen moslim zijn. Wie niet beseft dat djinns overal om ons heen bestaan, als aanwezige geesten, begrijpt niets van de islam en kan zich dus nooit aan Allah, de Barmhartige, de Genadevolle, onderwerpen.

Onderwerping – om die bereidheid en dat vermogen gaat het in de islam. Totale overgave aan Allah, de Barmhartige, de Genadevolle.

Er bestaan goede en slechte djinns. De djinn met wie ik contact heb, is een volmaakt goede. Dat wist ik aanvankelijk niet. Maar ik heb lang met deze djinn gesproken. Deze djinn is een moslim. Of moet ik zeggen: moslima? Deze djinn is een vrouw.

Kan dat? Of heeft Satan zich vermomd als vrouwelijke djinn? Djinns kunnen alles wat slecht is, en Satan kan dat alles in overtreffende trap. Maar de djinn met wie ik contact heb, citeert de Koran, komt soms bidden, en is mijn gezel en bondgenote. Samen zeggen wij soera 3:175: *Satan maakt alleen zijn vrienden bang: vreest dezen niet maar vreest Mij, als je gelovige bent.*

Kan ik trouwen met een djinn? Ik twijfel niet meer. De djinn die ik heb ontmoet, die mij als het ware heeft uitverkoren, wekt bij mij de indruk een vrome, getrouwe vrouw te zijn. De djinn kan zich echt transformeren tot een lichamelijk wezen. Ik heb haar gezien. Zij straalde licht uit. Zij was onwezenlijk mooi.

Er zijn heksen die djinns zijn. Er zijn djinns die zich vertonen als slang. Maar mijn djinn is een vrouw van onweerstaanbare schoonheid. Zij bezoekt mij regelmatig, tussen de muren, achter de celdeur, zonder dat de ongelovigen haar kunnen ruiken of zien. Zij ruikt naar jong gras in de ochtend, vlak na zonsopgang, als de dauw begint te verdampen. Haar ogen hebben de kleur van blauw bergkristal en laten valleien en hellingen zien vol water en vruchten en eindeloze overvloed...

Het signaal klonk en ik keek op. Drie keer klonk de zoemtoon. Een ongewone tijd. Ik moest nog de *maghrib* doen, het vroege avondgebed dat in feite precies na zonsondergang plaatsvindt. Er stond niets op het rooster. Geen bezoek van familie. Geen bezoek van psychologen. Geen lichamelijk onderzoek. Nooit gebeurde iets op dit uur. Ik legde mijn pen neer en sloot het schrift.

Drie keer had de toon geklonken en ik ging staan, met mijn gezicht naar de wand, mijn handen op mijn rug. Dat moest ik doen als de zoemtoon drie keer had geklonken. Ze keken toe via de camera boven de deur terwijl ik dit deed, en ik wachtte op wat komen ging. Ik hoorde hoe de sloten elektronisch openschoten. Ik hoorde hun voetstappen en de handboeien waarmee ze mijn polsen achter op mijn rug vastketenden. Ze trokken een skibril over mijn hoofd. De glazen waren zwart. Maar ik had mijn ogen al gesloten, ik was eraan gewend geraakt. Ook mijn enkels werden geketend, en dat betekende dat we op reis zouden gaan. Mijn djinn, over wie ik zoveel nog wilde schrijven, zou mij vergezellen, daarover had ik geen twijfel.

Ik wist niet waarheen ze me zouden brengen. Maar ik had het gevoel dat alles anders zou worden. Ze leidden me de cel uit. Ik kon slechts kleine stappen nemen. Door brute handen, die mijn bovenarmen omklemden, werd ik begeleid alsof ik blind en invalide was. Niemand zei iets. Er was iets gebeurd, dat begon tot me door te dringen. Er was iets kolossaals gebeurd. Iets uitzonderlijks. Iets uitzinnigs.

Ik hoorde Nouria, mijn djinn, me toefluisteren: '*Satan maakt alleen zijn vrienden bang: vreest dezen niet maar vreest Mij, als je gelovige bent.*' Ik was niet alleen. Allah, de Barmhartige, de Genadevolle, begeleidde mij. En Nouria.

*

Kicham Ouaziz werd bij het lezen gestoord. Hij had elf jaar in verschillende detentiecentra doorgebracht waarvan de afgelopen vier jaar in de zwaarst bewaakte gevangenis van Nederland in Vught.

Hij was hier geplaatst nadat hij bijna het leven had gelaten bij een vechtpartij met vier leden van de Hells Angels, die door een onverantwoordelijke ambtenaar als buren van Kicham in dezelfde vleugel waren geplaatst. Hij was een modelgevangene geweest, op die middag na toen die vier getatoeëerde dieren op hem waren gedoken.

Kichie had geen pogingen ondernomen om uit te breken, maar het gevaar bestond dat er een prijs op zijn hoofd was gezet, vermoedelijk vanuit onderwereldkringen die gelieerd waren aan de mannen uit het voormalige Joegoslavië die Kichie met salvo's uit zijn Heckler & Koch had vermoord. Dat hij dat had gedaan was onvermijdelijk geweest. De Hells Angels waren de uitvoerders van de tegenwraak geweest. Kichie moest naar een beveiligde gevangenis.

De Joego's – het waren geboren Serviërs, maar de term 'Joego' was nu eenmaal ingeburgerd geraakt – hadden een aanslag op zijn baas en makker Max Kohn gepleegd, en zoiets kon in hun zakenwereld niet zonder gevolgen blijven. Kichie had zijn verantwoordelijkheid genomen en de twee schutters gestraft – hun opdrachtgever kon de betekenis daarvan op waarde schatten. Maar dat deed hij niet, en ook toen moest Kichie zijn verantwoordelijkheid ten opzichte van zijn makker tonen. Hij was van oude Berber-adel. Hij was trots en precies, doortastend en betrouwbaar. Een woord, een woord – tot het bittere einde. Max was hem altijd met respect tegemoet getreden, alsof hij niet zijn baas en opdrachtgever was geweest maar zijn kompaan, zijn gelijke. Max was een schaker en denker. Een slimme jood. Kichie voelde zich dicht bij Max staan; Berbers en joden hadden veel gemeen, hadden in het noorden van Afrika eeuwenlang naast en met elkaar geleefd. Sterke, aan elkaar gewaagde stammen – dat waren Berbers en joden geweest. Er hadden zelfs joodse Berberstammen bestaan.

Kichie had zich in zijn etnische wortels verdiept. Hij was opgevoed als moslim, maar dat was hij niet meer. Hij was een Berber, een barbaar, zoals de Byzantijnen hen noemden.

De Berbers hadden elke invasie overleefd. Ze hadden de culturen van de Phoeniciërs, de Romeinen, de Vandalen, de Byzantijnen, van iedereen kunnen doorstaan – tot de Arabieren kwamen. Tot in de zevende eeuw heersten de Byzantijnen aan de kusten van het noorden van Afrika. Maar aan het einde van die eeuw werden de kusten door de Arabieren veroverd. Ze waren opgetrokken vanuit Egypte en veroverden alles, inclusief het huidige Marokko. Onderweg werden de lokale en regionale culturen en tradities weggevaagd of ondergeschikt gemaakt aan de boodschap van de Profeet Mohammed (de muren van het zwaar verdedigde Byzantijnse Carthago konden nog niet worden gesloopt, dat gebeurde pas in 698).

Volgens de overlevering sloeg de moslimleider Oqba ibn Nafi gefrustreerd met zijn zwaard op de golven van de Atlantische Oceaan omdat er geen land meer over was om te veroveren.

Maar de Berbers had hij niet geheel onderworpen. In 683 werd Ibn Nafi door Berbers gedood.

Bij zijn leesavonturen was Kichie op het verhaal van koningin Kahina gestoten. Kahin was Arabisch voor waarzegster. Sommigen meenden dat haar naam afkomstig was van het Hebreeuwse Cohen, priester. Kahina zou behoord hebben tot de Jerawa-stam die in de bergen van het oosten van Algerije en het westen van Tunesië had geleefd. De Jerawa's zouden joodse Berbers zijn geweest.

Het verhaal bestond in veel varianten – misschien was het niet meer dan een legende, maar wel een hardnekkige: Kahina had met haar Berbers de Arabische generaal Hassan ibn al Numan uit Carthago verdreven en hem gedwongen met zijn bedoeïenen tot aan Egypte terug te trekken. Kahina heerste vervolgens als Berberkoningin vanuit Carthago over het noorden van Afrika tot de wonden van de generaal waren geheeld en tot de tegenaanval kon worden overgegaan. In de tussentijd had koningin Kahina haar Berbers ervan overtuigd alles te vernietigen wat van belang voor de Arabieren kon zijn – zij twijfelde er niet aan dat de Arabieren zouden terugkeren. Steden, dorpen, olijfgaarden, de kuddes – niets mocht overblijven voor de Arabieren.

Deze politiek van de 'verschroeide aarde' riep weerstand op. Berberstammen onttrokken zich aan haar autoriteit. Kahina's positie verzwakte en de Arabieren waren in staat Carthago opnieuw in te lijven. Toen het duidelijk werd dat zij alles zou verliezen, zou Kahina haar zonen opdracht hebben gegeven zich aan de Arabieren over te geven en zich tot moslim te bekeren. Wat haar lot uiteindelijk was, kon Kichie nergens vinden. Had zij een deal gesloten: dood mijn zonen niet maar dood alleen mij? Gesneuveld in de strijd? Gevangengenomen en daarna gedood?

Kichie was via haar bekeerde zonen een verre nakomeling. Hij had haar genen. En zijn zoon, Sallie, droeg dezelfde genen in zijn vezels. Strijders. Kichie had de bekering ongedaan gemaakt. Hij was een Berber die op zoek was naar de rituelen van het volk voordat die door de Arabieren met hun islam waren weggevaagd. De oude Berbers hadden hun goden gemeen met de Egyptenaren. Ook de Berbers hadden grote graftombes gebouwd. Ze deelden de god Amun met de Egyptenaren. Alles vermorzeld onder het zwaard van Mohammed.

De einddatum van zijn detentie kwam dichterbij. Kichie had het doorstaan. Hij had gelezen en gestudeerd. Over niets had hij spijt, behalve over zijn zoon. Diens opgroeien had hij gemist – hij wist dat het lang zou duren voordat Sallie hem accepteerde. Zijn zoon meed hem al zes jaar. Misschien kon hij de vier, vijf maanden die hij nog had in zijn nabijheid leven.

De laatste keer had Sallie hem een cadeau gebracht. Kichie was veertig geworden en in een aparte ruimte mocht hij zijn gezin ontmoeten. Er was zelfs taart met een kaarsje, dat door een bewaker werd aangestoken. Hij was op zijn vierendertigste gearresteerd en had zes jaar achter de rug toen Sallie hem een horloge schonk. Niet een rond of vierkant horloge maar een horloge in de vorm van een hart. Het was geen Rolex. Daarvan had hij er verscheidene in bezit gehad; een aantal was geconfisqueerd door de overheid, maar hij had er nog drie in een geheime opslagbox in Luxemburg. Het horloge van Sallie had drie jaar op één batterij gewerkt en daarna had hij toestemming gekregen de lege batterij door een verse te vervangen. Het was het eerste wat hij 's ochtends deed: het horloge om zijn pols schuiven. Het was het laatste wat hij 's avonds deed: het horloge naast zich leggen. Tijd. Het horloge werkte nog steeds op de tweede batterij.

De zoemtoon klonk in zijn cel. Een ongewoon moment. Hij las het autobiografische boek van Bram Moszkowicz toen hij de zoemtoon hoorde. Het boek was net verschenen en had als titel *Liever rechtop sterven dan op je knieën leven*. Dat was ook Kichies levensmotto.

Er was geen bijzonder protocol meer wanneer de deur werd geopend. Hij moest gaan staan, dat wel, en zijn handen moesten zichtbaar zijn.

Ludi Damen kwam zijn cel binnen. Ludi had kennelijk late dienst. Ludi was een gezette Bosschenaar die keihard kon zijn wanneer het nodig was maar met Kichie geen probleem had. Een zwaar hoofd met een volle onderkin, een vette rug. Liep de hele dag in de gangen heen en weer en was toch bij machte overgewicht op te bouwen.

Vreemd tijdstip. Kichie had al gegeten. Was er een noodbijeenkomst? Ergens onrust in de vleugel?

Ludi zei: 'We gaan op stap, Kichie.'

Hij liet een set handboeien zien en Kichie hield zijn handen voor zich uit zodat hij door Ludi kon worden geboeid.

'Waar gaan we heen?'
'Ik heb geen idee.'
'Dit is heel ongewoon, Ludi.'
'Ik weet het. Het zijn ongewone tijden.'
'Ongewone tijden?'
'Ben je vanmiddag niet in de televisiekamer geweest?'
'Nee.'

'Dus je weet niks?'
'Nee.'
'Explosie bij het stadhuis in Amsterdam. En daarna een vliegtuigkaping.'
'Zo... en wat heb ik daarmee te maken?'
'Ik heb geen idee. Maar het heeft ermee te maken.'
'Hoe dan?'
'Geen idee, Kichie.'
'Kom ik hier nog terug? Mijn spullen...?'
'Ik denk het wel. Maar precies weet ik het niet.'
'Waar ga ik heen?'
'Je gaat naar Schiphol.'
'Naar Schiphol?'
'Misschien ga je wel naar Aruba. Of naar Thailand of de Malediven. God weet waar je naartoe mag, Kichie. Dan ga ik met je mee. Maar de kans is groter dat je hier straks weer terugkomt.'
'Wat is er vandaag precies gebeurd, Ludi? Kun je dat vertellen?'

*

Ze schoven me door gangen en nog meer gangen. De ketenen rond mijn enkels dwongen me kleine stappen te nemen. Ik huppelde bijna. Ik wist niet wat er gaande was, maar dit week af van alle schema's die ik ooit had moeten volgen. Iets uitzonderlijks was gebeurd. Had Abu Khaled, de Syriër met wie ik kon communiceren, vandaag veroorzaakt wat hij had beloofd? Dit was niet normaal. Als ik binnen het gebouw had moeten blijven, hadden ze me nooit de enkelboeien aangedaan. Ik ging op reis.

Ik kende de plattegrond van het gebouw uit mijn hoofd. Zoveel stappen naar links, naar rechts, zoveel stappen rechtdoor, links, links, rechtdoor, et cetera. Naar de zij-uitgang. Ze zeiden niets, mijn begeleiders. De gangen roken naar desinfecteermiddelen. Hier en daar gedempte televisiegeluiden. Ik liep op mijn sokken, had geen tijd gehad om mijn gympen aan te trekken en mijn bewakers hadden me er niet op gewezen dat dat nodig was. Ze wilden me kennelijk vertellen dat ik geen schoenen waardig was. De vloeren waren glad en kil. Toen we de uitgang naderden, moesten ze een protocol volgen.

'Boujeri,' zei de man aan mijn rechterzijde. Ik herkende zijn stem. Dat was René, een rat die geen kans voorbij liet gaan om mij te sarren. Hij haatte moslims, had hij een keer gefluisterd. Hij had gehoopt dat ik hem zou aanvliegen, maar dat deed ik niet. Ik vervloekte hem. Ik bad dat Allah, de Barmhartige, de Genadevolle, hem zou treffen met ziektes en lijden.

'De bus staat klaar,' zei iemand anders. Dat was de stem van hoofdbewaker Ron. Beetje zakelijke klootzak. Karakterloze hond die alle aanvragen die ik had gedaan had afgewezen. Voor het schrift en de pen had ik moeten procederen.

Ik hoorde de elektrische sloten openklikken. Ze trokken aan mijn armen en ik huppelde met de heren mee. We gingen weg. Transport.

Daarna kwam de tweede sluis.

'Boujeri,' herhaalde René.

'Hier aftekenen,' zei hufter nummer zoveel. Henk. Opvliegende, doorgerookte zenuwenlijder.

Ik hoorde vage geluiden, maar ik wist wat er gebeurde: René vulde de tijd in, de naam en het nummer van de gedetineerde, de bestemming van het transport, de verantwoordelijke officier. Er was altijd een externe bestemming wanneer je zo ver was gekomen. Dit was geen plotselinge, extra ingelaste wandeling in de luchtkooi.

Dit was een wandeling naar de buitenwereld.

De elektrische sloten van de tweede sluis schoten open, de deur werd geopend en ik rook en voelde Nouria – ze streelde me, ze liet me het parfum ruiken dat ze op haar borsten had gesprenkeld.

Ik hoorde verre geluiden van auto's. De geluiden van een bos in de avond.

De gladde betonnen vloer eindigde tegen een metalen rand. Daarna de kou van ruwe betonnen platen die buiten voor de poort lagen. De optrekkende kou van de invallende avond.

Na een meter of twintig zei René: 'Let op, een trap. Vier treden.'

Ik zocht met de tenen van mijn rechtervoet en vond de eerste tree. Ik stapte erop. Daarna nog drie. Een hand duwde mijn hoofd omlaag, kennelijk was de toegang laag, en ik betrad een transportbus, of iets wat daarvan een variant was. Door onze binnenkomst bewoog de vloer. Dit was geen grote bus. Klein. Een bestelbus. De handen manoeuvreerden me op een bank. Ik liet me zakken. Hard. Metaal. Ze sjorden aan mijn enkels en ketenden me aan de vloer vast. Ik zat ongemakkelijk met mijn handen op mijn rug. Maar Nouria zong in mijn oor.

Mijn bewakers verlieten de wagen, hun stappen brachten de vering in beweging. Ik wachtte. Het wieltje van een sigarettenaansteker klonk.

'Jij één?' vroeg René.

'Nee.' Dat was te kort om de stem te identificeren. Abdul? Was een Marokkaanse bewaker. Een afvallige. Hij zou branden in de hel.

Ik rook Renés sigaret. Er gebeurde niets.

Daarna voetstappen, drie of vier mensen naderden. Meer passagiers. Enkele figuren kwamen de bus in. Ik voelde de carrosserie deinen op de bewegingen. Iemand ging tegenover mij zitten.

'Ga je mee?' hoorde ik iemand vragen.

'Nee. René en Abdul doen het transport,' luidde het antwoord.

Dat was Ludi, het Bossche zwijn.

'Het beste, Kichie,' zei het zwijn vervolgens.

'Bedankt, Ludi. Je hebt me altijd correct behandeld. Misschien kom ik terug, misschien niet. Je weet in ieder geval dat ik je altijd gewaardeerd heb.'

'Je was een makkie, jongen. Jammer dat je hier zat. Anders waren we maten geweest.'

Het zwijn verliet de wagen. Twee deuren werden gesloten. Voetstappen van René en Abdul, die om het voertuig heen liepen. De motor van de wagen werd al gestart voordat zij zaten, er was kennelijk een chauffeur bij. Een claxon klonk. Niet van onze wagen. Een tweede claxon. Een derde. Daarna de geluiden van motoren. Politiemotoren. Wauw, we hadden begeleiding van motorjoden. Een karavaan met mij en Kichie – dat was natuurlijk Kicham Ouaziz, de onderwereldmocro – als koninklijk paar.

Ik had Kichie wel eens gezien. Zag er meer uit als een professor dan als een hitman. Dubbele moord gepleegd op andere onderwereldtypes. Ook een afvallige hond. Een kleine man met een smal Berbergezicht. Een bril met een dun gouden montuur. Kortgeknipt, krullend haar. Handen waarmee hij nooit de aarde had bewerkt. Het voorkomen van een innemende geleerde. Kon je wurgen zonder met zijn ogen te knipperen.

We kwamen op snelheid. Ik kon niets zien, jammer, had graag al die blauwe zwaailichten willen zien waarmee wij werden toegejuicht. Ja, toegejuicht. Dit was anders dan anders. Dit was een rit naar de vrijheid.

'Zo, Mo,' hoorde ik Kichie zeggen.

'Zo, Kichie.'

'Je hebt goed geluisterd.'
'Hij zei zo duidelijk je naam...'
'Je hebt het voor elkaar.'
'Ik hoef niks voor elkaar te krijgen. Ik heb alles al voor elkaar.'
'Tot je de pijp uit gaat op je zeventigste. Misschien, als je mazzel hebt en een ziekte oploopt, eerder.'
'Ik ben gelukkig.'
'Zoals de mug die ik doodsla, ja.'
'Waarin zitten we?'
'Het ziet er vanbuiten uit als een kleine koelwagen. Dikke wanden. Zware wielen. Gepantserde truck.'
'Veel begeleiding?'
'Twee motoragenten en een BMW 7-serie vóór ons. Achter ons eenzelfde BMW en een chique Mercedes, een SUV.'
'We zijn belangrijk.'
'Jij. Ik niet.'
'Waar gaan we heen?'
'Schiphol.'

Nouria, hoorde je dat? Nouria, hoorde je het gezang van engelen? Of was jij dat zelf, Nouria?

Ik herhaalde: 'Schiphol?'
'Schiphol,' bevestigde de afvallige.
'Waarom?'
'Tsja, waarom... Er zijn mensen die ons daar graag willen hebben.'
'Wie?'
'Geen idee.'
'Vertel me wat er is gebeurd.'

De afvallige was even stil. Vroeg zich natuurlijk af of het kwaad kon om mij te vertellen wat Ludi hem had verteld.

'Er was aan het einde van de middag een vliegtuigkaping. En twee uur eerder of zo was er een explosie in de Stopera. En nu gaan wij naar Schiphol.'

Abu Khaled, mijn leider en inspirator, de Syrische sjeik die mij de weg naar Theo Het Beest had getoond, was teruggekeerd om mij op te halen en met mij als metgezel ten strijde te trekken. Ik mocht mijn jihad voltooien. In de bergen van Azië zou ik als martelaar sterven en niet wegteren in de kerkers van de ongelovigen. Ze zouden ons natuurlijk ruilen met de passagiers, de bemanning. De Hollandse lafbekken hadden natuurlijk meteen toegegeven. Ze lieten me gaan voor honderd of tweehonderd bleke, zedeloze toeristen.

Ik had mijn vierde gebed nog niet gezegd. Nouria fluisterde in mijn oor wat ik daarvoor diende te verrichten: *'O, gij die gelooft, wanneer gij u opricht tot het gebed, wast uw gezicht en uw handen tot aan de ellebogen en wrijft uw natte handen over uw hoofd en wast uw voeten tot aan de enkels. En als gij onrein zijt, reinigt u. En als gij ziek of op reis zijt en een uwer komt van de afzondering, of gij hebt vrouwen aangeraakt en gij vindt geen water, zoekt dan uw toevlucht tot zuivere aarde en veegt daarmede uw gezicht en handen af. Allah wenst u niet in moeilijkheden te brengen, maar Hij wenst u te reinigen en Zijn gunst aan u te vervolmaken, opdat gij dankbaar zult zijn.'*

Nouria waste mijn gezicht en handen tot aan de ellebogen, daarna mijn voeten tot aan de enkels. Ik was rein. Ik kon de reis maken.

*

Vlak voordat ze in de truck stapten, had Ludi zijn handboeien verwijderd en Kicham Ouaziz zat nu als vrij man op de harde bank in de voortrazende truck. Dat betekende dat hij niet meer als gedetineerde werd beschouwd, en dat kon alleen wanneer hem de laatste tien maanden waren kwijtgescholden. Er was een vliegtuig gekaapt en Boujeri werd nu naar Schiphol gebracht; het was duidelijk dat de kapers zijn vrijlating hadden geëist. De kaping was dus uitgevoerd door extremisten, door opgefokte jihadisten die hun held vrij wilden krijgen. Dat ging hun dus lukken. Maar waarom Kichie hierbij betrokken was, ontging hem. Hij was als kind al nooit vroom geweest. En vanaf zijn achttiende had hij geen moskee meer vanbinnen gezien.

Boujeri had hem wat vragen gesteld, en Kichie had geen reden gehad om niet te antwoorden. Boujeri zat er onbeweeglijk, met rechte rug, als een zombie bij; de skibril met donkere glazen voorkwam dat Kichie iets in zijn ogen kon lezen. Boujeri's enkels waren vastgesnoerd aan de vloer en zijn handen, achter op zijn rug gebonden, aan de zijwand. Ze namen geen risico met hem. Ze wilden hem nog eens duidelijk maken wie hier macht kon uitoefenen.

Boujeri had een kaalgeschoren schedel, en zijn kaak werd overheerst door het vlassige baardje dat hij ook had toen hij Van Gogh doodde en toen hij in de rechtszaal verscheen. Zijn genen konden geen dichte baard laten ontstaan. Weinig snor. De ringbaard van de echte salafist. Op zijn voorhoofd een bidplek door het vele schuren over het bidkleedje; hij was nog jong en een dergelijke bidplek zag je meestal bij salafisten van boven de vijftig, na decennia van intens bidden. Boujeri had er nu al een. Als een ereteken.

Kichie droeg, net als Boujeri, een zachte trainingsbroek, een T-shirt, een vest met een *hoodie*. Boujeri had geen schoenen aan. Beetje belachelijk dat hem dat niet was toegestaan. Onwillekeurig zocht Kichie op de vloer naar schoenen en hij ontdekte in de hoek naast een van de twee achterdeuren een paar gympen.

Kichie zei: 'Je gympen staan hier.'

'Waar?'

'Ze hebben ze hier neergezet. Wil je dat ik ze bij je aandoe?'

Hij kon Boujeri's ogen niet zien achter de zwarte schermen van de skibril. Boujeri antwoordde zacht: 'Ja, graag. Dat is aardig van je.'

Kichie schoof over de bank naar de hoek, boog zich voorover en pakte de gympen. Met een hand hield hij zich aan de wand en het dak vast toen hij naar Boujeri liep en bij hem knielde. Hij pakte Boujeri's linkervoet en kon slechts, door de strak aangetrokken wandbevestiging, een ruimte van enkele centimeters tussen de voetzool en de vloer vrijmaken; dat was genoeg om de zachte gymschoen om zijn voet te schuiven en dicht te drukken met kleefstrippen – geen veters voor Boujeri. Kichie herhaalde dat met de rechtervoet.

De truck lag evenwichtig op de weg en trilde nauwelijks bij de hoge snelheid waarmee ze over de A2 reden. Er waren geen ramen, maar de A2 vormde de kortste en snelste verbinding van Vught naar Schiphol, en het was duidelijk dat ze hard reden. Jammer dat hij geen blik kon werpen op de vliegende stoet met de motoren en de BMW's.

Toen Kichie zich weer op zijn bank tegenover de jihadist liet zakken, zei deze: 'Dat had je niet hoeven doen. En toch deed je dat. Waarom?'

Kichie wist even niet wat hij moest zeggen. Hij had dankbaarheid in Boujeri's stem gehoord.

Kichie haalde zijn schouders op, wat geen betekenis had, want Boujeri kon hem niet zien.

'Elk mens heeft recht op schoenen. We zijn geen beesten.'

Boujeri bewoog niet. Zei na enkele seconden: 'Waarom leef je niet als moslim? Je hebt de menselijkheid van een moslim.'

'Ik ben een Berber,' antwoordde Kichie.

Hij had het nooit eerder uitgesproken. Hij had gelezen en gedacht. Hij had de nieuwe identiteit verworven, maar had die nooit eerder bevestigd door haar openlijk te benoemen.

'Ik ben een Berber,' herhaalde Kichie. Hij hoorde zijn eigen stem. Hij had geen twijfel.

'Berbers zijn mijn broeders,' zei Boujeri. 'Maar alleen als moslim kun je vrede vinden. Allah is de barmhartige, de genadevolle, de meester van het universum, de beschermheer, de schepper, de levensgever, de eerste en laatste, de weldoener. Je hebt je door Allah laten leiden toen je bukte om mij schoenen te geven. Dat deed Allah via jouw handen.'

'Je moet geloven wat je wilt, Mo.'

'Ik wil samen met jou de Koran lezen,' zei Boujeri.

'Ik ben een ouwe Berber, jongen. Doe geen moeite.'

'Je hebt twee mannen gedood,' zei Boujeri.

Kichie schudde zijn hoofd. De jongen dacht dat hij hem de moskee in kon lullen. Dit was de openingszet.

'Daar ben ik voor veroordeeld.'

'Was je onschuldig?'

'Dat doet er niet toe. Het was nodig. Ik wist wat de prijs kon zijn. Ik had pech. En de gevolgen daarvan heb ik aanvaard.'

Boujeri veranderde van richting: 'Je kon makkelijk mijn gympen bij me aandoen. Heb je geen boeien?'

'Nee.'

'Mag je zo meteen gaan?'

'Ik weet het niet,' antwoordde Kichie.

'Ik denk dat je mag gaan. Weet je iets van de kapers?'

'Nee.'

'Het zijn mijn broeders, denk ik.'

'Mo, wat heb ik hiermee te maken?'

'Misschien hebben ze gezegd dat alle moslims die gevangenzitten vrij moeten.'

'Dan wordt het stil in al die bajesen. Ik had niet lang meer. Tien maanden. En jij zit nu acht jaar, toch?' zei Kichie. 'Hoe oud ben je nu?'

'Vierendertig.'

'Vierendertig,' herhaalde Kichie. 'Tot de dood erop volgt.'

'Ik ben op weg naar de vrijheid,' zei Boujeri.

'Als ik je zo zie zitten, vastgesjord alsof je een wild dier bent, dan lijkt dat een illusie, jongen. Maar misschien heb je gelijk.'

'Ik heb machtige vrienden,' zei Boujeri.

Kichie kon het niet voor zich houden: 'Ik heb hem wel eens ontmoet, Van Gogh.'

Boujeri liet enkele tellen voorbijgaan: 'Het was niet persoonlijk bedoeld.'

'Het kwam behoorlijk persoonlijk over voor Van Gogh, geloof ik,' reageerde Kichie. 'Je hebt hem onthoofd. Is behoorlijk persoonlijk te noemen.'

'Ik kon niet anders. De sharia liet me geen keus. Hij had de Profeet, Sallallahu alaihie wa Sallam, beledigd en bespot. Als ik een goede moslim ben, kan ik de bespotting van de Profeet, Sallallahu alaihie wa Sallam, niet zomaar aanvaarden. Van Gogh wist wat hij deed. Hij had die Afrikaanse heks gesteund en geholpen. Hij wist wat de straf is die de sharia de gelovigen opdraagt uit te voeren wanneer het geloof wordt beledigd.'

'Heb je je nooit afgevraagd of een geloof dat zoiets van zijn volgelingen vraagt wel deugt?'

'Onbegrijpelijk dat je zoiets zegt,' antwoordde Boujeri met afkeer in zijn stem. 'De waarheid kan nooit niet deugen. Het gaat om de waarheid van Allah, de barmhartige, de genadevolle.'

'Waarom herhaal je de hele tijd die woorden als je "Allah" of "Profeet" zegt?'

'Dat weet je heel goed. Vraag niet naar de bekende weg. Aanvaard dat ik mijn waarheid heb.'

'Maar jij aanvaardt de waarheid van anderen niet.'

'Er is maar één waarheid. De anderen zijn misleid of misleiden zichzelf.'

'Dat zijn drogredeneringen. Je bent intelligent genoeg om dat te weten.'

'Allahu Akhbar. Daar gaat het om. Daar draait het universum om. Alles. Het leven. De dood. Alles is daaraan onderworpen. Allahu Akhbar.'

Kichie dacht: hij is gek. Boujeri kan niet leven. Hij weet niet hoe te leven. Hij weet niet met geluk en ongeluk om te gaan. Hij weet niet hoe je moet kiezen en moet oogsten en moet inlossen. Hij heeft een boek. Dat boek maakt de keuzes voor hem en heeft hem tot de moord op die malle Van Gogh aangezet.

'De Profeet, Sallallahu alaihie wa Sallam, is een levende waarheid. Van Gogh beledigde alles wat mij heilig was. Die heks deed het. En hij hielp haar.'

'Ik heb die Van Gogh een paar keer ontmoet. In kroegen. Je kon echt wel met hem lachen. Maar altijd een grote bek. Behalve tegen mijn makker. Daar keek hij tegen op. Als je je handen op je oren had gedrukt, dan had je nu buiten door het bos kunnen wandelen met je vrouw en zes kinderen.'

'Allah, de barmhartige, de genadevolle, heeft die ongelovige op mijn pad gezet. Ik werd beproefd. Ik heb gedaan wat ik moest doen. Ik heb de regels van de sharia gevolgd. Meer niet. Ook niet minder. Ik deed wat mijn geloof mij opdraagt. Ik zou mijn geloof verloochend hebben als ik het niet had gedaan. Ik heb ermee geworsteld. Ik wist wat ik ging doen, een mens doden. Maar ik kon niet anders. Een gelovige moslim moet degene die de Profeet beledigd heeft ter dood brengen.'

Kichie zei: 'Had je dat niet aan de Profeet kunnen overlaten?'

'Je begrijpt het niet,' zei Boujeri. 'Of misschien ook wel.

Maar je weigert de boodschap van de Profeet, Sallallahu alaihie wa Sallam. Ik wil zwijgen. Ik voel dat je geen slecht mens bent, Kicham Ouaziz, maar je bent wel een gevaarlijke ongelovige onderwereldmocro.'

'Jij een geloofswaanzinnige, ik een onderwereldmocro. Iedereen zo zijn specialiteit, jongen.'

*

Ik dacht dat Ouaziz een metgezel was. Dat was hij niet. Hij was een vijand. Ik zei niets meer. Ik reciteerde stil de soera's die ik uit mijn hoofd kende, ik voelde hoe Nouria liefdevol haar hoofd op mijn schouder legde en ik rook haar haren, gewassen met rozenwater.

De truck vertraagde en volgde nu een route die ik me niet kon voorstellen. Waren we op Schiphol aangekomen? Toen kwam de truck tot stilstand. De motor werd uitgezet. De deuren werden geopend en mannen kwamen binnen. Niemand zei een woord. Mijn ketenen werden losgemaakt, handen grepen mijn armen en ik werd naar buiten geleid. Ik voelde de treden van de trap en belandde op een gladde vloer. Ze leidden me in enkele stappen naar een stoel, die ik tegen de achterkant van mijn knieën voelde toen ze me duidelijk hadden gemaakt dat ik me moest omdraaien. Iemand schoof de stoel tegen me aan. Ik liet me voorzichtig zakken, voelde de harde zitting.

De akoestiek van de voetstappen riep het beeld op van een grote ruimte, een hal, misschien een vliegtuighangar. De voetstappen die nu klonken, vertelden me dat twee of drie mannen dichterbij kwamen, in hoog tempo. Daarna was het even stil. De mannen – misschien waren het vrouwen, maar ik dacht van niet – waren tot stilstand gekomen. Ze keken natuurlijk naar mij. Namen mij in zich op. Geboeid, geknecht. De skibril. Ik stelde me voor dat de leider had geknikt en iemand naast mij, René vermoedelijk, daarmee te kennen had gegeven dat de bril af mocht. Ik voelde handen, de skibril werd van mijn hoofd getrokken, maar ik hield even mijn ogen dicht.

'Heren,' hoorde ik. Een mannenstem. 'Mijn naam is Van der Ven. Ik werk voor de minister van Binnenlandse Zaken. Ik kan niet zeggen dat het mij aangenaam is u hier te treffen. De omstandigheden dwingen me.'

Ik opende voorzichtig mijn ogen. Veel licht. Een grote hal. Rijen tl-lampen ver boven ons. Achter de twee mannen die op een meter of vier voor mij stonden zag ik torens van dozen en kratten. Ik las: *Flowers from Holland*. We waren in Aalsmeer. De hallen van de bloemenveilingen.

De man die zich Van der Ven had genoemd, was een bleke, blonde Nederlander, een jaar of veertig. Slank, niet krachtig gebouwd, maar met een zelfverzekerde houding en een blik die van mij naar Kicham Ouaziz heen en weer schoot. Ik keek opzij. Ouaziz zat ook op een stoel, niet geboeid, hij nam Van der Ven zorgvuldig in zich op. Ouaziz was heel mager. Om ons heen, verder weg, gewapende leden van een arrestatieteam, geheel in het donkerblauw gekleed, machinegeweren aan riemen om de schouder, in een halve cirkel om ons heen.

Van der Ven droeg een kostuum, wit hemd met stropdas. De man die naast hem stond was kleiner. Hij had een gezicht dat ik kende. Hij droeg een bril, hield zijn hoofd een beetje schuin. Verfrommeld pak dat hem eigenlijk te groot was. Haar van onbestemde kleur. Hij had een gegroefd, vermoeid gezicht, met ogen die treurnis uitstraalden. Ik kende hem ergens van. Hij was belangrijk.

Van der Ven zei: 'We hebben vandaag enkele calamiteiten meegemaakt. Ernstige. Mensen zijn om het leven gekomen.

Een slechte dag voor ons land. Op Schiphol is een vliegtuig gekaapt. Turkish Airlines. Honderdachttien mensen aan boord. Turken, Nederlanders, mensen met een dubbele nationaliteit. De kapers zijn Nederlandse Marokkanen. We hebben de indruk dat ze nog heel jong zijn. Ze hebben eisen gesteld. De vrijlating van u, meneer Boujeri. En van u, meneer Ouaziz. Een ongewoon duo vormt u. We hadden geen idee dat u samenwerkte. Er is niet bekend dat u contacten had in de "zwaarbeveiligde" in Vught. We laten u beiden gaan. De kapers stelden als eis dat u, meneer Boujeri, aan boord wordt gebracht. We hebben daarin toegestemd als alle passagiers worden vrijgelaten. De kapers hebben die conditie aanvaard. Maar u, meneer Ouaziz, u moest gewoon op vrije voeten worden gesteld. In Amsterdam op een locatie van uw keuze op straat worden gezet. Het is kennelijk niet de bedoeling dat u meegaat in het toestel. Wij hebben formeel de rest van uw straf kwijtgescholden. Meneer Ouaziz, heeft u iets toe te voegen? Kunt u onze nieuwsgierigheid bevredigen?'

Ik zag de onderwereldmocro slikken. Hij was gespannen. Ik niet.

Ik juichte. Nouria zong.

'Ik heb nooit contact met hem gehad,' zei Ouaziz. Hij maakte met een hand een wegwerpgebaar naar mij. 'Ik vind hem verwerpelijk. Hij is een extremist. Ik ben zakenman. Misschien een vreemde zakenman in uw ogen, maar ik ben geen geloofsextremist. Ik weet niet waarom ik ben genoemd door die kapers. Ik heb geen idee. Ik heb hier ook geen recht op. Stuur me dus maar terug. Ik zit mijn straf liever uit dan te worden geassocieerd met die kapers. Dat zijn bondgenoten van meneer Boujeri, niet van mij.'

Van der Ven knikte. De andere man, de vermoeide, reageerde niet. Van der Ven richtte zich tot mij.

'Heeft u een idee waarom meneer Ouaziz hierbij betrokken is?'

Ik schudde mijn hoofd: 'Nee. Hij is een afvallige. Misschien willen ze hem doden.'

'Dat geloof ik niet. Ze willen hem vrij hebben,' antwoordde Van der Ven.

Ik vroeg: 'Hoe zit het met andere moslims die in jullie kerkers wegkwijnen? Moeten nog meer moslims worden vrijgelaten?'

'Nee. Alleen jullie twee.'

'Ik begrijp het niet,' zei ik.

Van der Ven wendde zich weer tot Ouaziz: 'We zijn bij uw vrouw op bezoek geweest, meneer Ouaziz. Uw zoon Salheddine, Sallie, is niet op zijn werk verschenen vandaag. Zijn hele vriendenkring is van de aardbodem verdwenen. Allemaal jongens van Marokkaanse afkomst. Een heel voetbalteam. Ze schijnen erg goede spelers te zijn. We denken dat ze verantwoordelijk zijn voor wat er vanmiddag bij het Muziektheater is gebeurd. Daar zijn doden gevallen. We denken dat ze allemaal aan boord zijn van dat toestel. Steunt u de actie van uw zoon?'

Ik zag Ouaziz in verbijstering naar de man staren. Ik zag hem slikken en wegkijken, het hoofd buigen.

De andere man, met zijn rouwende ogen, zette een stap naar voren: 'Meneer Ouaziz, we willen niet dat er nog meer slachtoffers vallen. We hebben contact met de ouders van al die voetballers. Maar we hebben de indruk dat uw zoon de leider is van het team. Van beide teams. Van het voetbalteam en van het team dat de gebeurtenissen van vandaag veroorzaakt heeft. We hebben uw hulp nodig.'

Ouaziz knikte, nog steeds met gebogen hoofd.

'Ja, natuurlijk. Ik doe alles,' mompelde hij. Hadden die mannen dat verstaan?

'We willen dat alles nu verder zonder bloedvergieten verloopt. De uitwisseling van de passagiers tegen meneer Boujeri,' zei de man. Ik had zijn stem eerder gehoord.

'Ik doe mee,' zei Ouaziz.

'Goed. Dank u wel,' zei de man. En hij richtte zich tot mij: 'U wordt nu geïsoleerd, meneer Boujeri. U wordt naar een aparte ruimte gebracht. Daar kunt u zich wassen. Misschien heeft u het avondgebed nog niet gezegd. Gaat uw gang. Er is voor een bidkleed gezorgd. U kunt zich daar verkleden, er liggen kledingstukken voor u klaar. Ik weet niet of ik u nog terugzie. U heeft ons land weinig vreugde bezorgd.'

Waar kende ik hem van? Ik vroeg: 'Wie bent u?'

De man zei: 'Ik heb indertijd veiligheidsmaatregelen getroffen omdat ik bang was dat de moslimgemeenschap door revanche getroffen zou worden nadat u de heer Van Gogh om het leven had gebracht. Ik had blasfemiewetten willen invoeren. Is mij niet gelukt. Mijn naam is Donner. In 2004 was ik minister van Justitie. Nu ben ik minister van Binnenlandse Zaken.'

Ik knikte. Hij had een bekend hoofd. Ik herinnerde me dat hij altijd keek of hij in huilen zou uitbarsten. Hij was machtig.

Ik vroeg: 'Waarom voeren jullie dit gesprek met ons samen? Waarom willen jullie dat ik hoor dat Ouaziz zijn zoon moet ompraten?'

Donner zei: 'Wij willen dat u vertelt wat wij hebben besproken. Wij willen dat de zoon van meneer Ouaziz, met wie wij geen contact kunnen krijgen, op de hoogte is van de vrijlating van zijn vader. Wij willen dat u tegen hem zegt dat zijn vader met hem wil praten.'

'En als ik dat niet doe?'

'Dan zullen we ervoor zorgen dat het toestel niet vertrekt.'

'Dan vallen er doden,' zei ik.

Donner knikte. En zei bijna verontschuldigend: 'Als de

passagiers zijn uitgestapt, is alleen nog de Turkse bemanning aan boord. En u. En een voetbalelftal van fanatieke moslims.'

Hij sprak die woorden met een gekweld gezicht, alsof het bericht van het ontploffende vliegtuig hem al had bereikt. Het drong tot me door waarom hij dit zei, waarom hij me had verteld wat er kon gebeuren. Het was een waarschuwing. Hij waarschuwde dat hij niet kon verliezen. Als de passagiers met mij geruild waren, had het vliegtuig geen waarde meer voor hem. Als het zou exploderen, zou zijn positie niet worden bedreigd. Nee, in de ogen van de meeste goddeloze kaaskoppen zou hij een held zijn.

Hij was een machtige man.

MEMO

Aan: Mr. J.P.H. Donner
FOR YOUR EYES ONLY
Kenmerk: Three Headed Dragon

Geachte Minister,
Het natuurkundig onderzoek naar het ontstaan van het Licht Effect (LI) heeft geen resultaat opgeleverd. Psychologische oorzaken kunnen zeker een rol spelen. Maar die vallen niet objectief te waarderen. Een dergelijk psychologisch onderzoek zou mijn competentie te buiten gaan (net als overigens het natuurkundig onderzoek). Maar uit de gesprekken die ik met de twee getuigen heb gevoerd, kan ik, op persoonlijke titel, niet anders concluderen dan dat beide getuigen zinnige, rationele mensen zijn; dit geldt ook voor de jongste, een kind nog.

Ik ben nogmaals teruggegaan naar het voormalige weesmeisjestehuis, en daar heb ik opnieuw metingen verricht. Ik heb video-opnames van dit experiment gemaakt en zal ze u bij gelegenheid tonen. Ik kon de resultaten voorleggen aan een deskundige van de TU Delft.

Met volledige zekerheid kan nu geconcludeerd worden dat het LI niet is veroorzaakt door de plafondlampen. Andere lichtbronnen vóór de executie van Three Headed Dragon

(THD) kwamen in de hal niet voor.

 Is het mogelijk dat via een van de ramen, die alle waren afgeplakt, licht in de hal werd verspreid? Mocht dit het geval zijn geweest, dan moet deze lichtbron als te zwak worden beschouwd voor het LI, dat door de twee getuigen bij tests werd geschat op de lichtsterkte van een lamp van ongeveer veertig watt. De duur van het LI werd door de getuigen geschat op minder dan één seconde, maar langer dan een halve.

 Hopende u hiermee te hebben geïnformeerd,
 Met vriendelijke groet,
 Mr. Frans van der Ven

17

LEON

De Winter had Van Ast, de rechterhand van de burgemeester, teruggebeld en hem aangehoord. Hij had het verzoek om mee te schrijven aan de verklaringen die in de loop van de avond door Cohen moesten worden afgelegd 'in overweging genomen' – een slap antwoord, maar hij had even bedenktijd nodig. De stad verkeerde in een angstkramp. Een uitdagende, opwindende en angstige sfeer heerste opeens langs de grachten. Alles was anders vanavond, en dat was zowel spannend als afstotend. Rondom en in de Stopera werkten hulpdiensten met alle middelen waarover de autoriteiten beschikten. Aan de ramp was een vliegtuigkaping toegevoegd. Iedereen wist wat dat inhield. Londen. Madrid. De Winter had geen idee of hij tijd zou hebben vanavond naar het HB te komen om daar drafts van verklaringen te schrijven. Hij had wat anders aan zijn kop.

De Winter was in Brams kamer, een weids kantoor met een klassieke, notarisachtige inrichting met zware meubels en stijlvol streepjesbehang en barokke schilderijen in gouden lijsten. Hij had een kop thee gekregen. Hij wilde afvallen. Dat hoorde ook bij het onderhouden van een relatie, veronderstelde hij. Hij was daar nu mee begonnen. Minstens twintig kilo moest eraf. Hij wachtte niet alleen op Bram maar ook op Sonja, die opeens toch bereid was Max Kohn te woord te staan. Waarom nu wel? De Winter had geen idee.

Bram had net met een cliënt overlegd en had De Winter gevraagd even in zijn kamer te wachten. Toen hij binnenkwam, vroeg hij: 'Heb je wat te drinken gehad?' Hij zag het kopje thee staan. 'Thee? Niks anders? Zal ik een flesje wijn openmaken?'

'Nee, ik ben tevreden.'

'Ik maak toch een fles wijn open.'

Moszkowicz boog zich over zijn brede, zware bureau, drukte op een knop van zijn telefoon en vroeg een medewerker een fles Saint-Estèphe te brengen.

'Ik weet dat je daar gek op bent,' zei hij toen hij zijn colbert uitdeed en over een stoel hing. Hij droeg een lichtblauw hemd met gouden manchetknopen. Hij ging tegenover De Winter in een leren fauteuil zitten, trok zijn stropdas open en stak een sigaret op.

'Wat mensen van je willen is soms volstrekte waanzin. Of ik de zoon van meneer wilde vrij krijgen. Op heterdaad betrapt bij een roofoverval. Papa had de buit van een eerdere overval nog in zijn bezit. Die kon ik onder de tafel krijgen. Of ik de officier van justitie wilde omkopen. Of ik wilde meehelpen bij een uitbraakpoging. Is iedereen ziek geworden? Net als de stad? Wat is er gaande, Leon? Er zijn doden gevallen in de Stopera.'

De Winter haalde zijn schouders op: 'Nederland is aan de beurt.'

'Je bedoelt na Londen en Madrid?'

'Misschien konden ze hier makkelijker infiltreren en voorbereidingen treffen dan elders. Ik heb geen idee wat er aan de hand is, Bram. Maar ik denk niet dat de daders ontevreden melkboeren uit Friesland zijn.'

'Het is vreemd dat ze nu ook een vliegtuig hebben gekaapt. Nu zijn ze lokaliseerbaar. Dat is niet handig.'

'Je zult wel een telefoontje krijgen straks,' zei De Winter. 'Of jij ze wilt verdedigen.'

'Die laten zich niet grijpen. Die blazen zichzelf op.'

'Of ze laten dat toestel op de stad vallen.'

'Ja, Leon, ga even door met de gekte.' De omvang van dat beeld drong tot hem door en hij keek De Winter een moment met ontzetting aan: 'Waarom denk je dat?'

'Ik denk niks, Bram. Die types doen dat soort dingen. Blazen gebouwen op. Doden vrouwen die op markten met boodschappentasjes zeulen. Sturen types het vliegtuig in met een bom in hun onderbroek. Of in hun reet. Dus laten ze ook een vliegtuig op onze mooie stad sodemieteren. Klink ik te rechts nu, Bram?'

'Voor mij niet.'

De Winter ging enthousiast rechtop zitten toen het hem te binnen schoot: 'Als ik iemand zou willen spreken vanavond, dan is dat Piet Hein Donner. Bij hem zit het drama. Er moet eigenlijk een cameraploeg met hem mee. Hij is de man bij wie dit drama nu op het bord ligt. Dit is zijn soort ding. Crisis. En dan met de poppetjes schuiven.'

Een secretaresse bracht de fles Saint-Estèphe en twee glazen. Bram vroeg of ze er nog een paar bij kon brengen. Ze was aantrekkelijk. Niet slank. Fors. Ze bewoog bijna dierlijk. Ze droeg een mantelpak met een strakke rok. Hoge pumps. Te aantrekkelijk, dacht De Winter. Het zou hem afleiden om zo'n vrouw als assistente te hebben. Bram niet. Of wel.

Nadat ze de kamer had verlaten, vroeg Moszkowicz: 'Dus Sonja draaide opeens bij? Toch opeens bereid met Kohn te praten.'

De Winter knikte, somber nu: 'Ja. Ze is niet wat je noemt stabiel. Niet nu, in ieder geval. Was allemaal erg onaangenaam vanmiddag. Ze wilde weg, god weet waarheen. Echt vluchten. Uit de buurt van die man blijven. Ze ging enorm tekeer tegen me.'

'Haar jongetje...? Dat is toch de zoon van...?'
Moszkowicz hoefde de vraag niet af te maken.
'Van hem, ja,' antwoordde De Winter.
'Maar hij weet van niks, vermoed ik zo,' vulde Moszkowicz aan.
'Nee.'
'Waarom heeft ze hem dat nooit verteld?'
'Ze haat hem.'
'Ik denk dat hij dolblij is als ze het hem zou vertellen. Denkt ze echt dat hij haar wat zou aandoen? Onzin.'
'Ga haar daarvan maar overtuigen,' zei De Winter. 'Ze wil niet op het continent zijn waar hij is. Nou, ja, in ieder geval komt ze hierheen en we zien wel wat er gebeurt.'
'Waar wil ze naartoe als ze uit Amsterdam weggaat?'
Moszkowicz bood hem een glas wijn aan. De Winter besloot het begin van het dieet een dag te verschuiven.
'Geen idee. Ze was... laten we zeggen dat ze niet erg fijnzinnig tegen me was vandaag. Ze is bang. Ze wordt panisch als ze aan Max Kohn denkt.'
Ze toostten. Volle, vlezige wijn. Château Cos d'Estournel 2008. Dure wijn, zeker honderd euro voor een fles.
'Cadeau gekregen,' zei Moszkowicz, die De Winters gedachte raadde. 'Tevreden klant. Kan ik me niet meer veroorloven in deze tijden. Ook bij mij loopt het terug. Het lijkt wel of door de crisis de zware jongens meer thuisblijven. Benzine is te duur geworden om naar een kraak te rijden.'
'Je kunt altijd bij mij mee-eten,' zei De Winter. 'Heel veel, maar niet voedzaam. Ik moet afvallen, Bram.'
'Waarom?'
'Daarom. Is niet goed. Jessica had het er ook de hele tijd over. Heeft er ook toe geleid dat ze wegging, denk ik. Ik weet het niet. Ik had een check-up. Te veel suiker in mijn bloed. Ik

ben nu prediabetes. Zo heet dat. Moet afvallen. Twintig kilo. Mijn vader had het ook. Ik wil geen patiënt worden.'

'Mag je wel wijn?'

'Eén glas.'

'Goed. Dan is dit je laatste.'

'Oké, mijn laatste.'

Ze toostten nog een keer.

'Leon...?' Moszkowicz keek hem strak aan.

'Ja?'

'Wat ik je ga vertellen kun je wel ergens vinden, als je het opvraagt bij Justitie, het valt niet onder geheimhouding, maar toch moet je je mond erover houden.'

'Ik hou mijn mond.'

Moszkowicz zweeg enkele seconden. Bij hem waren de verzwegen woorden net zo belangrijk als de woorden die werden gesproken.

Moszkowicz vroeg: 'Wat heeft ze verteld over de verdwijning van haar vader?'

De vraag was genoeg. De Winter begreep direct waar hij op doelde. Bram had niets gezegd, en alles. De Winter schoof naar voren op de leren fauteuil en boog zich naar Bram, alsof hij daarmee meer details kon krijgen.

'Ze hebben hem er niet voor gepakt,' fluisterde De Winter, alsof anderen in het kantoor konden meeluisteren.

Bram zei: 'Kohn had zijn luitenant. Die deed alles voor hem. Die knapt ook nog steeds de straf op. Interessante man is dat, ben weer vergeten hoe hij heet... Ouaziz. Die werd veroordeeld voor de moord op twee Serviërs. Die hadden Max van kant willen maken en het was pure mazzel dat hij dat overleefde. Ouaziz heeft daarvoor wraak genomen. Hij heeft die Serviërs professioneel afgemaakt en in een greppel gedumpt. En een tijdje na die executies verdween haar vader. Die had zakengedaan met Max. Dat weet ik, want ik regelde in die tijd al civiele dingen voor Max. Ik weet niet wat er precies is voorgevallen. Ze hebben hem erover ondervraagd toen ze die inval bij hem deden. Ik heb het er nog met hem over gehad toen hij vastzat. En Sonja hebben ze er ook mee geconfronteerd. Ze moeten, denk ik, gezien hebben dat er contact is geweest tussen de Serviërs en haar vader. Maar Max konden ze niks maken. En Ouaziz ook niet. Het lichaam van haar vader is nooit gevonden.'

'Waarom heeft die Ouaziz de Serviërs open en bloot laten liggen?'

'Een signaal aan de wereld. Dit doen wij met jongens die ons niet respecteren, dat was de boodschap. Daarom, denk ik.'

'En Max wist hiervan?'

'Hij bezwoer me dat hij niets wist van de executies. Of van het verdwijnen van Sonja's vader. Mij heeft hij gezegd dat Ouaziz hem niet in vertrouwen had genomen. Ze hadden een afspraak daarover. Kohn was neergeschoten en Ouaziz zou het probleem oplossen zonder hem iets te vertellen. Dat hadden ze zo geregeld onder elkaar.'

De Winter stamelde: 'Ze sliep dus met de moordenaar van haar vader? Of de opdrachtgever?'

'Leon, ik weet niet of Max ervan wist. Ik denk dat hij het op de een of andere manier heeft aangevoeld. Maar hij had er Ouaziz nooit naar gevraagd. Tussen hen stond een *Chinese Wall*. Geen uitwisseling van info over bepaalde dingen. Zeker niet hierover. Ik kan me niet voorstellen dat hij Ouaziz gevraagd heeft haar vader van kant te maken. Maar zo hebben ze het wel bij haar voorgesteld na die inval. Je hoort het die rechercheurs zeggen: jouw vriendje is de moordenaar van jouw vader, je ligt in bed met de man die ervoor gezorgd heeft dat je vader verdween. Ze geloofde het. Of het waar is of niet. Het leek logisch. Hij had een donkere kant, dat wist ze. Dan sla je wel op de vlucht.'

'Bram... je had het eerder moeten vertellen.'

'Dat had ik, ja. Het spijt me, Leon. Ik had geen idee dat dit allemaal opeens actueel zou worden. Ik dacht er vanmiddag weer aan.'

'Het is kloten, maar het is ook een boek.'

Moszkowicz glimlachte: 'Ik dacht wel dat je dat ging zeggen.'

'Alleen als ze bij me weggaat. Anders niet. Als ze blijft, geen boek. Als ze vertrekt, wel een boek. Schrale troost. Een roman in plaats van Sonja.'

'Wacht daar even mee. En nog iets...'

Bram ging nerveus verzitten. Slikte verlegen. Dit was ongewoon voor hem.

'Eva heeft me net verteld dat ze een tijdje alleen wil zijn. Niet voor altijd, zei ze. Even wat adem krijgen. Wat afstand. Ze wil nadenken, zei ze.' Hij was even stil en slikte opnieuw. 'Even alles goed op een rijtje zetten om daarna verder te kunnen. Dat is natuurlijk allemaal flauwekul. Als je zoiets doet, is dat het begin van het einde.'

'Misschien ook niet,' zei De Winter. Hij veinsde de relativering.

Bram vroeg: 'Je hebt me verteld: zo ging Jessica toch ook weg?' Zijn blik smeekte om een ontkenning.

'Jes en ik waren bijna twintig jaar bij elkaar. Ze vond me voorspelbaar en saai geworden, zei ze, en ze werd gek van mijn rechtse woedeaanvallen. Jij en Eva zijn nog maar kort samen. Oké, ik ben saai. Maar jij? Ze is duidelijk heel gek op je.'

'We schelen achttien jaar. Als ik zestig ben, is zij begin veertig.'

'Waarom ga je niet verhuizen? Dit is jouw pand, jouw kantoor, en je woont erboven. Hier heb je ook met Juliëtte gewoond. Te veel.'

'Ze wil niet weg uit de stad.'

'Wat heeft ze aan de stad? Ze kan niet meer over straat, nu ze zo beroemd is. Ik las op het internet dat het gerucht wil dat ze Paul Witteman gaat opvolgen. Pauw en Jinek.'

'Ze hebben haar gevraagd, ja. Ze weet nog niet of ze het doet. Ik denk dat het daarmee te maken heeft.'

Een klop op de deur. Ze braken hun gesprek af. Opnieuw verscheen de secretaresse. Ze was heel lichamelijk. Maar De Winter kon in haar geen substituut voor Sonja ontdekken. Bespottelijk om dit nu al te denken, hield hij zichzelf voor. Of was de secretaresse al in stelling gebracht door Bram, mocht Eva hem verlaten? Was er iets gaande in dit kantoor wat Bram nog even verzweeg?

De Winter zat indertijd treurend in Menton, op zoek naar een roman over Jessica. Sonja was in feite de eerste vrouw die hem in die periode was opgevallen. Aantrekkelijk. Eigenzinnig. En flink geraakt door een slag van de molen. Het soort vrouw voor wie hij viel. Uitermate intelligent en een beetje maf. Het kind was geen bezwaar. Aardig, lief, gevoelig jongetje. Hij was op Nathan gesteld geraakt. Nee, misschien was hij wel van het kind gaan houden, zo drong opeens tot hem door.

De secretaresse kondigde Max Kohn aan. Bram stond op en trok zijn colbert aan. In functie. De Winter had zich niet omgekleed, droeg nog steeds zijn doorgelopen gympen, spijkerbroek, T-shirt en vest.

De Winter wisselde een blik met Moszkowicz. Bram trok een gezicht van: zo zit het bij mij privé, nu weet je het. De Winter knikte.

De deur draaide opnieuw open en Max Kohn betrad het kantoor. De Winter ging staan en wist meteen dat hij Sonja niet aan zich kon binden. Kohn was een heerser. Hij zag eruit als Sean Connery in zijn beste tijd. Beetje getaand gezicht. Scherpe ogen. Vol, donker haar. De kin die ook George Clooney had, maar zonder diens valse en overdreven mooiejongensblik. Kohn was introvert, onkenbaar. Hij hoefde niets te doen om te ogen als de man voor wie Sonja zou vallen. Dat gebeurde vanzelf.

'Hé, Bram.'

'Max, jongen.'

Ze omhelsden elkaar.

'Fijn om je weer te zien, Bram. En Leon. Ook goed om jou te zien.'

De Winter werd op dezelfde manier omhelsd, met brede gebaren en een klop op de rug.

'Ga zitten, Max.' Moszkowicz wees op de stoel waarin hij net zelf had gezeten. 'Glas wijn?'

'Nee, dank je. Alles goed met jou, Leon?'

Kohn ging zitten. Bedachtzame bewegingen. Hij was slank. Gespierd. Sterke handen, zag De Winter. Aan zijn pols droeg hij een Patek Philippe. Een horloge van een halve ton.

'Alles goed, Max. Dat is lang geleden.'

'Iets anders drinken?' vroeg Moszkowicz.

'Ik ben tevreden, Bram.'

'Je komt op een vreemde dag, Max,' zei Moszkowicz.

'De stad is heel ongewoon zo,' knikte Kohn. 'Geen trams. Geen auto's. Hoop mensen op straat. Beetje bedrukte stemming, vind ik.'

De Winter vroeg: 'Wanneer ben je aangekomen?'

'Gisterenochtend. Uit Los Angeles. Daar heb jij toch gewoond?'

'Ja.'

'Ik was daar even op bezoek. En toen... toen moest ik hierheen. Om met Sonja te praten.'

'Ze kan er elk moment zijn,' zei Moszkowicz.

Kohn knikte: 'Ik heb haar even via de telefoon gesproken.'

Hij richtte zich tot De Winter en zei: 'Ik weet van jou en haar.'

De Winter knikte onzeker.

'Geen punt,' zei Kohn. 'Ik heb geen claim op haar. Zo iemand ben ik niet. Nooit geweest, trouwens. Daarom ben ik niet hier. Ik begrijp wel dat ze wilde dat ik haar alleen mocht spreken met jullie erbij. Daar heb ik het in het verleden naar gemaakt.'

De Winter zei: 'Ze was erg in de war toen ze hoorde dat jij haar zocht.'

Kohn knikte: 'Dat is niet nodig. Ik heb een paar vragen voor haar. Dingen waarover ik tot eergisteren niets geweten heb. Maar die voor mij van belang zijn. Als ze die beantwoord heeft, ga ik weer weg. Als Schiphol open is.'

'Je bent heel erg ziek geweest,' zei De Winter.

'Ik heb het Leon verteld, daar zag ik geen kwaad in,' vulde Bram aan.

'Dat is oké. Ja, ik heb een donorhart gekregen,' zei Kohn. 'Jij hebt een roman over zoiets geschreven toch, *God's Gym*? Ik heb het net gegoogled. Ik zal het lezen. Ik leef met geleende tijd. Ik adem de adem van een ander mens. Dit hart heeft me veranderd.' Hij glimlachte en keek van Moszkowicz naar De Winter en terug. 'Dit is eigenlijk de eerste keer dat ik erover praat, behalve dan met mijn specialisten. De mensen die ik van vroeger ken in Las Vegas, daar heb ik jaren gewoond, die zie ik niet meer. Is goed zo. Elke seconde die ik beleef, is kostbaar.'

De Winter vroeg: 'Waar woon je nu?'

'Scottsdale, Arizona. Ken je het?'

'Ik ben er geweest,' zei De Winter.

'Bij Phoenix. Warm. Droog. Woestijnlucht. Ik lees veel. Ik heb honden waarmee ik veel wandel. Jij bent gescheiden, las ik. Schreef je daar geen boek over?'

'Komt er niet van,' antwoordde De Winter. 'Haar boek is al klaar. Over twee maanden ligt het in de winkel. *De commentator*, heet het. Ze heeft altijd sterke titels. Ze schijnt me helemaal af te maken.'

Moszkowicz glimlachte: 'Dat is de prijs die je betaalt voor het huwelijk met een schrijfster.'

De Winter zei: 'Volgens mij lach je te vroeg, Bram.'

Moszkowicz grijnsde: 'Een van mijn exen heeft me ooit gedreigd met een boek dat *De fokhengst* moest heten. Heb ik haar zorgvuldig uit het hoofd gepraat. Kostte een paar centen.'

De secretaresse verscheen opnieuw na een klop op de deur: 'Mevrouw Verstraete is er.'

'Laat haar binnenkomen,' zei Bram.

Ze gingen alle drie staan. De Winter wilde Kohn in het oog blijven houden, maar hij wilde ook weten hoe Sonja voor het eerst in een decennium een blik op haar grote liefde zou werpen. Ze kwam binnen. Met grote stappen. Ze had iets anders aan dan vanmiddag. Ze had zich erop gekleed. In het zwart. Maar elegant. Een rok. Een jasje. De Winter kende het. Ann Demeulemeester. Ze had het gedragen bij hun eerste etentje in Juan-les-Pins. Ze had haar haren in orde gebracht voordat ze naar binnen was gestapt. Ze was gespannen.

Bram liep om de fauteuils heen naar haar toe.

'Hallo, Sonja,' zei hij.

'Hoi.'

Ze gaf hem één kus op de wang.

'Ha, Max,' zei ze. Een vluchtige blik. Geen emotie. Die er daardoor volop was. Ze keek meteen naar De Winter.

'Dag, Sonja,' zei Kohn, wachtend op oogcontact.

Ze ontweek hem, keek hem niet aan.

'Je kunt daar gaan zitten.' Moszkowicz wees op de fauteuil.

'Ik ga wel bij Leon zitten,' zei ze. 'Neem plaats,' maande ze als opdracht aan allen.

De Winter liet zich zakken en zij schoof naast hem op de gladde leren armleuning, breed genoeg voor haar kont. Ze steunde met een hand op de rugleuning en maakte direct lichaamscontact met De Winter, schoof tegen hem aan. Dit was haar openingszet. Had ze over nagedacht. Ze toonde Kohn bij wie ze hoorde. Niemand kon daar nu over twijfelen. Ze liet De Winter niet vallen. Hij maakte kans op een toekomst met haar.

'Heren,' zei ze. 'Gek om jullie hier bij elkaar te zien.' Zonder op een antwoord te wachten, zei ze: 'Hoe gaat het, Max? Je hebt een hart gekregen. Niet zomaar een hart.'

Ze keek hem opnieuw vluchtig aan. Ze weigerde hem vol in de ogen te kijken. Ze verborg zich voor hem. Ze wilde hem zeggen dat ze hem niet tot zich toe zou laten. Maar ze had zich wel omgekleed. Chic. Onaanraakbaar, en dus begeerlijk.

'Goed om je weer te zien, Sonja,' zei Kohn.

'Ik weet niet of het gevoel wederzijds is, Max.'

'Ik ben blij dat de ontmoeting toch heeft kunnen plaatsvinden,' brak Moszkowicz in. 'Max, Sonja heeft erop gestaan dat Leon en ik bij het gesprek zouden zijn. Dat heb je aanvaard. Jij blijft bij die voorwaarde, Sonja?'

'Absoluut.'

'Ik heb daar geen probleem mee,' zei Max.

'Je had vragen voor haar,' begon Moszkowicz.

'Ja.'

'Vragen,' zei ze. 'Die heb ik ook. Maar wat heb ik aan antwoorden die ik niet kan vertrouwen?'

'Ik ben bang dat je je vergist. Er is veel gebeurd in mijn leven.'

Moszkowicz vroeg haar: 'Wil je een glas wijn?'

'Ja, doe maar.'

Ze zwegen een moment toen hij het glas vulde. Om het te overhandigen boog hij zich over het ronde tafeltje dat tussen de fauteuils stond. Ze verliet de armleuning en nam het glas in ontvangst.

'Mag ik een sigaret?'

'Natuurlijk.'

'Je rookte niet meer,' zei De Winter.

'Ik weet het,' zei ze.

Moszkowicz liep om de ronde tafel heen en ze nam een sigaret en hij gaf haar vuur met een gouden aansteker. Ze inhaleerde. Glas wijn in de ene hand, sigaret in de andere. Zwarte pumps. Als een ster in een film. Theatraal.

'Nou,' zei ze. 'Ik hoopte dat ik voor de rest van mijn leven geen woord meer hoefde te wisselen met je, Max. Ik heb een leven opgebouwd nadat het me jaren heeft gekost de puinhopen te ruimen. Dus hou het kort. Ik heb andere dingen te doen. Je weet van mij en Leon, toch?'

'Ja, dat weet ik,' antwoordde Kohn. Hij knikte De Winter toe, met een ontspannen glimlach. 'Ik ben niet gekomen om je van iets te overtuigen. Ik heb vragen over mijn hart. Niet over je liefdesleven. Daar ga ik niet over. Dat respecteer ik, op elke manier.'

'Goed. Oké,' zei ze.

Ze nam opnieuw naast De Winter op de armleuning van de fauteuil plaats.

'Nou, ga je gang,' zei ze.

Kohn knikte. Hij staarde even voor zich uit. Keek haar aan. Zij onttrok zich aan zijn blik en sloeg haar ogen neer.

'Ik had hartproblemen. Vermoedelijk genetische oorzaak. Maar die maakte ik erger door mijn manier van leven. Veel alcohol. Coke. Dat kwam in Las Vegas allemaal tot een dieptepunt. Ik kreeg ernstige klachten. Het werd zo erg dat ik op de transplantatielijst werd gezet. En op een dag kreeg ik het bericht dat er een hart beschikbaar kwam. Voor mij, voor mijn lichaamslengte en gewicht, mijn bloedgroep, alles. In Rochester, Minnesota. Daar begon het eigenlijk al. Normaal komt een hart naar je toe. Maar ik wilde naar het hart. Ik ben ernaartoe gevlogen, met een gecharterd vliegtuig, een cardioloog erbij. En in de Mayo Clinic in Rochester werd een nieuw hart bij me geplaatst. Dat is nu meer dan een jaar geleden gebeurd. Het hart voelt zich thuis bij mij. Het hart heeft mij een nieuw leven gegeven. En een paar dagen geleden...'

Hij keek nu even Bram aan, daarna De Winter.

'Ik wilde de familie bezoeken van de donor. Ik had om contact gevraagd. Daarin werd toegestemd. De donor had familie in Los Angeles. Die ben ik gaan bezoeken. Een zwarte familie, African-American. En daar...'

Hij stak een hand in een binnenzak van zijn colbert en nam er een foto uit. Hij liet de beeltenis aan haar zien. Ze wierp er een blik op en voor het eerst keek ze Max even aan.

'... En daar kreeg ik deze foto. Van de donor. Jij samen met de donor. Een man die priester is geweest. Jimmy Davis. Jullie staan er samen op alsof... Mooie man. Ik heb zijn hart. Sonja, ik wil erachter komen waarom ik zijn hart heb gekregen. Want dit kan niet. Het is onmogelijk om dit te regelen. Hij kende mij niet. Maar hij kende jou. Hij had het perfecte hart voor mij.'

Kohn zweeg. Roerloos was Sonja naast De Winter blijven zitten. Ze nam een trek en keek naar een onduidelijke plek op de tafel. Daarna boog ze zich voorover en zette het glas neer en stond op.

Ze deed enkele stappen naar het raam en draaide haar rug naar de tafel toe, keek naar buiten, een arm onder de elleboog, sigaret tussen de vingers voor de mond. Fotogeniek.

Kohn bleef stil zitten. Liet haar staan en nadenken.

Zonder zich naar hen toe te draaien zei ze: 'Ik was bij Jimmy toen hij stierf. Toen hij definitief hersendood was verklaard. Hij had een tumor. Ik had hem over jou verteld. Dat ik een bandiet had gekend en voor hem op de vlucht was. Hij kende je naam. Meer weet ik niet. Ik weet niet waarom hij ervoor gezorgd heeft dat jij zijn hart kreeg. Voor zover zoiets überhaupt kan.'

'Had je iets met hem?' vroeg Kohn.

'Ja. Waarom niet? Ik was ongebonden. Hij in zekere zin ook. We hadden veel... lol – een puberwoord, maar anders kan ik het niet zeggen. Het was in de Dominicaanse Republiek. Ook daar heb ik gewoond om je te ontlopen. Jimmy... Jimmy was de goedheid zelve. Hij was een Franciscaan. Het kwelde hem dat hij zo van vrouwen hield. Maar hij gaf eraan toe. Heeft een jaar geduurd of zo.'

'Voor hem kennelijk langer,' zei Kohn. 'Hij heeft je kennelijk niet kunnen vergeten. Hij had foto's bewaard van jou en hem. Ik heb ze gekregen. De lijst met hartpatiënten is altijd drieduizend namen lang. Elk jaar komen er zevenentwintighonderd beschikbaar in Amerika. Hij was een donor. Ik een ontvanger. Hoe groot was die kans?'

'Toeval,' zei ze. 'Allemaal toeval.'

'Ik heb zo'n gevoel van niet,' zei Kohn.

'Hij heeft je uitgezocht?' vroeg ze met scepsis.

'Het kan eigenlijk niet, ik weet het, maar misschien wel.'

'Leon?' Sonja draaide zich weg van het raam en keek De Winter aan. 'Jij hebt dat toen uitgezocht voor *God's Gym*. Kun je die lijsten manipuleren? Ervoor zorgen dat een bepaalde donor samenkomt met een bepaalde ontvanger?'

'Dat zijn gesloten systemen. Die kunnen alleen functioneren wanneer alles strikt eerlijk en volgens urgentie verloopt. Ik heb nooit gelezen dat er gerommeld werd. Dick Cheney, de vicepresident van Bush, die heeft bijna twee jaar moeten wachten op een donorhart, veel langer dan de gemiddelde ontvanger. Kreeg geen voorrang. Je kunt je niet inkopen. Harten zijn niet te koop.'

Kohn zei: 'De Mayo Clinic is oorspronkelijk van Franciscanen. Die hebben nog steeds invloed daar. Misschien... misschien hebben ze Jimmy Davis geholpen iets te arrangeren.'

Sonja gebaarde om haar woorden kracht bij te zetten: 'Wat denk je te vinden? Jij hebt Jimmy's hart. Nou, *big deal*. Toeval. Alles is toeval.' Maar vervolgens verstarde ze in haar bewegingen en na enkele seconden zei ze: 'Krankzinnig. Ja, je hebt gelijk.' Ze staarde voor zich uit. Schudde verbijsterd haar hoofd. 'Ja, het is krankzinnig. Jij hebt Jimmy's hart. Wat vreemd. Wat wonderlijk.'

'Wat wil je nou precies weten, Max?' vroeg Moszkowicz.

'*Waarom*? wil ik weten. *Waarom*?' antwoordde Kohn.

'Die vraag moet je aan een priester stellen. Of aan een rabbijn. Ik heb geen antwoord,' zei Sonja.

Kohn zei: 'Een beter mens dan ik had zijn hart kunnen krijgen. Ik had het misschien verdiend om te creperen.'

'Wil je dat ik daarop inga?' vroeg Sonja.

'Ik ken het antwoord,' zei Kohn, met een verontschuldigende glimlach. 'Je hebt niet eens ongelijk.'

Sonja schudde haar hoofd: 'Wat een zelfkennis opeens.'

'Ja. Zelfkennis.'

'Wat wil je over hem horen?'

'Ik wil weten hoe je hem hebt ontmoet,' zei Kohn. 'Hoe dat was. Ik wil alles weten over jullie.'

Sonja vroeg: 'Waar zat jij in die tijd?'

'Las Vegas. Ik runde striptenten. Niet een indrukwekkende professie. Geef ik toe. Vind ik nu. In die tijd niet. Ik was losgeslagen. Doorgeslagen. Ik... had toen al spijt van alles. Dat ik je had moeten laten gaan. Dat je me ontglipt was. Dat mijn beste vriend in de gevangenis zat door mij, voor mij.

En dat het allemaal mijn eigen schuld was.'

'Ik heb hier geen zin in,' onderbrak Sonja hem. Ze liep naar De Winter toe, legde loyaal een hand op zijn schouder. 'Ik wil niks terug van die tijd. Niet eens een herinnering. Niet eens een goede. Dit overweldigt me. Niet nu. Ik wil het niet. Ik wil mijn leven zoals het nu is beschermen. Ik weet niet waarom Jimmy dit heeft gedaan, áls hij het heeft gedaan. Het kan toch niet, Leon?'

'Ik zou niet weten hoe,' zei De Winter. Hij had het akelige gevoel dat het mysterie te veel glans zou krijgen als die Jimmy doelgericht zijn hart aan Kohn had gegeven. Dan was er opzet in het spel. En die opzet, drong tot De Winter door, kon maar één betekenis hebben: Kohn en Sonja moesten weer bij elkaar gebracht worden. Dat had Jimmy willen bereiken. Maar De Winter hield die gedachte voor zich. Nee, het was bizar, het was niet mogelijk. Dat had die Franciscaan nooit voor elkaar kunnen krijgen.

Sonja vroeg: 'Ga je mee, Leon?'

De Winter stond op. Hij had dit overleefd. Kohn oefende geen druk op haar uit en liet haar gaan. Hij had geen machtsmiddelen. En Kohn wekte de indruk dat als hij die wel had gehad, hij haar ongemoeid had gelaten.

Kohn vroeg: 'Kan ik nog een keer met je afspreken? Hier desnoods? Ik wil graag zoveel mogelijk horen over Jimmy Davis.'

'Nee,' zei Sonja. 'Mijn hoofd staat er niet naar. Ik heb andere dingen die nu van belang zijn. Ik wil weg uit deze gek geworden stad. Het Muziektheater verwoest. Op Schiphol de pest uitgebroken. Ik moet me concentreren.' En opnieuw vroeg ze De Winter: 'Ga je mee?'

Zonder afscheid te nemen van Kohn of Moszkowicz liep ze naar de deur. De Winter gaf Kohn een hand.

'Dag, Max.'

Kohn vroeg: 'Zullen wij een dezer dagen een kop koffie drinken?'

'Hoe lang ben je nog in de stad?'

'Zo lang als nodig is. Hangt een beetje van Sonja af.'

'Bel me,' zei De Winter. En tegen Moszkowicz: 'Wij bellen ook, Bram.'

Moszkowicz knikte.

Sonja wachtte bij de deur. Ze liepen samen naar beneden.

'Het viel mee,' zei De Winter.

'Ik weet het niet. Ik wil hem niet in de buurt van mijn kind. Leon, hij is onvoorspelbaar. Zo was hij vroeger ook. Twee gezichten. Twee tongen. Nee, drie tongen, vier tongen.'

Ze lieten de zware deur achter zich in het slot vallen en stapten de avond in. Hun fietsen stonden aan weerszijden van de Spiegelstraat. Een kille avond. Een paar straten verder was er een ramp gebeurd. Het geluid van helikopters hing in de lucht.

'Ik heb de indruk dat hij veranderd is,' zei De Winter. 'Dat andere hart... Jimmy Davis... Je hebt nooit iets over hem verteld.'

'Ik wil snel naar huis,' riep ze hem toe. 'We maken iets lekkers. We drinken een lekkere wijn, oké?'

Ze had haar fiets al van het slot en kwam ermee naar hem toe gelopen terwijl hij de zware ketting van de zijne stond los te maken.

Toen hij zich oprichtte, zei ze: 'Leon...'

Ze klemde haar hand om zijn arm en legde haar hoofd op zijn schouder.

'Vanmiddag... sorry, ik deed onmogelijk. Ik was in paniek. Zei verschrikkelijke dingen.' Ze hief haar hoofd en keek hem aan: 'Je bent niet te dik. En je bent jong en groots in bed.'

'Je maakt het nu nog erger,' zei hij. Ze kuste hem.

'Ik wil weg hier,' riep ze toen ze was opgestapt en voor hem uit fietste. 'Terug naar Juan-les-Pins! Dat wil ik!'

'Je krijgt Nathan niet mee!'

'O. Nee, je hebt gelijk...'

'Je hoeft niet meer te vluchten, liefje! De reis is afgelopen! We blijven! En we gaan in de zomers naar Frankrijk! En in de andere vakanties!'

Ze antwoordde niet. Ze fietste hard voor hem uit, naar haar zoon toe. Door het trappen was haar rok omhooggekropen en hij zag de volle lengte van haar benen. Alles libido, dacht hij, alles seks; hij was een willoze slaaf van haar lijf.

De Winter herinnerde zich dat hij Van Ast moest bellen. Nee. *Fuck 'm.* Ze konden zelf hun verklaringen schrijven. Hij wilde nu bij Sonja blijven. Het maakte niet uit wat Cohen zou zeggen. Als Cohen verstandig was, zou hij zijn mond houden. Dat zou hij Van Ast zo meteen mailen.

Zijn mobiel ging over en terwijl Sonja een voorsprong nam – zij was al overgestoken bij het Rijksmuseum en fietste in de richting van de Hobbemakade – viste hij zijn mobiel uit zijn achterzak. Het was Bram.

Hijgend stapte De Winter af bij het stoplicht.

'Max is net weg. Het ging goed, toch?' zei Moszkowicz.

De Winter hapte naar adem. Dat korte ritje van de Herengracht naar het Rijksmuseum had hem al uitgeput. Hij moest echt iets aan zijn conditie doen.

'Ja, Max is veranderd.'

'Hoe is Sonja weggegaan?'

'Ze is opgelucht. Gekalmeerd.'

'Zullen we snel nog verder praten over Eva?'

'Natuurlijk. Wanneer het jou uitkomt.'

'Ik laat het morgen weten. Fijne avond, jongen.'

De Winter kon oversteken en was verrast dat Sonja om de hoek op de Hobbemakade op hem wachtte.

'Waar was je?'

'Bram belde. Hij was tevreden. Ik ook.'

'Ik ook,' zei ze. 'Kom, we gaan naar huis. Ik heb net nagedacht. Je moet bij ons komen wonen. Oké?'

'Oké,' zei hij.

Ze kuste hem op de mond en ging er daarna weer als een wervelwind vandoor, haar rok nu helemaal opgekropen, bijna in haar blote kont, haar haren wapperend om haar hoofd.

Sonja was elke dag een geschenk voor de schrijver. De rest was bijzaak.

18

PIET HEIN

Donner had geen behoefte aan een directe confrontatie met de puinhopen van het Muziektheater. Het was duidelijk dat het erg was. Cohen had zich er eerder op de avond laten zien, en nu verscheen hij er opnieuw met premier Rutte. Op een enorme flatscreen-tv die in de zaal was neergezet kon Donner het volgen terwijl hij er ongericht rondslenterde. Hij sprak niemand aan. Maakte zo nu en dan aantekeningen. Wilde geen conversaties, discussies. Vrij in het hoofd zijn – dat wilde hij.

De televisiezenders hadden hun programmeringen aangepast en brachten aanvankelijk wezenloze discussies van deskundigen die alle mogelijke theorieën aandroegen. Links, rechts, allochtonen, autochtonen. De vliegtuigkaping maakte daar hardhandig een einde aan; het ging om moslimterroristen. Het was wereldnieuws.

Door de eisen, de vrijlating van Boujeri en Ouaziz, werden de politie- en inlichtingendiensten op het spoor gezet van Ouaziz' zoon. En vervolgens, binnen een halfuur, van de voetballers. Jonge jongens allemaal. Op zoek naar iets groots en onomkeerbaars. Op zoek naar glorie en mondiaal respect, althans, in bepaalde kringen.

Donner kwam uit een familie van bestuurders en regenten. Een familie die altijd de status-quo had gediend. Het was de status-quo die Nederland overeind en beheersbaar hield. De ruggengraat bestond uit figuren als Donner, die als verschijning – hij had zelfkennis en zelfspot – niets bijzonders uitstraalde. Hij oogde als een grijze dienaar van een bestuurlijke bovenlaag, en daar lag het uitzonderlijke: deze was zich bewust van zijn sociale en morele verplichtingen. De Nederlandse elite was niet uit op gewin, op luxe en aanzien. De elite vormde de olie in het raderwerk van een van de meest glorieuze samenlevingen in de menselijke geschiedenis, de Nederlandse. Teneinde die in stand te houden brachten sommige families al generaties lang bureaucraten en technocraten voort. Geen flamboyante politici, maar serieuze overheidsemployés. Dossiervreters. Werkmieren. Die door weer en wind op de fiets naar hun ministerie trapten. Die geen belang hechtten aan kostuums van Brioni. Aan een vette Rolex. Een Bentley. De samenleving moest functioneren. Het staatsbelang stond altijd voorop. En met dat perspectief, nee, met die levenshouding probeerde Donner deze crisis te beheersen.

Hem was de 'doorzettingsmacht' ten deel gevallen. Bij elke stap voelde hij het gewicht van de verantwoordelijkheden die hij nu torste. Als het nodig was voor de continuïteit en soevereiniteit van de staat kon hij zelfstandig en eigenmachtig optreden. Zelfs Defensie bevond zich onder zijn autoriteit. Hij bezat een schier onbeperkte macht. De last daarvan was adembenemend zwaar.

Donner bevond zich in een onbestemde zaal – niets had kleur, alles was er glad en kaal, de vloer, het kantoormeubilair, en opvallend veel kaalgeschoren koppen van de mannen die er werkten – van het gebouw van de marechaussee op Schiphol. Het had geen zin dat hij zich in Amsterdam ophield. Het onderzoek richtte zich op het vliegtuig. In Amsterdam ging het om reddingsacties, voor zover die nu, zes uur na de explosie, nog iets konden betekenen. Er waren tot nu toe drie doden geborgen, en tachtig gewonden, van wie achttien ernstig. Dat was serieus, maar niet veel serieuzer dan wat regulier autoverkeer dagelijks aan dood en lijden veroorzaakte. Dat was zijn norm. Overtrof de calamiteit de kosten in mensenlevens van het normale maatschappelijke proces? Het was onzin het aantal slachtoffers te bagatelliseren, maar het had erger gekund. 's Avonds, gedurende een voorstelling, hadden ze kunnen toeslaan. Dat dat niet was gebeurd – ze hadden zelfs gebeld om te waarschuwen dat er een gaslek was; een leugen, maar een leugen om de gevolgen te beperken – betekende dat het de daders niet ging om het willekeurig doden van zoveel mogelijk ongelovigen. Het was een symbolische aanslag – althans, zo hadden ze het bedoeld, dacht hij. Misschien hadden ze er zelfs spijt van dat er doden waren gevallen; als ze de *window* tussen het telefoontje en de explosie net iets ruimer hadden genomen, vijf of tien minuten, was er voldoende tijd geweest om het Muziektheater helemaal te ontruimen en waren er vermoedelijk geen doden gevallen. Amateurs.

Amateurs uit Amsterdam-West. Hij had de lijst met namen gezien. Zo jong nog. Ambitieus. Maar verdwaald. Maar niet onintelligent. Een tweetrapsaanslag. Dat optimaliseerde de maatschappelijke schok. Eerst de verwarring, met de overheidsdiensten een beetje groggy, uit balans, wankelend, en daarna de knock-out. De zoon van Kicham Ouaziz was de leider van het voetbalteam. En dus ook van de aanslagploeg. Jongen was slim.

Het toestel was in opdracht van de kapers met de passagiers naar een parkeerplatform getaxied. Schiphol had het afgelopen uur twee banen kunnen openen. De vluchtschema's waren uitgeveegd. Duizenden reizigers wachtten op vertrek, een aansluiting, informatie.

Een aanslag was een duidelijk identificeerbaar incident. Een aanslag creëerde feiten en zette de hulpdiensten onder druk. Een vliegtuigkaping daarentegen creëerde dilemma's. Keuzen. Goede en slechte keuzen. Kapingen en gijzelingen maakten van de autoriteiten mededaders.

De jongens hadden aanvullende eisen gesteld. Ze hadden honger. Ze gaven een lijst met bestellingen door. Van New York Pizza. Pizza's met halal salami, extra kaas en tomaat, cola, dat soort dingen. En ook wijn en wodka en whisky. Consequent waren ze niet. En nog iets.

In de warme zaal, waarvan de ramen waren geblindeerd, met functionarissen van de AIVD, de NCTV en politie- en inlichtingendiensten verzameld rond tafels bezaaid met koffiebekers, flessen frisdrank, borden met voedselresten, laptops, mobiele telefoons en zend- en ontvangstapparatuur, waarmee gecodeerd kon worden gecommuniceerd, had Donner de geluidsopname twee keer teruggehoord.

Hun onderhandelaar Pim Dubois had zich bij de verkeersleiders gevoegd en had via de cockpit contact met een van de jongens, genaamd Ruud. Hij was de woordvoerder. Toen Dubois Donner naar de eisen liet luisteren, verklaarde hij hoofdschuddend: 'Ik heb zoiets nooit eerder gehoord. Ik heb honderden gesprekken van de afgelopen vijftig jaar met kapers en gijzelaars uit de hele wereld bestudeerd, maar dit is nieuw voor me. Dit is behoorlijk bizar allemaal.'

Dubois had het gesprek op een iPad staan. Donner deed oordopjes in maar die hielpen weinig. Vervolgens drukte hij zijn handen plat op de oordopjes om de geluiden in de zaal te dempen. Hij hoorde: 'We laten tien mensen gaan als we de pizza's hebben. Jullie moeten een trap hiernaartoe rijden. Zet alles beneden aan de trap. Als jullie een geintje uithalen, doden we iemand van de passagiers. We bestellen zelf bij New York in Hoofddorp, op de Kruisweg, oké?'

Hij klonk als een kind. Een jochie.

'Jullie bestellen zelf. Ja. Jullie bellen en wij betalen, oké,' antwoordde Dubois.

'Geen geintjes. Geen slaapmiddelen of zo. Wij weten precies hoe lang het duurt voor zo'n bestelling gemaakt is. Wij zijn de experts op het gebied van pizzabakken en pizzabestellingen, begrijp je?'

'Ik begrijp het.'

In het elftal zat een jongen die Rouwad heette. Noemde zich nu kennelijk Ruud. Hij was zestien. Zat vier vwo. Je hoorde dat hij een Marokkaanse tongval had. Was verbaal begaafd. Had ook een wiskundeknobbel.

'En dvd's. We zullen hier nog wel een tijdje moeten wachten. We hebben alles van het afgelopen jaar al gezien. We willen klassiekers zien. De *Die Hards*, allemaal. *Alien*, de oude uit 1979. Wat ook goed schijnt te zijn is een Duitse film, *Das Boot*. De eerste *Terminator*.'

Op de achtergrond riep een andere jongen: 'En *The Wild Bunch* uit '69!'

'*The Wild Bunch* uit '69,' herhaalde Ruud.

'Ik heb het genoteerd.'

'En zes hoeren, man.'

Gejoel klonk op de band. De makkers van Ruud hadden hierop gewacht.

'Wat zeg je?'

'Hoeren. We willen neuken.'

Opnieuw gejoel.

'Dat lukt niet, Ruud. Daar ga ik nooit toestemming voor krijgen.'

'Jongens, effe rustig, ik versta hem niet. Dan bellen wij callgirls. Die heten callgirls omdat je ze moet bellen. Jullie betalen. Net als met de pizza's, oké?'

'Ik denk niet, jongens, dat jullie hier sympathie mee wekken.'

'Man, wij zorgen ervoor dat iedereen in Holland dit te weten komt. Elke gozer zal jaloers zijn op ons, man. We gaan gewoon bellen en je zult zien dat er altijd bitches zijn te vinden die willen komen. Duizend euro per meid, oké? We willen tophoeren!'

'Ik kan hier niet zomaar mee instemmen, Ruud. Ik moet overleggen met mijn chefs.'

'Gelul, Pim. Weet je wat? Wij houden zes vrouwen aan boord tot de hoeren er zijn. We halen er de zes leukste meiden uit en als we geen hoeren krijgen dan grijpen we die. We willen pizza's en zuipen en filmkijken en wijven! En zorg ervoor dat Boujeri hier komt. Waarom duurt dat zo lang? Pim, wat is daarvan de reden?'

'De procedure is in werking gezet, Ruud. Alle betrokken ministers hebben nu afgetekend. Hij kan elk moment vertrekken.'

'Middernacht. Dan moet hij hier zijn.'

Donner dacht: luidruchtige, doorgeslagen jongens die zich gedroegen alsof ze op vakantie gingen naar de Costa Blanca en in een platvloerse realityshow speelden. Ze pretendeerden dat ze geen hechte club van getrainde jihadisten waren. Maar als voetballers stonden ze bekend als verbeten gedisciplineerd. Ze trainden hard. Ze stonden bovenaan in hun poule. Ze hadden de Fair Play Award gewonnen omdat ze op het veld nooit vloekten, nooit in discussie gingen met de scheidsrechter. Donner geloofde dus niet dat ze in werkelijkheid deze halve wilden waren. Waarom deden ze dit? Hij kon maar één antwoord vinden: dit was onderdeel van een misleidingsspel.

Dubois had gevraagd: 'Weet u wat Radio 538 is?'

'Nee.'

'Veel jongeren luisteren daarnaar. Meest beluisterde radiostation in Nederland. Ruud heeft ze gebeld en kwam live in de uitzending. Hij zei dat ze niks met de ramp van het Muziektheater te maken hadden. Hij zei dat ze protesteerden tegen de oorlog in Irak en Afghanistan en tegen de moorden door Israël in Gaza. Hij zei dat ze mee wilden vechten tegen Assad, en hij zei ook dat ze eerst rondvluchten gingen maken boven Nederland en de zee, en of er meiden waren die mee wilden vliegen. Ze zouden netjes weer worden teruggebracht op Schiphol. Die jongens zijn gek. Meneer Donner, dit zijn gevaarlijke mafkezen.'

Donner geloofde het niet. Ze waren tijd aan het rekken, en dat was curieus. Het was zijn taak om te vertragen, niet de hunne. Hoeren, callgirls, via de radio vrouwen oproepen voor een pleziervluchtje. Onzin. Ze wilden op de grond blijven om andere redenen. De aanslag op het Muziektheater was de eerste stap – die was uit de hand gelopen en was niet beperkt gebleven tot een symbolisch gebaar. En daarna een vliegtuigkaping. Die trok nu alles naar zich toe. De aandacht van alle inlichtingendiensten was nu hierop gericht. Aan boord waren de aanslagplegers. Drie doden tot nu toe. Niet catastrofaal maar ernstig genoeg. Het Muziektheater was zwaar beschadigd en zou vermoedelijk moeten worden opgegeven.

De voetbalploeg bestond uit achttien spelers. Zeven waren getraceerd. Deze groep was naar school geweest, had gewerkt. Ze waren allemaal opgepakt, thuis, bij vrienden, op de avondschool, van straat geplukt, en werden nu ondervraagd. Stuk voor stuk wekten ze de indruk dat ze geen idee hadden wat er was gebeurd. Tot nu toe hadden ze de ondervragers van hun onschuld overtuigd. Van het oorspronkelijke team van achttien waren elf jongens onvindbaar. Hun families waren radeloos. Ruud had om zes hoeren gevraagd. Waarom niet elf? Wilden vijf jongens niet meedoen aan het seksfestijn? Wilden ze om de beurt de vrouwen gebruiken?

Of bestond de groep uit slechts zes jongens en hielden de overige vijf zich ergens schuil voor de derde ronde? Zodra de eerste passagiers vrijkwamen, zouden zij kunnen vertellen hoeveel kapers aan boord waren. Donner was ervan overtuigd: zes. De andere vijf jongens moesten ze zien te vinden voordat zij toesloegen. Maar hij had geen idee waar ze dat zouden doen.

Voordat hij zijn wandeling in de zaal voortzette, zei hij tegen Dubois: 'Ik neem aan dat er meisjes en vrouwen naar dat radiostation hebben gebeld.'

Dubois knikte.

'Hoeveel?'

'Honderdachtendertig. Dat was de stand twintig minuten geleden.'

Daarna was Donner, die zijn walging, nee, zijn treurnis niet wilde tonen, aan een lege tafel in de hoek gaan zitten, een notitieblok voor zich, en Frans van der Ven, de man van Speciale Operaties, schoof een stoel bij en zei: 'Ik heb dat gesprek net ook afgeluisterd. Ze maken er kermis van. Pubers. Geen spoor van spanning. Of misschien is dit de manier om spanning te ontladen.'

Donner zei: 'Ik geloof niet dat het spontaan is. Er is over nagedacht. Ik geloof niet dat ze het menen. Ze willen verwarring veroorzaken, chaos. Is Dubois weer met ze in gesprek?'

'Hij is in overleg met profilers en psychologen. Ze kunnen onmogelijk hoeren inhuren en die naar het toestel brengen. Is een onmogelijke eis.'

'Wij hebben geen ervaring als overheidspooiers,' zei Donner. 'Nog niet. Waar halen we die vandaan? Kun jij dat uitzoeken?'

'Meent u dat echt?'

'We spelen het spel mee. Als ze hoeren willen, krijgen ze

hoeren. Misschien zijn ze te vinden. Maar ik denk niet dat ze ze aan boord laten. Het is bluf.'

'Ze spelen met het lot van Boujeri. We moeten dreigen dat we hem niet uitleveren.'

'We hebben geen drukmiddel, en als we geen hoeren kunnen vinden, moeten we ze duidelijk maken dat wij geen hoeren kunnen leveren. Dus dan houden ze maar zes vrouwelijke passagiers achter. Dat is onaangenaam, maar we nemen het stapje na stapje, uur na uur. We moeten pragmatisch zijn. Elke passagier die vrij is, is er één minder. Geef dat door aan Dubois.'

Van der Ven knikte en stond op. Maar hij bleef staan toen zijn mobiel klonk. Van der Ven knikte, zei: 'Ik zal het zeggen.' Hij verbrak de verbinding en richtte zich tot Donner: 'Cohen is aangekomen. Zonder de premier, die is nog in Amsterdam. Ze brengen hem naar de spreekkamer.'

Donner liep door de lawaaierige zaal naar een kamer die geluiddicht was gemaakt. De aard van de technieken waarvan al die mensen om hem heen gebruikmaakten, ontging hem, maar over het doel was hij ingelicht: telefoonverkeer werd nu massaal getapt en gefilterd, met name van Marokkanen die bekendstonden als radicalen en van de families van de voetballers. De gesprekken in het vliegtuig werden met speciale apparatuur afgeluisterd. Alle informatie over de jacht op de vijf verdwenen jongens kwam hier binnen en werd geordend. Het lag voor de hand, en zo was het ook gegaan: twee jongens van het voetbalteam hadden op Schiphol als laders gewerkt. De gevaren daarvan waren bekend en de screening was al jaren geleden aangescherpt; ze hadden het antecedentenonderzoek doorstaan, ze leken nauwelijks gelovig, dronken alcohol, gingen uit, hielden zich niet met politiek bezig. Ze deden cursussen en werkten aan hun toekomst. Net als met de zoon van Ouaziz kon met hen geen verbinding worden gemaakt. Ze hoorden tot de ploeg van elf van wie er waarschijnlijk zes aan boord van het vliegtuig waren, en vijf die mogelijk op een andere plek nog iets anders voorbereidden.

Een agent die voor de geluiddichte kamer stond, opende de deur.

'Minister,' knikte de agent. 'Uw gast is al aanwezig.'

Donner betrad de kamer. De deur werd zacht achter hem gesloten.

'Hallo, Job,' zei Donner.

Cohen zat naar een tv-scherm te kijken, ellebogen op tafel, vermoeide ogen, grauwe huid, gebogen rug, ineengedoken alsof hij zweepslagen kreeg. Hij keek pas op toen hij werd aangesproken. Zonder op te staan stak hij een hand naar Donner uit. Ze begroetten elkaar. Twee flesjes water stonden op tafel, zonder glazen. Donner ging zitten en draaide het dopje van de plastic fles.

'Gewoon een groepje kutmarokkanen, PH,' zei Cohen met matte stem.

Hij was een van de mensen die Donner met PH aanspraken. Het riep een vorm van vertrouwelijkheid op die tussen hen nooit had bestaan. Ze kenden elkaar al vele jaren van het politieke circuit, er was wederzijds respect, maar ze hadden elkaar nooit in vertrouwen genomen. Was nooit aan de orde geweest.

Cohen ging door, naar het tv-scherm starend: 'Niet eens in Afghanistan getraind. Autodidacten. Zelftraining. Op de Veluwe. Almachtsfantasieën. De grote puberdroom waarmaken. Alles kapot. Kijk eens hoe sterk we zijn. We slaan alles weg. Groepje voetballers. En goeie ook. Sommigen staan op talentenlijstjes van scouts van grote ploegen. Er zijn er een paar bij met goede schoolrapporten. Vwo, de meesten, geen jongens voor wie het vmbo te hoog gegrepen is. Ze hadden allemaal een toekomst. Oké, ze waren allemaal begonnen met een achterstand, maar dat geldt voor ieder kind van immigranten. Dit hoefden ze niet te doen uit blinde razernij. Ze waren geen vertrapte verschoppelingen. Ze hadden kansen, PH. Ze hadden stuk voor stuk iemand kunnen worden. In het bedrijfsleven, bij de overheid. Er was verdomd nog aan toe heel veel toekomst voor hen weggelegd. Wilden ze niet. Het was spannender om het Muziektheater op te blazen. Ellende. En dan een vliegtuig kapen. God wat een lol.'

Hij keek nu Donner aan. Getergde, treurende blik.

'PH, ik heb het geprobeerd, dat weet je. Ik heb altijd iedereen erbij willen houden. Ik heb geen eersterangs en tweederangs burgers in mijn gemeente geduld. Ik ben afgezeken omdat ik zei dat ik de boel bij elkaar wilde houden. Was erg in de ogen van de populisten. Ik wilde dat iedereen op zijn eigen manier zou bijdragen aan onze samenleving. Is dat erg, PH? Dat was een teken van kracht, niet van lafheid. Onze samenleving is sterk genoeg om moslims op te nemen. Na een paar generaties raken ze vanzelf geassimileerd. Zo gaat dat in het welvarende Westen. Je bent wel gek om hier aan je achterhaalde tradities vast te houden. Onze samenleving sleurt iedereen mee. Het is verleidelijk. Spannend. Kleurrijk. Hier kun je alles worden wat je talenten je toestaan. Gelijke kansen voor...'

Cohen slikte de rest van de zin in: 'Tsja... Ben ik gek aan het worden, PH?'

Donner schudde zijn hoofd en zei: 'De wereld is gek. Jij niet.'

'Ik weet niet of ik dit wil overleven, PH. Nee, maak je geen zorgen, ik overleef het, maar niet beroepsmatig. Ik zal dit uitzitten, maar zodra de parlementaire enquête begint, en die gaat er komen, vanzelfsprekend, zal ik aftreden. Nee, eerder. Ik ruim de puinhopen en daarna vertrek ik.'

Donner had daarop niets te zeggen. Het had geen zin om hem tegen te spreken. Dit was het einde van Cohens loopbaan als bestuurder.

Ook Cohen draaide het dopje van een flesje water en bijna gelijktijdig namen ze een slok.

Donner liet enkele seconden verstrijken en zei: 'We krijgen met de minuut een helderder beeld. We hebben een vermoeden wie de leider is. Een jonge jongen. Een van de laagst opgeleide van de groep voetballers. Toch hun leider. Gediplomeerde slagersleerling. Maar geen houwdegen. Slimme jongen die niet wilde leren maar iets met zijn handen wilde doen. Kon aan de slag bij een familielid. Halal slagerij. We moeten hem vinden, dan kunnen we de effecten begrenzen. Daar gaat het bij elke actie en tegenactie om. Hoe snel ben je in staat de gevolgen te limiteren? Dat ze zich verschanst hebben in een vliegtuig is op zich geen slechte zaak. Als we de passagiers allemaal vrij hebben, hebben we in principe een doelwit met een begrensde *fall-out*.'

'En de bemanning?' vroeg Cohen.

'Ik vind dat een vorm van *collateral damage* die we ons kunnen veroorloven. De bemanning is volledig Turks.'

'Je riskeert een rel met de Turken.'

'Die jongens riskeren zo'n rel. Maar ik denk niet dat het zover hoeft te komen. We hebben de capaciteiten om in te grijpen en de laagste prijs te betalen. Maar eerst moeten we ze allemaal traceren.'

'Zitten ze dan niet allemaal aan boord?'

'We denken van niet, nee. We weten niet hoeveel jongens aan boord zijn, en als ze niet allemaal aan boord zijn, kunnen ze zich overal in Nederland schuilhouden. Of in België.'

Cohen vroeg: 'Waarom zitten ze niet allemaal in dat vliegtuig?' Maar hij gaf Donner geen kans om te antwoorden: 'Ze zijn nog iets anders van plan...?'

'We weten wat we niet weten, Job. Dat zei Donald Rumsfeld een keer. Was minister onder Bush, weet je nog? Erger is wanneer je niet weet wat je niet weet. Wanneer je niet weet waar de rand van de puzzel loopt. Zodra de passagiers zijn vrijgelaten, weten we veel meer. Maar we hebben een complicatie.'

'Een complicatie?' herhaalde Cohen. 'Hoeveel complicaties kunnen we binnen vierentwintig uur verdragen? Wat voor complicaties?'

'We hebben acht jongens van de Koninklijke Marine aan boord van dat vliegtuig. Nederlandse matrozen. Zouden aan boord van een van onze fregatten gaan die daar ergens in een haven liggen. Die krijgen we niet vrij. Bemoeilijkt de boel een beetje. Niet veel, maar toch...'

'Waar is Boujeri?'

'Die wordt in Aalsmeer vastgehouden. Kan op mijn teken meteen naar het vliegtuig worden gebracht. Wordt zijn grote optreden. Van Gogh gebeurde snel en in feite zonder publiek. Maar dit is voor het oog van de wereldcamera's. Eerst de passagiers vrij. En nog iets anders...'

Cohen keek hem afwachtend aan. Donner moest hem ermee confronteren. Dit ging om grote belangen.

'De jongen van wie wij denken dat hij de leider is, heet Salheddine Ouaziz, kortweg Sallie. Sallie Ouaziz. Zegt de naam Ouaziz je iets?'

'Ja, die ken ik,' zei Cohen. Het was merkbaar dat hij de herinnering met weinig plezier ophaalde. 'Ik heb de naam al jaren niet meer gehoord. Ik ken de naam Kicham Ouaziz. Hij was veroordeeld tot achttien jaar voor een dubbele moord. Verboden wapenbezit. Natuurlijk ken ik de naam. Sallie is familie van Kicham Ouaziz? De zoon?'

'Sallie is de zoon van Kicham,' herhaalde Donner. 'Ik wilde je ervan op de hoogte stellen dat we hierin gaan duiken.

Kicham Ouaziz, de vader, is volledig van de kaart hierdoor. Had hier niets mee te maken. Maar voelt zich indirect verantwoordelijk. Zijn zoon groeide zonder hem op. Hij heeft hem niet kunnen corrigeren, hij heeft zijn zoon niet duidelijk kunnen maken wat recht en onrecht is. Zou hem trouwens moeilijk zijn gevallen aangezien hij zelf een carrièrecrimineel is. Zijn zoon was hem misschien opgevolgd, en ik weet niet of dat erger zou zijn geweest dan wat hij nu is geworden, een terrorist, ik denk het niet. We hebben de rest van de straf van Ouaziz kwijtgescholden. Hij zou toch vervroegd worden vrijgelaten, hij is ernstig ziek. Zijn vrijlating werd geëist. Beetje vreemd duo, Mohamed B. en Kicham O. Maar het heeft ons wel op het spoor van de voetballers gezet. Dus in die zin zijn we blij, voor zover je zoiets kunt zeggen onder deze omstandigheden, dat ze Ouaziz' vrijlating eisen. Ondoordacht. Ze hadden kunnen voorzien dat we ons meteen zouden afvragen waarom we uitgerekend dit duo moesten vrijlaten. Ouaziz is geen gelovige. Hij vertelde me dat hij zich geen Marokkaan of moslim voelde maar een traditionele Berber. Wat dat ook moge zijn. Ouaziz hebben we thuis bij zijn vrouw in Amsterdam-West afgeleverd. Daar is hij nu weer weg, hierover zo meteen meer. Ouaziz houden we onder toezicht. We hebben drie teams van drie man elk in zijn omgeving. En vervolgens, omdat we toch met hem bezig waren, stelden we vast dat zijn meester en beschermheer opeens in de stad is opgedoken. Verblijft in een suite in het Amstel Hotel. De afgelopen jaren hebben verschillende computersystemen op Schiphol dienstgedaan, het ene nog rampzaliger dan het andere, en de toeters en bellen zijn niet afgegaan. We hadden een afspraak met hem. Jij hebt die indertijd afgesloten. Hij is terug van weggeweest. Meer dan tien jaar in Amerika.'

Cohen reageerde niet. Hij keek Donner niet aan. Zat met

neergeslagen ogen na te denken. Toen vroeg hij, bijna zonder adem: 'Wanneer is hij aangekomen?'

'Gisteren. Rechtstreeks uit Los Angeles. We hebben meteen observatie ingesteld toen we dit constateerden. Hij liep rond halfnegen vanavond het Amstel Hotel binnen. Heeft op zijn kamer gegeten. We weten wat hij heeft gegeten. Geen telefoontjes, maar misschien heeft hij een onbekend mobieltje. We hebben geen idee waarom hij in de stad is en problemen met ons riskeert.'

'Denk je dat hij...?'

'Nee. Absoluut niet. Maar hij heeft invloed op Ouaziz. Ze hebben elkaar sinds 2001 niet meer gezien. Het gezin van Ouaziz heeft kunnen overleven dankzij een gulle gever. Iemand heeft vrouw en kindjes met geld overeind gehouden. Dat heeft jouw man gedaan. Ik begrijp dat jouw regionale inlichtingenjongens ervan wisten, maar ze hebben nooit ingegrepen omdat daarover afspraken waren gemaakt. Die begrijp ik. Sta ik helemaal achter. Zolang we het stil kunnen houden. Als dat niet lukt, dan kan ik er opeens niet meer achter staan. Dat zijn dilemma's waarmee jouw man ons opzadelt.'

'Ja, *mijn man*,' herhaalde Cohen gelaten. 'Wat doet hij hier? Na zoveel jaren?'

'We hebben geen idee. Dat willen we weten. We sturen Ouaziz op hem af. Die kunnen we nu leiden alsof hij aan een lijntje zit. Ouaziz wil zijn zoon uit dat vliegtuig halen. Hij wil aan boord gaan. Met jouw vriend erbij is dat niet onmogelijk. Is een charismatische man, zo heb ik begrepen. Sallie weet natuurlijk dat zijn moeder al die jaren door jouw man de huur heeft kunnen betalen en boodschappen heeft kunnen doen. Hij liep op Nikes – zo heten die sportschoenen toch? – die jouw man gefinancierd heeft. Hij bezit immuniteit voor die jongens, denken we. En Sallies vader ook, vanzelfsprekend.

Twee anti-establishmentfiguren. Geen ruggengraatloze multiculti's maar, als het ware, verzetsmannen tegen de gevestigde orde. Ouaziz en jouw man. Als we dit zonder bloedvergieten willen oplossen, moeten we jouw man erbij betrekken.'

Cohen schudde langzaam zijn hoofd. Sloot zijn ogen.

'Het gaat maar door, PH. Er komt maar geen einde aan... en nu ook mijn man erbij...'

'Als we dit niet in stilte kunnen oplossen, dan bestaat het gevaar dat het naar buiten komt, Job. Hou daar rekening mee. Het is wonderlijk dat het al die tijd nooit door een journalist is ontdekt. Maar we leven in andere tijden. Internet, Google. Je weet het niet. Het is ook onduidelijk of dit op jou gaat terugslaan. Je hebt hier per slot van rekening niets mee te maken. Het was iets van je vader. Maar je hebt in 2001 wel die overeenkomst afgesloten...'

'Voor Justitie ja. Daar kwam ik toen net vandaan. Ik was al burgemeester in 2001. Hij was een burger van mijn stad. Een jood. Crimineel. Lag allemaal gevoelig in een stad als Amsterdam met zijn specifieke verleden. Ik moest dit oplossen.'

'Ik heb het dossier gezien. De driehoek in het kabinet was op de hoogte. Wim Kok, Klaas de Vries, Korthals.'

Cohen keek hem met grote ogen aan. Hij moest slikken voordat hij iets kon zeggen: 'Je liegt.'

Donner schudde zijn hoofd: 'Ik lieg nooit. Ik zwijg of ik zeg de waarheid. Liegen heb ik derhalve niet nodig.'

'Ze hebben nooit iets gezegd.'

'Uit respect. Was niet nodig. Het probleem, voor zover het een probleem was, loste zich vanzelf op. Jouw man ging weg. Bleef weg. Maar nu is hij terug.'

'En wat houdt dat voor mij in?'

'Niets. Nog niets. Tenzij we jou nodig hebben. Ouaziz heeft steun nodig. Wij hebben hem verteld dat jouw man sinds gisteren in de stad is. Ouaziz is nu onderweg naar hem toe. Wij weten niet hoe jouw man gaat reageren als Ouaziz vraagt om hem te helpen. Hij lijkt met pensioen te zijn, of iets wat daarop lijkt. De FBI heeft geen dossier over hem. Althans, de afgelopen uren hebben we niets doorgekregen uit Washington. Kennelijk was hij daar net zo bedreven in zijn zaken als hier.'

Cohen knikte. 'Ik zie wel,' zei hij. 'Er valt niet vooruit te denken. Er valt niets te beheersen. Ik zie wel wat er komt. Goed dat je me waarschuwt. Ik weet het nu. Het zal me niet verrassen. Ik heb ook iets, PH. Het is vertrouwelijk. Je moet er voorzichtig mee omgaan.'

Donner knikte.

'Ik heb een vriendin. Dat zal je niet verbazen. Of misschien wel. Marijke Hogeveld. Ze is hoogleraar. Gescheiden. Ze was vanmiddag in het Muziektheater. In de parkeergarage. Ik sprak haar vlak voordat ze naar binnen reed. De explosie was twee minuten later, zoiets. Toen ze net haar auto parkeerde. Ze komt niet voor op de lijsten. Ze hebben haar niet gevonden. Nog niet. Ze is niet te bereiken. Ik ben bang dat haar iets is overkomen. Dat ze... zich in het deel bevond dat is ingestort. Midden in de garage. Daar kunnen ze nog niet ruimen. Instortingsgevaar en zo. Haar broer danst bij Het Nationale Ballet. Die heeft een appartementje vlak om de hoek. Hij heeft geen schram. We zien elkaar daar wel eens. Daar had ik mijn portemonnee vergeten. Die had ze opgehaald. Zou ze afgeven. Ze moest 's avonds in Zwolle zijn en had de auto bij zich. Ze vond de terugreis laat in de avond met de trein vervelend, dus riskeerde ze de file op de A1. Daarom was ze in de parkeergarage, begrijp je?'

Donner knikte.

'Ze heeft mijn portemonnee bij zich. Die zal me een rotzorg zijn. Kan zijn dat die wordt gevonden. Zal niks van over zijn. Of wel, dat bid ik. Begrijp je, PH? Laat alles maar gebeuren. Ik weet niet waarom. Ik weet niet waarom ik. Waarom zij...'

'Ga even slapen, Job. Neem even een paar uur rust. Er valt nu niets te doen. We moeten de situatie op Schiphol onder controle brengen. De ramp van het Muziektheater heeft al plaatsgevonden. Ik hoop dat ze haar vinden, Job. Levend. In godsnaam levend. Ik weet hoe je je voelt, geloof me.'

Meer wilde Donner niet zeggen. Zijn vrouw had hij het nooit verteld. Niemand. Waarom zou hij? Het deed pijn, tot zijn laatste adem. Hij wist wat Cohen doormaakte. Als negentienjarige student in Bath, Engeland, veel te jong, had hij het ook doorgemaakt. Cohens pijn was hem niet vreemd. Donner stond ermee op, ging ermee naar bed – een cliché, het zij zo. Het had over zijn leven een grauwsluier gelegd. Zo testte God degenen die Hem liefhadden. Het had hem gelovig gemaakt – in golven, bij momenten, bij emotionele pieken en dalen. Nu, vandaag, vanavond, voelde Donner zich echter volledig door God verlaten.

19

KICHIE

Het was middernacht toen hij voor het Amstel Hotel werd afgezet. Het was een kille, vochtige nacht die hij al meer dan een decennium niet meer op zijn huid had gevoeld. In de verte klonken de geluiden van helikopters en de hydraulische motoren van de machines waarmee het Muziektheater werd ontmanteld, op zoek naar overlevenden.

Kichie droeg een van zijn betere kostuums, Armani, dat hem nu te ruim zat. De leren veterschoenen, Church, hadden hun soepelheid verloren, ook al had Zina ze regelmatig gepoetst en ingevet. Ze had al zijn kleren bewaard. Ze had zich vanavond gehuld in een jurk als voor een huwelijksinzegening, maar ze had ook gehuild om wat er over Sallie werd verteld, dat hij een terrorist was en dat de voetbalploeg een dekmantel was geweest voor een groep jonge radicalen.

Dalila, zijn dochter, was een jonge vrouw geworden. Zina had voor hem gekookt, en hij had gegeten, ook al had hij geen honger. Hij was afgevallen, had Zina gezegd, hij moest beter eten. Hij had zich jarenlang voorgesteld hoe het zou zijn als hij vrijkwam en seks met Zina had. Ze was wat zwaarder geworden, maar ze was nog steeds een mooie vrouw, henna in het haar, henna op haar handen, goud om haar hals en polsen, geschoren op de plekken die een Marokkaanse vrouw onbezoedeld diende te houden. Maar Kichie kon niet de nacht bij zijn vrouw en dochter blijven.

'Ze wachten op me,' had hij gezegd. 'Vergeef me dat ik je nu al weer moet verlaten. Ik doe niks wat mijn vrijheid kan wegnemen. Ik werk nu samen met de politie. Ik moet weten wat er met Sallie aan de hand is.'

Een gepantserde BMW bracht hem naar het Amstel. Er was weinig verkeer op straat. Iedereen bleef thuis, voor de tv, starend naar het verwoeste Muziektheater en de stille, vage beelden van de omtrekken van een passagiersvliegtuig, een moderne 737 met sierlijk opstaande vleugeltippen, dat op een verlaten parkeerplek op Schiphol geparkeerd stond.

Hij droeg gepoetste schoenen, een hagelwit hemd, een zijden stropdas. Zijn horloges hadden ze geconfisqueerd. Ook het geld, de enveloppen met bankbiljetten die hij in de kledingkast had verstopt, was door Justitie in beslag genomen. Maar hij had ook een opslagbox die door de rechercheurs niet was ontdekt, in Luxemburg, en die zou hij gaan opzoeken zodra hij had vastgesteld dat hij niet meer werd gevolgd. De huur werd betaald via een nummerrekening. Hij had wapens. Acht ton cash. Nog drie Rolexen. Hij kon doorgaan waar hij elf jaar geleden was gestopt. Enkele maanden. Daarna konden zijn vrouw en dochter van het geld leven.

Zoals beloofd – een heilige eed – had Max zijn gezin onderhouden. Ze waren niets tekortgekomen.

Kichie liep de trappen op van de ingang van het hotel, meldde zich bij de balie en vroeg naar Max Kohn. Het was nacht, maar het was vol in de lobby. Gasten konden kennelijk niet slapen bij zoveel onrust, zoveel stadsgeluiden, de helikopters van politie en tv-zenders. Tussen de marmeren pilaren, voor de grote ramen die de rivier toonden, haastten obers zich met dienbladen met drankjes en voedsel. Elegante vrouwen hielden hun echtgenoten bij de arm vast, vermoeid wankelend op naaldhakken.

Onderweg hoorde hij dat de brand was geblust, maar het was nog steeds gevaarlijk het Muziektheater binnen te gaan. Deskundigen van de explosievenopruimingsdienst konden nog niet vaststellen of het gebouw zonder gevaar te betreden viel. Drie doden waren geborgen. Onbekend was of er meer slachtoffers onder het puin lagen. Het was ondenkbaar dat Sallie daarbij betrokken was.

Maar hij was verdwenen.

Max werd gebeld en de receptionist knikte en gaf Kichie het kamernummer, op de tweede verdieping.

De lift bracht hem naar boven. 's Middags nog in een cel, nu in een van de duurste hotels van Nederland. Toen de liftdeuren opengingen, zag hij twintig meter verder, op het dikke tapijt, tussen de gouden schemerlampen, voor een open deur, Max staan wachten. Kichies knieën leken het bijna te begeven. Het was elf jaar geleden dat hij Max voor het laatst had gezien.

Kichie kwam dichterbij, zo zeker mogelijk bewegend, en zag nu dat Max' gezicht ouder was geworden, met groeven, met – hoe heette dat? – kraaienpoten rond zijn ogen. Max droeg een zwarte broek en een zwart hemd. Hij stond er op kousenvoeten. Max opende zijn armen toen Kichie dichterbij kwam en vlak voor ze elkaar omhelsden en zwijgend enkele momenten de wangen tegen elkaar drukten, zag Kichie dat Max tranen in de ogen had. Daarna zoenden ze elkaar op de wang, drie keer, en klopten ze op elkaars rug, zoals mannen dat onhandig doen wanneer ze genegenheid willen tonen.

'Lieve, goeie Kichie,' zei Max zacht.

Kichie kon niets uitbrengen tot hij op adem was gekomen en zijn emoties onder controle had.

'Sorry,' zei hij toen ze elkaar loslieten en in elkaars vochtige ogen keken.

'Sorry? Wat bedoel je?' zei Max terwijl hij hem met een lichte grijns, maar ook onderzoekend aankeek. 'Jij hebt gezeten, niet ik. Kichie, dat pak, dat ken ik, ik was erbij toen je het kocht. Het zit je nu te ruim. Je bent afgevallen.'

'Ik had van de opdrachtgever moeten afblijven. Sorry,' herhaalde Kichie fluisterend.

'Kom binnen,' zei Max zonder op die opmerking te reageren.

Kichie wees met een vinger op zijn oor en vervolgens op de kamer. Max begreep wat hij bedoelde en knikte.

'Wat wil je drinken?'

'Gewoon een pilsje.'

Hij volgde Max de zitkamer in. Zachte, beige kleuren. Kostbare meubels. Zalmkleurige lampenkappen. De gordijnen waren open en het raam omlijstte een deel van de rivier en een rij herenhuizen aan de overkant, waarvan alle kamers verlicht waren, alsof de bewoners bang waren voor duisternis. Niemand in deze stad zou vannacht slapen. Door een open deur zag hij de slaapkamer. Een suite. Max zette de televisie aan en wisselde met een afstandsbediening de zenders tot een videoclip met dreunende gitaren de afluistermicrofoon in verwarring bracht. Max nam een Heineken uit de koelkast van de bar en wees op de eettafel.

Ze namen plaats en brachten hun hoofden vlak bij elkaar. Zoals vroeger, wanneer ze zeker wilden weten dat ze niet konden worden gehoord.

Hij kon Max' poriën zien. De rimpels in zijn gezicht. De zon in het zuiden van Amerika? Had hij zwaar geleefd?

'Je bent eerder vrij?' vroeg Max.

'Ja. Niet veel. Tien maanden.'

'Kichie,' fluisterde Max, 'er is geen dag geweest dat ik niet aan je heb gedacht. Ik wist voor wie je daar zat. Ik zal je ervoor betalen. Ik heb geld voor jou opzijgezet. Je hoeft je leven lang niet meer te werken. Je hebt genoeg afgezien.'

Kichie knikte. Hij wist dat Max dat ging zeggen. Maar hij wilde geen afscheid en een afkoopsom. Hij wilde met Max blijven werken. Legaal, illegaal. Deed er niet toe. Zijn leven kon zich nu eindelijk voortzetten. Niet lang, maar toch. Misschien waren er specialisten in Rusland of China die hem konden helpen. Je wist het nooit.

'Dankjewel vriend,' antwoordde Kichie. 'Ik kan dat niet aannemen. Ik wil ervoor werken. Voor jou. Zoals vroeger. Jij hebt voor mijn vrouw en kinderen gezorgd. Je hebt genoeg gedaan.'

'Er is veel veranderd, Kichie.'

'We zijn ouder. Hoe is het met je? Ben je inmiddels getrouwd? Kinderen? Wat heb je gedaan, Max, de afgelopen jaren?'

'Eerst gekte, toen ziekte, daarna verlossing. In mijn leven is veel veranderd. Ik had een slecht hart. Ik had het kapotgesnoven en kapotgezopen. Toen kreeg ik een nieuw hart. Een goed, sterk hart. Dat heeft grote indruk op me gemaakt. Ik wil niet terug naar het leven dat ik geleid heb. Ik wil andere dingen doen. Goede dingen, begrijp je?'

Kichie knikte. Er zaten mededelingen in de woorden waarvan hij de inhoud nog niet geheel kon bevatten. Maar hij knikte omdat hij besefte dat Max iets doorstaan had wat misschien nog intenser was geweest dan de detentie die Kichie had ondergaan. Of niet?

'Ik help je daarbij,' zei Kichie.

'Ja?'

'Ja.'

Max kneep in Kichies hand, een bezegeling van hun vriendschap. Max' blik viel op het hartjeshorloge dat hij van Sallie had gekregen.

'Geen Rolexen meer?'

'Dit? Een cadeau van mijn zoon geweest. Ik draag het al jaren. Het kostbaarste wat ik heb. Heb je het nieuws gevolgd?'

'Moeilijk om dat te ontlopen hier. Waarom ben je eerder vrijgelaten, vriend?'

'Ik ben een paar uur geleden vrijgelaten omdat die vliegtuigkapers dat hadden geëist. Ze wilden de moordenaar van Theo van Gogh vrij hebben en mij ook. Ik weet niet waarom. Heb je dat meegekregen in Amerika, de moord op die filmregisseur? We hebben hem wel eens ontmoet.'

'Ik heb het gevolgd, ja. Ik kende hem wel.'

Max keek Kichie nadenkend aan. Hij probeerde een antwoord te vinden op de combinatie van gegevens die Kichie hem net had aangereikt.

'Max, ik ben geen radicaal. Ik ben zelfs geen moslim meer. Ik heb er eigenlijk nooit wat aan gedaan. Waarom ik? Waarom vroegen ze om mijn vrijlating?'

'Ze hadden jouw vrijlating geëist? Waarom?' Max had slechts een moment nodig: 'Hoe oud is je zoon nu, twintig of zo? Waar is je zoon, Kichie? Heb je hem vanavond gezien?'

Kichie moest zijn tranen bedwingen en schudde zijn hoofd.

Max vroeg: 'Waarom hebben ze jou meteen naar mij gebracht? Denken ze echt dat ik iets te maken heb met wat er nu gaande is? Denken ze dat echt? Nee, ze zijn slimmer dan dat. Dat ik hier ben, komt door iets heel anders. Ik ben hier om Sonja te zien. En terwijl ik hier ben blazen ze het Muziektheater op en is er een vliegtuigkaping en verschijn jij opeens. Vrijgelaten door een eis van die vliegtuigkapers. Ze denken dat het Marokkanen zijn, toch?'

Kichie knikte. Max doorgrondde direct de kern. Hij had slechts enkele stukken nodig om de hele puzzel te overzien.

'Heeft je zoon zich bij die kapers aangesloten?'

'Ze denken van wel. Ze denken zelfs dat Sallie de leider is.'

'Is hij aan boord van dat vliegtuig?'

'Geen idee. Maar ze hebben het vermoeden.'

Max vroeg: 'Wat willen ze van mij? Waarom wilden ze jou meteen naar mij sturen, Kichie? Ik vind dat fijn, daarover geen misverstand. Wat is hun aanpak?'

'Ze willen jou en mij met de jongens in contact brengen. Met Sallie. Ze willen dat wij aan boord gaan en een einde maken aan de kaping. Zonder geweld. De jongens zouden onder de indruk van ons zijn. Jij en ik. Met onze reputatie. Zoiets.'

'Kichie, ze weten dat Sallie aan boord is door het simpele feit dat om jouw vrijlating is gevraagd. Dat heeft jouw zoon gedaan. Er is geen andere conclusie denkbaar. Jouw zoon is daar. Hebben ze iets te maken met wat er met het Muziektheater is gebeurd?' Max wachtte niet op antwoord: 'Natuurlijk. Dat is hun werk. Dat is ernstig. Dat hadden ze nooit moeten doen. Waarom hebben ze dat gedaan, Kichie?'

'Ik weet het niet, Max. Sallie is niet vroom. Niet dat ik weet.'

'Ik ga met je mee, natuurlijk. We gaan aan boord. We nemen Sallie mee. We zorgen ervoor dat hij de beste verdediging krijgt die er is.'

'Ik wil niet dat hij moet zitten. Niet mijn kind,' zei Kichie. Hij verbrak de positie die ze hadden aangenomen, over de tafel leunend, hun gezichten dicht bij elkaar, diep doorgedrongen in de ruimte die elk mens als zijn persoonlijke, onschendbare ring beschouwt. Hij zette de groene fles aan zijn mond en nam eindelijk een slok. Op MTV klonk de zoveelste clip. Met de beste filtering zouden ze hun gesprek niet kunnen volgen. Hij voelde continu Max' ogen.

Met de rug van zijn hand veegde Kichie zijn mond af en

hij boog zich opnieuw naar Max toe: 'We moeten iets verzinnen zodat Sallie kan wegkomen. Ik zou niet kunnen leven als hij moet zitten en ik vrij ben. Hij is te jong. Sallie moet ontkomen. En jij moet me helpen, Max.'

'Lieve vriend, ik heb besloten niets meer te doen wat illegaal is. Als Sallie daaraan heeft meegedaan, aan die aanslag...'

'Je moet me helpen, Max. Laat me dit niet in mijn eentje opknappen. Alsjeblieft...'

Max zweeg nu.

Kichie ging door: 'We moeten een vluchtroute voor hem organiseren. We moeten chaos laten ontstaan en daarvan gebruikmaken.'

'Kichie, hij heeft mensen gedood.'

'Dat heb ik ook gedaan. Joegoslaven die jou hadden willen doden. En hun opdrachtgever. Ik wist niet dat je met haar omging, Max. Als ik dat had geweten... Ik had je gezegd dat ik je buiten alles wilde houden. Ik had geen idee...'

'Ik ook niet,' brak Max hem af. Hij legde een hand op Kichies schouder en zei: 'Je zoon moet geholpen worden. We moeten iets bedenken. Misschien dat ik hierom naar Amsterdam moest. Misschien is dat de boodschap van Jimmy Davis. Dat is de man die mij zijn hart heeft gegeven, een katholieke priester. Hij was de minnaar van Sonja. Die man wilde dat ik in leven bleef.' Hij merkte dat Kichie hem verward aankeek: 'Ik klink als een halvegare, Kichie, ik weet het.'

'Ja, je klinkt als een mafkees. Die man is toch dood, die priester?' vroeg Kichie. 'Hoe kon hij dit allemaal voorzien?'

Max zei: 'Het klinkt krankzinnig, maar ik neig steeds meer tot de gedachte dat we een ziel hebben. Een hart is een spier. Weegt gemiddeld bij een volwassen man maar driehonderddertig gram. Bij een vrouw een half pond. Dat is alles. En toch is die spier meer dan een pomp. Ik weet het nu. Ik voel het in alles, in elke vezel. Waarom ben ik nu in Amsterdam?

Waarom word jij opeens vrijgelaten en zitten we nu samen aan tafel te praten over jouw zoon? Ik moet je helpen. Dat ben ik jou verplicht. Maar ik doe niks illegaals.'

'Ben je gelovig geworden, Max?'

'Waarin?'

'Geen idee. Ik vraag het jou,' antwoordde Kichie.

Max grinnikte: 'Ik klink als een zweverige monnik, geloof ik. Ik heb het gevoel dat die Jimmy Davis me via zijn hart een boodschap heeft gestuurd. Hij wilde me in de buurt van Sonja brengen. En in de buurt van jou. Jij hebt tien jaar van je leven aan mij gegeven. Ik moet je terugbetalen. Ik moet onbaatzuchtig zijn. Dat is mijn opdracht.' Hij schudde zijn hoofd. 'Ik ben gewoon blij dat ik er nog ben. Ik probeer daar woorden voor te vinden. Lukt me niet goed, geloof ik.'

'Ik kan je niet helemaal volgen, Max.'

'Ik kan mezelf vaak ook niet meer volgen. Ik ben blij dat ik er ben. Ik ben blij dat ik je kan helpen. Aan wie moet je verslag doen van ons gesprek?'

'Aan een minister.'

'Een minister? Welke? Justitie, Binnenlandse Zaken?'

'Binnenlandse Zaken. Donner heet hij.'

'Ik volg het Nederlandse nieuws via het internet. Ik heb over die Donner gelezen. Die moet je niet onderschatten. Nog niet zo lang geleden was hij in het nieuws. Hij zou naar de Raad van State gaan, toch? Maar hij is minister gebleven.'

'Ja, dat was allemaal *big shit* in kikkerland.'

'Wat wil je doen?'

'Er staat buiten een auto voor ons klaar. Die brengt ons naar Donner.'

'Om halfeen?'

'Die man ziet eruit alsof hij nooit slaapt.'

'En is Job erbij betrokken?'

'Ik heb hem niet ontmoet.'

'Misschien kan Job wat voor ons doen,' zei Max. 'Ik wil hem niet onder druk zetten. Dit soort dingen wilde ik niet meer doen. Hij heeft er toen voor gezorgd dat Moszkowicz een deal kon sluiten met Justitie. Dat lukte niet voor jou, Kichie. Ik heb het geprobeerd, geloof me. Ik heb alles gedaan. Maar het lukte niet. Job wordt gek als hij hoort dat ik in de stad ben. Het is maar in heel kleine kring bekend. Misschien dat die Donner het weet. Mijn aanwezigheid hier betekent gedoe en gezeik voor Job.'

'Hij kan er niets aan doen.'

'Nee.'

Kichie zei: 'Alleen al door het feit dat je er bent, schijten ze in hun broek. Zij weten dat jij veel weet.'

'Kichie, ik wil anders leven. Ik wil niet dat mensen onrustig worden wanneer ik ergens verschijn. Het kostbaarste in de kosmos is goedheid en onbaatzuchtigheid.'

Kichie kon de vraag niet onderdrukken: 'Wanneer ga je het klooster in, Max?'

20

MAX

Kichie vroeg hem, met een quasi-serieus gezicht maar met vrolijke ogen waarin de grap al zichtbaar was: 'Wanneer ga je het klooster in, Max?'

Max moest om de opmerking lachen, ondanks – of juist: dankzij? – de goedheid die hij tegenwoordig in alles leek waar te nemen. Zomaar op straat, een meisje wier vingers liefdevol over de wang van een jongen gleden. De handbeweging waarmee de moeder, ernstig, zorgvuldig een lok van het voorhoofd van haar zoontje streek. Een meisje met het voorkomen van een punk, met paars stekelhaar en piercings in lippen en neus, dat in het voorbijgaan iets opraapte wat iemand had laten vallen en snel het verlorene naar de eigenaar terugbracht. Mensen die hulpvaardig toeschoten toen een oude man een volle boodschappentas had laten glippen en zijn kostbare voedsel over straat rolde. Een ambulance met levensredders die met gillende sirenes onderweg was. Een afscheid op het vliegveld. En muziek, vooral wanneer de musici jong waren, kinderen die zich aan schoonheid wijdden. Spelprogramma's op televisie waarbij iemand geluk had of talentenwedstrijden waarbij iemand prachtig kon zingen. Bij het minste of geringste schoot hij vol. Kwam vaker voor bij transplantatieontvangers.

Alles was heilig. Alles straalde licht uit.

Hij trok Kichie naar zich toe en kuste hem ontroerd op de wang. Kichie liet het toe en kuste hem daarna ook.

Daarna zei Max: 'Lieve vriend. Ik wil je helpen. Maar ik ga niet mee. Ik ga niets doen wat in tegenspraak is met de opdracht die Jimmy me gegeven heeft. Ik moet je teleurstellen. Ik blijf hier. Ik kan niet doen wat je van me vraagt.'

21

SALLIE

De hufter. De ongelooflijke oen. Twee jaar voorbereiding en dan toch nog een krankzinnige fout maken. Elk detail doorgesproken. Alle scenario's doordacht, en dan bij de uitvoering een stommiteit uithalen die het hele plan kon ondermijnen. Frits – hun eigen Messi, hij zou straks ook op dorre grond in Tajikistan schitteren – had de leiding in het vliegtuig en om Sallie een plezier te doen had hij stiekem iets uitgedacht. Een cadeau. Een verrassing. Ze zouden niet alleen de vrijlating van Mohamed B. eisen maar ook die van Kicham O., Sallies vader, had Frits in stilte voorbereid.

Frits kon alles op het veld omdat hij niet alleen een fabelachtige controle had, maar ook een fabelachtige fantasie – of zat die fantasie in zijn benen, was alles wat hij op het gras kon opvoeren meer iets van zijn lichaam dan van zijn geest? Ze hadden geen contact gehad omdat elk contact nu verboden was. Maar ze hadden via de politiescanner de eisen van de kapers gehoord. Hij had Frits het ziekenhuis in moeten slaan toen ze aan de overkant van de Stopera wachtten en Frits hem vertelde dat zijn broertje bij Ajax was aangenomen. Jongens als Frits konden te grillig zijn voor een strakke organisatie. Sallie had hem daar achtergelaten maar Frits was toch naar de verzamelplek gekomen, een garagebox in het westelijk havengebied. Daar hadden alle elf leden van de groep, gelovig of niet, gebeden. En vervolgens naar de radioberichten geluisterd. En vandaar was de groep van zes naar Schiphol gegaan en hadden ze het vliegtuig overgenomen. Dat had Frits voorbeeldig gedaan. Er waren in de Stopera doden gevallen. Geen kinderen. Gelukkig geen kinderen. Iedereen was doordrongen van de ernst van hun daden. Ze konden niet meer terug. Als ze gegrepen werden, zouden ze allemaal levenslang krijgen. Mocht dat gebeuren, dan had Sallie zich voorgenomen alle schuld op zich te nemen en te verklaren dat hij iedereen gek had gemaakt met gewelddadige preken en video's van onthoofdingen. Maar als hij de kans kreeg, zou hij zich van het leven beroven. *Suicide by cop*, heette dat in Amerika. Hij zou zich vurend met zijn zware Heckler & Koch doodlopen op een muur van politiekogels. Zijn vader had hem het wapen geschonken, via een onderwereld-Berber die hem na het trainen had opgewacht. Waarom? Als verjaardagscadeau? Als inwijdingsritueel? Het drong nu pas tot hem door dat het wapen een verjaardagscadeau was geweest. De gek. Voor zijn eenentwintigste. Het was zijn officiële volwassenwording. Moslims vierden geen verjaardagen, maar zijn vader had er nooit moeite mee gehad, de Hollandse verjaardag. Hij had eraan vastgehouden, tot hij in de bak terechtkwam. Taart met kaarsjes – de beelden kwamen terug. Sallie had hem zes jaar geleden een horloge gegeven. Een plastic ding dat hij op de markt had gekocht bij een kraam waar ze overtollige voorraden verpatsten. Een horloge in de vorm van een hart. Had negentig euro in de winkel gekost, volgens de marktkoopman, en Sallie kon het voor tien euro krijgen. Voor zijn eenentwintigste verjaardag had de moordenaar zijn zoon willen verrassen met een volwassen, verboden bezit: een automatisch wapen. Niet zomaar een. Een van de beste types in de wereld. Had hij in Sallie een opvolger gezien? Waarom een wapen? Hij zat als onderwereldmoordenaar in de bak en liet zijn zoon een wapen bezorgen. Sallie droeg het nu bij zich. Twee jaar geleden had hij in een opslagbox van zijn vader in Luxemburg een hele kist met wapens gezien. De box had zijn vader gehuurd bij een Amerikaans bedrijf dat in enorme hallen opslagboxen in alle maten verhuurde. Er waren vestigingen in Nederland, Duitsland, België, Luxemburg. Achter de plint onder het bed had Sallie in zijn eigen kamer de sleutel gevonden. *Sure Storage*, de naam van het bedrijf, stond in de sleutelkop gekerfd, naast een codenummer. In Sallies kamer. *S.A.* stond achter de naam. *Société Anonyme.* Toen zijn vader nog op vrije voeten was, twaalf jaar geleden, mocht Sallie een keer mee naar Luxemburg. Hij herinnerde zich het strakke, witte gebouw met grote rode letters op de blinde muren. Zijn vader had er een vierkante ruimte van vier bij vier meter, vol kisten en metalen koffers. Sallie herinnerde zich niet wat zijn vader daar had gedaan, maar het was hem bijgebleven dat hij een dikke bruine envelop mee naar buiten had genomen. Ze hadden lekker gegeten in een stad met kleine straatjes, en oude, smalle huizen met witte muren en donkerbruine balken en een kasteel boven op een berg, een beetje zoals hij zich Disneyland voorstelde. Twee jaar geleden was hij er in zijn eentje heen gereden. Vuurwapens. Dollarbiljetten die honderdduizenden waard waren. Horloges. Sieraden. En papieren met schetsen en plattegronden. Die intrigeerden hem omdat ze mysterieus waren. Dat geld en de wapens hadden geen geheim. De papieren wel. Het ging om een bankgebouw in Amsterdam-Zuid. Dat bevond zich naast een school. De school stond op een oude fundering die ooit onderdeel was geweest van de verdedigingswerken rond Amsterdam, die tot ver in de negentiende eeuw de gebieden ten zuiden van de stad onaangetast hadden gelaten. Ten zuiden van de Weteringschans lagen toen nog weilanden en boerderijen. Via het rioleringsnetwerk kon je de kelder van de school bereiken. En als je in die kelder was beland, kon je gedurende een lang weekend, bijvoorbeeld met Pasen of Kerstmis, in de funderingen van het bankgebouw gaten boren en de kluizen leeghalen. Met dit soort hersenspinsels had zijn vader zich beziggehouden. Had hij die dromen gedeeld met zijn kompaan Kohn, de onderwereldjood voor wie hij jaren van zijn leven had geofferd? Het had Sallie weken gekost voordat hij de plattegronden en schetsen begreep. En het kwam van pas toen ze hun grote reis gingen invullen. Ze hadden de ideale toegang tot de school gevonden, via een rioolbuis die toegankelijk was aan de rand van het Vondelpark en onder de Van Baerlestraat naar het Concertgebouw liep. Een van de vele aftakkingen voerde langs het schoolgebouw aan de Alexander Boersstraat. Aan de oostkant grensde de school aan de bank, waarvan de hoofdingang aan de Van Baerlestraat lag. De bank interesseerde hem niet. Het ging hem om de school. Die ongelooflijke stomme Frits. Had de vrijlating van zijn vader geëist omdat hij dacht dat hij daarmee Sallie het grootste geschenk van zijn leven gaf. Binnen vijf minuten hadden de joden bij zijn moeder op de deur geklopt. En bij alle andere jongens. Hun koppen stonden nu op de beeldschermen in de patrouillewagens. Frits had in feite ieders naam aan de joden doorgegeven. Maar ze konden niet gestopt worden. De wapens, de maskers, de telefoons, alles lag klaar in het riool. Ze waren met z'n vijven en om halfzes in de ochtend zouden ze op brommertjes met fietstassen via verschillende routes naar het Vondelpark rijden. De kranten, een paar dagen oud, zaten al in de tassen. Ze zouden niet worden aangehouden. Hardcore terroristen gingen niet vlak voor de aanval nog even *De Telegraaf* of *de Volkskrant* bezorgen.

In de garage in West wachtten ze tot het tijd was voor het vroege gebed. Onrustig lagen ze in slaapzakken. Dit was de dag der dagen. Sallie zou zijn vader laten zien waartoe hij in staat was. Die stomme Frits had ervoor gezorgd dat de onderwereldmoordenaar vrij was, maar Sallie besefte opeens dat dit een voordeel had: Kicham O. kon nu thuis live op televisie volgen wat zijn zoon had bedacht. Zijn plan de campagne zou nog jaren door terreurbestrijders worden bestudeerd. Sallie had het fenomeen van de gefaseerde aanval naar het hoogste niveau gebracht, als een topstrateeg. Een drietrapsraket. Het volgetankte vliegtuig zou om zeven uur opstijgen met Mohamed B. aan boord, richting Centraal-Azië, en zij zouden om negen uur de school overnemen. Het toestel zou vervolgens terugkeren naar het Nederlandse luchtruim en het spektakel zou beginnen.

Het was niet zomaar een bezetting. De kinderen van de elite die in Zuid woonde, gingen naar die lagere school. De elite die de media en de banken beheerste. De elite die de politieke processen naar de hand kon zetten. Een moeder van een van de kinderen was anderhalf jaar geleden gekidnapt, gewoon om de hoek van haar fiets geplukt. Haar familie bezat honderden miljoenen. De politie had haar in België teruggevonden, levend. Sindsdien was er bewaking. De school was volgehangen met camera's, en bewakers hielden 's ochtends en 's middags elke voorbijkomende auto, fietser, voetganger in de gaten. De bewakers droegen geen uniform maar waren bewapend. De schouder- en heupholsters waren duidelijk herkenbaar. Een aanval via de straat zou meteen tot veel slachtoffers leiden. Via de kelder was effectiever. Ze wilden geen doden veroorzaken. De slachtoffers die in de Stopera waren gevallen, waren het gevolg van de slome bewaking. Sallie droeg daar geen verantwoordelijkheid voor, zo meende hij, maar hij had er toch spijt van. Continu voelde hij een wee gevoel in zijn maag, alsof zich daar een zuigend, knagend dier schuilhield dat zich zo nu en dan met een scherpe knauw in zijn hart vastbeet. Hij had het niet gewild.

Op die school zaten ook kinderen van rijke joden. De kinderen zouden een ruilmiddel vormen. De blonde fascist, die nu ergens in een zwaarbewaakt huis, omringd door bodyguards, lag te snurken, wist niet dat hij vandaag aan zijn laatste uren was begonnen.

22

THEO

En toen was de dag aangebroken dat alles serieus zou worden. Theo van Gogh, BE, was voor alle examens geslaagd terwijl hij zich ziek rookte en zich het apelazarus zoop. Zo'n atypische beschermengel hadden ze al lang niet meer gehad, had Jimmy gegrapt.

Nu hij een volledig bevoegde BE'er was geworden, kon hij zich niet meer in zijn kazernekamer ophouden en zich aan zelfbeklag overgeven. Hij had serieus werk te verrichten. Hij moest zijn cliënt Max Kohn volgen en zijn energie sparen voor het moment dat het echt nodig was. Theo leerde andere BE'ers kennen, je zag ze wanneer je dat wenste. Veel levenden hadden er één, maar de BE'ers waren niet allemaal even doelgericht en energiek. Iedereen deed zijn best, daar niet van, maar de verschillen tussen de BE'ers waren net zo groot als de verschillen tussen levende mensen. Iedereen had zijn positieve en negatieve kanten – klonk een beetje afgezaagd, maar Theo had niet verwacht dat engelen verschillende kwaliteiten zouden hebben. Een engel was een engel, zou je zeggen. Hij had überhaupt nooit over beschermengelen nagedacht. Hij had ook nooit verwacht dat de dood vol verrassingen kon zijn en een zinvol bestaan kon bieden – ook al bleef de pijn en de heimwee en het wurgende verlangen naar de aanraking van een levende geliefde. Goed, hij was alleen

een hoofd en het mysterie van zijn bewustzijn in zijn lijfloze hoofd zou hij niet oplossen zolang hij in de kazerne verbleef, nog steeds op loopafstand (oké, als voorstelling dan, dat lopen) van de intakebalies en uit het zicht van de werelden die zich zouden voordoen als hij hier eindelijk was opgehoepeld, maar hij had nu taken en verantwoordelijkheden en hij droeg het kolossale gewicht van het lot van een echt, levend, ademend, menselijk wezen op zijn schouders (het ging om de beeldspraak).

Jimmy had hem meegenomen naar de Stopera en Theo had gedaan wat hij kon doen – was dat de hel waarop al duizenden jaren de levenden op aarde greep probeerden te krijgen in gedichten, in beelden en in schilderijen? Was de hel de overweldigende ervaring van machteloosheid in het volle gezicht van lijden? De hel was misschien niet het vuur waarin de zondaar zelf zou branden, maar het was de nabijheid van het vuur waarin de ander brandde – de ander in al zijn ontblote kwetsbaarheid. Het uitzonderlijke fenomeen ontstond dat de brandende ander de waarnemer (engel of niet) niet onberoerd liet, integendeel, het was hartverscheurend om het lijden van de ander te aanschouwen en niet de mogelijkheid te hebben het vuur te blussen en te troosten. Theo kon opvangen, aangestuurd door Jimmy, en troosten en doorleiden naar de intake. De eenzaamheid van de zojuist gestorvene was onverdraaglijk. Het was nog steeds een zwart gat in zijn geheugen, die eerste panische momenten na zijn eigen uittreding, nadat hij aanvankelijk alles haarscherp had waargenomen en Boujeri enkele momenten had gevolgd. Wie had hem weggeleid en naar de intake gebracht? Welke BE'er had zijn eerste explosies van wanhoop proberen te dempen?

Lieve, arme mensen, had Theo voor het eerst in zijn leven gedacht. Of ze middelmatig of saai of burgerlijk waren, klonk als achterhaalde kwalificaties die hier lachwekkend werden bevonden. In hun allerkaalste verlatenheid waren de gearriveerden gelijkwaardig, en – dat was het verbijsterende geweest van de uren die hij in en rondom de Stopera had doorgebracht – ook dierbaar. Zo veel mededogen voelde hij dat hij er bijna in oploste. Was dat de essentie van het proces dat hij hier moest doormaken?

Zijn stad trilde van angst. Na de Stopera was daar een vliegtuigkaping bij gekomen, en volgens Jimmy konden zich nog andere rampen voordoen. BE'ers verbonden aan dit district, zoals Theo, zouden weinig rust krijgen. Hun compassie zou op de proef gesteld worden. Net als de brandweer en andere hulpdiensten verkeerden de BE'ers in hoogste staat van paraatheid. Alle compassie waarover je beschikte, moest je offeren, tot er niets meer van je restte.

En toen kwam het moment, na de hel bij de Stopera, nadat hij was teruggekeerd naar zijn kazernekamer, dat Jimmy binnenkwam met iets wat Theo's hart had verlicht, als hij er een had gehad.

'Je bent nu competent, Theo. Ik heb je geobserveerd en daarover meteen gerapporteerd. Je hebt gedaan wat je moest doen. Je hebt getroost. Je hebt geprobeerd de pijn te verzachten. Dat is waarop de mens zich in een kosmos vol lijden moet richten. En beschermengelen moeten dat nog meer dan de levenden. Jij hebt je van je beste kant laten zien. Bij het Muziektheater heb je je armen uitgestrekt en de gestorvene getroost. Je bent nu op en top een engel. En daarom...'

Hij toonde iets wat hij de hele tijd achter zijn rug verborgen had gehouden. Hij toonde Theo vleugels. Schitterende witte vleugels van het witste wit dat Theo ooit had gezien, transparant als glas, licht als lucht, teder als het zachtste fluweel. En ze hechtten zich aan zijn schouderbladen (die hij niet had, maar hoe kon hij het anders omschrijven?) en hij kon ze laten bewegen alsof ze er sinds zijn geboorte waren geweest, en hij verhief zich en hij voelde zich vrij en bevrijd zoals hij zich nooit eerder had gevoeld.

Op zijn engelenvleugels verliet Theo de kazerne, gewoon dwars door het dak, leek het, en hij liet zich door de wolken opnemen en hij zweefde daarbovenuit en brak door het blauw van de dampkring en zag die lieflijke, kwetsbare globe die hij met zijn vleugels kon omvatten en koesteren, en hij voelde de diepste liefde die hem ooit te beurt was gevallen, nee, hij viel ermee samen, en hij vloog over de oceanen en rond wolkenkrabbers en over woestijnen en tussen de stammen van de Giant Sequoias door en zweefde daarna met de adelaren, en hij was uitzinnig van vreugde en liefde, en hij miste iedereen die hij had liefgehad en tegelijkertijd wist hij dat hij hun allen nu liet weten dat ze onder zijn vleugels konden schuilen.

23

NATHAN

Ik lag al in bed toen mama met Leon binnenkwam. Ik hoorde ze in de keuken met de oppas praten. 's Middags had ze nog verschrikkelijke ruzie met hem gemaakt en nu was het weer goed. Dat gebeurde soms met grote mensen. Ze konden ruziemaken en dan gingen ze opeens zoenen.

Het gekke was dat ik gewoon doorsliep, de hele nacht. Toen ik naar bed ging, was ik zenuwachtig geweest doordat ik naar het feest mocht. Maar ik werd niet wakker. Leon kwam me wekken en toen wist ik dat hij gewoon bij ons gebleven was en niet naar zijn huis was gegaan. Ik vroeg hem of hij nog ruzie had met mama, maar hij zei dat alles in orde was en dat er zelfs grote veranderingen aan zouden komen maar dat mama dat zelf zou vertellen.

Ze hadden zich allebei al aangekleed toen ik in de keuken kwam. Leon had de krant voor zich en de radio stond aan. Ze wilden me samen wegbrengen naar school, alle drie op de fiets. Dat deden we nooit. Een van de twee bleef meestal thuis en ging terug naar bed als ik had ontbeten.

'Heb je het nieuws een beetje gevolgd, Naat?' vroeg Leon.

'Er is een explosie geweest bij het Muziektheater en er is een vliegtuig gekaapt. Ik heb de brand gezien, gisteren. Ik was op de brug bij de Munt.'

'Ben jij daar geweest?' vroeg Leon nieuwsgierig.

'Ja,' zei ik, 'toen ik wilde weglopen.'

'Haal het nooit meer in je hoofd,' herhaalde mama zonder aanleiding.

'Zijn er veel mensen doodgegaan?' vroeg ik.

'Ja,' antwoordde Leon. 'Het gekaapte vliegtuig is vertrokken. Met aan boord de moordenaar van Theo van Gogh. Weet je wie dat was?'

Ik vroeg: 'Is dat die schilder?'

'Hij weet natuurlijk niet wie dat was,' zei mama terwijl ze een blik op me wierp. Ze maakte mijn boterhammen klaar.

Leon legde uit dat dat iemand anders was dan de schilder en ook dat die man hem, Leon, had gehaat. Ik had nog nooit van die Theo gehoord en ik had ook nooit een film van hem gezien. En het interesseerde me eigenlijk niet zo. Ik wist niet waarom Leon door iemand werd gehaat. Misschien had die Van Gogh wel gelijk gehad. Misschien had Leon lullig tegen hem gedaan. Maar hij was kennelijk vermoord. Ik zou het wel googlen als ik morgen tijd had. Vandaag had ik geen tijd. Straks, na afloop van school, zou ik meegaan met Lia naar haar huis, dan zouden we een feestje hebben en ik was de enige jongen. In mijn rugzak zat het cadeau voor haar. Het horloge. Ik had het weer ingepakt.

Ik kreeg een bord met havermout en bruine suiker en ik kreeg boterhammen mee voor de lunch en een pakje biologische appelsap, gewoon, zoals altijd. Leon deed de televisie in de keuken aan (we hebben een kleine lcd aan de muur boven de eettafel). Op televisie was Eva te zien – ik kende haar omdat we wel eens met haar en Bram waren gaan eten. Ze praatte met mannen in grijze pakken en tussendoor zag je plaatjes van een Boeing 737 en een stippellijn van hoe het vliegtuig had gevlogen. Wow, spannend hoor. Nee, dus. Er waren ook beelden van het Muziektheater. Dat was wel erg. De hele voorkant was ingestort. Er waren heel veel mannen aan het werk daar. Hijskranen waren er. Veel politiemannen ook en soldaten. Eva leek bijna te huilen als ze erover sprak.

Het belangrijkste was: we waren niet weggegaan. We waren nog gewoon thuis in Amsterdam. Je kunt overal heen fietsen en als je zestien bent mag je bier drinken en als je achttien bent kun je joints roken. Ik weet veel van die dingen, want ik google veel. In Nederland mag alles. Dat is hartstikke chill. Er is Koninginnedag en de Albert Cuypmarkt en je kunt over de grachten varen met je eigen boot.

Toen zei mama: 'Naat, we hebben gisteravond lang met elkaar gesproken, Leon en ik. En we hebben besloten dat Leon bij ons komt wonen. Als jij dat goedvindt, tenminste. Jouw stem telt ook.'

'Ja?' zei ik. 'Kom je echt bij ons wonen, Leon?'

'Ja, dat wil ik graag. Als mama het wil...'

'Ik wil het,' zei mama.

'En als jij het wilt,' zei Leon.

'Oké. Ik vind het leuk,' zei ik. En dat meende ik.

Maar hoe moest dat met mijn biologische vader? Die had ik in de stad gezien, ook bij de Munt. Ik had er niet meer aan gedacht sinds ik wakker was. Dat gebeurde gisteravond. Het was zo gek in de stad. Mama had me met de fiets op het Leidseplein opgepikt. We praatten nog even over die man toen ik achterop zat. Mama zei dat ik moest vergeten wat ik had gezien.

'Geen woord,' zei ze. 'Zet hem uit je hoofd. Ik wil niet dat je aan hem denkt of dat hij een rol in je leven gaat spelen. Hij is een slechte man. Daarom heb ik altijd over hem gezwegen, begrijp je?'

'Hij heet Max Kohn,' zei ik terwijl ik haar om haar heupen vasthield.

'Ik wil die naam niet horen!' brulde mama.

'Hij is toch mijn vader?'

'In biologische zin, ja. Maar meer niet! Begrijp je wat ik bedoel met biologische zin?'

'Ja.'

'Leon is meer een vader voor je dan die man ooit is geweest. En wees daar blij mee. Hij is een crimineel. Een boef!'

'Nog steeds?' vroeg ik.

'Ja! Dat slijt niet! Sommige mensen worden als boef geboren. Hij werd zo geboren. Met een woede die hem crimineel heeft gemaakt!'

Dat laatste begreep ik niet. Maar ze begon over wat anders, dat ik straf had verdiend maar dat ze deze keer, gezien de 'speciale omstandigheden', me geen straf zou geven.

'Wat zijn de speciale omstandigheden?' wilde ik weten.

'Gewoon! De dingen om ons heen! Ik vind het een beetje eng allemaal!'

'Ik niet!' riep ik.

Het was echt spannend overal. Misschien dat ik daarom zo diep had geslapen. Ik was moe. En bij het ontbijt besloten we dus dat Leon bij ons kwam wonen. We hadden in dat huis ruimte zat, dus dat was niet het probleem. Hij was er altijd wel heel erg, als hij er was – het lijkt me wel duidelijk wat ik daarmee bedoel. Hij praatte behoorlijk veel. Altijd opmerkingen en zo wanneer hij de krant las of het nieuws op tv bekeek. Iedereen was altijd maf of dom of een fascist of een antisemiet. Ik ben joods, dus ik weet wat dat betekent. Ik moet nog mijn barmitswa doen, ik had tot nu toe elke week op donderdagmiddag les van een rabbijn met een bleke huid en een rode baard en hele dunne vingers. Leon was ook barmitswa geweest, en ook mijn echte vader, die was joods. Een joodse boef die volgens mama woedend was geboren. Klonk een beetje gek. Wat een fascist was, had ik nooit gegoogled. Als Leon de volgende keer dat woord gebruikte, zou ik het opzoeken.

Het was geen zonnige dag, de verjaardag-dag van Lia. Het was grijs en een beetje koud. Het zag er op straat net zo uit als altijd. Gewoon veel fietsers en trams en auto's en ook veel wandelaars. Ik fietste tussen mama en Leon in, gewoon in een rij achter elkaar, dat moest als we met ons drieën waren. Het was mogelijk dat er mensen op straat waren die familieleden hadden die in het Muziektheater waren geweest, maar dat kon je niet zien aan ze. Ik wist ook niet of er nog mensen in het vliegtuig hadden gezeten, mensen die toeristen waren, bedoel ik.

'Leon! Zijn er nog mensen in het vliegtuig?'

Hij fietste achter me. Hij leek nu al uitgeput, want hij was een beetje te dik voor de fiets. Hij zei altijd dat hij liever wandelde dan fietste, maar daar had ik nooit iets van gemerkt. Volgens mij zat hij het liefst gewoon achter zijn laptop, een oude zwarte MacBook. Hij was een Mac-freak, net als mama en ik.

'Dat is onduidelijk!' antwoordde hij. 'Niemand wil er iets over zeggen! Maar het gerucht gaat dat er acht matrozen aan boord zijn! Die zouden aan boord gaan van een Nederlands oorlogsschip dat in Turkije in een haven ligt! Die jongens hebben ze niet laten gaan!'

'Hebben die geen geweren bij zich?' vroeg ik.

'Nee! Je mag geen wapens aan boord meenemen!'

'En de gezagvoerder? Heeft die een wapen?' Ik wist dat de leider van het vliegtuig zo heette. In het Engels heette zo iemand *captain*, met a-i.

'Geen idee. Hij heeft het in ieder geval niet gebruikt!'

Toen we de straat van de school in fietsten, vlak bij het Concertgebouw, was het echt hartstikke druk. Er waren meer ouders dan anders gekomen. Er waren ook veel vaders nu. Iedereen stond op de stoep en op straat te praten, naast hun fiets, auto's konden er bijna niet door. Er waren echt veel mensen met fietsen met een bak op het voorwiel, die zag je vaak bij ons in de buurt. Dan zat daar een kindje in, of een hond. Best wel grappig. Ik wist wel waarom het zo druk was. Iedereen was een beetje bang. Er waren gekke dingen gebeurd en iedereen wilde weten of het nu rustig was op straat. Ik zag Lia en ze zwaaide naar me. Het maakte me eigenlijk niet uit wat we zouden doen op haar feestje. Gewoon naast haar zitten en film kijken was hartstikke cool. Cola drinken en chips eten en zo. Mama kuste me en Leon aaide me over mijn haar toen ik mijn fiets op het pleintje in het rek had gezet.

Mijn klas was helemaal boven op de tweede verdieping. Je kon nog lezen wat het vroeger was geweest. Algemeen Burgerlijk Meisjes Tehuis. Hier leefden weesmeisjes en meisjes die niet meer thuis konden leven. Heel naar. Zouden zulke tehuizen nog bestaan? Misschien wel. Het kon zijn dat je ouders doodgingen, bij een ongeluk of zo, of door een ziekte, en als je dan geen familie had kon je in een tehuis wonen. Ouderwets woord, 'tehuis'.

Je zag ook echt aan het gebouw dat het oud was, aan de gladde stenen vloer en aan de stenen trappen. Die hadden hele mooie ijzeren hekken, met krullen en zo. Was een oud gebouw, niet zo heel oud als de huizen aan de grachten, maar best wel oud. Honderd jaar zeker.

De eerste bel ging. Dan moest je echt naar je klas. Bij de tweede moest je stil op je stoel zitten. We stormden allemaal naar boven. We waren een beetje luidruchtiger dan anders. Alle mama's en papa's stonden er nog. Toen we in de klas zaten, hoorden we ze buiten met elkaar praten. Daar was het nog steeds druk, ook midden op de straat. Soms hoorden we mensen lachen, ook al waren er erge dingen gebeurd. Mensen willen soms lachen, ook als het erg is. Na een kwartier werd het stiller en was iedereen vertrokken.

We zongen voor Lia. Juf Marga deed net of ze een orkest dirigeerde. Doet ze altijd. Ze is niet zo groot en ze is erg mager en heeft grote ogen. In de pauzes staat ze buiten altijd te roken. Als je dicht bij haar staat ruik je de sigarettenrook. Ze heeft kort haar en een beetje een gebogen rug. Ze draagt altijd wijde zwarte broeken. Ze is niet zo heel aantrekkelijk voor mannen, geloof ik. Ze is altijd heel precies en als je niet doet wat zij zegt, dan gilt ze.

Lia had een hele mooie blauwe jurk aan en ze had allemaal stukken fruit meegenomen die 'exotisch' waren. Dat woord had ze gebruikt. We mochten geen snoep meer uitdelen van school. Stom was dat. Moest gezond zijn. De ouders van Lia zijn rijk en die hadden nu hele dure vruchten meegegeven. Ik kende het, want ik had overal in de wereld gewoond en ik wist hoe duur dat was in Amsterdam. Dat fruit moest met het vliegtuig uit Azië en Afrika en Zuid-Amerika komen. Ik had daar een werkstuk over gemaakt. Lia ging rond met een grote bak en iedereen kreeg een klein kartonnen bakje met een stukje papaja of lychee of granaatappel of passiefruit. En toen ze bij mij was, kreeg ik twee bakjes en twee stukjes fruit. Ze deed net of dat normaal was.

Ik had best wel vrienden in de klas en Johan was zeker een vriend, maar ik zag hem echt jaloers naar me kijken. Ja, ze vond mij leuk, niet hem. Nou ja, hem wel een beetje want hij was aardig, maar ze vond mij veel leuker. Gelukkig.

We begonnen met aardrijkskunde. Daar ben ik best wel goed in omdat ik veel op de kaart heb gekeken als we weer naar een ander land verhuisden. Het ging over Zuid-Afrika. Daar was ik nooit geweest. De Nederlanders zijn daar ooit de baas geweest en hebben toen met de Engelsen gevochten over het land. Er zijn daar nog steeds mensen die zich 'boer' noemen hoewel ze geen boer zijn. Ik keek de hele tijd naar de klok boven de deur, omdat ik wilde dat de tijd snel zou gaan. Het was precies kwart over negen. Toen gebeurde het.

Het klonk net als in een film, precies zo. Nee, niet precies zo. De geluiden waren korter. Meer gewoon tik-tik-tik. In films klinken ze keihard. Maar dat is niet zoals het echt is. In het echt is het een droog geluid. Dat heb ik zelf bedacht. Droog. Niks bijzonders. Ik wist meteen wat het was. Kogels. Uit een geweer. Ze klonken snel, dus dat geweer was een 'automatisch geweer'. Ik ben echt geïnteresseerd in wapens. Net als mijn biologische vader natuurlijk. Dat heb ik van hem geërfd. Ik ben geen boef en wil dat ook niet zijn, maar ik ben toch zijn zoon en dan heb ik ook dingen die van hem afkomstig zijn.

Er werd geschoten. In ons gebouw. Juf Marga bleef stokstijf staan. Ze wist even niet wat het was, dat geluid. Niemand van ons wist het, behalve ik.

We bleven stil zitten. We ademden zonder geluid, omdat we onze oren niet wilden storen.

En nog een keer: tik-tik-tik-tik.

Juf Marga keek een moment verward om zich heen. En toen keek ze ons aan, kriskras door de klas schoot haar blik, langs onze gezichten. En ze legde haar vingers tegen haar mond.

We bewogen ons niet. Niemand keek om zich heen, behalve ik. En Lia. We keken elkaar even aan. Ik wist dat ik Lia moest beschermen als er iets gebeurde.

We waren bang omdat juf Marga bang was. Ze knipperde veel met haar ogen. En ze begon te hijgen.

Juf Marga maakte een gebaar, met beide handen, en dat betekende dat we op de grond moesten gaan zitten.

'Onder de tafels,' fluisterde ze terwijl ze geconcentreerd bleef luisteren en naar de gang keek.

Dat deden we. Niemand zei een woord. Je hoorde alleen het geluid van onze kleren.

'Iedereen op zijn knieën,' zei ze. 'Hoofd voorover. Niemand beweegt.'

Waar had juf Marga dat geleerd? Ze sloop geluidloos naar de deur. Die was voor een groot deel van glas. Er waren drie brede ramen waarachter je de gang kon zien en de kapstokken met onze jassen. We hoorden snelle voetstappen in het trappenhuis. Alles was van steen en de voetstappen echoden. Wij waren 5B, naast ons was 5D. Dat lokaal lag naast de trap.

Toen klonken weer schoten. Het waren er vijf of zes. En toen hoorden we gegil en geschreeuw. Beneden ons, in andere lokalen, schreeuwden kinderen. Maar ook stemmen van grote mensen.

'Bel een ambulance!' gilde iemand. Dat was juf Renée. Die had een keiharde stem. Waar was zij? Helemaal beneden in het trappenhuis?

'Stil! Stil!' riepen andere stemmen.

En opeens was het weer stil. Bij ons had niemand een kik gegeven.

En toen hoorden we de deur van 5D opengaan.

'Niemand zal iets overkomen,' hoorden we een man zeggen.

Het was niet een stem die ik kende. Ik voelde mijn hart in mijn keel.

'Maar jullie moeten luisteren. Laat alles liggen. We gaan naar beneden. Gewoon rustig. Werk mee, mevrouw... wat is uw naam?'

We hoorden juf Ingeborg zeggen: 'Ingeborg de Jong.'

'Mevrouw De Jong, er zal niets gebeuren als u meewerkt. Goed? Leid de kinderen naar beneden. Daar krijgt u meer instructies. Geen mobiele telefoontjes meenemen. Niemand zal een haar worden gekrenkt.'

We hoorden alles, alsof de muren van papier waren. Normaal hoor je weinig in het andere lokaal, maar nu was alles helder te verstaan, alsof onze oren opeens veel scherper konden horen. En toen kwam er bij ons iemand binnen. Het was een man die een zwarte bivakmuts droeg. Hij droeg een M16, ik kende het model. Hij was helemaal in het zwart gekleed. Zwarte laarzen, zwarte broek en zwart jack. En het zwarte geweer. Het hele grote geweer. Juf Marga deed een paar stappen terug, ze hield haar handen afwerend voor haar borst.

'Niemand zal iets overkomen,' zei hij. 'Maar jullie moeten luisteren. Laat alles liggen. We gaan naar beneden...'

Het waren dezelfde woorden die hij in 5D had gezegd. Hij zei natuurlijk in elke klas hetzelfde. Hij had een jonge stem. En hij had een accent. Ik wist welk accent. Wat wilden ze van ons? Dit was gewoon de vsv, de Vondel School Vereeniging, met twee e's in het midden. Wat hadden wij te maken met het Muziektheater of vliegtuigen of die schilder die geen schilder was en Leon had gehaat? Niks toch?

Ik hoopte dat alles voorbij zou zijn voordat de school uit ging. Lia had een feestje, verdomme. Nu zou alles verknald worden. Shit. En toen werd ik opeens heel bang. Ik wilde dat ik bij mama was. Ik plaste in mijn broek. Ik bad dat Lia het niet had gezien.

24

SONJA

Nadat ze Nathan bij de vsv hadden achtergelaten, waren ze naar Le Pain Quotidien in de Cornelis Schuyt gefietst. De Winter had twee simpele gekookte eitjes besteld en zich voorgenomen het brood te laten staan, maar het peperdure mandje was te verleidelijk en hij smeerde ook nog eens boter op de brede schijven rustiek Frans boerenbrood. Alles in de zaak was rustiek en luxueus. Sonja liet hem begaan. Ze voelde zich nog steeds schuldig over wat ze hem een dag eerder naar het hoofd had geslingerd. En daarbij: hij at altijd zo vertederend, zo zorgvuldig en met smaak. Ze voelde zich bijna ontspannen; ze was vooral doodmoe.

Ze dronk een enorme bak *café au lait* en streek wat van de heerlijke notenpasta op haar brood. Ze had de aanwezigheid van Max verdragen. Ze had zich beheerst en ze was niet bang geweest, hoewel: ze was bang geweest toen ze het kantoor van Bram was binnengekomen, maar binnen enkele minuten had ze zich onbedreigd gevoeld en had ze de zekerheid gevonden dat ze ongeschonden, in emotionele zin, het pand kon verlaten. Waarvoor ze al meer dan tien jaar had gevreesd, nee, panisch was geweest, had ze doorstaan. Met gemak.

Max was misschien veranderd, ja, en het verhaal van het hart was bizar. Maar misschien was het niet waar, met Max wist je nooit wat waarheid en leugen was. Hij kon niet voorgoed in de stad blijven, had Leon gisteravond beweerd. Er bestond een overeenkomst tussen Kohn en Justitie. In 2001 hadden ze een zwakke zaak tegen hem gehad, maar ze hadden hem het leven zo goed als onmogelijk kunnen maken. Aanhoudingen, invallen, de FIOD, het hele arsenaal aan staatsrepressie hadden ze tegen hem kunnen inzetten tot hij met de staart tussen de benen het land had verlaten omdat een normaal bestaan onmogelijk was geworden. Daarmee hadden ze gedreigd, aldus meneer de schrijver, die natuurlijk al zijn kennis van Bram had. Een paar dagen zouden ze hem misschien dulden, had Leon beweerd, daarna moest hij verdwijnen.

Elf jaar lang was ze op de vlucht geweest voor Max – waarom eigenlijk, vroeg ze zich nu af? Waarom was ze zo krankzinnig geweest haar leven te laten leiden, en verwoesten, door deze man? De moordenaar van haar vader, hadden ze gezegd nadat ze haar uit zijn slaapkamer hadden gesleurd. In haar blote kont had ze gevochten, voor zichzelf en voor hem. Voor de man die haar vader had laten verdwijnen, zo vertelden ze een paar uur later toen ze was aangekleed en werd vastgehouden op het hoofdbureau. Ze lieten hem vrij, omdat er te weinig bewijs was. En ze hadden een vormfout gemaakt. Bram was daar sterk in, het ontdekken van vormfouten.

Sonja had zich weer beter gemeld en zou om twaalf uur in het VU-ziekenhuis de middag- en avonddienst draaien. De Winter zou zo naar zijn eigen woning gaan en een lijst maken van de spullen die hij wilde verhuizen. Misschien moest hij iets kleins erbij huren, een enkele etage in plaats van de dubbele die hij nu had. Het was wellicht verstandig een aparte werkkamer te houden voor zijn boeken en archief. En een plek waar hij kon doorwerken wanneer dat nodig was. Het boek over zijn ex had hij opgegeven. Hij liep nu rond met het idee om over Theo van Gogh iets te schrijven. Maar hij had er nog geen grip op, zei hij. Het verhaal ontglipte hem. De Winter was een nieuwsjunkie en de gebeurtenissen van gisteren en vannacht hadden vooral zijn belangstelling omdat Mohamed Boujeri erbij betrokken was. Om halfzes was Mohamed Boujeri aan boord gebracht. Samen met Leon had ze de herhalingen van de beelden gezien toen zij in de keuken het ontbijt voor Nathan maakte. Voordat hij in het vliegtuig verdween, maakte Boujeri het V-teken.

De laatste berichten vertelden dat de matrozen onderweg zouden worden vrijgelaten, op een vliegveld naar keuze van de kapers – daarmee bleven ze het voordeel van het initiatief houden en kon een mogelijke overval niet worden voorbereid.

De kranten hadden extra edities laten drukken, wat uiterst ongewoon was. De dikke kop van *De Telegraaf* luidde: 'MOHAMED B. WINT'. De foto met het V-teken eronder. Sonja was opgegroeid in een gezin waar die krant werd gelezen, maar als linkse studente – welke studenten waren niet links? – mocht je niet worden betrapt op het bladeren door die krant. Rechtse schreeuwers. De Winter had al enkele jaren een column in *De Telegraaf*. Zij wilde er niet over oordelen.

Bij Le Pain Quotidien had De Winter zijn iPhone naast zijn ontbijtbord op het blanke grenen tafelblad gelegd en daarop volgde hij het nieuws over het vliegtuig waarmee Boujeri op weg was naar een onbekende bestemming in Centraal-Azië. Het toestel was een 737-700ER, waarbij ER stond voor 'extended range', had De Winter verteld. Het toestel kon meer dan tienduizend kilometer vliegen. In voormalige Sovjet-republieken in Centraal-Azië lagen honderden verlaten militaire vliegvelden, vaak niet meer dan een enkele landingsbaan naast een leeggeplunderde barak annex verkeerstoren. Met mobiele maar hoogwaardige leidapparatuur, die tegenwoordig in een of twee koffers paste, had De Winter bij het ontbijt aan Nathan uitgelegd, kon op zo'n strip een 737 landen. En een goede crew kon zelfs bij goed zicht zonder apparatuur aan de grond een geslaagde landing uitvoeren. Dit was een goed voorbereide actie, en zelfs als het toestel door satellieten werd gevolgd, hadden de kapers de keuze uit dozijnen strips en konden ze meteen na de landing verdwijnen. Alleen als een groep parachutisten het gekaapte toestel volgde in een vliegtuig dat net zo snel was als de 737, zou Nederland een kans hebben de kapers en Boujeri te achterhalen, tenminste, als de kapers niet op de grond over gewapende steun beschikten. Misschien stonden daar wel honderden terroristen klaar met bazooka's en Stingers, 'surface-to-air-missiles', de beruchte, draagbare, infrarood-geleide raketten die vanaf kleine trucks afgevuurd konden worden, de angst van elke helikopterpiloot. Hebben we zo'n vliegtuig? had Nathan gevraagd. Nee, een dergelijk parachutistenvliegtuig had Nederland niet, en de diplomatieke gevolgen van het inzetten van soldaten in soevereine Aziatische staten waren niet te overzien. Uzbekistan, Turkmenistan, Kyrgyzstan, Tajikistan – in al die nieuwe staten waren islamitische terreurbewegingen actief en het vermoeden bestond dat de Nederlandse Marokkanen erin geslaagd waren met hen in contact te treden. Iedereen ging ervan uit dat de acties – de aanslag op het Muziektheater, de vrijlating van Boujeri – vanuit een grot in Azië waren opgezet. Het plan verraadde ervaring op elk niveau: geheimhouding, planning, zelfbeheersing, executie. Over dit soort dingen kon De Winter lang doorzeuren, te lang voor haar aandacht. Nathan was er wel gevoelig voor. Jongensdingen.

De laatste berichten op het internet gaven echter iets vreemds aan: het toestel had een volledige bocht ten zuiden van München uitgevoerd en zette nu weer koers op Schiphol. Er zouden F-16's van de Nederlandse luchtmacht in gereedheid worden gebracht om het vliegtuig te onderscheppen als het de rechte lijn naar Schiphol voortzette. Er zou zelfs toestemming zijn gegeven het toestel onder vuur te nemen wanneer de indruk ontstond dat het zich op een bewoonde omgeving zou storten, een soort Nine Eleven in de polder.

'Nee, dat kan niet waar zijn,' zei Sonja.

De Winter schoof zijn iPhone naar haar toe en liet haar het bericht zien op *nu.nl*.

'Dit is eng, dit is...'

Het was ongrijpbaar wat er vandaag kon gebeuren. Iedereen was radeloos, overgeleverd aan de zieke fantasieën van een groep opgefokte jochies uit Slotervaart – de krantenredacties hadden al in hun eerste edities, nog vóór de noodedities verschenen, verhalen en foto's gebracht over de verdachte leden van een voetbalploeg van Marokkaanse jongetjes. Ze stonden bovenaan in hun poule en waren stuk voor stuk voetbaltalenten. Het crisiskabinet was continu bijeen. Zes doden in het Muziektheater, een gapende wond in het centrum van de hoofdstad. Een vliegtuigkaping die geleid had tot de vrijlating van de moordenaar van Van Gogh. Het kabinet kon alleen op de feiten reageren – anticiperen was onmogelijk.

'Moeten we de stad uit, Leon? Wat nou als ze dat vliegtuig op de stad laten vallen?'

'Dat hadden ze meteen gedaan als ze dat hadden willen doen. Ze komen voor iets anders terug. Ze zijn vertrokken omdat ze...'

Ze zag dat hij op een idee kwam. Hij was een fantast en kon zich soms goed inleven in dergelijke situaties. Hij las thrillers en 'mysteries', amusementsliteratuur waaraan Sonja haar kostbare tijd niet wilde besteden.

'... Omdat ze wilden voorkomen dat ze op de grond werden aangevallen,' bedacht hij. 'Er stonden units klaar van de DSI, de Dienst Speciale Interventie, onze eigen Special Forces. Ze komen terug omdat ze nog iets willen doen. Misschien hebben ze nog een eis. Misschien moeten er nog meer gevangenen vrijgelaten worden. Wie zitten nog meer vast? Volkert van der Graaf? De moordenaar van Pim Fortuyn? Wil die zijn lot in handen leggen van terroristen? Zou het ze om Volkert van der G. gaan? Dat zou een stunt zijn van die gekken...'

'Misschien wel,' zei Sonja. Hij stelde haar gerust. Hij had een idee over wat er kon gebeuren. Het was misschien onzin, dit Volkert van der G.-verhaal, maar het gaf direct rust. Ze vroeg: 'Waarom hebben ze dat niet meteen geëist? Ze hadden toch met hem kunnen vertrekken?'

'Publiciteit. Dramatische opbouw. We denken: het is nu achter de rug. En dan komt er nog wat. De definitieve knock-out. We zijn machteloos, en die mededeling slaan ze erin. Zij zijn sterk, wij zijn niks. Dat is de boodschap. Zullen we gaan?'

Hij wenkte naar een serveerster en maakte een schrijvende beweging met zijn hand. De vrouw begreep het meteen.

En vervolgens zwol aan beide uiteinden van de Cornelis Schuytstraat, vanuit de De Lairessestraat en de Willemsparkweg, het geluid van tientallen politiesirenes aan. Of waren het er honderden? Binnen twee tellen verstomde het geroezemoes in het volgepakte broodrestaurant. Niemand kon zich nog bewegen, alsof een foto met een antieke gevoelige plaat moest worden geschoten. De sirenes namen in intensiteit toe en de lucht vulde zich met onrust. De serveersters bleven staan, naar buiten kijkend. De gasten namen geen hap, geen slok, gefixeerd in shock. Gillende sirenes weerkaatsten langs de gevels, schreeuwden om aandacht.

Na twintig seconden luwde het lawaai en keerde de rust van de winkelstraat terug. Het personeel kwam in beweging en de gasten begonnen opeens, tegelijkertijd leek het, luid met elkaar te praten, luider dan zojuist, de onrust bezwerend met brede gebaren en harde stemmen.

Sonja kon niet anders dan ingrijpen. Zo had ze de afgelopen tien jaar geleefd. Reageer op je intuïtie. Wacht niet tot het te laat is. Betreur het nooit dat je te vroeg hebt gehandeld, maar betreur het wanneer je te laat bent geweest.

'We halen hem van school,' zei Sonja. 'Ik wil de stad uit.'

Ze stond op en De Winter volgde haar.

Hij keek haar sceptisch aan: 'Waar wil je heen?'

'Waar het veilig is. We rijden gewoon naar het zuiden.'

'Daar is het veilig?'

'Daar voel ik me veilig, ja. Jij mag hier blijven als je wilt,' voegde ze er hard aan toe. Ze had er meteen spijt van: 'Sorry, zo bedoel ik het niet. Maar ik wil nu weg uit deze stad.'

De Winter knikte gelaten. Hij pakte een briefje van vijftig euro uit zijn broekzak en wachtte bij de kassa.

Sonja zei: 'Wacht niet op het wisselgeld. Ik heb haast.'

Ze verlieten het restaurant en ontsloten hun fietsen. De sirenes klonken nog steeds, vanuit bronnen die zich niet zo ver van hun positie bevonden. Sonja tikte de sneltoets van Nathans BlackBerry in, maar hij nam niet op. Hij zat natuurlijk gewoon in de klas. Ze moest de klas binnenlopen en hem daar weghalen. Ze sprong op haar fiets en koos de route door de Johannes Verhulststraat. Het gekerm van de sirenes nam in intensiteit toe.

'Misschien het Concertgebouw!' hoorde ze De Winter achter zich roepen.

Maar Sonja wist het al. Ze voelde dingen. Zo was ze. Ook als kind wist ze dingen voordat ze ze kon weten.

'Of het Rijksmuseum! Of het Van Gogh!' hoorde ze De

Winter bezwerend roepen, verder achter zich. Ze fietste als een bezetene. Dat was ze ook. En ze zag de straat al voordat ze de straat kon zien. Ze voelde het omdat Nathan het voelde. De angst. De zuigende, snijdende angst.

Politiemannen maanden haar te remmen en af te stappen. Ze zag wat er gaande was. Er stonden vijf politiewagens naast de saaie noordzijde van het Concertgebouw, aan het einde van de Johannes Verhulst, vlak voor de hoek met de Alexander Boersstraat. Uit twee zware, hoekige blauwe politiebussen met beschermende traliehekken voor de ruiten verschenen een stuk of twintig politiemannen, gekleed in het dagelijkse werkuniform maar met grote wapens in de hand. Staande naast de bussen trokken ze kogelvrije vesten aan. De sirenes bleven oorverdovend gillen.

Sonja stapte af. Lieve Nathan, dacht ze, lieve jongen, we hadden hier niet moeten zijn, we hadden in de businessclass in een vliegtuig op weg naar een comfortabel hotel in Azië moeten zitten, lekker naar speelfilms moeten kijken die we in de bioscoop hadden gemist, alles was beter geweest dan hier te blijven.

'Ik moet erdoor!' schreeuwde ze hijgend door de sirenes heen, ook al wist ze dat ze geen kans maakte. 'Ik moet mijn zoon van school halen!'

'U kunt er niet door, mevrouw!' klonk het verwachte antwoord. De man, een agent zonder pet, gekleed in een jack en met een zware riem om zijn middel, had geen keuze. Ook hij moest zich door de sirenes heen verstaanbaar maken.

'Ik moet echt mijn zoon ophalen! Het is hier vlak om de hoek! Kost me twee minuten, agent! Alstublieft!'

De Winter stond nu naast haar.

'Niemand mag erdoor, mevrouw!'

'Hoe kom ik dan bij de school van mijn zoon?'

'Dat kan nu niet! Alles is afgezet!'

Ze wist het. Maar ze kon het niet uitspreken. De politieman moest het zeggen.

Ze schreeuwde: 'Wat is er aan de hand?'

'Ik weet het niet mevrouw, sorry!'

'U weet het wel! U moet zeggen wat er aan de hand is! Ik kan niet naar mijn kind, want u houdt me tegen en ik heb het recht om te horen waarom u me tegenhoudt!'

De man bekeek haar vol zorg, wendde zijn blik af, schudde zijn hoofd, dacht enkele seconden na.

Hij keek haar weer aan, verontschuldigend, leek het: 'Het is de school!'

Sonja gilde de letters, paniek al in haar stem: 'vsv?'

'Ja!'

'Wat is er gebeurd? Vertel me wat er gebeurd is!'

'Er is... we kregen telefoontjes binnen van een vuurgevecht! In de school! Het lijkt op... op een soort bezetting! We hebben nauwelijks info! Sorry!'

Sonja kromp ineen doordat de spieren in haar middenrif en onderbuik samentrokken. Ze wankelde en De Winter greep haar vast. Ze kon niet ademhalen, ze kon niets zeggen, niet eens de naam van haar kind. Ze moest haar buik vasthouden omdat ze het gevoel had dat ze uiteenscheurde. Haar benen begaven het, De Winter kon haar naar de grond leiden, en toen ze op de straat lag, gilde en huilde ze zonder dat een kik haar keel verliet.

25

GEERT

Alle gepantserde personenwagens waren in gebruik en nu werd hij vervoerd in een anonieme Mercedes-bestelbus, lichtgrijs, met een comfortabel interieur. De laadruimte was in twee stukken verdeeld. Hij zat in zijn eentje in het middendeel, aan de voor- en achterkant met kogelvrije schotten en kogelvrije ramen afgeschermd van de bestuurdersruimte en van de separate zitruimte in het achterdeel; daar bevonden zich twee tegenover elkaar geplaatste banken. Hij had een gedetineerde kunnen zijn. Voorin zaten twee ervaren leden van de DKDB, de Dienst Koninklijke en Diplomatieke Beveiliging, achterin vier. Slanke, slimme mannen. Hoogopgeleide moordenaars in dienst van de staat.

De bus had zware leren banken en had allerlei ingebouwde apparatuur, zoals zuurstofflessen waarmee ze, als ze in een gasaanval terecht zouden komen, in de wagen konden blijven ademen. Rondom kogelvrij glas, natuurlijk. Een bodemplaat die de explosie van een mijn kon verwerken. Banden die kogels absorbeerden. *State of the art*, heette dat tegenwoordig. Het kwam hem de strot uit.

Soms hoopte hij dat het kabinet zou vallen. Dan kon hij de daaropvolgende verkiezingen verliezen en zich bij een Amerikaanse denktank aansluiten en een normaal leven leiden. Hij had het kabinet bijna laten struikelen over de bezuinigingen die Nederland moest voltrekken om aan de budgetrichtlijnen van de EU te voldoen, maar op het laatste moment was hij ervoor teruggeschrokken.

Ayaan was het in Amerika gelukt. Dat kon hem ook lukken. De weerzin die hij opriep had hem geestelijk gesloopt. Tegen de stroom in roeien, nee, tegen de stroom in zwemmen, zonder roeispanen, zonder hulpmotor, had hem ook lichamelijk uitgeput. Elke dag bedreigingen. Elke dag de confrontatie met het verlangen naar zijn onthoofding, de amputatie van zijn ledematen, het afsnijden van zijn pik en ballen, het uitlepelen van zijn ogen. Elke dag.

Hij was een radicaal, zeiden ze. De stroom bedreigingen bewees dat hij de weerzinwekkende, haat voedende kern van zijn tegenstanders had blootgelegd. Je ontdekte de aard van je tegenstanders aan de manier waarop ze kritiek konden verdragen. Weinigen waren gelukkig met zijn aanpak. Hij was op een waarheid gestuit waarvan de openbaarmaking de politieke elites tegen de borst stuitte. Wat je ook beweert, ik zal je in het openbaar nooit steunen, ook al heb je gelijk – Harry Mulisch had het hem niet zo gek lang voor zijn dood gezegd. Mulisch was een grote schrijver, een van de belangrijkste intellectuelen in het land. Paul Scheffer, een vooraanstaande sociaaldemocratische denker, had hem hetzelfde toevertrouwd. Goed, jij kent de waarheid, maar wie stelt er prijs op de waarheid wanneer er niets mee te winnen valt? had Alexander Pechtold, een van zijn meest agressieve politieke opponenten, hem een keer in de wandelgangen toegefluisterd. Natuurlijk heb je gelijk, herinnerde hij zich Pechtolds woorden, maar op den duur zul je altijd verliezen.

Donner had hem om tien over acht gebeld. Op die school was toen nog niets gebeurd. Vanuit het vliegtuig, dat al een uur onderweg was, kwam een aanvullende eis. Eigenaardig.

De deal was gemaakt. Boujeri bevond zich aan boord. Ze hadden niet kunnen ingrijpen door de aanwezigheid van de matrozen, anders hadden ze het toestel desnoods uit de lucht geschoten, zo was hem verzekerd.

De Mercedesbus draaide een straat in Amsterdam-Zuid in. Welvarende negentiende-eeuwse panden van de progressieve academici door wie hij werd verafschuwd. Zij woonden niet tussen de jongens die de vernietiging van de Stopera en de kaping en de gijzeling op hun geweten hadden, die hem al jarenlang kankers en tumoren en de pest en tuberculose toewensten. Hij moest in deze buurt zijn.

Moszkowicz had al zijn afspraken afgezegd en was op bezoek bij vrienden die een kind op de school hadden. Het ging om Leon de Winter en zijn huidige vriendin. De Winter was een van de intellectuele lafbekken die onder vier ogen zeiden hem te steunen, maar in het openbaar altijd afstand hielden. Wilders had er genoeg van op deze manier te leven. Hij zou alles op het spel zetten. Winnen of verliezen. Aan dit leven, altijd onder doodsbedreigingen, met een huwelijk dat erdoor te gronde was gegaan, zou hij vandaag een einde maken.

Het pand waar hij werd verwacht, was al door een andere eenheid van de DKDB uitgekamd. Nauwelijks een kilometer verder stond de school. Hij ging de grootste gok uit zijn politieke carrière nemen. Nee, uit zijn leven.

De mannen verlieten de bus en vormden een veiligheidskordon naar de voordeur. Daar wachtte De Winter al. Hij had hem al een paar jaar niet gezien. Hij was wat zwaarder geworden, een beetje kaler. Pafferig. Duidelijk te weinig lichaamsbeweging. Wilders had hem drie, vier keer ontmoet, altijd privé, altijd zonder pottenkijkers. Na Nine Eleven had De Winter kritisch en uitgebreid over de radicale islam geschreven, maar hij had zich nooit openlijk als sympathisant van Wilders durven afficheren. Voor een intellectueel, of een nep-intellectueel, want over zo iemand sprak je hier, had dat zelfmoord betekend. Laf. Hypocriet.

De deur van de truck werd van buitenaf opengeschoven en Wilders stapte uit. Binnen twee seconden stond hij in het pand.

De Winter begroette hem: 'Hee, Geert.'

'Ha, Leon.'

In de hal van het pand, een breed herenhuis met nog alle originele details en ornamenten, alles gerenoveerd en opgepoetst, stond Moszkowicz, zoals altijd zelfverzekerd en in een klassiek pak, met een grijns op zijn tevreden gezicht. Maar hij was oké, voor zover een advocaat dat kon zijn.

'Ha, Geert.'

'Hoi, Bram.'

Ze schudden elkaar de hand.

'Een fijne dag,' zei Bram.

Wilders vroeg: 'Waar hebben we het aan verdiend?'

'We moeten iets goeds gedaan hebben om zoveel vreugde te oogsten,' antwoordde Bram.

'Jullie kunnen in de kamer zitten, de gordijnen zijn dicht,' zei De Winter.

'Ik hoorde het onderweg, over de zoon van je vriendin,' zei Wilders terwijl hij De Winter volgde.

'Nachtmerrie,' zei De Winter. 'Wil je iets drinken?'

'Nee.'

'Ga zitten.'

De woonkamer liep van de straatzijde helemaal door naar de tuin. Zeker vijftien meter diep. Visgraatparket. Kostbaar interieur. Zwarte, leren zithoek, antieke kastjes. Moderne schilderijen. Grote, kunstzinnige zwart-witfoto's van ezels. De zware gordijnen van rood velours waren dichtgeschoven. Design-lampen verspreidden smaakvol licht. De bewijzen van een ongestoord, comfortabel bestaan. Wilders nam in een van de leren fauteuils plaats.

Twee DKDB'ers waren hem de kamer in gevolgd. Ze bleven naast de deurposten wachten.

Moszkowicz ging tegenover Wilders op de bank zitten. De Winter bleef staan.

'Als er iets is, dan hoor ik het wel,' zei hij.

'Leon, nee, kom erbij,' bedacht Wilders spontaan.

Dit viel te gebruiken. De Winter en Moszkowicz, of: Moszkowicz en De Winter.

'Dit is iets tussen jullie,' zei De Winter terwijl hij al in de richting van de hal liep.

Wilders drong aan: 'Nee, Leon, kom er alsjeblieft bij, ik wil dat je meepraat, oké?'

'Blijf erbij, Leon,' zei Moszkowicz. 'Dit kan geen kwaad.'

'Je kunt er altijd nog over schrijven,' zei Wilders met een glimlach. 'Dit wordt een gesprek waar nog jaren over zal worden gepraat. En dat boek mag jij schrijven.'

'In dat geval,' zei De Winter – de opportunist, dacht Wilders – '... in dat geval blijf ik. Je hebt het gehoord, Bram. Ik mag hierover schrijven.'

'Ik heb het gehoord,' antwoordde Moszkowicz.

Hij wees op de vrije zitplaats van de bank waarop hij zich had laten zakken, en daar nam nu De Winter plaats. Moszkowicz klopte De Winter vriendschappelijk op de knie. 'Zit je goed?' vroeg hij.

'Laat maar komen, Geert,' zei De Winter terwijl hij hem aankeek.

Wilders nam hen beiden in zich op. Mannen met veilige maatschappelijke posities. Allebei omstreden, dat wel, maar ze gingen vrij over straat, konden zich in treinen en bioscopen vertonen, tot diep in de nacht met vrienden in restaurants verblijven.

Wilders zei: 'Ze zijn teruggekomen voor mij. Ze willen mij ruilen tegen de schoolkinderen.'

Moszkowicz en De Winter leken aanvankelijk niet te reageren. Ze keken hem ogenschijnlijk onaangedaan aan. Maar toen wisselden ze een blik, grote ogen waarin de verbijstering met de seconde toenam.

'Nog een keer, Geert,' zei Moszkowicz, nog meer met zijn ogen knipperend dan hij anders al deed. Contactlenzen. 'Ze zijn teruggekomen met een nieuwe eis? Jij moet met hen mee?'

'Ja. Dat weggaan was gewoon een manier om het onmogelijk te maken met geweld een einde te maken aan de kaping. De actie op de school is heel goed voorbereid. Er is iemand gewond geraakt. Hij overleeft het. Maar het is duidelijk dat die jongens de boel helemaal in de hand hebben. Ze geven de gijzeling op als ik me aan hen uitlever.'

'Dat is gekte,' zei Moszkowicz.

'Nee. Het is logisch,' reageerde Wilders. 'Vanuit hun perspectief ligt het volkomen voor de hand. Is een meesterzet van ze. Ze maken me politiek en moreel dood. Ik ben in het centrum van dit alles beland, zonder dat ik dat wilde. Ze willen mijn kop. En weet je wat? Ik doe een meesterzet terug. Ik geef ze mijn kop. Ik wil dat Donner akkoord gaat met de uitwisseling.'

Het bericht dat de kapers hadden doorgegeven toen ze nog in hun 737 op weg naar Azië waren, was uitermate helder: we willen Wilders. Wat het ruilmiddel was, bleef lange tijd onbekend, dus iedereen haalde er zijn schouders over op. We willen Wilders, hij gaat met ons mee naar het land van de moslims, zeiden ze, en daar wordt hij ons hondje! Geef ons Wilders! Wij zijn de volgelingen van de Profeet en de joden zijn onze honden! En Wilders is ons keffertje! Het toestel bleef op de uitgezette koers naar een vliegveld ergens in

Azië. De Turkse crew wilde niet worden afgelost. Misschien hadden ze sympathie voor de kapers. En toen werd de school bezet en werden driehonderd kinderen en vijfentwintig personeelsleden gegijzeld. Nu had de eis een andere klank gekregen. We komen terug! We halen ons hondje op!

Donner had Wilders opnieuw gebeld. Het toestel stond weer aan de grond op Schiphol. Hij had gezegd: we worden gedwongen dit op een manier op te lossen die ons niet bevalt, ze zetten ons tegen de muur, we zullen geweld moeten gebruiken.

'Je bent gek,' zei Moszkowicz. 'Jij wil dat Donner jou uitlevert aan moordenaars? God weet wat ze met je van plan zijn. Dat doet hij niet. Niemand doet dat. Waarom wil je dat?'

'Als ze me onthoofden, maken ze daarvan een wereldwijde videohit,' zei Wilders. 'Ik heb er altijd diep in mijn hart van gedroomd dat ik een beroemde filmster zou worden. Die kans laat ik niet lopen.'

'Wat is het alternatief?' vroeg Moszkowicz zonder op de grap in te gaan.

De Winter zweeg, zat Wilders met open mond te bekijken en probeerde natuurlijk alles te registreren. Dit was gouden materiaal voor hem. Wilders dacht: ik geef hem nu een bestseller in handen.

Hij zei: 'Als ik niet ga, en niemand wil dat ik ga, moet Donner de school binnenvallen en tegelijkertijd moet hij het vliegtuig aan flarden schieten. Het gevaar voor die kinderen is onaanvaardbaar. Ze zijn als de dood voor een tweede Beslan.'

'Beslan?' vroeg Moszkowicz.

Nu deed De Winter zijn mond open: 'Dat was in 2004 in Rusland. Die actie van moslimterroristen in Beslan. Ook een school. Meer dan driehonderd doden. Meer dan de helft kinderen.'

Moszkowicz knikte. 'Dit is duivels,' zei hij. 'Ze willen jou van het leven beroven en als je je daaraan onttrekt dwingen ze de staat het leven van kinderen in de waagschaal te leggen. Maar een staat kan daaraan nooit toegeven. Zou jij daaraan toegeven als je in het kabinet zat?'

'Ik zit min of meer in het kabinet, Bram. Ik kom net van het Torentje. Daar hebben we dit besproken. Donner beweert dat ze helemaal niet willen dat ik me aan hen uitlever. Hij zegt dat het een symbolische actie is en dat we gewoon het ultimatum moeten laten verstrijken. Dat is vanavond bij zonsondergang. Donner moet doen waar hij zin in heeft. Ik heb besloten dat ik het doe. Dan is mijn partij de komende decennia de grootste van het land. Dit wordt een historische gebeurtenis.'

'Geert...' zei De Winter, '... de favoriete executiemethode door deze types is onthoofding, vergeet niet dat onze vriend Boujeri aan boord van dat toestel is. Wat heb je eraan dat ze de beste propagandafilm maken die jij je ooit had kunnen voorstellen? Je eigen dood?'

'Gefeliciteerd,' zei Moszkowicz. 'Daar zul je veel lol van hebben.'

'Dit is niet aan de orde,' antwoordde Wilders. 'Wat ik gehoord heb is... ik ben niet gek, ik weet verdomd goed wat ik doe. De jongen die de leiding heeft van de club is geen Boujeri. Die leider heeft een briljante geest. Hij heeft van zich laten horen, hij zit in de school. Ik denk dat het gevaar voor mij minimaal is. Hij beweert dat ik met ze meega naar een of ander land met een naam die op *stan* eindigt. Ze gaan me daar bekeren, zei hij. Ze willen de hond in mij verdrijven en de gelovige laten opstaan. Die gok neem ik. Als ze me niet meteen de kop afslaan, dan heb ik een kans. Ik denk dat ik meer risico loop wanneer ik op de A4 heen en weer word gereden. Ik krijg een zendertje mee, niet groter dan een speldenknop. Ik kan teruggevonden worden, ze hebben contact met de Amerikanen hierover. Ik krijg het geïnjecteerd in mijn hiel. De Amerikanen beheren twee vliegvelden in dat gebied, eentje in Uzbekistan en eentje in Kyrgyzstan. Die kunnen mij traceren. Als dat zendertje het blijft doen, kunnen ze me vinden. Misschien niet meteen, maar na een paar weken of een paar maanden. En dan sturen ze de heren van Special Ops om me te ontzetten. Ik kan niet verliezen. Als ik het niet overleef, wint mijn partij elke verkiezing want ik heb de kinderen vrij gekregen. Als ik het wel overleef, heb ik er ook voor gezorgd dat de kinderen zijn vrijgekomen en wint mijn partij ook.'

'Ben je niet in de war met een James Bond-film, Geert? Je kunt dus niets verliezen, behalve je leven,' zei De Winter laconiek.

Wilders zei: 'Precies. De leider van de groep, Sallie Ouaziz, heeft zijn woord gegeven. Op Allah en de Profeet. Hij zal een contract ondertekenen, waarin hij zweert en belooft mij in leven te laten.'

'En jij gelooft hem?' vroeg Moszkowicz.

'Ja. Hij laat me in leven. In gezondheid. Lichamelijke integriteit, daarover is gesproken door de onderhandelaar. Ik ga erop in. Ik aanvaard zijn eed. Boujeri is niet te vertrouwen. Deze jongen wel.'

De Winter vroeg: 'Eén moment, Geert: je zei Ouaziz?'

'Ouaziz, zo heet die jongen. Salheddinne Ouaziz. Sallie. Niet alleen Boujeri moest worden vrijgelaten, maar ook zijn vader. Hij had achttien jaar gekregen voor een dubbele moord. Die is nu vrij. Weet verder niemand.'

Opnieuw wisselden Moszkowicz en De Winter een blik van verstandhouding. Het maakte Wilders onrustig en hij vroeg: 'Wat is er? Waarom kijken jullie zo naar elkaar?'

'Ik ken die Ouaziz,' antwoordde Moszkowicz. 'Hij werkte

voor een cliënt van me. Leon kent de cliënt ook. Die cliënt was gisteravond bij me op kantoor. Mijn cliënt is jaren niet in Nederland geweest. Is twee dagen geleden hier aangekomen en valt met de neus in de boter.'

'De zoon van Ouaziz,' vroeg De Winter, 'die heeft de leiding over de club die de vsv bezet houdt?'

'Ja. Dat vertelde Donner me. Absoluut.'

De Winter knikte. Wilders zag aan zijn ogen dat bij hem een gedachte ontstond die hij niet wilde delen.

'Je wilt dat ik naar het contract kijk,' zei Moszkowicz.

'Nee,' antwoordde Wilders. 'Dat wordt al geregeld. Ik wil iets anders.'

Voetstappen klonken en een aantrekkelijke vrouw kwam de kamer in. Ze zei op cynische toon: 'Ik stond in de keuken en jullie hoogwaardige discussie was daar goed hoorbaar. En nu wil ik ook wat zeggen.'

Ze had haar haren opgestoken, geen make-up, spijkerbroek, wijde trui, spierwitte lage tennisschoenen. Een bleek gezicht. Furieuze blik.

'Mijn vriendin Sonja Verstraete,' zei De Winter terwijl hij opstond en onzeker naar de vrouw wees. 'Dit is haar huis.'

Wilders stond op om haar te begroeten, maar de vrouw hield afstand en maakte geen aanstalten hem een hand te geven.

'Dag mevrouw,' zei hij.

Ze zei: 'Ik wilde bijna zeggen: aangenaam. Maar dat is het niet.'

Ze bleef naast de bank staan. Terwijl ook hij bleef staan, wachtte Wilders af.

Ze zei met onverholen minachting: 'De gekte die is losgebroken, heeft voor een deel met u te maken.'

Wilders wilde haar onderbreken, maar ze maakte een onverbiddelijk gebaar dat hij moest wachten en zijn mond moest houden.

'Nee, het is niet helemaal uw schuld, maar u heeft er behoorlijk aan bijgedragen. Ik heb geen idee wat de islam is. *I don't care*. Maar je beledigt niet ongestraft mensen jaar na jaar in hun diepste overtuiging. Dat had u anders moeten doen. Slimmer. Charmanter. Overtuigender. Maar u bent een meedogenloze retoricus. En daarmee heeft u niet alleen met uzelf maar ook met ons allemaal risico's genomen. Met in feite de hele samenleving. U heeft radicalen uitgedaagd. Die worden niet minder radicaal als ze door u worden toegesproken op de manier waarop u dat doet. En nu zit mijn zoon, *mijn* zoon, niet de uwe, want die heeft u niet, vast op die school. Een groep jonge geloofswaanzinnigen, opgefokt en gesard, gefrustreerd en buiten zinnen gebracht door u, meneer Wilders, houdt zijn wapens op hem gericht, op *mijn* zoon! En ik beloof u, luister goed naar wat ik zeg, en ik weet dat politiemannen meeluisteren...' Ze keek een moment om naar de twee DKDP'ers, die geen emotie toonden en haar blikken ontweken, '... en dat zal me eerlijk gezegd een rotzorg zijn, ik beloof u, meneer Wilders, dat als u niet doet wat u net gezegd heeft, dat u zichzelf aanbiedt om geruild te worden tegen de kinderen die een paar honderd meter hiervandaan worden gegijzeld, dat als u dat niet doet ik u persoonlijk zal doden als het uit de hand is gelopen. En ik heb zo het vermoeden dat ik een paar honderd vaders en moeders meekrijg. We gaan u lynchen, hoort u me? Ik ben geen moslimfanaat, meneer Wilders. Ik heb zelfs wel enig begrip voor uw standpunten, los van uw hysterie. Maar dat ze om uw uitlevering gevraagd hebben, komt niet uit de lucht vallen. U heeft niet alleen met uw eigen lot gespeeld, maar ook met het onze. En daarvan zijn de krankzinnigheden van gisteren en vandaag het resultaat. Mijn kind wordt nu gevangengehouden, en weet u wat? Daar stel ik die hufters voor verantwoordelijk! En weet u wat? Daar stel ik u ook voor verantwoordelijk! Wanneer gaat u zich bij de school melden?'

Ze hijgde van woede en opwinding. Wilders keek haar strak aan.

'Het spijt me dat u er zo over denkt. Het gedrag van die extremisten wordt niet door mij uitgelokt. Hetzelfde gebeurt over de hele wereld. Maar ik ben blij dat u gehoord heeft wat ik net heb gezegd. Ze hebben geëist dat ik me naar het vliegtuig begeef. Ik moet daar aan boord komen. Zodra ik daar ben, laten ze de kinderen gaan. Daarover wordt eerst nog verder onderhandeld. De mensen die met de gijzelaars onderhandelen, weten wat ze doen. Ze proberen nu eerst zoveel mogelijk kinderen vrij te krijgen en als alleen de onderwijzers en onderwijzeressen en het overige personeel zijn overgebleven, dan ga ik aan boord.'

Ze sloeg haar armen over elkaar en bekeek hem met weerzin: 'Waarom moest u dat hier komen vertellen?'

'Ik ben hier gekomen omdat ik met Bram wilde overleggen. Hij was hier en hij wilde hier niet weg.'

'Ik wilde hier bij jullie blijven,' legde Moszkowicz verzoenend uit.

'Ik zei dat het oké was,' viel De Winter hem bij.

Sonja vroeg: 'Waarom wacht u niet ergens bij de politie op Schiphol?'

'Ik heb verantwoordelijkheden,' antwoordde Wilders. 'Ik leid een partij. Anderhalf miljoen mensen hebben op mij gestemd. Als er iets met mij gebeurt, wil ik dat die beweging in leven blijft, overleeft, anders dan ik...'

Ze zei: 'Het zou niet erg zijn als uw partij verdween.'

'Daar denk ik anders over, mevrouw. Ik ben hier gekomen, voordat ik naar Schiphol ga, om Bram te vragen de PVV te leiden als mij iets overkomt.'

Hij wendde zich tot Moszkowicz: 'Ik wil dat jij mij opvolgt. Dat kwam ik vragen. Ik wilde aan jou voorleggen of jij de partij wilt voortzetten. Tijdelijk. Ad interim. Voor de periode dat ik de spoedcursus islam voor gevorderden volg. Tot de partij in rustiger vaarwater is gekomen... Ik wil geen LPF-toestanden. En Leon, het zou fantastisch zijn als jij, als een soort geschiedschrijver, daarbij bent en alles registreert en noteert.'

Aan hun gezichten kon Wilders geen enkele reactie aflezen, behalve een korte blik naar elkaar. Ze maten voortdurend elkaars reacties. Wachtten nu af. Ze leken niet verbaasd of verrast. Hielden zich in de plooi alsof hij hun het aanbod had gedaan om de banden van hun auto's te verwisselen. Beetje maf maar niks bijzonders. Hij was hierheen gekomen in de verwachting dat Moszkowicz het verzoek serieus zou nemen. De Winter had hij er in een opwelling net bij gedaan – dat was een slappe zak. Maar Moszkowicz was een serieuze man. Hij had hem maandenlang van nabij meegemaakt toen hij zijn zaak had behartigd. Ze hadden sympathie voor elkaar.

'Dat is een grote vraag, Geert,' bracht De Winter uit.

Moszkowicz begon ook aarzelend aan een reactie. Hij stond op, alsof hij zich voor de rechtbank bevond, en zei: 'Geert, je hebt een fractie, politieke medewerkers en bewonderaars, overal natuurlijke opvolgers... Zullen we naar mijn kantoor...'

Wat een indrukwekkende helden, dacht Wilders. Dit zijn de mensen met wie je de wereld wilt redden.

Moszkowicz werd door de vrouw onderbroken: 'Als jullie dat doen, jongens, zullen jullie me nooit meer zien. Maar jullie zijn vrij om te kiezen. Bram, Leon, meneer Wilders, daar is de deur. Overleg alstublieft ergens anders over de heilige vraag wie de PVV zal leiden.'

'Dat wilde ik net voorstellen, Sonja,' besloot Moszkowicz.

'Ik moet weer terug,' zei Wilders. 'We kunnen even in mijn auto gaan zitten.'

'Dat lijkt me een goed idee,' zei de vrouw.

Wilders knikte haar toe toen hij naar buiten liep. Mooie vrouw, maar buiten zinnen. Maar hij moest het haar vergeven. Boven het hoofd van haar kind hing het zwaard van het ware geloof, en het kon vallen.

Hij hoorde De Winter zeggen: 'Ik kom zo, één moment, ik moet even iets met Sonja bespreken.'

De vrouw zei: 'Daar heb ik geen behoefte aan, meneer De Winter.'

'Ik kom zo,' herhaalde De Winter tegen Wilders' rug.

Een van de DKDB'ers opende de voordeur en in een paar passen, met opgetrokken schouders alsof het regende, stapte Wilders de bus in, gevolgd door Moszkowicz.

26

LEON

De schrijver hoorde de huisdeur dichtslaan. Hij liep naar een van de ramen aan de straatkant en keek door een spleet naar buiten. Een van de agenten schoof het portier van de bus dicht nadat Wilders en Moszkowicz waren ingestapt. Ze bleven om de auto heen staan, de omgeving en de straat bekijkend.

Opeens stond Sonja naast hem. Met driftige gebaren schoof ze de gordijnen open.

'Gekte,' zei ze. 'Alles gekte. En ondertussen zit Nathan daar. Die zak heeft het allemaal op zijn geweten.'

Daglicht viel de kamer in, op de bewijzen van haar smaak en rijkdom.

'Je overdrijft,' zei De Winter.

'Ik overdrijven? Doden in het Muziektheater, een vliegtuig gekaapt, god weet wat ze daarmee van plan zijn, en vervolgens, alsof de boodschap nog niet genoeg tot ons is doorgedrongen, een school bezetten en *mijn kind* gijzelen? Overdrijven? Wie overdrijft?'

Om haar te kalmeren probeerde hij haar te omhelzen, maar ze mepte zijn handen weg, sloeg haar armen over elkaar en keek hem koud aan.

'Wat heb je te bespreken? Waarom zit je niet in de auto met *de strafpleiter* en *Geert*?'

In alles klonk woede en cynisme.

'Luister...' zei De Winter.

Hij begon sneller te ademen, vanzelf, doordat hij in gedachten een verbinding had gelegd waarmee Nathan geholpen kon worden.

'De vsv wordt bezet gehouden door een groep jongens met wie we contact kunnen leggen. Rechtstreeks. De leider van de groep heet Ouaziz, je hoorde net dat Geert, of Wilders, of hoe je hem ook wilt noemen, dat Geert zei dat die jongen Ouaziz heet. Sallie Ouaziz. De jongen ken ik niet. Zijn vader ook niet. Maar ik weet wel het een en ander over de vader. Hij zat een lange straf uit maar is gisteravond vrijgelaten. Dat was een van de eisen van de vliegtuigkapers. Was een vreemde eis. Maar nu is duidelijk waarom dat is gebeurd. De vader van de leider moest vrijkomen. Hij moest nog een jaar of zo zitten, maar hij is nu vrij.'

Ze onderbrak hem: 'Waarvoor zat hij?'

'Moord. Dubbele moord. Afrekening in het onderwereldcircuit.'

'Fijn gezelschap, dus. Het maakt me niet uit. Hoe komen we met hem in contact? Wil hij met zijn zoon praten? En wie zegt ons dat hij het niet prachtig vindt wat zijn zoon doet? Dankzij zijn zoon is hij nu al vrij! Waarom zou hij zijn zoon onder druk zetten?'

'Sonja, we kennen zijn beste vriend...'

Ze keek hem even stil aan, nam zijn hele gezicht in zich op alsof ze niets kon geloven wat uit zijn mond kwam.

'Die Oua...'

'Ouaziz. Kicham Ouaziz, zo heet de vader.'

'Kicham Ouaziz. Kichie. Ik herinner me de naam. De uitvoerder van Max.'

'Ja.'

'De moordenaar van die twee types die op Max hadden geschoten.'

'Ja.'
'En die heeft ook mijn vader... toch?'
'Ik weet het niet.'
'En nu moet ik hem smeken om het leven van mijn zoon te redden?'
'Ja...'
Ze draaide zich van hem af, verborg haar gezicht in haar handen.
'Ik moet dus Max vragen...?'
'Ik ben bang van wel, ja.'
'Hij zal te weten komen dat Nathan...'
'Misschien kun je dat verzwijgen.'
'Nee, hij is gek,' zei ze sarcastisch. Ze draaide zich weer naar De Winter toe: 'Hij ziet het meteen. Eén oogopslag. Zijn zoon. En dan gaat hij zijn vriend Ouaziz vragen om zijn zoon te redden. Nee. Doet hij niet. Dat doet hij zelf. Ik ken hem. En daarna ben ik Nathan voor altijd kwijt. Naat wordt dan *zijn* zoon...'

'Onzin, je gaat met jezelf op de loop. De eerste stap: met Max praten. Hij moet contact opnemen met Ouaziz. En die moet met zijn zoon praten.'

'En dan moeten ze alleen Nathan vrijlaten? En de andere kinderen dan? Zijn vriendjes? Johan, en Pietertje, en Gijsje? En Lia, zijn vriendinnetje? Godgloeiend! We zijn hier gebleven omdat Naat naar een verjaarsfeest wilde! Van een meisje in zijn klas! Daar is hij verkikkerd op! Daarom zijn we niet weggegaan!'

'Schiphol zat dicht toen je weg wilde.'

'Ik had een auto willen huren! Ik had mensen kunnen aanspreken die ons naar Parijs hadden willen rijden! Geld speelt geen rol!'

De Winter stapte naar haar toe en deed opnieuw een poging haar schouders vast te pakken. Nu liet ze hem begaan.

'Max is de sleutel tot dit alles. Bram weet hoe we hem kunnen bereiken. Oké?'

Ze knikte stil, hem niet aankijkend.

'Ik ga nu even bij ze in de auto zitten.'

Hij kuste haar wang, maar voelde een lichte, terugtrekkende beweging van haar hoofd. Hij liet haar los en liep de kamer uit.

Toen hij in de hal stond, hoorde hij haar zeggen: 'Wat ga je doen met die partij?'

'Niks,' antwoordde hij. 'Ik ben niet gek. Aardige man. Maar suïcidaal. Ik wil meemaken dat mijn kinderen kinderen krijgen. En ik wil Nathan zien opgroeien.'

Hij trok de deur open en liep naar de Mercedesbus. Een van de DKDB'ers trok de schuifdeur voor hem opzij zodat hij kon instappen.

27

MAX

Moszkowicz had hem wakker gebeld. Sonja wilde met hem praten. Ze zou over tien minuten in het Amstel Hotel zijn.

Het was al kwart over twaalf, maar hij bestelde een ontbijt en nam een douche. Het was zeven uur geweest toen hij in bed stapte. Hij had de hele nacht de televisie aangehad en de gebeurtenissen op Schiphol gevolgd. Kichie had een paar keer gebeld. Hij was teleurgesteld, gekrenkt ook. Maar Max kon hem niet helpen. Niet meer.

Kichie had urenlang in het gebouw van de marechaussee op Schiphol doorgebracht. Hij had er met het hoofd van de Nederlandse Speciale Operaties gesproken, een man die Van der Ven heette, en hij had, terwijl zijn Kevlar-vest klaarlag, gewacht op het moment dat de overeenkomst met de kapers was afgerond. Sallie was aan boord, waar kon hij anders zijn?

De bedoeling was dat Kichie ongewapend het toestel zou betreden en de tijd zou nemen voor een gesprek met de jongens. Als ze niet *high* waren, zouden ze naar hem luisteren en bestond er een kans – een theoretische – dat ze zich zouden overgeven; Kohn was ervan overtuigd dat praatjes niet hielpen. De jongens moest een reële ontsnappingsmogelijkheid worden geboden – dat zou hen ervan kunnen overtuigen dat ze genoeg ellende hadden veroorzaakt en hun actie konden staken. Het ging om fanaten.

Kichie had Donner gedurende de nacht niet meer gezien. Van der Ven had hem verteld dat de minister heen en weer reed tussen Den Haag en een ander politiegebouw op Schiphol, waar hij zijn zenuwcentrum had ingericht. Het was een lange, frustrerende nacht geworden. Kichie had niets kunnen doen. Uit berichten van de vrijgelaten passagiers werd geconcludeerd dat Kichies zoon Sallie niet aan boord was. De kapers hadden geen behoefte aan Ouaziz, weigerden over een mogelijk bezoek van hem te praten. Ze wilden wel over hoeren, dvd's, voedsel, drank praten. Eisten continu hapjes en drankjes, van pizza's tot aan hoemoes en Marokkaanse gerechten. Ze hadden in een jolige bui een oproep via een radiostation aan meisjes gedaan om mee te gaan op rondvluchten. En er hadden zich enkele groepen dolle vriendinnen gemeld, opgewonden, blonde en geblondeerde, aangeschoten Hollandse meidenclubjes; met *white trash* zouden ze in Amerika worden omschreven, Kichie kende de term.

In het vliegtuig bevonden zich zes jongens. De verdwenen voetbalploeg telde elf leden. Vijf jongens werden vermist. In heel Nederland werd op Sallie gejaagd, maar geen spoor viel er te ontdekken. Uitgeput keerde Kichie terug naar zijn vrouw. Max wist wat hij hem had aangedaan.

Toen Kohn zich aankleedde, meldde de receptie zich. Mevrouw Verstraete wilde hem bezoeken.

'Laat haar naar boven komen,' zei Kohn.

Waarom was hij in Amsterdam? Waarom had Jimmy Davis hem hierheen geleid? Voor Sonja? Voor Kichies zoon? Kohn wilde er niet aan dat zijn aanwezigheid hier, en de aanwezigheid van het hart in zijn borstkas, verstoken was van zingeving. Niet alles had een reden. Maar wel Jimmy's levende hart. Hij mocht opnieuw met Sonja praten.

Hij trok een colbert aan en wachtte haar op in de gang, voor zijn deur. Het ging niet om Kichie en zijn zoon, bedacht hij. Het ging natuurlijk om Sonja. Het moest om Sonja gaan.

Ze stapte uit de lift. Ze droeg een zonnebril. Hij stak zijn hand op. Ze liep naar hem toe, met gebogen hoofd. Ze droeg vrijetijdskleding: een spijkerbroek, een vormeloze trui, witte gympen.

Toen ze voor hem stond, zei hij vol overtuiging, want het was waar: 'Ik heb op je gewacht vanaf het moment dat ik geboren werd.'

Ze bleef even stil. Ze nam haar bril af en hij zag aan haar ogen dat ze had gehuild.

'Die praatjes ken ik,' zei ze. 'Ik wil je iets vragen.'

Zonder hem een blik waardig te gunnen liep ze de kamer in. Zette de bril boven op haar hoofd.

Kohn volgde haar. Ze liep door naar het raam en bleef daar staan, naar buiten kijkend.

'Je zat hier dus gisteren op de eerste rang,' zei ze.

'Ja. Ik heb het van dichtbij allemaal kunnen volgen. Ik lag in bed toen de klap kwam. Jetlag. Ik was na een kwartier of zo buiten.'

Ze bleef uit het raam kijken: 'Heb jij er iets mee te maken?'

'Hoe slecht denk je over me?'

'Het allerslechtste,' zei ze.

'Waarom zou ik hier iets mee te maken hebben? Wat kan ik ermee winnen? Dit is terreur. Hier gaat het niet om zaken. Dit gaat om indruk maken, tekens plaatsen, het gaat om vernederen en wraak nemen. In die business zat ik niet. Sonja, ik was een zakenman. Geen terrorist.'

'Jij komt aan in de stad en boem, alles wordt anders. Alles wordt slechter.'

'Ik kan daar niets aan doen. Het spijt me dat je zo over me denkt. Ik ben hierheen gekomen om een totaal andere reden. Om te ontdekken waarom ik, uitgerekend ik, niemand anders, waarom ik het hart gekregen heb van een man die jou gelukkig wilde maken. Dat is waarom ik hier ben. Ik wil de reden vinden.'

'Heb je het nieuws gevolgd?'

'Ik heb de hele nacht televisiegekeken. Een vriend van me was op Schiphol. Ben pas vanochtend gaan slapen. Is er nog iets anders gebeurd?'

'Wat deed hij op Schiphol?'

'Hij is een... een vriend van me, van vroeger. Hij is betrokken bij dit alles. Niet hijzelf, maar zijn zoon. We dachten dat die jongen in het gekaapte toestel zat. Maar dat is niet zo. Ouaziz was daar om te helpen, een verzoek van een minister, Donner, heet hij. We hoopten dat hij aan boord kon komen en dat hij voor Sallie, de zoon van mijn oude vriend, een speciale behandeling kon krijgen. Hij kwam niet aan boord. Een nacht gewacht op niets.'

'Was hij er bij toen Boujeri aan boord werd gebracht?'

'Nee. En ik was hier in de kamer, televisiekijkend.'

Kichie had een plan bedacht, een wanhopig onzinplan. Als hij aan boord was, zou hij met Sallie van kleding wisselen, inclusief het Kevlar-vest. De jongens zouden zich overgeven maar op voorwaarde dat ze hun bivakmutsen mochten dragen; ze wilden niet met hun gezichten op de buis, zo moest het argument luiden – vanaf het dak van een van de terminals werd het stille toestel onafgebroken in beeld gebracht met de telelenzen van tv-camera's. Dan zou Kichie Sallies plaats innemen en kreeg Sallie de kans weg te komen. Er kwam niets van terecht, want ze lieten hem niet aan boord toe. Er was geen enkel drukmiddel. Met de matrozen aan boord kregen de kapers alles wat ze wilden. Een vliegroute boven Europa werd uitgestippeld en uitonderhandeld. Kohn zag hier, in zijn kamer, op televisie hoe de moordenaar van Theo van Gogh een V-teken maakte. Om halfzeven steeg het vliegtuig op. Om zeven uur ging Kohn slapen.

'Hoe heet die vriend?' vroeg ze.

'Ouaziz. Kicham Ouaziz. Kichie, noem ik hem.'

'Ik heb hem wel eens gezien.'

'Een paar keer. Ik wilde de werelden gescheiden houden. Jij mocht niet door de andere wereld worden aangetast.'

'Hij heeft voor jou gemoord.'

'Er is ooit op me geschoten,' zei Kohn.

'Dat was een fatale nacht, achteraf gezien. Ik had nachtdienst bij Eerste Hulp.'

'Elke seconde van die nacht staat in mijn geheugen gegrift.'

'Ouaziz is een moordenaar.'

'Ja.'

'In jouw dienst.'

'Ik werkte met hem. Hij was niet bij mij in dienst.'

'Een lafhartig antwoord.'

'Ik geef de feiten.'

'Heeft hij ook mijn vader vermoord?'

Al meer dan tien jaar wist Kohn dat deze vraag door haar zou worden gesteld. Het was onvermijdelijk. Alle antwoordvarianten had hij gewogen. De waarheid nooit. Maar nu ging hij daarvoor niet meer op de loop.

'Ik ben bang van wel,' zei hij.

Ze kreunde, met haar rug naar hem toe, haar hoofd steunend tegen het glas, haar armen strak om zich heen geslagen alsof ze het koud had.

Kohn zei: 'Ik had geen idee wat hij deed. Hij zou me beschermen na die nacht. Het gevaar elimineren. Wat ik weet... heb ik later gehoord. Bij de ondervragingen. Nooit van hem zelf. Hij wilde hiervan niets delen. Hij kwam op het spoor van twee Serviërs. Wilde ze onschadelijk maken...'

'Wat een term...'

'Hij kwam ook op het spoor van hun opdrachtgever.'

Ze was stil nu, onbeweeglijk. Hij keek naar haar haren, opgestoken met spelden, de zonnebril als een diadeem, en zag een deel van haar hals. Niets was zo kwetsbaar. Hij hield van haar. Met een onvoorwaardelijkheid die uit zijn hart stroomde. Zo ervoer hij dat.

'Mijn vader...?' fluisterde ze.

'Ik weet het niet,' zei hij.

'Deed je zaken met hem?'

'Eén keer. Wat onroerend goed.'

'Een conflict?'

'Niks bijzonders. Een conflict, ja. Zoals ik die wel vaker had.'

'Ik heb later verhalen gehoord...' Ze bleef weer stil nu. 'Verhalen dat hij geld belegde van onderwereldtypes. Figuren zoals jij. Witwassen via onroerend goed.'

'Ik weet het niet, Sonja.'

'Draai er niet omheen! Neem me serieus! Was hij de makelaar van de onderwereld? Ja of nee!'

'Ja.'

Ze bleef naar de rivier kijken, onafgebroken met haar rug naar hem gewend. Of had ze haar ogen gesloten? Ze stond een meter of drie van hem af. Hij hield zich staande aan een van de stoelen. Een klop op de deur.

'Sorry,' zei hij.

Een bediende met een rolwagen met zijn ontbijt. Kohn tekende een ontvangstslip en nam de kar van de man over, duwde die de kamer in.

'Ik heb koffie. Wil je wat?'

'Ja. Doe maar,' zei ze zacht.

Hij schonk koffie voor hen beiden in, zette enkele schaaltjes met zalm en roerei en confiture op de eettafel. Zonder hem aan te kijken maakte ze zich los van het raam en ging aan tafel zitten. Hij schoof het schoteltje met daarop het porseleinen kopje naar haar toe.

'Er is warme melk,' zei hij.

Ze pakte de kan en schonk schuimende melk in het kopje. Ze kon hem niet aankijken.

Ze zei: 'Mijn vader was dus ook een schoft. Net als jij. Aardig consequent ben ik geweest.'

Hij loog: 'Ik heb nooit een schoft in jouw vader ontwaard.'

'Je hebt met hem aan één tafel gezeten. De vader van je vrouw, want dat was ik zo ongeveer in die tijd. En toen heb je hem *rücksichtslos* laten afmaken. Een zakelijke transactie. Zo was het toch?'

'Als ik van het plan had geweten, was het nooit gebeurd. Maar Kichie... hij wilde me hiervan vrijwaren. Hij wilde me niet belasten. Hij is iemand die voor een ander door het vuur gaat. Voor mij. Een vriendschap zoals die nauwelijks voorkomt. Archaïsch. Mediterraan. Semitisch, misschien zelfs wel. Hij bestond om mij te beschermen.'

'Weet je, Max... ik ben niet iemand die wil denken in termen die bij jouw wereld passen. Ik heb medicijnen gestudeerd. Ik ben een oppassende burger. Ik ben geen vrouw die een kick krijgt bij wilde, gewelddadige mannen. Ik had me ooit een bescheiden leven voorgesteld. Een huis met een tuin en daarin spelende kinderen en een luie hond op het gras. Mijn man en ik, allebei academisch gevormd, of niet, maar in ieder geval met een beschaafd vak dat we graag uitoefenden. Zo iemand was ik. Zo'n wensvoorstelling had ik. Ik had zo'n man. Die heb ik voor jou opgegeven. Jou haat ik. En misschien... haat ik ook mijn vader. Ik heb er altijd omheen gedraaid. Ik wilde het niet tot me toelaten. Ik ben voor jou gevlucht. Maar ook voor de herinnering aan hem. Hij was lief voor me. Aanbad me. Een joodse vader die me alles gaf. Maar in zakelijk opzicht was hij... een schoft.'

'Ik ben veranderd, Sonja.'

Ze smaalde: 'Door het hart van Jimmy?'

'Door zijn hart, ja.'

'Je wordt zweverig op je oude dag, Max.'

'Ik ervaar wat ik ervaar.'

'Je moet me helpen.'

'Alles doe ik voor je.'

'Alles? Dat is gevaarlijk uit jouw mond.'

Nog steeds toonde ze hem niet haar ogen, strafte ze hem door haar blikken af te wenden. Ze keek naar de gerechten op tafel, haar koffie, haar handen. Ze had nog geen slok genomen.

Kohn vroeg: 'Wat moet ik doen?'

'Ik heb een zoon,' zei ze onbewogen. 'Ik werd zwanger in het jaar nadat ik voor je gevlucht was. Een zoon. Nathan. Hij is wat een zoon voor een moeder is. Alles.'

'Wie is de vader?'

'Je kent hem niet. Mijn kind is volmaakt. Hij is de man die ik altijd heb willen voortbrengen. Een lief, goed, mooi mens. Je weet niet wat er vanochtend is gebeurd?'

'Nee,' zei Kohn. De zingeving openbaarde zich nu. Hij had geen twijfel. Het ging om Sonja. Haar zoon.

'Vanochtend hebben dezelfde jongetjes, die Marokkaanse ettertjes, een lagere school bezet. Bij mij in de buurt. De Vondel School Vereeniging. vsv. Mijn zoon is daar leerling. Mijn zoon is daar nu. Ze houden hem gevangen. Met tweehonderdnegenennegentig andere kinderen. Vijfentwintig personeelsleden. Jij moet mij helpen. Ik wil mijn zoon terug. Onbeschadigd. Ademend en lief en slim zoals hij vanochtend is vertrokken. Met al zijn vrienden en vriendinnen. Iedereen, begrijp je?'

'Ja,' zei hij. 'Ik zal ervoor zorgen dat jouw zoon bij jou terugkeert. Gezond en wel. Ik ga me ervoor inzetten. Ik zoek een manier. Ik heb contacten. Met Job Cohen bijvoorbeeld. Donner. Wat willen ze bereiken met die gijzeling?'

'Ze willen de kinderen ruilen tegen een politicus. Wilders, heet hij.'

Kohn knikte en zei: 'Ik heb over hem gelezen.' Maar het was een onmogelijke voorwaarde. De betrokken autoriteiten zouden zoiets nooit dulden. Ze konden moeilijk die politicus uitleveren aan mensen door wie hij vermoedelijk zou worden gedood.

'Het vliegtuig is teruggekomen op Schiphol. Om de gijzelnemers van de school op te pikken als ze gekregen hebben wat ze willen.'

'Het vliegtuig is terug?' vroeg Kohn verrast.

'Ja.'

Terwijl hij had liggen slapen, was de derde fase van de terreurcampagne geactiveerd. Kohn besefte dat hij erbij betrokken moest raken.

Dit was zijn bestemming.

Ze keek hem nu strak aan en wees op hem met een dodelijke wijsvinger: 'De zoon van jouw vriend leidt de gijzeling, Max. De gijzelnemers worden geleid door een jongen die Sallie heet. Sallie Ouaziz. Hij is de zoon van jouw grote vriend Kicham Ouaziz. Dus de zoon van de moordenaar van mijn vader houdt nu mijn zoon gevangen. Daar komt het op neer, Max. Ik vind dat je daar wat aan moet doen. Doe je dat? Het is nu jouw verantwoordelijkheid daaraan een einde te maken. Ik wil mijn kind terug. Dat ben je aan mij verplicht. Hoor je dat, Max?'

'Ja,' zei hij, terwijl een sensatie van diepe rust, van volledige overtuiging, bezit van hem nam. 'Naar dit punt heeft het leven mij geleid. Sonja, ik ga je zoon redden.'

'Goed,' zei ze. 'Het gekke is, ik geloof je.'

Ze bleef opeens heel stil staan en verborg haar ogen achter

haar handen. Haar schouders schokten. Kohn stond ook op, maar hij besefte dat hij haar niet mocht aanraken.

Hij trok een handvol tissues uit een bakje in de badkamer. Ze nam de tissues aan, depte er haar ogen en wangen mee, wierp de prop op tafel en verliet de kamer terwijl ze de zonnebril opzette.

'Heb je een foto van jouw zoon?' vroeg hij voordat de deur achter haar dichtviel.

Ze bleef stilstaan, hield de deur met een been open en trok uit haar achterzak een kleine envelop. Hij nam die aan en ze stapte weg zodat de deur achter haar sloot.

De envelop was in de strakke broek enigszins vervormd. Hij belde Kichie.

Kohn vroeg: 'Waarom heb je me niet gebeld?' Hij opende de envelop.

'Ik moet dit alleen doen, Max. Ik ben verantwoordelijk. Ze zijn die school binnengekomen... Sallie had aantekeningen van mij gevonden... zo is het gegaan, denk ik. Plannetjes voor iets. Ze lagen in een opslagbox in Luxemburg. Meer kan ik niet zeggen nu.'

'Waar ben je?'

'Ik ben op weg naar Schiphol. Ik ontmoet de minister.'

De foto die hij uit de envelop schoof, toonde de jongen die hij gisteravond op de brug bij de Munt had gezien. Donker haar, grote, zachtmoedige ogen. Op de achterkant stond met de hand geschreven: Nathan.

Hij zei: 'Bel me als je er bent. Ik kom naar je toe. Dit doen we samen.'

Hij verbrak de verbinding en bekeek de foto. Nathan. Sonja was niet helemaal eerlijk geweest. Dit was zijn zoon. Daarom was hij hier. Jimmy had hem naar zijn zoon geleid.

28

PIET HEIN

In de geluiddichte spreekkamer van zijn eigen hoofdkwartier op Schiphol wachtte Donner op de aankomst van Job Cohen. Wat hij sinds gistermiddag deed, was het overdenken van scenario's, strategieën, *fall-back*-plannen.

Op dit moment hield de brutale streek van Wilders hem bezig. Het melodramatische spektakel dat de man voor het oog van de wereld wilde opvoeren – elke internationale nieuwszender had nu een ploeg in Amsterdam – moest worden tegengehouden. De schoolbezetters rekenden niet op een ruil, zo schatte Donner in. Het ging hun erom Wilders te vernederen, niet om zijn uitlevering. De bezetters wilden niet dat Wilders de held zou worden in een uitruilprocedure. Hij moest wegblijven. Hij zou in de publieke opinie en in elke kroeg tot lafaard worden verklaard, en ze zouden vertrekken. Punt gemaakt. Maar nu probeerde Wilders er met het drama vandoor te gaan. Zich als hoofdrolspeler binnen te dringen. Het kon hem Fortuyn-achtige populariteit opleveren en hij kon er een premierschap mee verdienen, en daarmee was het land volgens Donner niet gediend.

Maar de cirkel was zich aan het sluiten en de snelheid waarmee ze konden opereren werkte in Donners voordeel. Hij kon Wilders de pas afsnijden. Wilders had voor zeven uur, vlak voor alle nieuwsuitzendingen, een persconferentie aangekondigd. Hij had het kabinet al meegedeeld wat hij ging zeggen. Het land stond al op zijn kop. Na de persconferentie zou de chaos volledig zijn. De ministers hadden hem met open mond aangehoord.

Van der Ven had hem ingelicht over het voorstel van Papa Ouaziz om de school binnen te dringen en zijn zoon en de andere gijzelnemers – het verdwenen deel van de voetbalploeg, ze hadden hen nu allen in kaart gebracht – naar buiten te trappen. Dat was geen slecht plan. Deze gijzeling viel misschien op de traditionele manier op te lossen, via vaders, moeders, familie en vrienden. De ABC-aanpak van de klassieke gijzelingsliteratuur. De jongens waren fanatiek, maar Papa Ouaziz was ook niet mis. Zware crimineel. Had moorden gepleegd en had jarenlang succesvol in de drugshandel geopereerd, samen met de beruchte Max Kohn. Van der Ven had geen idee waarom Kohn uitgerekend nu in de stad was opgedoken, maar ze konden hem gebruiken. Als de verhalen waar waren, konden Kohn en Ouaziz als team de gijzelnemers aan. Hun eigen units van de Dienst Speciale Interventies konden de taak ook uitvoeren, maar het geweldsniveau zou hoog liggen en de kinderen zouden gevaar lopen. Niemand wilde dat risico dragen.

Op dit moment waren er drie opties. De eerste leek op het oog gevaarlijk, maar was dat volgens Donner niet. Het ultimatum luidde: 'Wij willen Wilders vóór het invallen van de avond, anders gaan wij elk uur een onderwijzer doden, en als die op zijn gaat elk uur een kind eraan.' Het was ondenkbaar dat deze jongens dat zouden doen. Hij had psychologische rapporten van ieder van de bezetters. Alle afdelingen hadden intensief samengewerkt en direct profielen gemaakt. Donner verwachtte dat het ultimatum zonder consequenties zou verstrijken. Ze zouden de gijzelnemers een veilige en beschermde aftocht garanderen. De jongens mochten met het schoolpersoneel naar het gekaapte vliegtuig vertrekken en ze zouden opnieuw toestemming krijgen op te stijgen. Dit waren geen moordenaars. In het vliegtuig hadden ze niemand bedreigd of verwond. In de school was een vechtpartij ontstaan met een vader, een militair die op een van de gijzelnemers was gedoken. Iemand van de jongens had uit zelfverdediging geschoten. Zeker, er waren doden in het Muziektheater gevallen – de jongen met wie ze telefonisch contact hielden in de school, raakte telkens buiten zinnen van woede wanneer die doden ter sprake kwamen. Hij wees elke vorm van schuld en verantwoordelijkheid af. Hij wekte de indruk dat hij niet uit was op doden. Donner geloofde hem.

Optie twee luidde: optie één zou worden gedwarsboomd door de persconferentie van Wilders. Dit werd de Wilders Show. Misschien ook een oplossing zonder bloed, maar een catastrofe voor de toekomst. Dit moest net zozeer worden voorkomen als het vallen van slachtoffers.

Optie drie: de directe actie door Ouaziz en Kohn, twee anonieme figuren, althans, momenteel anoniem.

Van der Ven had nog geen antwoord op de vraag hoe de bezetters waren binnengekomen. Aan de straatgevel van het schoolgebouw hingen zes camera's die door een alarmcentrale werden gemonitord. Op de banden – het waren geen magnetische banden meer, de opslag verliep digitaal op harde schijven – was geen activiteit zichtbaar. Ze waren dus via een belendend pand binnengekomen. Of via het dak. Donner zou de twee toestemming geven het gebouw binnen te gaan. Zou Papa Ouaziz worden beschoten door zijn zoon? Nee. Ze zouden hem binnenlaten, en dan zou het vader-zoonproces zijn beloop krijgen.

De straat werd volledig afgeschermd voor de media. Helikopterverkeer boven de stad was verboden verklaard. De twee criminelen konden zonder media-aandacht de straat betreden en naar binnen gaan. Als zij faalden, kon Wilders zijn staatsgreep plegen – daar kwam het volgens Donner op neer. In 2004, na de moord op Van Gogh, hadden ze Ayaan Hirsi Ali zonder haar goedkeuring het land uit gesmokkeld en enkele weken *incommunicado* gehouden tot haar vrienden in het openbaar lastige vragen begonnen te stellen over haar verblijfplaats. Dat zou met Wilders niet lukken. Hem kon je niet, zoals wel met Ayaan indertijd, met rotsmoezen in de luren leggen. Maar als het moest, als het echt om het staatsbelang ging, diende Donner te doen wat noodzakelijk was. Hij zou later op de dag een telefoongesprek hebben met het Noordeinde. Zolang Wilders zich in een voertuig bevond dat onder controle stond van de DKDB, hadden ze controle over hem. Zijn mobieltjes konden eenvoudig uit de lucht gehaald worden.

Ze konden een morele overwinning boeken wanneer de kinderen werden vrijgelaten en de aftocht werd bezegeld. Geen bloed. Van der Ven zou Ouaziz en eventueel Kohn voorzien van een minuscule camera en microfoon. Ze konden meeluisteren en meekijken. Ze konden alsnog ingrijpen als dat onvermijdelijk zou worden – maar liever niet. Donner had geen illusies over het gewicht van de naijleffecten. Na een paar dagen zou de rouw om het verlies aan mensenlevens in het Muziektheater de overhand krijgen en zou om zijn politieke kop geroepen worden. Honderden miljoenen schade, zes doden, tientallen gewonden, en Boujeri een vrij man. En misschien – de Heer verhoede het, en anders deed Donner het wel – Wilders als gegijzelde ergens in een Aziatisch stadje waarvan niemand ooit had gehoord of de naam correct kon uitspreken, maar van waaruit hij op een dag als koning zou terugkeren. Het leek levensgevaarlijk wat hij deed, zichzelf opgeven in ruil voor de kinderen, maar Sallie Ouaziz zou hem niet doden. Nee, Wilders kon er onsterfelijk mee worden. Risico van overleven: hoog. Risico van onthoofding: nou ja...

De deur ging open en Job kwam binnen. Net als Donner zelf dramatisch *underslept*. Schiphol kwam direct op het bord van Donner terecht, maar de schoolgijzeling belandde net als het Muziektheater op de schouders van Cohen. Vooruit, ze deelden de last.

Ze gaven elkaar geen hand meer. Dat hadden ze de afgelopen achttien uur voldoende gedaan.

'Ha Job.'

'PH,' antwoordde Cohen.

Cohen zette zijn eigen flesje water op tafel. Daarna haalde hij uit zijn zak een klein metalen doosje en een pakje sigaretten. Zonder om toestemming te vragen stak hij een sigaret aan. Het metalen doosje fungeerde als asbak. Dat was nieuw. Job aan de sigaret.

Hij vroeg: 'PH, heb je een plan van aanpak?'

'Ja.'

'Heb je het gehoord van Wilders? De persconferentie? Ik heb gehoord dat hij zich gaat melden bij de school of het vliegtuig.'

'Ik heb het ook gehoord ja,' antwoordde Donner.

'Die wordt daarna onverwoestbaar. Onaantastbaar. Als hij het overleeft.'

'Misschien,' zei Donner.

'Weet je wat, PH? Het kan me geen donder schelen. Het enige wat ik wil is dat het stopt. Het is genoeg geweest. Als Wilders de eeuwige held wil uithangen, laat hem gaan. Die kinderen moeten vrijkomen, vandaag nog. De druk op de stad is onbeschrijflijk. Alles ligt plat nu. Iedereen zit thuis te wachten op wat komen gaat. En niemand weet of het hierbij blijft. Hebben ze nog iets in petto, of is dit het? Laat Wilders dat grote hoofdstuk in de geschiedenisboeken van de toekomst krijgen. *I don't care*. Als de kinderen maar vrijkomen.'

'We gaan eerst iets anders proberen. We hebben een plan dat voorkomt dat het op die manier uit de hand loopt.'

'Het maakt me niet uit welk plan het is, PH. Als het maar werkt. En de *bottom line* is: de kinderen vrij. Veilig.'

'We sturen Ouaziz naar binnen. Samen met *jouw man*.'

'Dat is ook niet gelukt met het vliegtuig. Waarom zou dat nu wel lukken?'

'De zoon van Ouaziz was niet aan boord. Hij is in de school. Hij kan zijn vader niet weigeren. Het vliegtuig was een geval op zich. Daarin hebben we ons vergist. Gelukkig zonder gevolgen. Ook al is de vrijlating van Boujeri een ernstig feit. Vader en zoon Ouaziz kunnen dit oplossen. Met behulp van *jouw man*.'

Cohen vroeg: 'PH, kun je hem anders noemen? Ik word ziek van dat *jouw man*. Komt dit naar buiten?'

'Is niet de bedoeling.'

Cohen drukte de peuk uit en stak direct een nieuwe sigaret aan. Donner keek stil toe. Hij zou zo meteen een luchtverversingsapparaat laten plaatsen.

'Weet je wat?' zei Cohen terwijl hij de rook van de nieuwe sigaret diep inhaleerde. Terwijl hij sprak, ademde hij rookwolkjes uit: 'Het maakt me allemaal geen zak meer uit. Met mijn dienstjaren kan ik goed met pensioen. Ik ga in een hutje in Toscane zitten. Of in het huis van Cees Nooteboom op Mallorca. Dan komen ze het maar te weten van mij en Max Kohn. Iedereen kan het dak op.'

Van der Ven stak zijn hoofd naar binnen. En wees met een vinger naar iets achter de deur. Donner knikte en vroeg Cohen, terwijl Van der Ven op verdere instructies bleef wachten: 'Wil je hem ontmoeten? Hij is hier. Hoeft niet, Job. Je kunt zonder hem te zien weer weggaan.'

Cohen keek hem verstoord en verontwaardigd aan en zei: 'Is dit een klotegeintje of zo?'

'Nee. Ik heb hiermee niets te winnen. Maar jij bent deel van het rampenteam en ook jij moet toestemming geven voor de actie.'

'Je hebt mijn goedkeuring. Ik wil hem niet zien.'

Door dat antwoord verwachtte Donner dat Cohen onmiddellijk zou vertrekken, maar deze bleef zitten, met zijn hele lijf wellustig rokend, alsof de sigaret zijn reddingsboei was.

'Nog iets gehoord over Marijke?' vroeg Cohen. 'Ze hebben iemand gevonden, toch?'

'Ja. Het lichaam wordt geïdentificeerd. Zo mogelijk. Midden in de garage gevonden. Naast de bestelwagen, een Ford, waarin de oorspronkelijke explosie plaatsvond. Daarnaast. Moeilijk identificatiewerk, zeiden ze. Andere dingen werden gevonden naast het lichaam. Alles verkoold. Een tas met inhoud. De temperatuur daar was verschrikkelijk. Als de zon.'

Cohen zei niets. Toen stond hij abrupt op, graaide zijn spullen bij elkaar en verliet, nadat de wachtende Van der Ven de deur verder voor hem had geopend, zonder groet de kamer.

Donner bleef in zijn eentje achter, denkend aan wat komen ging, stil, voor zich uit starend, de vingers in elkaar gestrengeld, vroom bijna.

Dit was een domme actie van Cohen, overwoog Donner. Het geheim van Cohens vader werd nu al een levenlang door Job gedragen en de openbaarmaking daarvan zou als een mediabom exploderen en Cohen vernietigen. Hij wilde met pensioen. Er bestond een grote kans dat hij daartoe gedwongen zou worden. Binnen korte tijd. Maar de affaire met professor doctor Marijke Hogeveld zou voor altijd verborgen blijven, ook al zou Cohen voor de rest van zijn leven om haar rouwen, net als Donner was blijven rouwen om het Engelse meisje van die zomer in Bath.

Donner deed indertijd een cursus Engels en Charlotte was net zo jong als hij, maar zij was de instructrice. Hij was vanaf de eerste dag blind verliefd en na tien dagen was ze op zijn avances ingegaan. Ze bleek net zo groen te zijn als hij. Zijn eerste seksuele ervaring, zijn eerste liefde, in een studentenkamer met uitzicht op een steeg. Ze wandelden langs de River Avon, hij voelde zich als in een schilderij van de Pre-Raphaelites. Ze gingen roeien op de rivier en lazen elkaar gedichten voor – dat doe je wanneer je negentien bent, en verliefd. Charlotte wilde die dag roeien. Dik 'auburn' haar. Witte huid. Groene ogen – alles waarvoor je als negentienjarige wilt sterven. Hij lag achterover in het bootje en keek van onderaf naar haar op. Haar blote armen. Haar borsten die bewogen op het ritme van haar ademhaling. Het roeien was zwaar, maar ze gaf niet op, stoere Engelse Charlotte Humphries. Hij declameerde voor haar Shakespeares Sonnet 18. Hij mompelde:

> *Shall I compare thee to a summer's day?*
> *Thou art more lovely and more temperate:*
> *Rough winds do shake the darling buds of May,*
> *And summer's lease hath all too short a date:*
> *Sometime too hot the eye of heaven shines,*
> *And often is his gold complexion dimm'd;*
> *And every fair from fair sometime declines,*
> *By chance or nature's changing course untrimmed;*
> *But thy eternal summer shall not fade,*
> *Nor lose possession of that fair thou ow'st;*
> *Nor shall Death brag thou wander'st in his shade,*
> *When in eternal lines to time thou grow'st:*
> *So long as men can breathe, or eyes can see,*
> *So long lives this, and this gives life to thee.*

Een motorboot kwam langs en wekte golven op. Hun bootje sloeg om en een roeispaan schoot los en raakte haar hoofd. Hij kon haar niet vinden. Hij dook en bleef duiken, aanvankelijk alleen, daarna met een dozijn anderen, tot er kikvorsmannen van de brandweer verschenen. Hij bracht een avond door op het politiebureau. Hij wilde zelf ook verdwijnen in het donkere water. Hij had er nooit met iemand over gesproken. De rouw volgde hem als een schaduw.

De deur ging open en Van der Ven betrad de kamer. Daarna verscheen de Marokkaanse man die Donner al eerder had ontmoet, Kicham Ouaziz, de moordenaar. En achter hem kwam een man binnen wiens verschijning de kamer meteen vulde. Charisma, heette dat. Zijn kwaliteit werd door Donner direct herkend. Een leider. Beheerste bewegingen. Rechte rug en een onverschrokken blik. Maar tegelijk ondoorgrondelijk. Een mooi, mannelijk, evenwichtig gezicht, met ogen die intelligentie verraadden. Explosieve kracht, vermoedde Donner, die zich klein en breekbaar voelde tegenover de man die samen met de moordenaar een einde moest maken aan de nachtmerrie waarin het land zich bevond. Het waren interessante tijden. Dit soort mens moest nu Nederland verlossing brengen. De crimineel als rampenbestrijder.

Donner stond op en gaf de man een hand.

'Meneer Kohn? Mijn naam is Donner. Ik ben de minister van Binnenlandse Zaken.'

Hij had willen zeggen: uw halfbroer, de burgemeester, was hier net nog. U bent dus het kind dat Jobs vader in 1960 bij zijn joodse geschiedenisstudente Ester Kohn heeft verwekt tijdens een wilde nacht in Leiden. Maar hij verzweeg wat hij wist.

'Aangenaam,' zei Kohn.

'Meneer Ouaziz,' zei Donner, terwijl hij de Marokkaan een hand gaf. 'Gaat u allen zitten.'

Hij richtte zich tot Kohn: 'Meneer Kohn, wat een gelukkig toeval dat u in de stad bent. Wat is de reden van uw bezoek, als ik mag vragen?'

Kohn verraadde geen emotie: 'De reden is... u helpen de schoolkinderen vrij te krijgen. Dat is de reden.'

'Onbaatzuchtigheid?' vroeg Donner, verrast door de sterke indruk dat Kohn integer was.

'Als ik de kans krijg zal ik het u op een dag uitleggen. Kicham en ik, wij gaan de school in.'

'Mooi,' zei Donner.

Zijn gedachten dwaalden even af, heel kort zag hij Charlotte voor zich, en twee regels van een ander Sonnet schoten hem te binnen:

> *A woman's face with Nature's own hand painted*
> *Hast thou, the master-mistress of my passion...*

MEMO

Aan: Mr. J.P.H. Donner
FOR YOUR EYES ONLY
Kenmerk: Three Headed Dragon

Geachte Minister,
Het lukt mij niet op dit moment het onderhavige dossier af te sluiten met een eenduidige gevolgtrekking ten aanzien van het Licht Effect (LI). De tests en experimenten wijzen uit dat een reflectie op het gladde oppervlak van de betreffende locatie nooit tot de duur en intensiteit, zoals door de getuigen aangegeven, van het LI heeft kunnen leiden. Gaarne wil ik onderstrepen dat de ervaring van het LI beide getuigen ertoe aanzette de hal direct te verlaten. Het LI heeft hun leven gered, als het ware, evenals dat van alle anderen. Althans, dit hebben beiden op deze wijze verklaard. Een levensreddend LI. Dit klinkt melodramatisch, maar beide getuigen blijven bij het gewicht van hun verklaring.

Het moge duidelijk zijn dat ik dit onderzoek op een andere wijze had willen afronden. Ik geef toe: ik ben erdoor gefascineerd geraakt. Is het mogelijk dat het LI als het ware vanuit het niets is ontstaan? Elke wetenschapper heeft mij verteld: nee, ondenkbaar. Niet op het niveau van het menselijk oog en onze waarneming en ervaring. Op het niveau van kwan-

tummechanica gelden andere regels. Regels die we aanvaarden maar niet begrijpen. Die discussie kan ik, door gebrek aan kennis, niet voeren. Sommige experimentele fysici die ik heb gesproken, hebben mij verteld dat wij nog maar aan het begin staan van de grote ontdekkingen ten aanzien van elementaire deeltjes. Het is mogelijk, zo zeiden ze, dat we op een dag ontdekken hoe we andere dimensies, die hun eigen universa vormen, kunnen betreden. Dit is voor mij onbegaanbaar terrein.

Het is niet uitgesloten dat de getuigen zich op een dag publiekelijk zullen uitlaten over het LI, *dat voor alle twee een bijna religieuze ervaring is geweest. Ik heb de verwachting dat zij hun indrukken voor zichzelf houden – mochten die toch in de media belanden, dan zullen zij worden afgeschilderd als, laten we zeggen, dromers.*

Van mijn memo's bestaan geen kopieën.
Met vriendelijke groet,
Mr. Frans van der Ven

29

THEO

Hij was voorbereid, hij had zijn opleiding voltooid, en hij was ervan overtuigd dat hij zijn werk zorgvuldig zou uitvoeren. Maar hij was ook onzeker over de taak die hem wachtte. En alsof Jimmy Davis dat voelde – natuurlijk voelde Jimmy dat, die voelde alles wat hem bezighield –, klopte hij bij Theo's kazernekamer aan en nam hij plaats aan het tafeltje waaraan Theo altijd zat wanneer hij rookte en zoop. Tegelijkertijd hield Theo, daar beneden bij de levenden, Kohn in het oog.

Theo was in zijn kamer en ook was hij bij Kohn, om hem heen vliegend op zijn vleugels van het fijnste dons, klein als een molecuul, groot als een wolk, hem volgend op zijn weg naar de ingang naar de vsv, via een riooltoegang bij het Vondelpark. Hoe dat kon, die gelijktijdigheid, begreep Theo nog steeds niet. Maar het was mogelijk.

'Is dit het moment?' vroeg Theo, die blij was dat Jimmy hem gezelschap hield. Zijn veren ritselden even.

'Dat weet je nooit,' antwoordde Jimmy, zoals altijd onberispelijk gekleed in een zwart kostuum en zijden hemd.

'Hierna... als het me gelukt is mijn werk te doen... waar ga ik heen?'

'Dat weet ik niet, Theo. Ik ben daar nooit geweest. Ik ken de verhalen, net als jij, maar als je daar eenmaal bent, ga je nooit meer terug. Vandaag neem je afscheid van het leven.'

'Dat is een geintje, toch, Jimmy? Ik ben al sinds 2004 dood.'

'Je neemt afscheid van de mensen, van de aarde. Dat gaat vandaag gebeuren.'

'Ik weet niet of dat antwoord me blij maakt, Jimmy.'

'Jij bent niet de eerste die dat zegt, maar alles gaat organisch, natuurlijk. Je zult het merken. Waar zat je aan te denken?'

'Ik zat te denken aan... Je hebt me wel meegenomen op jouw trip, zeg. Dit is jouw trip.'

'Ik had je drie andere levenden aangeboden, Hirsi Ali, De Winter, Boujeri. Je wilde ze niet.'

'Je wist dat ik ze niet wilde,' antwoordde Theo. 'Je wist dat ik ze zou afwijzen en dat ik geen keuze had dan jouw Kohn. En Kohn is jouw man. En ook een beetje de man van Job Cohen. Als ik nog had geleefd had ik daarover een halfjaar lang het ene stuk na het andere kunnen schrijven. Cohen en Kohn zijn halfbroers. Pikant. Politiek dodelijk, lijkt me. Denk je dat hij deze ellende zal doorstaan als burgemeester?'

'Dat hangt van jou af.'

'Van mij? Dus als ik doe wat ik moet doen dan red ik ook Cohen?'

'Eén daad van onbaatzuchtigheid leidt tot een kettingreactie van miljoenen goede momenten.'

'Ja,' zei Theo. Hij wist het niet. Dronk zes glazen Chivas en rookte zesendertig Gauloises. Alles tegelijkertijd.

'Jimmy... Krijg ik mijn lijf terug?'

'Ja. Als het goed is, krijg je de ervaring weer heel te zijn, volledig, compleet.'

'Waarom ben jij niet verder gegaan? Je hangt hier rond bij de intake, wil jij niet verder?'

'Ik hoor hier.'

'Nee. Je wacht. Mocht het fout gaan. Je bent niet zeker dat ik mijn werk goed doe. Is dat het?'

'Nee, echt niet Theo. Ik heb alle vertrouwen in je.'
'Wat is er dan? Hoe lang wil je hier bij de intake blijven?'
'Zo lang als nodig is...'

En toen drong het tot Theo door dat Jimmy ook in de dood voor die vrouw wilde zorgen. Door zijn hart aan Kohn te geven en door haar straks, als ze oud en ziek was geworden, hier op te vangen en te dragen en te troosten.

'Hoe heb je dat gedaan met je hart? Hoe kon je ervoor zorgen dat Kohn jouw hart kreeg, en niet een ander?'

'In dat ziekenhuis hebben wij, Franciscanen, nog heel wat te zeggen. Ze hebben mijn lichaam net zo lang in leven gehouden tot Kohn boven aan de lijst was gekomen. Die lijst circuleert in het hele land want beschikbare harten moeten zo snel mogelijk in patiënten met overeenstemmende kenmerken worden geplaatst. Sonja hield van Kohn. Toen ik ziek werd, heb ik hem nagetrokken, want ik wilde weten wie dat nou eigenlijk was, de man die haar in zowel positieve als negatieve zin obsedeerde. Ik ontdekte dat hij op een hart wachtte. En omdat ik ziek was, wist ik dat ik op een dag een hart kon geven. Ik kon iets voor hem betekenen, en daarmee voor Sonja. Maanden voordat ik hersendood werd verklaard, heb ik mijn draaiboek met een paar Franciscaner vrienden bij de Mayo Clinic in Rochester besproken. Ik was gelukkig dat ze het op mijn manier konden uitvoeren.'

'Je hart had dus ook in het lijf van een vijfhonderd pond wegende Chinese vrouw kunnen belanden? Dat had ik graag willen meemaken, Jimmy!' lachte Theo terwijl de rook uit alle gaten van zijn schedel schoot.

'Het had gekund,' knikte Jimmy met een glimlach. 'Was medisch niet eenvoudig om mijn officiële moment van sterven dusdanig te timen dat mijn lichaam bleef functioneren totdat Kohn boven aan de lijst was gekomen. De ziekenhuisstaf moest mij bijna drie weken lang transplantatiegeschikt houden. Dat is erg lang. Lukt niet in de meeste ziekenhuizen. In Rochester wel. De longfunctie neemt vaak sterk af bij iemand die hersendood is. Het is extreem lastig alle elektrolytfuncties in balans te houden. Elektrolyten zijn zouten die in een bepaalde verhouding binnen en buiten de lichaamscellen voorkomen. Als de balans tussen die zouten wordt verstoord, raken de organen in de war. Er bestaat ook een neiging tot verzuring en de nieren gaan grote hoeveelheden urine produceren, soms wel twintig liter per dag. Ik was een plant, ook al kon ik mijn ogen openen. Ik kon kauwbewegingen maken, ik kon ook geeuwen. Mijn hart en andere organen functioneerden feilloos dankzij het vernuft van de artsen. Maar op een dag valt alles stil bij een patiënt die hersendood is. Toch wachtten we op het moment dat andere recipiënten andere harten hadden ontvangen. Ik wilde niet dat mijn hart naar iemand anders ging. Mijn hart was voor Kohn bedoeld. Dat lukte de specialisten bij de Mayo Clinic.'

'En daardoor klopt je hart weer in haar directe omgeving,' zei Theo.

'Ja.'

'Als hij haar kust, kus jij haar.'

'Ja.'

'Als ze met elkaar slapen, slaap jij met haar.'

'Ja.'

'Zo ben jij dus, ook al verblijf je hier, ook daar, bij de levenden, voor haar.'

'Ja,' zei Jimmy.

'Ben je zo gek op haar dat je haar zelfs in de dood niet kunt vergeten? En dat wist je al toen je nog beneden was, toen je wist dat je zou sterven.'

'Zou jij dat niet gedaan hebben voor de vrouw van je leven? Op haar wachten in de dood?'

'Ja. Ik hoop het, Jimmy. Die kans heb ik verspeeld. Maar jij niet... Dat is mooi, Jimmy. Ik wou dat ik er een film over kon maken.'

'Dat kan. Misschien in de volgende fase, wanneer je verder bent.'

'En je twee kinderen?'

'Die worden door Kohn verzorgd. Zodra hij wist dat ze er waren, zou hij voor ze zorgen, dat kon niet anders. Als hij tenminste kan overleven.'

'Wauw, man, je hebt wel het een en ander voorbereid, zeg.'

'We zijn er nog niet, Theo.'

'Nee. Dus ik ga verder, straks?' herhaalde Theo met weemoed.

'Ja, dit zijn je laatste momenten hier bij de intake, in je kamertje.'

'Ik was er echt aan gewend geraakt, gek hè?'

'Nee, dat is niet gek, Theo.'

Theo voelde zijn vleugels trillen, alsof ze hem opriepen aan het werk te gaan, hij, Theo van Gogh, Volledig Bevoegd Beschermengel, ging gehoorzamen aan zijn roeping; des te meer hij zijn vleugels voelde, hoe groter de overtuiging dat hij nu afscheid kon nemen en verder kon gaan, ergens heen waar het hopeloze verlangen naar zijn zoon en zijn moeder en vader en familie en vrienden kon oplossen in iets anders.

'In het licht,' vulde Jimmy Davis hem aan. 'Het lost op in het licht.'

Whatever, dacht Theo, Jimmy noemt het licht, god weet hoe ik het ga noemen.

En toen was hij bij Max Kohn, op zijn schouder, rond zijn hoofd, op zijn vingertoppen. Theo ging met Kohn mee de duistere rioolbuis in, een betonnen koker die groot genoeg was om als metrobuis te dienen. Ouaziz en Kohn droegen rugzakken en hadden zich gekleed op deze wandeling. In rubberen pakken met hoge laarzen waadden ze door stront en smerigheid, door stank en verrotting. De mannen werden er niet door tegengehouden, en Theo werd dat evenmin. Waar hij was, bestond geen afkeer van het menselijke. Vertering, ontlasting, bloed, niets stootte hem af.

De mannen hadden zaklantaarns bij zich en volgden een route die hen naar een zware metalen deur in een zijtak van de buis leidde. Deze zijtak was gemetseld en was een vluchtbuis geweest van een gepland fort in de historische verdedigingsring om Amsterdam, een van de wereldschatten van de Unesco. De scharnieren waren recentelijk geolied en de deur liet zich makkelijk openen.

Theo wist dat Kohn dacht: de jongens hadden hun tocht naar de school met aandacht voor de details voorbereid.

Achter de deur bevond zich een rechtopstaande schacht. Ouaziz trok zich omhoog aan de ijzeren beugels die aan de schachtwand waren bevestigd, en kon vervolgens naar boven klimmen. Kohn volgde hem. Net als Theo, die niet hoefde te klimmen.

Het luik dat de schacht afsloot, schoof Ouaziz met een simpele handbeweging opzij. Geen slot. Ze kropen uit de schacht en belandden in een donkere kelderruimte.

Het licht van de zaklantaarns gleed over oude tafels en stoelen, alles onder een laag stof, opgestapeld tegen de wanden. Plastic kisten waarop stickers zaten met woorden als *Administratie Schooljaar 1973/74*. Oude monitorschermen.

Op de vloer lagen de rubberlaarzen en de beschermende pakken die de jongens hadden gedragen. In stilte ontdeden Kohn en Ouaziz zich van hun laarzen en pakken en ze kleedden zich met wat ze uit hun rugzakken haalden: blauw T-shirt, blauwe broek, blauw jack, kleren uit de voorraden van de marechaussee. De knoop van een borstzak was de lens van een minuscule camera. De knoop op de andere borstzak was de zender.

Theo vroeg: 'Hebben jullie geen wapens bij je?' Maar ze hoorden hem niet.

De mannen omhelsden elkaar en bleven enkele seconden roerloos staan, alsof ze in gebed waren.

Max fluisterde: 'Sonja vroeg me... haar vader is nooit gevonden. Moet ik weten waar hij is?'

'Nee,' zei Ouaziz. 'Dat zul je nooit weten.'

'Dat is hard voor haar.'

'Dat is het beste, Max. Geloof me.' Ze bleven staan, elkaar nog steeds omarmend.

Ouaziz fluisterde: 'Ik moet je wat zeggen, Max.'

'Zeg maar...'

'Ik heb niet lang meer... ik ga dood. Kanker, alvleesklier. Paar maanden, misschien een halfjaar. Wil jij mijn gezin bijstaan?'

Theo hoorde Kohn diep snuiven, alsof hij zuurstof tekortkwam.

'Altijd,' antwoordde Kohn.

'Mooi,' zei Ouaziz. Hij liet Kohn los en opende vervolgens een deur. Ze betraden een opslagruimte met schoonmaakmiddelen, forse stofzuigers die water konden zuigen, borstels, vegers, grote pakken wc-rollen en dozen met kopieerpapier.

Ouaziz opende de volgende deur. Ze belandden in de centrale hal van het schoolgebouw, onder de trap. Nu werd het serieus.

Lichtgrijze granito vloeren met gekleurde sierranden. Een trap met een balustrade van zwart ijzerwerk met art-decofiguratie. Kapstokken met jassen en tassen.

Ouaziz en Kohn, gekleed in politieblauw, bleven staan, midden in de hal, en luisterden. Het was angstaanjagend stil.

Een schoolgebouw met driehonderd kinderen, en geen geluid te horen.

De deuren die naar de straat leidden en de ramen in het trappenhuis waren afgeplakt met gordijnen, lappen stof, rollen behang, die met zwarte gaffertape aan de kozijnen van de ramen en deuren waren vastgezet; het uitzicht naar de buitenwereld, en van de buitenwereld naar binnen, was afgesneden. Lampen verlichtten de hal.

Ouaziz wees naar twee brede klapdeuren, allebei uitgerust met een ruit van draadjesglas. Ze keken voorzichtig naar binnen. Het was de aula van de school. Een halfduistere zaal waar een eeuw geleden de weesmeisjes de maaltijd hadden genuttigd, misschien in dezelfde stilte.

De kinderen zaten hier dicht opeen op de vloer. Tientallen lagen ineengekropen tegen elkaar aan. En de onderwijzeressen – slechts twee mannen – zaten samen in een schemerige hoek, op stoelen, met gesloten ogen of glazig starend naar een punt in de zaal. De gordijnen waren gesloten. Twee tl-buizen brandden, alleen in het centrum van de zaal was verlichting. Op de vloer bekertjes, waterflessen, broodtrommels en propjes papier en folie.

Toen klonk achter hen gebrul.

'Kut! Ga liggen! Kut! Kut! Op je knieën! Op je knieën! Handen in je nek! Handen in je nek! Schiet op anders ga je eraan! Er zijn joden hier! Joden! Joden!'

In de aula explodeerde gegil uit tientallen kinderkelen, gevolgd door volwassen stemmen die probeerden de onrust te beheersen. *Ssst, rustig maar, alles komt goed.*

Zonder zich om te draaien zakten Kohn en Ouaziz door hun knieën, maar ze hielden hun bovenlichaam rechtop. Ze legden hun handen in de nek. Ze bleven kalm. Ze hadden dit gewild, begreep Theo – ze wilden ontdekt worden, vastgenomen worden, contact krijgen.

In de zaal daalde opnieuw stilte neer. Abrupt.

Theo bekeek de gewapende jongen. Hij was geheel in het zwart gekleed en hield de loop van een automatisch geweer op de mannen gericht. Hij was niet ouder dan zeventien, kortgeschoren kop, mager gezicht, een echte mocro uit West, een klassieke kutmarokkaan volgens de definitie van sommige Amsterdamse sociaaldemocraten. Hij sprong op en neer van de zenuwen, de spanning spatte uit zijn ogen.

'Kut! Kut! Sal, kom snel! Er zijn joden hier! SALLIE!'

Snelle voetstappen klonken op de stenen trap, iemand kwam in hoge vaart naar beneden. Hij vertraagde toen hij boven aan het laatste deel stond. Hij droeg een MP7 van Heckler & Koch aan een riem om zijn schouder en hield dat met een hand tegen zijn lichaam gedrukt.

Ouaziz en Kohn draaiden zich vanuit hun heupen om en keken omhoog. Kohn wist wie hij was. Theo wist het ook.

Sallie was eveneens in het zwart gekleed. Hij had net als zijn vader een smal, Berbers gezicht met een gladde, olijfkleurige huid, intelligente ogen, kortgeknipt haar, als een Amerikaanse GI. Geen baardgroei. Boven aan de trap keek hij hijgend op zijn vader neer, terwijl deze naar hem opkeek.

Sallie schudde afwerend zijn hoofd, greep de balustrade vast en liet zich op een trede zakken.

'Wat gaan we doen, Sal?' riep de zenuwachtige jongen die de mannen onder schot hield. 'We schieten ze af? Wat doen we, Sal? Het zijn joden!'

'Hou je mond, Karel! Laat me nadenken...'

Karel – bizarre naam voor een Marokkaanse jongen, dacht Theo – stond te hijgen en keek panisch heen en weer tussen Sallie en de ruggen van de twee geknielde mannen voor hem. Het wapen trilde in zijn handen.

'Sallie,' zei Ouaziz. 'Je hebt om mijn vrijlating gevraagd. Hier ben ik.'

Karel keek vragend naar Sallie, naar zijn leider, en probeerde de woorden te begrijpen.

Sallie zei: 'Ik heb niet om je vrijlating gevraagd. Ze dachten, mijn jongens in het vliegtuig, dat ze mij een plezier deden als jij vrijkwam. Ze vergisten zich.'

Theo zag dat die woorden Ouaziz pijn deden. De man slikte. Ook hij was zenuwachtig, verborg het beter dan Karel, merkte Theo nu.

Theo zei: 'Het is je vader, verdomme. Een beetje respect is wel op zijn plaats.' Maar Sallie hoorde niets.

Kohn zei het, in Theo's plaats: 'Sallie, Kicham is je vader. Respect, graag.'

Zo werkt het dus, dacht Theo terwijl een gevoel van gelukzaligheid door zijn... ja, door zijn *wat* trok: zijn kop, zijn bewustzijn, zijn ziel? *Whatever*: hij kon via en met Kohn communiceren, juichte Theo.

'Respect voor een hoerenloper?' zei Sallie. 'Je hebt je nooit als een vader gedragen.'

Kicham antwoordde: 'Ik heb gezorgd voor veiligheid. Voor welvaart. Ik heb met mijn handen bereikt waarvoor mijn vader ooit uit Marokko is weggegaan.'

'Als crimineel, ja.'

'Vervloek me als je wilt. Ik heb gedaan wat ik heb gedaan. Ik heb nergens spijt van.'

'Je zult branden in de hel, papa. Ja, ik hoor wat ik zeg. *Papa*. Ik wilde het al jaren zeggen. Nu doe ik het. Nu je mijn gevangene bent.'

Kohn zei: 'Je laat je vader knielen voor je?'

Sallie richtte zich tot Karel: 'Kijk of ze wapens bij zich hebben.'

Karel schoof zijn wapen op zijn rug en deed enkele gehaaste stappen naar voren, beklopte met rusteloze handen de twee mannen, van boven naar beneden. Knikte daarna naar Sallie en nam weer enkele meters afstand van de mannen, springend bijna. Hij wachtte op het volgende bevel van Sallie.

'Sta op.'

Ouaziz en Kohn lieten hun armen zakken, gingen staan, en keken onaangedaan omhoog naar Sallie, die de MP7 dwars op zijn schoot had gelegd. Hij wilde het kennelijk niet op zijn vader richten.

Kohn vroeg: 'Wat ben je van plan?'

'Is het niet duidelijk? We willen Wilders. De fascist. We nemen hem mee aan boord en zullen hem een lesje leren.'

'Lukt je niet,' zei Kohn.

'Heb je gezien wie wij hier vasthouden? Hee, jij bent de onderwereldjood, toch? De baas van mijn *pa-pa*.' Dat woord sprak hij uit als twee kleine explosies.

'Wij zijn altijd makkers geweest. Ik was nooit de baas.'

'Maak mij niks wijs, man.'

Ouaziz zei: 'Waarom doe je dit Sallie?'

'Waarom? Het feit dat je ernaar moet vragen bewijst al wat voor een ongelovige jij bent geworden! Is wat er in de wereld gebeurt niet voldoende reden om dit te doen? Wie zijn wij geworden op aarde? De schoonmakers en vuilnismannen! De krantenbezorgers en taxichauffeurs! Wij horen te heersen! Wij doen dit voor iedereen die door de ongelovigen en de joden is vermoord! Wij zijn de volgelingen van de Profeet, Sallallahu alaihie wa Sallam, en wij volgen zijn pad!'

Karel, de jongen door wie zij onder schot werden gehouden, herhaalde: 'Sallallahu alaihie wa Sallam.'

Ouaziz herhaalde: 'Waarom doe je dit, Sallie?'

'Ben je doof geworden, *pa-pa*?'

'Ik hoor je heel goed, Sallie. Alleen: ik geloof je niet. Jij bent geen gelovige extremist. Waarom doe je dit?'

'Waarom ik dit doe?' Sallie legde een hand op de balustrade en trok zich omhoog. Met de andere hand schoof hij het wapen, dat aan een riem om zijn schouder hing, naar zijn heup. 'Omdat ik het kan. Omdat ik het wil. Omdat ik het me kon voorstellen! Omdat ik een monument wilde oprichten tegen de totale pervertering van ons bestaan hier in het land van de ongelovigen!'

Hij liep naar hen toe, trede na trede.

Ouaziz zei: 'Er zijn mensen gedood.'

Sallie riep geërgerd: 'Omdat die klootzakken te traag gereageerd hebben! Omdat ze me niet geloofden! Ze lieten vijf kostbare minuten verstrijken en daardoor zijn er mensen gedood! Niet door mij! Het is de schuld van die kloterige Hollanders die sloom en achterlijk reageerden toen ik waarschuwde! Bij hen moet je zijn met je verwijten, niet bij mij.'

'Die bom was van jou,' zei Kohn.

'Een effectieve bom. Die deed precies wat ik ervan verwacht had. Die afgodentempel moest worden afgebroken. Mensenlevens wilde ik niet. Ik wilde gewoon... ik wilde chaos, dat is wat ik wilde! Ik wilde niet dat er mensen zouden doodgaan!'

'En nu?' vroeg Kohn.

Sallie had de begane grond bereikt. Stond vier meter van hen af.

'We vliegen ergens heen. Ik zal jullie niet lastigvallen met de exacte locatie. Er wachten daar mensen op ons. We zullen een zinvol leven krijgen. We hebben van jullie regering tien miljoen dollar in cash gekregen. Top, toch? Wij zijn oké. We gaan goede dingen doen met dat geld. Waar het nodig is. Het is niet voor ons.'

'Die Boujeri is een ongericht projectiel,' zei Ouaziz. 'Ik

ken hem. Ik heb met hem in Vught gezeten. Hij zal zich op een dag tegen jou keren.'

'Ik ben op alles voorbereid. Dank voor de raad, *pa-pa*.'

'Waarom heb je geen poging gedaan de bank hiernaast leeg te halen? Die toegang hieronder, die is van mij afkomstig. Mijn aantekeningen. Door jou in Luxemburg gevonden, toch? Waarom kinderen terroriseren en niet een bank leeghalen? Hadden we samen kunnen doen...'

'Vader en zoon in de criminaliteit? Een soort *family business*? Heb je me daarom dit wapen laten brengen?'

'Ik vind dat een volwassen man die eenentwintig is geworden een wapen moet dragen.'

'Weet je wat?' zei Sallie. 'Dat vind ik ook. Ik heb het ook gedaan.' Hij hield het wapen even omhoog: 'Dit is jouw Heckler & Koch.'

'Mooi, Sallie. Ik ben blij dat je het bij je hebt. Maar wij zijn Berbers, jongen. Wij zijn trotse mensen. Als het moet, doden wij. Omdat we bedreigd worden. Ook om eer. Maar dit hier...' Ouaziz wees naar de aula. '... dit is slecht. Dit gaat tegen onze tradities in.'

'We hebben altijd reizigers en karavanen overvallen, lieve papa.'

'Dat waren de Arabieren. Niet wij.'

'Wat wil je nou eigenlijk van me? Waarom ben je door dat riool naar mij toe gekropen, Kicham?'

'Je spreekt je vader niet zo aan, Sallie,' onderbrak Kohn hem, met een stem vol overtuigende dreiging.

Theo wist dat Kohn geen angst kende. Kohn bekeek Kichams zoon met onbetwistbare autoriteit. Theo bewonderde hem.

'Jij kunt mij niet commanderen, jood,' antwoordde Sallie.

'Noem me zoals je wilt. Je weet dat de DSI klaarstaat. Ze hebben apparatuur waarmee ze dwars door de muren kunnen kijken. Jullie wapens bestaan voor een groot deel uit metalen, hun meetapparatuur bepaalt continu een precieze locatie van jullie posities in het gebouw. Wilders komt niet. Laat het daarbij. Laat ons de aftocht regelen. Neem dat vliegtuig, ga naar Aziëstan en kom nooit meer terug.'

'Je bent erg zeker van je zaak, jood.'

'Gezien mijn ervaring en staat van dienst geloof ik dat ik die zekerheid heb verworven. Wat wil je nou doen? Onderwijzers afmaken als je je zin niet krijgt? Kinderen? Daarmee verwerf je sympathie in Aziëstan?'

Sallie zei: 'Oké, ik geef toe... Wilders zal zich niet melden. Dat is steeds mijn inschatting geweest. Na vandaag is hij *finished*. Hij moet zichzelf aanbieden om de kinderen vrij te krijgen. Maar hij zal dat niet doen. We laten het ultimatum verstrijken en daarna laten we de kinderen gaan. Vanavond vliegen we weg.'

'Je hebt laten zien wat je kan,' zei Ouaziz. 'Het is nu tijd om ermee te stoppen. Laat de kinderen nu gaan.'

'We moeten wachten tot het ultimatum is verstreken.'

'Nee, nu,' zei Kohn.

Ouaziz deed twee stappen in de richting van Sallie en terwijl deze nog net een beschermende hand kon optillen, wierp hij zich op zijn zoon. Op hetzelfde moment sprong Kohn naar Karel en sloeg hij met zijn voorhoofd tegen diens neusbeen. Bloed spoot direct uit zijn neusgaten. Met zijn linkerhand drukte Kohn de loop van het wapen opzij en met zijn volle rechtervuist sloeg hij zwaar op de plexus solaris, het zenuwcentrum bij de alvleesklier, waardoor het zenuwcircuit van de jongen uitviel en hij de macht over zijn benen verloor en direct instortte. Zijn wapen was nu van Kohn.

Naast hem worstelde Ouaziz met zijn zoon. Hij probeerde met beide handen controle over de MP7 te krijgen maar zijn zoon verzette zich heftig en spartelde om onder zijn vader vandaan te komen.

Het was weerzinwekkend, dacht Theo, om vader en zoon met elkaar te zien strijden.

Sallie beroerde de trekker en uit de loop van het wapen waarom hij met zijn vader vocht, brandde een brullend salvo. Stukken steen spatten achter hen uit de trap.

Onmiddellijk klonk elders in het gebouw het geluid van automatische wapens. Boven, en in de aula. Kogels boorden zich wild in wanden en plafonds in de ruimtes waar Sallies vrienden zich bevonden. Honderd jaar oud stucwerk dwarrelde als gruis omlaag.

In de aula brulden honderden kinderen hun angsten uit. Volwassen Nederlandse stemmen riepen: 'Richt die wapens ergens anders op! Zijn jullie gek geworden? Jullie brengen de kinderen in gevaar!'

Kohn richtte het buitgemaakte wapen op Sallie: 'Zeg dat ze stoppen met vuren! Je kunt er donder op zeggen dat een arrestatieteam binnen vijf minuten hier een inval doet!'

Sallie keek zwijgend en met walging naar zijn vader, die de Heckler & Koch in handen had en zelfverzekerd voor hem stond. Kicham en Kohn controleerden nu de situatie in de hal.

Kohn schreeuwde: 'Hou op met vuren! Dat heeft geen zin! Jullie lokken een massale aanval uit! Hou op!'

Het vuren stopte. Er werd geroepen: 'Wie is dat?'

Ouaziz riep: 'Ik ben Kicham. Ik ben Sallies vader!'

'Wat doe je hier?'

'Ik kom jullie helpen!'

Wat had Theo gedaan? Niets. Hij had toegekeken, hij had geluisterd, hij had de banen van de kogels gevolgd – hij was machteloos als beschermengel. De krachten in het leven waren zoveel groter dan die in de dood. Hij schaamde zich en vroeg zich af hoe hij zijn machteloosheid aan Jimmy kon uitleggen.

'Haal dat kind uit de aula,' zei Ouaziz tegen Kohn. 'Haal dat kind!'

De jongen aan Kohns voeten, Karel, kreunde en trapte met zijn benen om de pijn te verdragen. Het bloed stroomde over zijn gezicht. Kohn, ogenschijnlijk onaangedaan, greep hem beet en schudde: 'Zijn er makkers van je in de aula? Antwoord! Zijn er jongens?'

Maar de jongen was niet bij machte iets te zeggen.

Ouaziz sprak zijn zoon toe: 'Zeg tegen je makkers daar dat ze een jongen moeten laten gaan die Nathan heet. Nathan Verstraete. Zeg het!'

Sallie krabbelde op en bleef een moment staan. Hij keek zijn vader aan: 'Ben jij degene die nu mijn ondergang betekent? Is dat het refrein van mijn leven? Ben je nu gelukkig?'

Ouaziz zei: 'Ik help je weg te komen. Dat doe ik. Dat maakt me gelukkig. Haal die jongen daaruit. Nathan Verstraete.'

'Nee. Ik doe het niet.'

Sallie ging door zijn knieën en liet zich op de vloer zakken, alsof hij wilde bidden.

Met het wapen in de hand stapte Kohn naar de klapdeuren, zocht bescherming tegen de muur ernaast. Er hingen tekeningen, grote platen met werkstukken.

Hij riep: 'Ik zoek Nathan Verstraete! Nathan Verstraete! Meld je! Nathan, kom naar de hal!'

Er klonk een stem vanuit de aula: 'Sallie, wat moeten we doen? Sal!'

Ouaziz siste naar zijn zoon: 'Zeg hem dat ze de jongen laten gaan!'

Sallie richtte zich een moment op. Tranen stroomden over zijn wangen.

Hij zei: 'Val dood.'

Gepijnigd keek Ouaziz om naar Kohn. Schudde in wanhoop zijn hoofd.

Sallie zat voorovergebogen op zijn knieën, klein, alsof hij in de grond wilde verdwijnen. Kohn kwam naar hem toe. Theo fluisterde met hem mee, woorden die hij graag een acteur in een film had willen laten zeggen als hij de kans had gehad, een monoloog die hij had willen schrijven:

'Luister, jongen. Jij gaat ons helpen. De kinderen gaan allemaal in de komende tien minuten naar buiten. Ik wil je graag mijn logica uitleggen. Als hun één haar wordt gekrenkt, krenken wij tien haren van de familie van jouw kameraden, begrijp je? We blijven als we wraak nemen van kinderen af, want wij zijn niet zo obsceen als jullie. Volwassenen, die zullen boeten. Ik beloof: één wond van een schoolkind is tien wonden bij de vader of moeder of oom of tante van jouw vrienden. Eén ledemaat eraf betekent alle ledematen eraf. Eén dood schoolkind is drie familieleden die sterven. Dit is mijn *exchange rate*. Duidelijk? Nu weet je met wie je te maken hebt. Jullie komen hier niet weg. Tenzij wij ons voor jullie inzetten. Maar alles begint met een belangrijk moment: de vrijlating van de kinderen. Eerst Nathan eruit, dan de rest.'

Exchange rate – dat was een interessante titel geweest voor een wraakfilm, dacht Theo.

Toen klonk Sallies stem opnieuw: 'Ik geloof je niet.'

Kohn draaide zich om en zette de loop van zijn wapen op de schouder van de kreunende jongen, die drie meter verder op de grond lag, op Karel. Durfde Kohn dit? Kon Kohn dit aan Jimmy uitleggen? En Theo, kon hij dit verklaren?

Kohn zei tegen Sallie: 'Wat zei je?'

'Ik geloof je niet.'

Kohn drukte af en het schot klonk droog. De jongen schokte even en bleef daarna stil liggen. Bloed sijpelde langs zijn arm.

Van Gogh keek verbijsterd toe, hing stil aan zijn vleugels boven de vier mannen, een topshot van het tafereel: de jonge Karel, bloedend uit zijn neus en zijn schouder, die door het schot was opengebarsten en naakt, paarsachtig vlees liet zien, Sallie, enkele jaren ouder, in elkaar gedoken alsof hij met de zweep zou worden gemarteld, en de twee volwassen mannen, allebei in het bezit van een automatisch wapen. Twee gekleed in het zwart, twee in politieblauw. De vloer was grijs, met okergele en chocoladebruine sierstrepen langs de plinten. Goed shot.

Sallies jongens die elders in het gebouw waren, begonnen opnieuw te roepen: 'Wat is daar aan de hand? Sallie, wat is er! Wat is er? Sal!!'

Kohn had het hart van een heilige gekregen, maar hij was nog net zo meedogenloos als met zijn eigen hart, dacht Van Gogh. Wist Jimmy dit? Theo moest hiervan straks een verslag maken. Of moest hij er ook over zwijgen, zoals Kohn en Ouaziz zouden zwijgen?

Ouaziz zei tegen zijn zoon: 'Zeg tegen jouw makkers dat ze die jongen laten gaan. Kohn maakt geen geintjes. Als het moet, laat hij elk familielid van jouw jongens doden.'

Sallie zat ineengedoken op de vloer, zijn gezicht verborgen in zijn handen.

'Ik wil niet dat er bloed vloeit,' zei hij.

'Ik ook niet, Sal,' zei Kicham.

'Wat gebeurt er met ons?'

Kohn zei: 'Ik laat jullie naar het vliegtuig gaan. Ik garandeer dat de aftocht veilig is. En vlieg daarna naar een bespottelijk gat in de bergen van Aziëstan en kom nooit meer terug. Als je je hier vertoont, laat ik je afmaken.'

Kohn en Ouaziz wisselden een blik; Kohn zou dat niet doen. Of wel?

Sallie richtte zich op en keek naar Karel.

'Gaat hij dood?'

'Nog niet. Hij heeft behandeling nodig. Snel. Misschien dat hij zijn rechterarm nooit meer zal kunnen gebruiken.'

Sallie keek zijn vader aan en zei: 'Ik wil hier weg. Je zult nooit meer van me horen.'

'Je zult van mij horen. Ik zal je vinden. Toon nu dat je een leider bent.'

Sallie ging staan, langzaam, alsof hij oud was, en liep naar de draaideur.

'Karel was een goeie keeper,' zei hij. En daarna riep hij: 'Ik ben het! Ik kom binnen!'

Hij legde een hand op de deur en keek om naar zijn vader: 'Ik deed het... ik deed het om te laten zien wat ik kon uitdenken... wat ik durfde... wat ik kon plannen... alles wat jij had gedaan was kinderspel vergeleken... Het ging me niet om mijn geloof of... het ging om...' Hij maakte de zin niet af, duwde de deuren open en riep: 'Nathan Verstraete! Kom hierheen! Er wacht hier iemand op je! En daarna... Daarna zijn er anderen die mogen gaan!'

Een paar kinderen begonnen te klappen, en vervolgens zwol het applaus aan, hield een paar seconden aan en zakte daarna weer weg.

Met het wapen in de hand wachtte Kohn naast de klapdeur. Onduidelijke geluiden zweefden vanuit de aula naar de hal. Een van de klapdeuren draaide open en de jongen die Sonja's kind was verscheen.

Kohn trok hem meteen naar zich toe, beschermde hem door hem tegen de wand te zetten en voor hem te gaan staan.

Het kind keek hem met grote ogen aan.

'U bent Max Kohn,' zei hij.

Kohn was niet verrast door de herkenning: 'Ja, Nathan.'

De jongen knikte.

'Ik neem je mee naar buiten.'

'En de andere kinderen? En Lia?'

'Die haal ik zo meteen op. Eerst jij naar buiten, dan Lia en de rest. Dat heb ik je moeder beloofd. Iedereen komt vrij.'

De jongen bekeek het wapen dat Kohn droeg, daarna Kicham Ouaziz en het wapen in diens hand. De kreunende, bebloede strijder op de vloer. En Sallie, die stil naast de draaideur stond. Nathan klemde zich, zoekend naar bescherming, aan Kohn vast.

'Ik moet Lia halen,' zei het jongetje.

'Ik haal haar zo meteen.'

'Ze moet mee.'

'Ze gaat mee,' zei Kohn.

Zag Theo nu wat de levenden niet konden zien? Hij had ogen die zich niet tot deze ruimte beperkten. Met sneeuwwitte vleugels zweefde hij door de hal, dwars door de muren en terug naar binnen. Hij kon op de daken kijken en in de kelders. Rond de zon vliegen en door oceanen glijden. Hij zag het gevaar naderen. De leden van een politie-unit stelden zich op en zouden binnenvallen. Buiten het gebouw heerste paniek. De schotenwisseling dwong het antigijzelingsteam tot gewelddadig ingrijpen. Er bevonden zich nog twee schutters in de aula bij de kinderen. Die moest hij naar de hal lokken. Kohn moest de jongen beschermen en de politie de andere kinderen. Hoe? Hoe kon hij voorkomen dat dit uit de hand liep? Hoe kon hij Kohn en zijn zoon verleiden direct de hal van de school te verlaten? Hoe kon hij ervoor zorgen dat de politie op het juiste moment binnenviel?

Theo had niet zelfstandig en uit vrije wil voor zijn huidige rol gekozen. Als Boujeri hem niet had onthoofd, had hij zijn fietstochtjes door Amsterdam gereden, had hij hier en daar een vrouw het hof gemaakt en misschien, met wat mazzel, een prijs op een *A-rated* filmfestival gewonnen en met een behoorlijk budget in Amerika een genrefilm gedraaid, een politiethriller of zo. Maar nu moest hij het engelendom eer bewijzen en een wonder laten geschieden. Een wonder met behulp van een plastic horloge. Geen scheiden van de Rode Zee. Geen opstaan uit het graf. Geen lopen over water.

Niemand zou ooit weten dat het een wonder was geweest. Een klein wonder, dat niet eens. Het afdekplaatje van het horloge van Kicham Ouaziz reflecteerde het licht van een van de lampen in de hal – zo zou Nathan het zich herinneren. Het hartjeshorloge om de pols van Ouaziz.

Toen Ouaziz in het Amstel Hotel was, had Kohn er een opmerking over gemaakt – Theo was erbij geweest. Hij besefte dat hij alleen kon doen wat hij moest doen als hij het horloge van Ouaziz voor Kohn en Nathan zichtbaar maakte. Als er licht op viel. Als hij zelf niets anders dan licht zou worden, een fractie van een seconde. Zuiver licht. Een onooglijk, kinderachtig horloge in de vorm van een hart. Het was niet eens een Swatch. Het kwam uit de simpelste speelgoedfabriek in China. In bulk gefabriceerd en in bulk in containers gepropt. Groot deel raakte onderweg defect. Maakte niet uit. Een kwart kon retour komen, de winst bleef substantieel. Nathan had gisteren bij de Munt zo'n horloge gedragen – Theo had het gezien toen hij daar op Kohns schouder zat. En Sallie had hetzelfde model ooit aan zijn vader gegeven voor zijn verjaardag. Ouaziz droeg het nu. Simpele, kunststof symbolen van liefde. Goedkope en kostbare tekenen van tederheid. Theo moest licht worden, zuivere energie. Hij moest zichzelf oplossen. Zichzelf in licht omzetten en Nathan en Kohn het hartjeshorloge om de pols van Ouaziz tonen.

Was dit waartoe zijn conceptie, zijn leven, zijn geest en zijn sterven geleid hadden? De moedermelk die hij had gedronken, de scholen die hij had doorlopen, de schoenen die hij had versleten, de geilheid, de ejaculaties, het voedsel, de drank, de eenzaamheid en de verwachtingen (iedere dag, ondanks alles, gekmakende, opwindende verwachtingen over wat het leven te bieden had), de films en columns en de woede en afkeer en de razernij en, ook, ondanks alles, liefde en tederheid en gillende lachpartijen en zieke grappen en verfijnde grappen en exhibitionisme en het wonder van zijn kind in zijn armen en, uiteindelijk, de vlammen die zijn lijf hadden verteerd – alles voor een lichtreflectie op het plastic afdekplaatje van een Chinees hartjeshorloge? Geen kosmische explosie, geen supernova, maar een fonkeling van een fractie van een seconde? Als dat het was waardoor hij naar een volgende fase, een andere dimensie moest reizen, ja. Hij was bereid een moment van schittering te worden. Als hij Kohn en zijn zoon daarmee samenbracht, kon Theo, zoals alle engelen voor hem, in een lichtflits opbranden.

'Het cadeau voor Lia,' zei Nathan. 'In mijn rugzak boven.'

'Dat kan wachten,' zei Kohn.

'Nee.'

De jongen liet hem los en rende de trap op.

Kohn wist even niet hoe hij moest reageren. Toen volgde hij hem.

De jongen was snel, kende het ritme van de treden. Kohn voelde zijn hart slaan, energiek, terwijl hij de trappen nam, twee, drie tegelijk. Maar Nathan was al uit zicht, verder naar boven.

Een gewapende jongen, ook kaalgeschoren, met een mooi jongemannengezicht, ogen vol paniek, verscheen uit een deur en richtte de loop van zijn wapen op Kohn.

Kohn riep: 'Nee!'

De jongen haalde de trekker over en tientallen kogels floten om Kohn heen, schampten zijn slapen, sneden vlees uit zijn armen en benen, terwijl de ramen in het trappenhuis achter hem uiteenspatten. Vervolgens schokte de jongen bij elke vlam uit Kohns wapen en Kohn keek toe hoe de benen van de jongen knikten en zijn voeten onder hem vandaan gleden en hoe hij enkele treden met bonkend hoofd omlaag rolde en daarna met trillende ledematen bleef liggen.

De jongens waren met z'n vijven. Twee in de aula. Twee beneden in de hal. Dit was nummer vijf. Nathan was veilig. Kohn voelde warm bloed over zijn slapen in zijn nek druipen; ook zijn handen waren bedekt met bloed. Hij rende de laatste trap op en zag in de gang Nathan op de grond zitten. Hij haalde iets uit zijn rugzak.

Kohn haastte zich naar hem toe. Het kind zei: 'Ik zag het horloge van die man. En het gaf licht. Opeens gaf het licht. En toen wist ik dat ik het cadeau niet moest vergeten.'

Op dat moment deden zware klappen het gebouw trillen. Brekend hout, wegspattend glas, alsof hele muren werden opgeblazen. De geur van traangas steeg op. Minstens een dozijn wapens werd afgevuurd. In welke richting? Op wie? Kohn trok de jongen op de vloer en beschermde hem met zijn gewonde lichaam.

Uit een donderende megafoon klonk een stem: 'Leg de wapens neer! Politie! Leg de wapens neer!'

Veilig achter Kohns lichaam, waarin Jimmy's hart zijn bloed door vijf gapende wonden naar buiten pompte, fluis-

terde de jongen in zijn oor: 'Ik zag dat het horloge licht gaf.'
'Ja,' zei Kohn.
'Ik weet wie u bent. Max Kohn. U bent mijn vader. Ik weet het. Ik heb het gegoogled. Ik ben uw kind.'

Zes maanden later

LEON

De Winter had een telefoontje gekregen van een man die voor Binnenlandse Zaken werkte. Frans van der Ven, heette hij. Aanvankelijk ontweek hij vragen over zijn functie, maar later omschreef hij zichzelf als 'de fixer' van minister Donner. De man vroeg De Winter om zorgvuldige aandacht, die volgens hem tot krantenartikelen moest leiden, voor zijn queste: de verklaring van een lichteffect. De man had onderzoek gedaan naar het LI, zoals hij dat noemde. Hij was ervan overtuigd dat er een ongewoon lichteffect was opgetreden vlak voor de leden van de DSI met *'overwhelming power'* het schoolgebouw waren binnengevallen. Door dat lichteffect waren Kohn en Nathan Verstraete twee etages naar boven gerend. Op de bovenste trap was Kohn onder vuur gekomen en daardoor waren de twee overgebleven schutters vanuit de aula, waar alle kinderen bijeengebracht waren, naar de hal gegaan om hun kameraden bij te staan. Toen de DSI de aanval inzette, waren alle gijzelnemers, en ook Kicham Ouaziz, in de hal verzameld. Ze hadden geen kans tegenover de precisie en de vuurkracht van de DSI. Het einde van de gijzeling was dus door een onverklaarbaar lichteffect ingeleid, aldus Van der Ven.

Hij was een beetje gek, concludeerde De Winter. Maar wat de man te vertellen had, was zo intrigerend dat De Winter hem in zijn twee-onder-een-kapwoning in Voorburg ging opzoeken.

Van der Ven was jonger dan De Winter had verwacht, een lange, magere man die hem meer deed denken aan een ongetrouwde wiskundeleraar dan aan een 'fixer'. Hij was alleen thuis, maar overal lagen bewijzen dat hij kinderen had en getrouwd was: speelgoed, make-upspullen, foto's op de schoorsteen. Hij droeg een bruine corduroy broek, groene trui met daaronder een geruit hemd. Lichtblond en een sterk terugtrekkende haarlijn. Smal gezicht, onrustig heen en weer bewegende ogen. Hij vertelde over zijn metingen en tests.

'Waarom?' had De Winter gevraagd. 'Waarom bent u daar zo in alle hevigheid op gedoken?'

'Het was zo anders. Het was zo... magisch. Als een signaal uit een andere wereld. Ik geloof niet in andere werelden, ik wil daar geen misverstand over laten bestaan. Maar door die lichtflits verlieten ze op het juiste moment de gevaarlijkste plek in heel Nederland op dat moment, nee, in heel Europa. En daardoor bleven ze in leven. En alle kinderen.'

'U gelooft echt dat ze die lichtflits hebben gezien?'

'Ik heb het niet verzonnen, nee, het is hun verhaal. Hun waarneming. Een dergelijk detail kom je bij zulke operaties nooit tegen, helemaal nooit.'

'Wat wilt u van me?'

'U moet erover schrijven. Op het ministerie wil niemand ervan weten. Ze denken dat ik gek geworden ben. Dat er iets bij me geknapt is, in mijn hoofd.'

'Bent u niet tot geheimhouding verplicht?'

'In principe wel ja.'

'U zet uw baan op het spel.'

'Nee. Ik wil dit uitzoeken, hoe vreemd het verhaal ook is. Er heeft zich daar echt een fenomeen voorgedaan dat we als een lichtflits mogen omschrijven. Enorme explosie van fotonen. Waar kwamen die vandaan? Dat horloge had geen kortsluiting, trouwens, een kortsluiting had nooit tot een steekvlam of zo kunnen leiden. Het dekplaatje was ongeschonden, het was een perfect glad stukje plastic. Nauwelijks krassen, die Ouaziz was er heel voorzichtig mee omgesprongen in de gevangenis. Dus daar beet ik me in vast.'

'Een simpel kinderhorloge,' zei De Winter. 'Niet echt het ideale middelpunt van een wonder.'

'U heeft geen idee wat ik allemaal van dat horloge weet, meneer De Winter. Ik weet hoe ik overkom. Als een halvegare. Ik verzeker u, dat ben ik niet. Ik ben helder. U moet er echt artikelen aan wijden, voor *De Telegraaf*.'

'Wat zullen uw chefs zeggen?'

Van der Ven bleef enkele seconden stil, en zei toen: 'Kohn en Ouaziz hadden kleine camera's mee naar binnen genomen. Daardoor konden we ook het juiste moment van onze inval bepalen. We zagen via de camera van Kicham Ouaziz dat hij door zijn zoon werd neergestoken, de jongen had een mes bij zich, een duur slagersmes. Kohn was toen net boven. De lichtflits was al door Kohns camera geregistreerd. Ik heb de opname gezien. Maar die dvd is verdwenen. Ik weet niet wie daartoe opdracht heeft gegeven. En nu ben ik op non-actief. Ze hebben me ziek verklaard. Ik zit de hele dag thuis. Ik werkte tot voor kort twintig uur per dag. Voor de staat. Zit nu thuis uit mijn neus te vreten.'

De Winter verbleef inmiddels twee maanden in het huis van Moszkowicz in de omgeving van Juan-les-Pins om te werken aan een boek over de aanslag op het Muziektheater en de gijzeling. De directe aanleiding voor het schrijven van het boek was die maffe Van der Ven geweest, wiens verhaal de verleidelijke kenmerken van een inspirerende krankzinnigheid vertoonde. De Winter kon er een boek mee opbouwen. Maar op welke manier?

Max Kohn was een eersteklas informatiebron. Hij bleef buiten beeld bij de vloedgolf van internationale publiciteit na de ontknoping – die was spectaculair: alle gijzelnemers door scherpschutters gedood, evenals de vader van een van de jongens, die 'kennelijk' naar binnen was geslopen om zijn zoon bij te staan; in het vliegtuig vielen geen doden.

Nadat hij Van der Ven had aangehoord, vroeg De Winter bij een skypegesprek Kohn en Nathan naar het lichteffect. Tot zijn verbazing bevestigden ze het. Allebei zeiden ze dat het horloge van Ouaziz een kort moment een hevig licht had uitgestraald, alsof er in het horloge een lampje werd aan- en uitgezet. Eigenaardig ogenblik. Misschien ontstaan door de spanning van het moment, zo veronderstelde De Winter. Een toevallige reflectie van een van de lampen aan het plafond, versterkt door de angst en stress van de levensgevaarlijke situatie. Tijdens het gesprek kwamen twee zwarte kinderen in beeld, een jongen en een meisje, kennelijk kinderen van de werkster of een oppas, die luidruchtig heen en weer renden en door Kohn tot de orde werden geroepen.

Kohn en Nathan zaten in de schaduw op een veranda. Het zonlicht brandde het beeld bijna uit, maar nog net viel achter hen het uitzicht te ontwaren, de bergen in de verte, en dichterbij de witte balken van het hek rondom een kaal veld, een koraal. Een ezel stapte daar rond.

'Heb je een ezel?' vroeg De Winter.

'Drie ezels,' zei Nathan.

Kohn haalde zijn schouders op: 'Je weet van haar ezelliefde?'

'Alles,' antwoordde De Winter. 'Ze is een beetje maf, je moeder, Nathan.'

'*I know*,' zei de jongen. De Winter miste hem.

'Maar ook heel lief,' zei de jongen daarna.

De Winter miste alles van haar, inclusief haar mafheid en

het opgewonden gedoe dat zij vaak teweegbracht.

Van der Ven bestreed De Winters psychologische interpretatie van het lichteffect. Hij had er onderzoek naar gedaan, wetenschappelijk onderzoek, en beweerde dat het buiten de menselijke logica en de huidige stand van zaken van de wetenschap lag. De man was doorgedraaid. Hij zat thuis met behoud van salaris en voelde zich miskend. De klassieke verongelijkte querulant. Had zijn bestaan op het spel gezet vanwege een lichtreflexje op een horloge. Dat kon niet de enige reden zijn geweest van zijn non-activiteit. Vermoedelijk speelden er andere zaken, een slecht huwelijk, te veel druk, een geheime minnares of minnaar die hem aan de kant had gezet. Wie een dergelijke monomane obsessie ontwikkelt, wordt meestal door iets heel anders gedreven. De Winter kwam er niet achter.

Gelukkig was de schrijver even weg uit Nederland. Zijn uitgever had net *De commentator* uitgegeven van zijn ex-vrouw Jessica Durlacher. Haar boek over hun echtscheiding (uit de recensies kon hij opmaken dat zij hem met instemming van de critici had vermorzeld) legde haar en De Bezige Bij geen windeieren – hij overwoog om zijn uitgever, Robbert Ammerlaan, een mailtje te sturen met het verzoek hem een percentage te gunnen. Zonder De Winter was *De commentator* nooit geschreven. De helft van de venijnige dialogen was per slot van rekening van hem afkomstig.

Hij wilde het boek niet lezen en er ook niet mee geconfronteerd worden. Maar hij had al twee keer Nederlanders op een terrasje met het boek in de hand gezien.

En toen hield Bram Moszkowicz hem enkele dagen gezelschap.

Eva had het voorbeeld van Jessica gevolgd en werkte op haar beurt aan een boek. Over Bram. Het was in Nederland niemand ontgaan. De werktitel was een week geleden bekendgemaakt: *Abject & Infaam*. Zo had Bram het vonnis genoemd na zijn verloren kort geding tegen een journalist over het gebruik van de term 'maffiamaatje'. Eva zette het begrip *A&I* nu in tegen Bram. Op de dag dat aangekondigd werd dat zij Witteman zou opvolgen en anchor zou worden van Pauw & Jinek, brak ze definitief met Bram. De Winter had zijn handen vol aan zijn eigen zelfbeklag; nu was daar dat van Bram bij gekomen. Vorige week had hij Ammerlaan gemaild: 'Jammer dat Eva haar boek bij een andere uitgever heeft ondergebracht. *You can't win them all*, Robbert!'

Brams Zuid-Franse villa was bescheiden van omvang maar lag mooi, in een ommuurde tuin met palmbomen en een goed formaat zwembad. Vanaf het overdekte terras had je uitzicht op zee. Je kon naar winkels en restaurants lopen. Het was er stil en om de hoek was er toch volop drukte en vertier.

De Winter had liever in zijn lievelingshotel in Los Angeles zitten schrijven, maar die stad was een besmette plek geworden. Hij had de stad bij Jessica geïntroduceerd en zij woonde er nog en had daarmee de plek voor hem onmogelijk gemaakt, anders had hij er nu aan zijn boek gewerkt. Trouwens, het hele zuidwesten van Amerika was onbegaanbaar terrein geworden. In Scottsdale waren Sonja en Nathan ingetrokken bij Max Kohn, die intensief moest revalideren, dus de lol om naar Amerika af te reizen was vooralsnog voor hem opgelost.

De eerste dag van Brams verblijf had De Winter een interessante avond met hem gehad. Ze wandelden door de straten van Antibes en gingen ergens lekker eten en uitvoerig drinken. Hun conversatie bestond voornamelijk uit zuchten in verscheidene varianten en in het herhalen van het opmerkelijke woord *tsja*... Ze waren erin geslaagd geen enkele zin die langer was dan drie woorden met elkaar te delen.

Allebei verlaten door de geliefde, allebei ten diepste onteerd en bespot, en nu als mannen van middelbare leeftijd 's avonds slenterend door pittoreske steegjes en overdag starend naar de golven.

De ochtend daarna, bij het ontbijt op het terras, was de stemming veel opgewekter geweest. Ondanks de hoofdpijn hadden ze een heus gesprek.

Bram had gevraagd: 'Ben je ver met je boek?'

'Ik ben op streek.'

'Wanneer is het af?'

'Wanneer ik het woord *einde* tik.'

'Goochemerd. Mag ik het lezen voordat het verschijnt? Ik kom erin voor.'

'Je krijgt het te lezen. Maar alleen feitelijke fouten mag je eruit halen.'

'Komt Eva erin voor?'

'Twee, drie keer. Niet vaak.'

Hij nam een slok koffie en vroeg, starend naar het zwembad: 'Kun je haar niet door het slijk halen?'

'Jij denkt dat dat niet opvalt?'

'Zal ik een boek over haar schrijven? Mijn eerste boek is een hit. Een boek van mij over privédingen wordt helemaal een seller.'

'Lijkt me een sterk plan, Bram.'

'Ga jij een boek over Jessica schrijven?'

'Nee. Ik wil een harde thriller schrijven.'

'Daarin hoeft Jessica toch niet te ontbreken? Zullen we die thriller samen schrijven? Ik heb enige expertise betreffende het verschijnsel misdaad.'

'Ja. Laten we dat doen. Ik heb de hele tijd een beeld in mijn hoofd van een man wiens gezicht je niet ziet en die in een café zit en zijn holster hangt over zijn stoel. Een Hopper-achtig beeld. Een detective of zo. Daar wil ik een thriller omheen schrijven.'

Daarna was het minutenlang stil.

Bram zei: 'Ik heb nooit geweten dat zij iets zag in Ruud Gullit.'

'Is een mooie man,' zei De Winter. 'Rijk. Beroemd.'

'Ben ik ook,' zei Moszkowicz.

'Rijker en beroemder.'

'En Jessica dan met die architect?'

'Die is ook rijk en beroemd. Ik ben dat niet.'

'En Sonja?'

'Die heeft nooit van me gehouden. Ze wachtte op Kohn. Hij kwam haar halen. Zij ging met hem mee. Zo simpel was het.'

'Kohn is rijk. En berucht,' zei Bram. 'Zijn onze vrouwen zulke opportunistische krengen? Of ligt het ook aan ons?'

'Wil je daar echt een eerlijk antwoord op, Bram?'

'Nee. Laat maar zitten.'

Het was het derde etmaal van Brams verblijf. Ze hadden tot diep in de nacht gezopen en video's zitten kijken, moderne klassiekers als *Chinatown* en *Sleepless in Seattle*.

De Winter was die dag op zoek geweest naar een methode om Theo van Gogh in het boek te schrijven. Zonder Van Gogh had Mohamed Boujeri nooit zijn gewelddadige fanatisme kunnen etaleren. En als hij Van Gogh in het boek kon brengen, was er vermoedelijk ook een manier om de video met misselijkmakende uitspraken van Van Gogh als literair motiefje in te zetten. Maar Van Gogh was dood, en doden spreken niet.

Die nacht, in de warme kamer onder in Brams huis, verscheen Theo van Gogh aan hem.

Het was halfvier. De Winter sloeg zijn ogen op en zag Van Gogh in een hoek van de slaapkamer. De Winters hart bonkte van schrik. Van Gogh kwam vervolgens naar hem toe en nam plaats op het voeteneinde.

De Winter dacht: dit is een droom, absoluut, een droom. Dit kwam natuurlijk doordat hij over Theo wilde schrijven en urenlang aan hem had gedacht. Hij was het onderbewustzijn van de schrijver binnengedrongen. Goed, De Winter had daarvoor zelf de deur opengezet.

Maar toen Theo hem aansprak, ging hij met een schok rechtop zitten; dit was geen droom. Of was het een droom in een droom? Het was in ieder geval een authentieke ervaring.

'De Winter,' zei Van Gogh.

De Winter antwoordde: 'Wat doe je hier, man?'

'Ik heb meegelezen met je.'

'Dat kan niet,' zei de schrijver.

'Jij schrijft een boek over die gebeurtenissen, toch? Over Boujeri en al die politici. Ik weet precies waar het over gaat. Vraag me wat erin staat en ik vertel het je.'

'Oké, je hebt meegelezen, nou én? Waarom kom je bij me langs? Je bent een klootzak geweest, niet alleen tegenover mij. En nu je dood bent, kom je even op bezoek. Toen je nog leefde, hebben we nooit een woord met elkaar gewisseld. Nog steeds moet ik mensen uitleggen dat jij geen vriend van me was. Ik heb je nooit gekend!'

'Wat wil je dan, meneer Oeteldonk? Je bent toch aan het zoeken hoe je mij in het boek kunt brengen? Toen ik dat vanmiddag hoorde, dacht ik: kijk, eerst je jood-zijn uitventen, daarna dooie Theo.'

'Je kunt me niet verwijten dat ik inconsequent ben.'

Van Gogh glimlachte: 'Gevoel voor humor heb je, broodschrijvertje.'

'Waarom kom je langs, zoveel jaar na dato?'

'Ach...'

Theo keek even weg, nam de kamer in zich op en zei: 'Het

is toch eigenaardig dat we elkaar nooit hebben ontmoet.'

'Betreur ik niet.'

'Hoe wil je over mij schrijven?'

'Ik weet het niet. Misschien doe ik het ook niet,' zei De Winter.

'Wat denk je ervan... als je mij als engel zou beschrijven?'

'Van Gogh, wat haal je in je hoofd? Ben je je sarcasme daarboven kwijtgeraakt? Ik schrijf een realistische roman. Daar horen geen engelen in. Graham Greene, John leCarré, Simenon, schrijvers zonder engelen.'

'Engelen bestaan,' zei Van Gogh.

'Hou op.'

'Luister, De Winter. Ik kom hier je droom binnen, je kunt me zien en horen, en bijna aanraken. En ik vertel je: engelen bestaan. Heb jij geen verbeelding? Geloof me, je praat met een ervaringsdeskundige.'

'Het is nou genoeg, Van Gogh. Kom je me dat vertellen in deze droom? Of is het een nachtmerrie?'

'Breng me in je boek als engel.'

'Dat is te dol, man.'

'Maak een engel van me. Maar we hebben geen vleugels. Maak die fout niet.'

'Kom op, man, neem me niet in de maling.'

'Waarom zou ik? Engelen bestaan. Maar geen vleugels.'

'Goed, als ik je daarmee blij maak: engelen bestaan. Vertel, meneer Van Gogh, hoe zien ze eruit?'

'Gewoon, zoals je me ziet.'

'Dus zonder vleugels?'

'Zonder vleugels. Wacht... nee, doe maar mét. Is niet slecht dat de mensen denken dat we vleugels hebben... Ik mocht nog één keer terug, weet je, voordat ik verder ga...'

'Waar ga je heen? Hoe bedoel je?'

'Ik weet het niet. Maar ik geloof dat het goed is, waar ik

heen ga. Ik wilde nog even terug naar iemand bij de levenden. Naar jou...'

'Wat een eer.'

'Ja, dat is een eer. Je moet weten, toen ik net was vermoord door die baardaap, toen reageerde jij nog dezelfde dag met een hypocriet kutstuk in een tijdschrift, ik weet niet meer welk.'

'*Elsevier.*'

'*Elsevier*, ja. Hypocriet kutstuk, of heb ik dat al gezegd?'

'Het was niet hypocriet. Jij was echt een schizofrene halvegare. Het gekke is... nu, na al die jaren, word ik weer woedend op je, weet je dat? En toch had ik je die pijn en die angst niet gegund.'

Van Gogh reageerde niet. Sloeg zijn ogen neer: 'Ik had nog een hoop willen doen hier, weet je dat? Films, boeken, vrouwen... Hee, De Winter, het is mooi geweest. Ik kom je nog wel eens tegen. Doe goeie dingen hier, hè? Dingen waar ik trots op kan zijn. Geen slappe romans of kunstfilms. Stevige dingen, oké?'

'Ben je hiervoor naar me toe gekomen, om me dat te zeggen?'

'Nee, ik ben gekomen om te zeggen... dat lichteffect, beschreven door die bezeten ambtenaar, hoe heet hij ook al weer?'

'Van der Ven. Wat weet jij van hem?' vroeg De Winter.

'Ja, die Van der Ven. Dat lichteffect, dat was echt. Dat is waarvoor engelen bestaan. Engel wordt licht – zo luidt de regel hier. Daarmee werden Kohn en dat jongetje... Nou ja, wat doet het ertoe... Hou die lichtflits in je boek. Het klopt, De Winter. Zo was het ongeveer. Niet helemaal zo, maar in essentie wel. Nu nog mij erin als engel.'

'Ik wil die lichtflits er juist uit halen. Die Van der Ven is een beetje een mafkees.'

'Wat is maf? Wat zei Richard Feynman ook al weer? *De natuur is bizar en zonderling.* En ik – hoor je dat meneer Oeteldonk? – ik ben nog steeds onderdeel van de natuur. Een deel dat voor jou onzichtbaar blijft. Behalve nu even. Eén keer. Dan ga ik weg. En blijf ik weg.'

'Ik had je best willen leren kennen,' zei De Winter.

'Zal niet meer lukken, De Winter. Alles komt goed, Leon. Dat is een ongewone opmerking van mij, maar waar ik ben, wordt altijd de waarheid gesproken...'

Even rook De Winter sigarettenwalm en alcohol, en voelde hij het zware lichaam van Van Gogh en leek het of ze elkaar op de rug klopten, zoals mannen doen.

Opeens was Van Gogh weg, als een geest in een tekenfilm. De Winter verwachtte nu een magische lichtflits, maar er gebeurde niets. Van Gogh was gekomen, en vertrokken, zonder hocus pocus.

Toen hij wakker werd, noteerde hij wat hij net met Van Gogh had beleefd. Van Gogh, een engel? Er hing nog steeds de geur van sigarettenrook en alcohol in de kamer.

THEO

Waar hij belandde, tartte elke beschrijving. Maar het was de moeite waard er woorden voor te zoeken.

Het was ochtend wanneer hij dat wilde. Meestal wilde hij dat het die ene ochtend was. Niet zomaar die ochtend maar 'de verbeterde versie', zo noemde hij het. Een Amsterdamse ochtend in november. Grauw, grijs. Maar van een overweldigende schoonheid, zo vond hij nu. Hij had zijn huis verlaten en fietste naar zijn producent om hem een serieuze montage van zijn film over Pim Fortuyn te laten zien. Op de fiets, voor altijd. De koele wind langs zijn wangen. Eindeloze energie in zijn benen. De wolken zo laag dat je ze kon aanraken. De baardaap stond op hem te wachten, daar op de plek waar het gebeurd was, maar nu zag Van Gogh hem in zijn gefixeerde lelijkheid staan en de baardaap kon hem alleen maar nastaren zonder te bewegen en zonder hem pijn te doen. De verbeterde versie, zei hij toch? Hij fietste. Ontspannen. Zwierend door de vroege straten. Jonge vrouwen met korte rokken passeerden hem. Marktkooplui die hun kraam opbouwden, zwaaiden hem in het voorbijgaan toe. De geur van vers brood bij de bakker. Het snerpende geluid van een tram die over wissels schudt. Het rammelgeluid van een omhoogrollend traliehek bij een telefoonwinkel. Een schijtend hondje met een gespannen trillend achterwerk bij het Sarphatipark. Platgereden sinaasappelschillen in de goot. Een overvolle vuilnisbak met zoemende vliegen. Alles van een overweldigende schoonheid – zo was het.

En ook, in de verbeterde versie, kwam hij tijdens de fietstocht altijd de Goddelijke Kale tegen.

De Goddelijke Kale zat op het terras van een ontbijttent en bladerde door de ochtendkranten en knabbelde op een croissant. De twee keffertjes zaten allebei op een eigen stoel naast hem.

'Hee, Theo, fijne dag!' riep de Goddelijke Kale hem na terwijl hij een pagina omsloeg.

En dan stak Theo een duim op.

Fortuyn was zijn beschermengel geweest en ze hadden het er, in vriendschap en in vrede, uitvoerig over gehad, over Fortuyns pogingen hem te redden en te beschermen, maar hij had de haat van Boujeri niet kunnen intomen, ondanks al het liefdevolle licht dat Fortuyn kon laten schijnen.

Maar het was goed gekomen. In de verbeterde versie vervolgde Theo zijn weg, telkens opnieuw, op een stevige omafiets. Hij fietste en fietste en elke keer vulde zijn hart zich met zoveel mededogen, met zoveel bewondering en aanbidding voor wat hij zag, de mensen in hun spontane goedheid, dat hij ervan overtuigd was dat hij daarmee niet alleen deze stad maar alle levenden kon verwarmen. Terwijl hij voor altijd bleef fietsen, was hij aangekomen.

einde

Dank

Mijn trouwe meelezers bij De Bezige Bij hebben me opnieuw op inconsistenties en fouten gewezen – ik heb ze proberen te herstellen. Waar ik ze over het hoofd heb gezien, schiet alleen ik tekort. Ik heb geput uit zoveel internetbronnen dat ik de tel kwijt ben. Peter Voortman, mijn zakelijk adviseur, gaf de hoop nooit op. De hooggeleerde heren Leon Eijsman en Afshin Ellian hebben me wijsheid proberen bij te brengen, maar zoiets is niet overdraagbaar. Ed Hogervorst, commissaris van politie en terrorisme-expert, hielp me bij het verzamelen van feitelijke details die ik niet mocht verzinnen. Voor het geduld van Robbert Ammerlaan ten aanzien van dit boek moet ik een monument oprichten. Bij het ter perse gaan van dit boek is hij inmiddels Publisher at Large. En Jessica, mijn reisgenoot door het leven en de wereld, heeft me, zoals bij het vorige boek, naar Santa Monica gestuurd toen het echt nodig was. Ik mocht pas terugkomen, dreigde ze, als het boek af was. Zij was de eerste en scherpste lezer. Voor haar is dit verhaal. Zij weet wat het nodig had. Een hotelkamer, een Macbook, het strand van Santa Monica, en haar oog, zorg en liefde.